No.

上代文藝に於ける散文性の研究

中西　進

中西原稿用紙

東京書籍

上代文藝に於ける散文性の研究

まえがき

わたしは今年、八月二十一日に九十歳を迎えた。いわゆる卒寿だといって、友人たちが祝ってくれるのは、忝けないことだ。

しかし一方当の本人としては、いつの間にかこう齢を重ねたことが信じがたく、偏えに人びとの厚情の賜と思うばかりである。そこで、いささかの自祝の意もこめ、一書を諸賢の閲覧に供するべく、初学びの一書を、刊行することとした。一九五二年十二月、東京大学に文学部の卒業論文として提出したものである。卒業後返却されて、永く書架の一隅に埃を蒙っていた。

ただ、この執筆については、多少後ろめたい。じつはそのころ、わたしは「東大短歌会」なるものを立ち上げ、機関誌「方舟《はこぶね》」の第五号の発行に没頭していた。また他大学によびかけて「大学歌人会」なるものを組織し、東京大学構内の山上御殿に集ってもらって歌会を催したりしていた。甚だ無謀ながら、この両者を完了させなければ、卒業論文に手をつけるわけにはいかないと、勝手に決めていたのだった。

すべてはやっと、文化の日をもって完了した。卒業論文の提出期限は十二月二十五日。製本のため執筆完了は一週間前。さあこの四十五日間の格闘が、この日から始まった。自宅に籠りっきりで不眠不休、六七四枚を書きに書いて製本屋に飛び込んだことを、覚えている。

テーマに、それまで不思議でならなかった疑問を据えた。いや無知ゆえの疑問なのだが、平安時代になると『源氏物語』にしろ『枕草子』にしろ堂々たる散文作品が登場するが、奈良時代には、なぜそれがないのか。もちろん『風土記』や『古事記』はあっても、それぞれ叙述目的は他にある。

その一方で長歌という、後には消えてしまう歌はいっぱいあって、やれ二人の男が一人の女に恋したとか、橋の上を渡っていく美女を見かけたから恋をしてみたいとか、すなおに散文で述べればいいのに、いかにも窮屈そうに長歌でしか歌わないのはなぜだ。

おかしい。もしかしたら古代日本人は「うた」以外には口が廻らなかったのか。それほど歌の呪縛が大きいのか。どうもわれわれは山部赤人を叙景歌人などとよぶが、「うた」にとって風景を叙述することなど、違例中の違例だったのだろう。赤人は変り者だったにちがいない。

そのくせ、万葉びとは中国から妖艶な小説『遊仙窟』を輸入して大騒ぎをしている。色恋は万葉びとの大得意科目だから同様にやまとことばで文章を綴ればよいのに、しない。

要するに大得意科目の恋愛を歌でこそ詠めても散文では述べられなかったところに『遊仙窟』が来たことが喝采を博した理由だったということだ。

いよいよもって、事は重大だと思っていたのが、散文性を問題視させた所以だった。

このあり方を、わかりやすくいえば「物語以前」というべきものかと思ったことも思い出す。もしそうなら「以前」が後のち取れていったのはなぜか、それが課題となる。そして中国文では恋愛描写が可能な様子を目の辺りにしたとなると、この辺りから「以前」が取れはじめていったのかと、思える。中国がくさい。

そこで卒業論文を何とか一か月半で書き上げると大学院に進みたいという気持が本格化してきた。じつはそのころ、卒業とは「学生」の資格の喪失を意味し、映画館の入場にも列車の旅行にも特権がなくなることだと気付くと、もうこれは大学院にいくしかないと、思い始めていたのだった。その上、学問的にもやっぱり大学院だ！　と、わたしをして思わせたのである。

やがて大学院を受験し、進学が決ったあと、恩師の久松潜一先生にお目にかかった時、「大学院で何を勉強しますか」と先生から下問があった。以上のような大学院志望だから、そう明瞭な研究目標をもっていなかったのは情無いが、びっくりするほどとっさに「中国文学と万葉集の関係を勉強します」と答えた。「物語以前」という課題と「中国文学があやしい」という懸念が、比較文学へとわたしを自然に導いていてくれていくことを、この時はっきり自覚した。

やがて大学院に進学すると、修士課程の二年間は、残酷なほどに忙しい。三十単位を取るのもハードだし、大学を出たとなると多少の収入も心がけないと負目になるし、その中で修士論文を書くとなると、卒業論文の暖気さは一挙に失われる。地獄の思いをしながら、わたしは修士論文を予定どおり「万葉集と漢文学」七〇八枚に書いた。一九五四年十二月のことである。

卒業論文が二年後にこんな地獄をよび寄せるとは。そうした未来を知るよしもないころの本書は、我ながら気儘《きまま》で締りもないが、ありのままに、字体も仮名遣いも旧字体・旧仮名。稚拙な文体もそのままにして、二十三歳のわたしを見ていただくこととした。

出版の労をおとり頂いた東京書籍の編集長植草武士さんに御礼申上げたい。

息子が卒業論文を書くと知ると、すぐ署名入りの原稿用紙を注文し、製本屋を見つけてくれ、題簽を四分冊に亙って書いてくれた先考・中西藻城（俳号）にも恩を謝したい。

令和元年初秋

中西　進

目次

まえがき……2
凡　例……9
字体表……10
第一章　散文文藝と韻文文藝……11
第一節　概説
第一項　民族と文藝……12
第二項　韻文文藝の先行……21
第三項　散文性と韻文性……27
第二節　散文文藝
第一項　散文性と寫実……33
第二項　散文性と虚構……40
第三項　物語と小説……46

第三節　韻文文藝
第一項　敍事詩……52
a　敍事文藝……52
b　敍事詩……59
第二項　抒情詩……67
第二章　敍事の潮流……73
第一節　概説
第一項　時代と潮流……74
第二項　潮流概説……80
第三項　時代概観……88
第二節　各説
第一項　比喩敍述──「なす」を中心として──……113
第二項　物語歌謡……143
第三項　唱和詩体……179

第四項　歌物語形態……211
第五項　説話文藝……262
第三章　抒情詩の流動……287
第一節　概説
第一項　純抒情の崩壊——群の消滅と客観の獲得——……288
第二項　万葉第三期……316
第二節　各説
第一項　敍景歌……334
第二項　物語歌……359
第三項　観念歌……397
第四項　連作表現……411
跋……440

【凡例】

一、本書について

本書は一九五二（昭和二十七）年十二月に書かれた、著者初の論文である。

二、使用漢字、仮名遣いについて

本書の編集にあたり、できるだけ原文を尊重することとして、執筆当時の旧字体や旧仮名遣いをそのまま書き起こした。ただし、必ずしも統一的ではないため、一部の漢字については新字体に書き改めた。

主な旧字体・異体字の漢字については、新字体とともに次頁の【字体表】にまとめたので参照されたい。

三、万葉集の歌、古事記・日本書紀の歌謡の引用について

万葉集巻二十・四五一六番歌を引用の場合、歌の末尾に（巻20 四五一六）と記した。

古事記は記、日本書紀は紀と省略し、

古事記歌謡七二番歌を引用の場合、歌の末尾に（記七二）と記し、

日本書紀歌謡五番歌を引用の場合、歌の末尾に（紀五）と記した。

なお、底本によって原文の漢字表記が異なるため、引用文の表記は必ずしも一致しないことがある。

四、表現について

当時の文章には、現在においては差別的で不適切と思われる表現が見られ、今日的な表現に改めるかどうかを議論したが、本書が歴史的資料として、著者の当時の論文をそのまま伝える著作物であることから、そのままの表現で掲載した。

【字体表】原文で使われている旧字体などの漢字をまとめた。（　）内には新字体を示した。

壓（圧）　爲（為）　壹（壱）　隱（隠）　羽（羽）　惠（恵）　榮（栄）　營（営）　緣（縁）　圓（円）
翁（翁）　禍（禍）　畫（画）　劃（画）　壞（壊）　懷（懐）　覺（覚）　學（学）　嶽（岳）　巖（巌）
祈（祈）　旣（既）　僞（偽）　擧（挙）　據（拠）　挾（挟）　峽（峡）　狹（狭）　曉（暁）　挂（掛）
莖（茎）　攜（携）　藝（芸）　隙（隙）　欽（欠）　囓（齧）　險（険）　檢（検）　儉（倹）　驗（験）
劍（剣）　顯（顕）　獻（献）　嚴（厳）　廣（広）　號（号）　國（国）　產（産）　視（視）　者（者）
寫（写）　舍（舎）　釋（釈）　弱（弱）　壽（寿）　習（習）　從（従）　縱（縦）　澁（渋）　祝（祝）
述（述）　處（処）　敍（叙）　稱（称）　燒（焼）　將（将）　淨（浄）　乘（乗）　剩（剰）　狀（状）
疊（畳）　情（情）　讓（譲）　釀（醸）　孃（嬢）　繩（縄）　條（条）　眞（真）　寢（寝）　神（神）
盡（尽）　隨（随）　瀨（瀬）　聲（声）　請（請）　竊（窃）　絕（絶）　潛（潜）　祖（祖）　插（挿）
壯（壮）　莊（荘）　裝（装）　聰（聡）　總（総）　插（挿）　爭（争）　雙（双）　帶（帯）　滯（滞）
對（対）　單（単）　膽（胆）　彈（弾）　遲（遅）　晝（昼）　鎭（鎮）　纏（纏）　傳（伝）　當（当）
仝（同）　惱（悩）　拜（拝）　賣（売）　毗（毘）　冰（氷）　福（福）　佛（仏）　竝（並）　辨（弁）
寶（宝）　峯（峰）　沒（没）　飜（翻）　萬（万）　滿（満）　彌（弥）　藥（薬）　躍（躍）　猶（猶）
豫（予）　與（与）　搖（揺）　謠（謡）　遙（遥）　慾（欲）　賴（頼）　獵（猟）　靈（霊）　勵（励）
聯（連）　勞（労）　錄（録）　祿（禄）　盌（碗）

第一章　散文文藝と韻文文藝

第一節　概説

第一項　民族と文藝

所謂上代と稱せられる時代の所産として、我々が今日所有する文書は、決して多くはない。万葉集は千載の後にも閑却出来ない文藝作品であるが、それに到る以前の時代に見られるものを、今日我々が文藝の対象として考へるべきか否かは、猶多くの問題を残してゐると、いはねばならぬだらう。本稿を書くべき前提的な考察として、我々の手に残された作物――古事記、日本書紀、風土記、そしてその他に就いて、「文藝」といふ觀念を瞥見してみたいと思ふ。社会といふ環境が、個人に環境としての存在を忘れしめてゐる今日を、遠く溯った上代に於ては、それは當然「民族」といふ觀念との相関に於て考へられて来るのであるが。

民族といふものは、その大きな基盤として血族的な関係になり立ってゐるものである。それが互の親近感を生理的に醸成し、一つの共同体の分子になると、それはより至便な生存の爲により大きな共同体を構成しようとする。この果てしない繰返しが總ゆる部分と、總ゆる時間に行はれて成り立ってゆくものが民族である。言ってみれば、それは肉体的関係に於ける集団の把へ方である。

これに対して文藝といふものを考へるならば、私はこれもやはり一つの集団の把へ方であると思ふ。そして、結論を先に云へば、それは精神的関係に於ける把へ方である。「集団」といふ事に関して詳述しよう。常識的に思ひ合はされる、民族的敍事詩は、詩が文藝として認められる以上集団との結びつきは説明を要しない。近代文学理論に説かれる文藝は恐らく一人の例外もなく、「個性」といふ事をその要件とするだらう。然し、文藝は、例へ一人の作家といふ人間の表現を通してゐるとしても、そこに描かれるものは彼の精神風土に他ならないのである。「彼の」それは「彼等の」と換言する事が出来る。精神風土は土地の風土に育まれ、土地風土は広大な搖籃であるからである。文藝が一層作家の個性の投影であればある程、そこには、きはやかに彼の背負つてゐる郷土の影が見られるのである。人間の担ふ心の故郷は、それ程絶対的なものであり、文藝は、作者の全心が与へられてゐなければ成り立ちえないものだからである。だから私は「國民文学」といふ呼稱を、内容的な呼稱とする事とは解釈出来ない。單なる、例へばジャンルといった形式的な面の呼稱でなければ、この語は無意味である他はない。文藝は、斯くの如く、風土化した「心」の表現であるといふ点に於て、これは一つの集団の把へ方である筈である。

他の一つである「精神的」関係といふ事を、些か補足したい。私は文藝と現実との間に次元の相違を認めないわけには行かない。現実に於てはあるといふ事が眞実である。その事象が他の事象と搖るぎない平衡を保ち、他の事実と緊密な連繫を持して、その上に何らの不安ない感情の流れがあれば、それはたゞあるといふ事に眞実がかけられてゐるのである。然し、文藝に於ける眞実はかゝる秩序を必要とはしない。云ってみれば、現実の秩序はむしろ、文藝の破壊ですらありうる。文藝は、如何に現実の秩序を破壊するかに、その大半の生命を賭けてゐるといふ事も出来るのである。文藝内部に於ては勿論統一体であらねばならない。然し、読者が「統一」といふもののイメージとして読書中の脳裡に収めつゝあるものは、現実に存在しないものである。現実には不統一であり、不秩序である。こゝに、文藝に於ける現実といふ、現実と別の次元の設定が必要になって来るのである。これを創り出す、即ち文藝を形作る人間の營爲のカテゴリーは、全く、肉体と背反した存在である。如何に苛酷なる世界を再生産する文藝にあっても、その創作は悲しい静けさの中の所産である。肉体といふ可視的な世界と逆の世界に於ける所産であるといふ点に於て、これは精神的関係に於ける把へ方である筈である。

斯く、「民族」と「文藝」は同じ集団の考察にしても違った視角をもつ観念であるが、前述したやうに集団といふ場を経る事によって、畢竟は合体すべきものである。古事記を敍事詩とする事も一説であるが、民族詩といふものは、有形無形に拘らず、民族の出発に當っては必須の形態でもあるだらう。文藝は民族の表情であるといふ事は當然想起せられる事であらうし、又されねばならぬ事でもあらう。日本民族の上代にこれを窺ふ時に、私は、「文藝」と対立するものとして「神話」といふ観念を、先づ導入したいと思ふ。

神話は信仰の上に成り立ってゐる。神話が形作られる爲に必要な、何らの人間の働きかけも無い。畏怖、憧憬、驚異、これら種々な人間感情を表現する語は、或時或場に於ては、たゞ一つ神といふ絶対者の働きに帰せられて考へられる。現実にこれら種々な感情を発したとしても、それが信といふ、最も純一な経路を辿って神に逢着すると、それは既に神話を形成してゐる。それは、人間が神と別個に獲得した、人間の叡智によって創造したものとは言ひ難いであらう。人間にとって、それは与へられたものである。大きな神話の類型といふものが考へられる。その根幹から派生的に物語られてゐる構成とかプロットとかは或は時間的に、或は空間的に、独特のものを持つであらうが、決して神話そのものを人間が創造した事にはならない。適宜な想像による変化は、逆に畏怖驚異といった念の端的な現はれであり、この場に於て人間はたゞ只管に、受容するのみである。この点に於て神話は文藝と相極端を爲すものである。

神話中に於て、所謂開闢神話は、民族の尊嚴と権威といふ意識の爲に、最も多くの注意と関心を寄せられるものであり、又最も彫琢を施されて出来上ってゆくものであるが、これは一つに時間的推移の上に成り立つものである。又他の例をとってみても總て、神といふものが自らの心の源泉であるならば、人間は神と自らとの間に長い橋をかけようとする。これはやはり時間に於て語られねばならぬのである。これは神道に於ける祖先崇拝といった信仰形式の場合に限られた話ではなく、一人の絶対者への信仰の場合でも彼は過去の偉人であり、更に佛教の如きは未来の支配主をすら意識してゐるのである。そして、斯く、一事実が、又一事物が時間に語られる處に、我々は「歴史」といふ観念を新らしく介在させて考へねばならぬ必要が生じて来るやうに思へる。

文藝と神話との関係に必ずしも歴史を考へる必要は無いかもしれない。全般ではあるまい。然し、我々が上代に古事記、日本書紀を所有する場合、これは不可避な順路となって来る。歴史は常に現実である。正確な史料と正確な記述が生む現実でなければならない。歴史を書く者は無論、その據り處とする精神的方向をもってゐなければならぬが、その方向、支柱は恰も機械の性能度のやうな劃一性の安定であって、決して強い主観でも意図でもあってはならない。歴史はかゝる意味の、強い現実性を主張せねばならない。

又歴史は描かれてゐる事象がその時間の現実より、大半のパーセンテージを示しつゝ支持されねばならぬものである。特殊ケースをのみ追求する事は歴史の範囲ではない。更に、歴史の内容とする事象事物は、必ず潮流の上にあるべきものである。先の時間を承け、後の時間へ流れてゆく、この因循の中に把へられた内容が歴史を形成してゆく。

神話は、遂に意識の中の產物である。從って、その神話が過去のある事件を内容としてゐるにしても、又未来の曙光を内容としてゐるにしても、神話そのものは敢く迄も現実の生命をもってゐると云はなければなるまい。文藝にはこの意味の現実は無い事は上述した。又、神話は一人の人間を対象にしては行はれない。必ず或一定のグループを必要としている。從って神話には或程度の感情とか思念とかの共通性が要求されて来る。然し文藝には、その取扱ふ内容に於て、決して普遍性を要求しはしない。物語られてゐる内容が非常に特殊であればある程、人間はその文藝の眞実を体験する筈である。窮極の普遍性を非常に特殊な事件の中に語り、且つ与へようといふのが概念的な文藝の在り方である。更に歴史が時間の流れの中に内容を把へて来るのに対し、神話はかゝる系統的な意図をもとうとはしない。突然の驚きでも、唐突な啓示でもよいのである。記述といふ事を中心にすれば歴史の如き理路は神話にはない。これは神話の受容性と、感情の所産との故であるが、文藝は歴史の如き井然さを裏面の構成としてもってゐる。表面は決して秩序的ではないのだが、みちみちてゐる精神の働きが全体を凝視してゐるのである。

久松潜一博士は「上代民族文学とその学史」に於てかう述べられてゐる。

いづれにしても神話が古代人の生活に対する理想や慾求が、その物語を通して表現されてゐることは事実であるから、之によって、古代民族の生活、思想感情の眞相をうかゞひ知る事の出来ることは確かである。（第二編第一章三）

神話は、民族といふ集団の精神的相貌を解明すべきものであると換言する事が可能であると思ふ。民族を神話といふ方向に置換し、間に歴史といふ観念を介在せしめる事によって、民族と文藝との位相は明瞭に考へられるのである。

文藝が歴史といふ観念を排除するとすれば、現在、日本書紀と古事記の二つから、私は古事記を選ばねばならない。風土記は地誌であり、祝詞、宣命は神の世界のものであり、文藝の理念から云へば、やはり幾何かの距離を感ずる。今問題にすべきは古事記であるに違ひない。

古事記時代の背景として考へられる事に民族の成立がある。中國の古典などの参照を含めて、古代日本には幾つかの豪族の集団と、そこに起った各文化のグループがあった事が云はれている。大和朝廷の成立は畢竟対抗勢力の完全支配を意味するのだが、同時に内部に於ても夫々の系統をもつ団体が存在し、それらは各々の物語を持ってゐたわけである。各氏族のもつ伝誦、神話、そういったものの綜合が爲された事は十分可能な想像であるだらう。神武天皇の東征を、津田左右吉博士は「現実の歴史を描いたのではなくて、皇都起源説話であらう」と述べてゐる。

無論、記の編纂に當っての統一的意識はないとは云へない。今日から考へて到底信じ難い程に歌謡が歴史記述の中に取入れられてゐるのは、一半は、編者の意図でもあらう。然し、この場合に於ても、例へば漁撈、狩猟の民謡が天皇——現身神の言語として記されてゐる事に、我々は神への帰一といふ事をありありと見ないわけにはゆかない。古事記の年代は大体崇神天皇以後が大陸との年代に符合すると云はれてゐるから、下巻は年代的に至當な歴史記述ではあるだらう。上巻は文字通り神代の物語であり、記されたものは神話である。中巻は崇神天皇以前、即ち神武天皇より開化天皇に到る間が全く文書を缺く上、九代である点、歴史的な眞実性は極めて乏しいし、所載の歌謡にしても年代の信じうるのは仁徳天皇以後であるといはれてゐるので、中巻はやはり上巻の系列に入れて考へる事も不當ではないであらう。久松博士も上巻を神話、中下二巻を歴史伝説、散在して遊離説話があると説かれてゐる。説話や伝説は細部に入っては神話と峻別されるべきものであるが、共に集団に語られる点、伝誦される点、現実性の稀薄な点、神話と同じ世界にあるものであらう。

かゝる意味に於て、私は、古事記は文藝でもなく、歴史でもなく、民族的な神話であると思ふ。

古事記の撰定直後に、日本書紀が成立してゐる。こゝにも古事記の一つの性格を見なければならない。両書の記述態度の相違は一見明瞭なものである。鮪臣の例の如く、同一事実に対してすら形態が異ってゐる。正史、外史といふ区別はその編纂上の形式から来るものであるが、やはり出来上った後のものにも相違はある。云ってみれば、古事記はこの外史的なものでもあらう。かゝる自由さと、のびやかさをもってゐるのでもあらう。後代、この歴史記述の形が正史的な諸書の系統と交互して流れてゆく事も、更に注意されてよいのではないか。

世界人類数千年の歴史に於て、その盛衰はn次の曲線を描きつゞけてゆく。その政治的な頂点に今日をとめるならば、文藝の頂点はこれと幾分づゝずれてゐる。政治の頂点の後に、これがやゝ衰へを見せようとする時に文藝の爛熟はやって来るやうである。源氏物語の書かれたと思はれる時代も、藤原政治が既に傾斜を示しつゝあった時であった。上代に於ける國史の編纂は推古天皇二十八年より和銅五年を経て養老四年まで、輝かしい國土経營と、渤海等との海外交通の裡に進められた。そしてこれらの動きは政治の頂点を示すものに他ならない。古事記がこの政治の動きの中に含まれてゐる限りに於て、古事記から純粋な文藝理念を想起する事は至難である。この時代は民族の確立であって、文藝の確立ではないのである。

文藝の確立は、民族の確立から尚降って、万葉集の、勅撰ではなくて眞に個人の生存の中に爛熟する時まで、尚幾何かの時間を委ねなければならないのではあるまいか。私はそう思ふのである。例へば、自らの手で編纂する事は考へられない、人麻呂歌集や虫麻呂歌集、福麻呂歌集など、先人の業績を纏める事、時代認識の上に古歌集を編む事、更に立派な文藝思想的分類を果したであらう類聚歌林、或は散文では柘枝伝など、これらの成立年代は詳かにはしないものの、かゝる名前のみを留める文書の成立を考へねばならぬであらう。

第二項　韻文文藝の先行

古事記一巻が文藝作品とは考へ難いといふ事を私は前項に於て述べたが、この大和時代の人々が決して文学表現に及ばないやうな生活をしてゐたとは云へぬであらう。文学表現といふことを通して、やはりこの中にもその萌芽を見る事が出来る。それは歌謡に於てである。

記紀の歌謡は、全体の歴史記述の中に插入された形で残ってゐる。その構成は、概して前後の事情の説明を散文でなく、対話や心の述懐が歌によってなされてゐるといふ態をなしてゐる。無論、前述したやうに、ある歌謡をその記述の通りに、その年次、その事件に、その人間によって歌はれたものと断定する事は出来ないが、かゝる相聞（広義の）が一般に爲されてゐた事からの所載である事は容易に想像されよう。事実、高佐士野の件は対話が歌によって爲されてゐて、年次、人間は疑ふにしても、事情そのものは、おそらくこの通りのものであったらうと思はれる。

更に、殊に上巻に多く、非常に長い、且つ非常に抽象的な歌謡が同じ風な対話として擧げられてゐる。無論これをそのまゝ信ずる事は困難で、全く別の伝誦歌謡が歴史的事実を与へられたものであらう。中巻、神武天皇が、弟宇迦斯の獻った大饗に賜はって歌ったといふものなど、最も好い例であらうと思はれるが、記紀双方にある歌謡の背景の食違ひなどからも、これらは當時各地に行はれてゐた、或は古く歌はれたものとして語り伝へられてゐた民謡であったらうと思はれる。

かくて歌謡は、當時から多く行はれてゐたと思はれるが、それが單なる、必要上の言語表現であったのか、それとも歌謠として、素朴な韻文文藝を形成してゐるのかは問題にされねばならない。

文藝といふものの定義は恐らく不可能に近いだらうが、一端を把へて生の創造であるといふやうな言ひ方も出来る。か丶る創造を感性の中に求めてゆくか理性のなかに求めてゆくかは自ら形態の違ひをも形成する。韻文といふものは作者の側から云ふと言語表現を一つの音楽的諧調の中に行ったのであり、その流れ自身が韻といふ人間の感動をもってゐる。云ってみれば音楽といふ時間藝術（美術などの空間藝術に対して）のカテゴリーに属する言語藝術である。これに対して散文といふものは、語られる意味の中に感動がこめられてゐる。瞥見のま丶に感性を把へるといふものではなくて、意味を辿るといふ理性の操作の後に感動が齎らされる。これは多分に空間藝術的な言語藝術ともいへるであらう。

空間藝術に伴なふ造型といふ操作は、上代人には高等なものであったらう。語るといふ事は人間にとって最も原始的な表現であったに違ひないが、その語りから生の構図を描き出そうとする事は、大きな心の余裕の上に成り立ってゐる。最初から最後までを十分予測した、透徹した眼がなければならない。大きな文藝意識が必要である。上代に見られる神話、説話、伝説などはその中に、それを存在せしめうる丈の感動がなければならぬ筈である。畏敬や憧憬がそれを生むのであらうが、それらは決して意図されたものではない。極めて偶然性に富んだ、いや偶然そのものの構成であるに他ならない。

散文の一行が感動を訴へる事の困難さに対して、韻文は短い言葉の中に、一つ一つが感動を担ってゐる語を投入して、そのひゞきそのものの中に感動を纏めようとする。剰へ、それは散文が一定意志の下に作られてゆくのに対し、情感のほとばしりが基調になってゐる。久松潜一博士も「短歌概説」に於て詩を方法的に詠嘆、抒情、寫実その他に分けられてゐるが、韻文の根幹はこの詠嘆に他ならない。嘆かひそのものが律動的なものであり、詩であることは、近代文藝に説かれる散文詩を見ても明瞭であらう。

人間には、言語を有してゐて文字を有たないといふ時代が必ずある。伝誦にのみ存在を続けてゆくとすれば、やはり韻文は散文に先立って成立せねばならない。形式そのものに就いてもかゝる事は考へられるわけである。

熱田大神宮緣起に残されてゐるといふ短歌は個性的な陰翳濃い、立派な作品であるが、これをそのまゝの年代に考へる事は出来ず、やはり記紀に記された時代――久松博士の云はれる漂泊時代――には、下って編纂された万葉集にも含まれてゐる地方民謡を共に考へて文藝の萌芽を認めたいと思ふ。一歩を譲って、韻文文藝としての承認は万葉集中に始めて爲されるとしても、記紀の敍述が散文としての文藝を形成してゐない以上、韻文文藝の先行性は認めなければならない。

こゝで少し海外の例を瞥見したいと思ふが有名なギリシャ文学に於けるイリアッド、オディッセイを始めとして、殆ど例外なく文学の太古は敍事詩に於て始められてゐるやうである。敍事詩に関しては後述したいと思ふが、大体歌ふ詩が抒情詩（Lyric）で語る詩が敍事詩（Epic）であるといふ一説のみ加へておきたい。

フランス文学に於ては十一世紀半ばから騎士らの歌を基にしてトルバドウル（Troubadour）又、

トルヴェール（Trouvère）が発生したが、この北方のトルヴェールの歌ったのは敍事詩であった。史詩であり、英雄譚であった。その一つに有名な「ローランの歌」がある。フランスに於てはこの史詩から後に浪漫性に富んだ、ブルトン物語他の所謂物語詩が出来て来るが、これは見方によっては南方のトルバドウルのもった抒情詩の流れが混合して出来た文藝潮流の一つの前進であるかもしれない。更にフランスには別統に起源を有する狐物語（Roman de Renart）と寓話詩（Les Fabliaux）があるが、これも諷刺をもった民衆詩であり、詩の民族との関連を示してゐる。

ドイツに於ても十二三世紀、騎士によって敍事詩が行はれた事が云はれてをり、それは宮廷敍事詩（Hofepos）と民衆敍事詩（Volksepos）とに分類される。前者は作者が判明してゐるのに対し後者は未詳であるといふことは、吟遊詩人的に職業化した人々によって歌はれたのと、民族集団的に民謠化して歌はれたものとではあるまいか。内容は前者は英雄伝説を取扱ひ（例外はあったが）後者は男の武勇、女の貞節を讃へたもので形式もドイツ個有のものである。第二の文藝形式としてドラマが出現したのは尚一、二世紀を下らねばならなかった。尚ドイツには前二世紀頃に既に神、英雄を讃へた歌謠があった事が記されてゐる（ガリヤ戦記。ゲルマーニア）。

イギリス文学に於てもこの事は全く同様である。彼らが農耕に疲れ、又戦に勝った時に歌った民謠からイギリス文学の系譜はひかれる。然し、これらがほんの一部しか残ってゐないのに対し、吟遊詩人らによって作られ、記し伝へられたものがあり、「ビオウルフ」（Beowulf）などの敍事詩に他ならない。又、アイルランド人は非常に感情が豊かで直観的であり、哀愁に富んでゐる点、日本人の國民性とよく似通ってゐると思はれるが、彼等も紀元前数百年には既に古代アイルランドの神話を歌っていた。最古の詩人アマーギンによってであるが、その後も英雄物語や民族物語が歌はれた事が云はれてゐる。

更に中國にあっても文学は韻文の形式で始められてゐる。最古のものとして擧げるべきは楚辞であらう。編集されたのは漢代であるが、離騒、九歌など屈原の詩が中心であり、神話伝説を引いたりしてゐる。然し、これは所謂敍事詩ではなく、個人の悲哀に発した文藝である点、他國の例と異ってゐるが、一方孔子撰といはれる詩経は當時宮廷に歌はれた歌謠であり、民族詩的匂ひのこもったものに違ひない。

久松博士は文学の発生を抒情的敍事文藝に始まるとされ、客観的敍事と、主観的敍事の含まれる祝詞を擧げてをられる。敍事といふことは散文との相関に於て後述したいと思ふが、この願望といふ事が端的に表はれたものを祝詞として、多くの表現の最高の目的であったに違ひない。かくありたいといふ些やかではあるが確かな願ひをこめて、民謠は人々の口に生まれていったのであらう。神を祭るといふ事もそのつゝましやかな願ひと祈りに他ならない。そしてかゝる表現は一たび人々のものになると共通の場として民族全体に染みてゆくのであるが、表現されるのは、多く歌垣、その時の踏歌などによるのであらう。この場合に附随して考へられる事は踊りである。踊りの中に嬥歌が進むとするならば、そのリズムは必ず必要になって来る。韻文に直結した太古文藝の発生である。

踊りは、然らば、原始時代に無関係なものなのであらうか。そうではない。踊りは原始文化の一つの目標にもなされてゐる。それを中心にして文化が説明される例を一つ抽くと、カリホルニヤ原住民の第四文化層に関して（「世界の歴史Ⅰ・歴史のあけぼの」）、

1. 西北地方　鹿皮踊り
2. 中部地方　ヘシイ踊り
3. 南部地方　チュンギヒニシ崇拝
4. コロラド河下流　古舞踊の喪失

と各文化圏を説明してゐる。

神の崇拝といふことが上代人の全智能であり、神への祭祀は踊りによって爲され、踊りが快楽、休息の場となって来ると、同時に祭神の爲や歓喜の爲に唱へた歌を、共に切り離して爲さうとする。こゝに歌謡が力強く推し進められて来た。歌謡が表現といふ地位を獲得すると、それはとりも直さず文藝への道を登らうとするのである。

第三項　散文性と韻文性

抑々、散文韻文といふ呼稱は、その表現形態の区別による、結果的な分類であるが、それらが夫々散文文藝といひ、韻文文藝といふジャンルを形成したとしても、然しその中に盛られてゐる字句一片に迄及んで、異ったものがあるといふ事は云へない。無論、散文とか韻文とかいふ言葉は、散文文藝、韻文文藝からの、無意識的な概念規定に支へられてゐるのかもしれない。然し、もしこういふ事が云はれうるとしたならば、それはとりもなほさず、夫々の文藝形態から切離しても、單独に生存しうる、散文或は韻文といふ観念があるわけである。ジャンルとは別に、甚だ散文文藝的であるもの、これを名づけて散文性といひたい。甚だ韻文文藝的であるもの、これを名づけて韻文性といひたい。

もし仮に、形態から割り出されたまゝに、散文文藝には散文性といふ意識のみが、韻文文藝には韻文性といふ意識のみが存在するとすれば、かく文藝形式以外に、それぞれの色合を示す散文性、韻文性といふ言葉を我々は必要としない。文藝ジャンルとは係はりなく、これらは常に見極められるべく、存してゐる。散文文藝の中に韻文性は考へられるし、韻文文藝の中に散文性は考へられるのである。この現象は種々要件が究明されねばならぬであらうが、第一に考へられる事は、前項に述べたやうにして韻文文藝が起って来た場合にしても、人間の心情が両性を公平に所有する以上、當初の文藝様式が當然変化して来る事である。久松潛一博士が「万葉集の新研究」に於て一方に於て詠嘆的態度が抒情的態度に進んでいったと同じく、自己の経驗の表現といふ態度から事件を敍述するといふ物語的に展開してゆく跡をも眺める事が出来る。

と述べられてゐるのも、この場合を、より広く論究したものであり、こゝに到る以前に、即ち、内的な要求を満たす新らしい様式が発生する以前には、總ゆる雑多な要素が投入されて来るのである。

この中には既にその動きをはらんでゐるのであるが、かゝる両性の混在は、人間の表現の獲得より表現の支配へと到る道程に含まれて来る。前述の一因はこの中の人間側からの観方であるが、一方その対象たる文藝様式といふものは、決してそう易々と変化しようとはしない。例へば日本の短詩形が五句三十一音に定まる迄には、民謡の発生以来、幾何の年月を要したであらうか。ドラマは劇詩として古くから行はれてゐたが、小説が文藝としての確立を見たのは近代に入ってからである。日本に於ても古今集から新古今集へと輝かしい文藝の王位は韻文に保たれて、散文の文藝意識は非常に圧へられてゐる。万葉集以後の和歌の衰退と共に散文は當然の要求であったにも係らず、土佐日記の作者は伝統を無視し得なかった。長い年月を要する、新様式の生誕の爲に、散文性韻文性の混在は招かれるのである。

ジャンルと別個に混在する事はこの表現者と、表現物と、表現の媒材とから考へられねばならぬが、更に字句の解釈によって尚若干の関係を探しうるであらう。即ち、両性を散文精神と詩精神といふ面から把へたら如何であらうか。

古来日本文藝は散文と詩との相互関聯の中に発達していってゐる事が云はれてゐる。平安初期の歌物語は、判然とした両形式の一致であるが、降った源氏物語などに於ては、詩精神として承けつがれた「あはれ」の情趣基調に成り立ってゐる物語といふ事が考えられたりする。明治以後の近代文藝に於て、西欧文藝理論の影響の下に、私小説なる呼称が生まれたが、これは専ら日本のみのものであり、実にこの態度の根幹になってゐるものに、Ich の詠嘆である短歌抒情が言はれてゐる。文藝態度としての両者の一致した風土化、伝統性が考へられるであらう。

この場合には現実といふものを中にしての考察である。強い現実の凝視、その表現、そしてそれへの断定を散文精神が表はし、現実から離れた遠い夢や憧憬の世界の空想を、詩精神が表はしてゐる。それが常に背反する事なく、表裏一体になって文学史を形作ってゐるのである。祝詞や、記紀に含まれる神話は、遙かな神々への思慕を強く抱き乍ら、人間世上の事象に結びついてゐる。祝詞は神を讃へ、神を祈る事が主内容であるが、それは人間の生活上に君臨する支配主への心の披瀝であるのであり、説話などと共に、久松博士の云はれる「神と人との交通」であるに他ならない。つまり現実への愛から生じてゐる神への馳想である。万葉集は上代抒情詩の編集であるが、主観にのみ発する詠嘆ではなくて、常に強い現実に即して歌はれてゐる。文藝は無論、実用性にある限り文藝以前と云はれねばならぬが、同時に止み難い内的表現衝迫を超えて、観念の遊戯に入るならば、それも文藝の名に価ひしない。万葉集が古今集、新古今集といった後代の優れた歌集に対して尚、今日の高い感動を保ってゐるのは、文運の進展が副産する、文藝技巧の進化が未だ表はれない、強い現実からの触発が幹本の主流が沈滞して模倣に傾き、活発な生命を失ったことにもよるが、主に散文を表現の具として用ゐるやうになってゐるからである。然し、その中にも、決して現実飛躍を忘れてゐない。浄らかな抒情が詩の勝利を語ってゐることも、平凡な結論に他ならないであらう。更に降って平安朝の物語になると、この散文の中にも両精神は窺ふ事が出来る。例へば枕草子にしても、全篇をつないでゐるものは鋭い詩的感覚に他ならない。平敍からかけ離れた詩的直覚に成る文章である。そして同時にそれらは冷やかな現実の批判から出てゐる。もっと例を端的にとって、所謂歌物語は、前述したやうに様式としても両者の合致した形をとってゐるが、決して形だけではなく、歌に中心を委ねてゐる詩的構造である。又もう一つの物語系統といはれる竹取物語にしても、情趣といった意味あひの詩精神に反して、これは甘美な夢想とか、遙かな空想とかに魂の世界を求めてゐる處、詩精神のミックスしてゐるのを見る事が出来る。古事記などから系列づけられる説話や、外来の佛教説話からやって来たものであらうが、この断定には多くの論を要するにしても、空想世界の奔放さが散文描寫の敍述の中に含まれてゐる事は否定出来ない。要約の意味を含めて「日本文学に於ける詩精神と散文精神の交流」に岩本堅一氏が述べられてゐる言葉を抽かう。

感激が言葉にリズムを生じ、それが或る一定の形をなしたものが和歌である。本来は感性の上に立ってゐるものである。激越なものも有り平静なものもあるが、要するに人間の嘆きである。

清少納言は殊に感受性の倫ひ無く鋭い人である。詠嘆的歌人的稟性の乏しかった訳では無い。而も和歌の形をとらない作物を遺した事は彼女の感覚が余りに鋭過ぎると共に一方に於て彼女の理智の冷厳が世間並みの詠嘆だけに止まらしめなかった故である。いはゞ卅一文字に盛り切れなかった情熱と冷静、憧憬と批判といふ不思議な錯綜した物を散文の形で造り出したのである。

これは清少納言について述べられたものであるが、巾広い才能の人間に対して、韻文と散文といふ両文藝標題が立つ位置を示したものである。

然し、かゝる問題の中に、犯し易い危険が存在する事を考へねばならない。といふのは「詩」といふ心の昂ぶりが文藝的感動そのものを表はす事があるからである。例へば美といふ概念が醜悪美まで含む場合には、崇高な心への衝撃が美と名づけられてゐるのであり、単に綺麗といふもののみを美の内容としてゐない。詩について同様な事は、詩が文藝的衝撃に解され名づけられる事である。この場合、詩を韻文とイコールに結ぶのは綺麗を美と結ぶのと同様な単純さになって来る。散文的に、極端に客観的に主観を混へず、描寫のみに一篇を爲して、それが生命の詩である事は十分経験するものである。リアリズムによる詩、これは例へばモンタージュ手法によって映画が、視覺的構成の中から立体性を、音楽性との提撃の中に生まうとする事など卑近な例であるかもしれない。文藝的感動が詩といふ韻律の中に求められる事は、人間感情の高潮が音楽、音声の中にある事をも意味してゐるわけで、この点からは逆に、感動そのものが表現といふ文藝意識をかちえた、ナイーブな韻文発生をも解釈しうるであらう。

然し、如何なる場合にも、人間感情の極致が、詩の概念に帰一して考へられるといふわけではない。

詩は、やはり文藝概念の中に生存してゐる。「かたる」といふ事から生まれて来る感動なのである。ショパンがその楽曲を通して詩人であるといふ云ひ方が爲されてゐる。この場合にはその楽曲によって語られる意味からの解釈をとってゐるのであり、詩情に富んだ絵画であるといふ云ひ方が爲される場合は、同様に「かたられる」事に於て、「意味」の中に、詩が感受されてゐるのである。かゝる場合、画家は、モチーフの文学的處理といった解釈を下す。美術の範囲以外にある造型であるといふのである。

もし、かゝる態度によって作品の検討がなされるのであるとすれば、總て優れた文藝は詩であり韻文文藝であり、逆のものは散文であり散文文藝である事になる。従って、散文性、韻文性の考察は、専ら唯物的な問題になってゆくであらう。文藝の方法、表現内容の類型、主としてかういった方面から考察してゆくべきであらうと思ふ。

粗雑な云ひ方をすれば、文藝史は散文と韻文との闘争史である。散文が隆盛であれば韻文は衰微の中にあり、韻文が文藝の王座にあれば散文は息絶え絶えの道を辿ってゆくやうである。文藝を生む人心の要求と、文藝を受け入れて存続せしめる社会との黙契の上に成り立つのであらうが、それは時代の忠実な要請に他ならない。そして、この二つは常に流動し、相互に、前の歴史を秘め、後の歴史に連ならうとする意志を宿して推移してゆく。人間の生命観は、時代と、その表白である文藝によって把へうるであらうが、例へば散文とか、韻文とかいった一つとの、二つによっては求められない。嘗ての遠い人々の心は、時代と、散文性と韻文性といふ三脚によって始めて安定する椅子の如きでもある。

第二節　散文文藝

第一項　散文性と寫実

散文といふものは形式面からの観方であるが、寫実といふものは文藝の方法面からの観方である。そして両者の間には、かゝる方法が、かゝる形式を規定するといふ関係が保たれて来る。然し、寫実――この語自身の不安定さは後程考へたいと思ふが――が散文性の最も強力な武器であるにしても、決して等號をもって結ばれる、同質のものであるわけではない。韻文文藝にあっても認めうる方法なのであるが、この寫実と、その齎らされて来る散文性、韻文性を以下考察してゆきたいと思ふ。

寫実を、非常に細分された後の方法として云ふ場合には、一つの文藝理念をこのもののみに於て形成しうる程の態度に迄及んでゐる。文藝といふものへの種々な認識の中から把へて来る、一様式の謂であり、自然主義とか、寫実主義とかいふ象徴主義に対しての稱がそれである。然し、これは可成りな迄に進展し、安定した文藝意識の下にあるもので、緻密な分類である。上代文藝には、かゝる認識が到底存在する筈はない。詠嘆、詠唱の記述に対する、客観描寫、敍述といったものがこの場合の寫実である。文藝である以上、描かれ歌はれるものは無論心情であり、作者の生命である。然しその表現過程には種々相がある。そのまゝの吐露に対して、外物の敍述の中にそれを果さうとするのがそれである。

写実の概観の次に、寫実的態度、つまり客観と散文、これに対する主観と韻律について触れたい。

心情の触発が言語に結びつく事、即ち太古的な文藝表現は、事を集団的な場合と個人的な場合に分けて、集団的な場合は自分の内容を他に語って共通な感動の場に導かうとするのであるから、目的は誘ひであり、抱擁である。これに対して個人的な場合は、一切対者に左右されない、専ら独自の境地が表現発生の源になってゐる。その体験を他人に強制しようといふのではない。絶対的な内部衝迫が言語の上にも表はれて来ようとするのである。従ってこの場合には表現の目的は訴へであり、高唱である。この二者の場合に、表現としての客観と主観が表はれて来るのは當然であらう。前者は客観的態度をとってをり、後者は主観的態度である。かゝる相異が記述の方法を異らせ、形態の形成を異らせて来る。

かく原始的には主観客観の発生基盤が既に決められてゐるかのやうであるが、語るといふ客観態度が個人の上にも表はれ、訴へるといふ主観態度が集団の上にも認識される場合の存在を解明せねばならない。それは韻文散文といふ形態から考へられて来ると思ふ。

客観的態度を個人がとる場合、これは時間的にやゝ降らねばならず、文藝としての意識が確立した後であり、唱和の如き実用性を失った後であるが、敍景詩の発生など、その最も好い例であらう。万葉集に於ける「寄物陳思」といふのは歌体の分類として擧げられたものであるが、概念的に總て日本詩歌の伝統は具象の中に思ひを述べようとする。文藝の側から云へば、その中に語られてゐる事件とか情景の中に感動を誘はれるのである。決して、思想歌とか概念歌とかの例は多くない。そしてこの場合には、韻律の意識が表現以前に既に存在してゐる。意識の中に、客観が流れてゆかうとする散文性への阻止がある。こゝに、韻文散文が逆の方向をとって作者――表現者――に与へられてゐるわけである。この連関の中に客観的韻文の成立があるが、個人の操作といふ事からは、心情の訴へが、理性の介在によって整理統合された後に表現される爲に起きるのである。従って、これは客観が民衆に成立したのと同時的に考へる事ではない。

これに対して主観的態度を集団がとる場合、これは敍事詩といふ形で把へられると思ふ。上古、文藝意識が確立せぬ以前に存在した民謡も、西欧的な英雄詩や史詩では必しも無いが、伝説を語り、神――絶対者の権威をおそれる合言葉として人々の間に行はれる場合、敍述の様式はやはり敍事詩的方向をとってゐる。そしてこれら民謡を含めた敍事詩は事件の共通性を前提として、口誦によって存続しつゞける。陳述が成文化する場合は、全体の話そのものの中に価値がおかれるが、口誦による場合は、各語各句のもつ意味合ひが、情緒的であり、勇壮であらねばならない。と同時に、これらは多く農耕とか休憩の時間にはやされるものであり、こゝに要求される集団の意識が勢ひ、語句の旋律化を伴って来る。即ち韻文といふ形態をとって来る。たゞ、この場合の韻律は前の場合と違って、成立が自らに備へたもので意識が形を整へしめたものではない。集団に見る主観的態度は斯る韻文と主観との結び付きによって得られるであらう。従って主観性が韻律的なものであるといふ前提に立たねばならないが、この事は不當ではない。

以上の如く、集団と他人をとはず、如何なる場にも韻文的な主観敍述と、散文的な客観敍述は成立するのであるが、次に寫実を歴史的な時間の上に眺めてみたいと思ふ。

古事記上巻の巻首近く、伊邪那岐伊邪那美二神の「あな美哉可愛少男を」「あな美哉可愛處女を」といふ所謂御所の目合の唱和を、文藝表現の萌芽の最初として見る事はよく行はれる事である。この中にこめられてゐるものは純抒情的な心情の吐露であるが、それは「あなにやし」といふ表現をとって「美」の感動を表はしてゐる。この場合「あなにやし」といふ語彙は何ら選択もなく「美」の想念と結びついてゆくのであらう。こゝに敍述そのものにかけられた表現者の意図を見つける事は困難である。然し、かゝる當初的な表現慾求が敍事と抒情の両面に拡大されて来て、敍述といふ意識が生まれ、寫実の態度を整へて来る。この敍述の必然は主情表現と描寫表現の先行後行をめぐって起って来る問題になる。この間の経過を、例を祝詞にとって考へてみよう。

久松潛一博士は大和時代文学の諸形態の一つとして敍事的抒情文学といふ名稱を与へられてゐる。即ち漂泊時代に於けるそれは祝詞であり、定着時代に於けるそれは宣命である。そして祝詞に関して「神話的事件や行爲の敍述は敍事といふ形態となり悪と穢を去って、善と幸福なる世界を実現しようとする意志が抒情といふ形態となる」と述べられてゐる。宣命は「宣」といふ意味に於て抒情的であり敍事的抒情文学といふ点は全く同一なのであるが、未来への希求、神への祈念が人間の主情表現を文藝化してゐるものである。然しその主情は單に嘆かうわけではなく、慨するわけではなく、神への帰一といふ只管な信仰の中に、神を讃へ、皇神を壽いでゐる。そしてこの中に必然的に起って来る事はその表現であった。つまり主情を投げ与へる以外の技術を必要とした。こゝに上代人の寫実――敍述、客観描寫が生まれねばならなかった。久松博士の言はれる敍事の抒情である。

然し、此處に全的な寫実の観念を投入するわけにはゆかない。

皇神の見霽かし坐《ま》す四方の國は天の壁立つ極み國の退立つ限り青雲の靄く極み白雲の墜りゐ向伏す限り……（祈年祭）

かゝる一例に於ても明瞭な如く、これは確かに敍述しようとする具象を見ないわけにはゆかない。然し、この敍述が念願する描寫は、或は広大とか、或は無窮とかいふ一つの感情の描寫であるに過ぎない。これは逆に、主情の表現ですらあるかもしれない。この幾重にも形容された語句は明らかに韻律的効果を齎らしてゐる。韻文的な主観表現に他ならないのではないだらうか。

この事は勿論古事記にも見られる。

綾帷帳の　軽やが下に
蒸し被　柔やが下に
栲被　清ぐが下に（記、上巻）

然し、これは祝詞にしても、古事記に插入された民謠にしても、それが誦へられ、歌はれる上の形式美があったわけで、歴史的な先行性のみをこゝに考へる事は必しも正しくないであらう。むしろ、この諧調、主情表現の喪失過程に歌はれた文藝と然らざる文藝との位相を見るべきであるかもしれない。

更に岩本堅一氏は「なす（如く）」といふ語を中心にして寫実を説いてをられる。祝詞としては、

湯津磐村の如く塞やる（道饗祭）

晝は五月蠅なす水沸き（出雲國造神賀詞）

など、又

國稚く浮脂の如くにして海月如す漂へる時に

といふ古事記の冒頭を例記されてゐるが、説明といふ表現形態の中に含まれて寫実精神を見る事は可能であらう。然し同時に、これを比喩と見る場合は、はっきりした明喩であり寫実表現とは離れて来る点、如何に解釈されるのであらうか。

かく祝詞に於てほゞ察せられる狀態の如く、主情表現は寫実表現に先行しつゝ、その間にあって寫実敍述の必然性は用意されて来ようとしてゐる。寫実の歴史的推移が見られようと思ふ。

上代文藝に於ける寫実は、とりも直さず散文性を物語るものであり、以下の散文性研究の各論もこれを中心にして爲されてゆくべきであるが、概観して云ひうる事は、上代文藝が、口語り、伝誦の文書化である爲、風土記や一部記紀に残された説話を除いて多く歌謠である。從って、韻文性の故の寫実の不完全は蔽ふべくもない。眞の意味の寫実はやはり平安時代にかなり近づく頃迄認めてはならぬのではあるまいか。前述した如く岩本氏はこの時代に既に寫実精神を認めてをられるが、その寫実精神は「平安朝に至って漸く其の極地に達したといって宜しい」と云はれてゐる。そしてその後の寫実精神は「漸く浅膚な観念的なものとなり同時に又想像とか飛躍とか詩的高邁なもので無くなって」しまったと述べてをられる。一説に眞の寫実文藝は西鶴に始まるとも云はれるが、平安時代への散文性の推移は後考してみたいと思ふ。上代に於ける散文の認識より散文の存在へと、これがその大綱ではある。

第二項　散文性と虚構

抒情がリズムをもって表現され、表記化されるのに対して、物体そのものの中にこめられた文藝感動が表現され表記化される場合の、散文形発生は既に述べたのであるが、この機に附着して起る現象として、敍述に於ける寫実と共に、統一意志に於ける虚構といふことを次に考へねばならぬと思ふ。

虚構といふこと自体も解釈によって区々であらうが、此處では文藝の結構も含めて考へるべきであらう。文藝が現実質体に感を発して形作られる時、この人生の再生産の在り方は決して現実そのものと同じ因果をとってゐない。最初の問題にして最後の問題であるのは、その文藝の中で読者が如何にその感動を操られるかといふ事である。從ってその一篇中に語られてゐる人生、現実、たゞそればかりが眞実である筈である。かゝる處に文藝に於ける虚構の出発が存する事は云ふ迄もない。然し、それは敢く迄も文藝意識が明瞭になってからの問題であり、その中には文藝の創作に只管殉じてゆかうとしてゐる人間の存在が含まれてゐる。文藝発生の曙に、そういった人間心理は求めるべきものでもないし、現象としてもあり得るべきものでもない。この薄明の文藝の中に、虚構といふ文藝理論を導入する事が出来うるとしたら、それは當然、もっと幼稚な操作に延長された概念とならなければならぬだらう。久松潛一博士の言はれるやうに、漂泊時代の古典研究には殆ど直観性は叶へられない、とするならば我々は益々古典に存する形のみに、歴史性のみを頼りにして古代文藝を把へねばならない。与へられた形態から繽繹して来なければならない。この過程に、例へそれが文藝作家の——上代歌謠の場合には民衆ですらあるのだから——創造した別人生でないとしても、結果として与へられた一篇が一場の人生の舞台であれば、劇的な人生の形相であれば、それは虚構と名づけても不當ではないであらう。人生を描かうとする意図があるのだから。虚構は人生を眞実置換の後に描く構成であるが、この結構は、反転を爲さしめずにそのまゝ描く構成であるのだから。

上代文藝に於てかゝる結構をもつものは幾らかの形で眺める事が出来る。然し、記紀風土記などの場合には、敢く迄も主体が歴史的事実の記述、或は古老伝承の収録であるから、純粋な文藝意図に出たものでないので、かゝる歴史や地誌の中に散在するものを偶然的に摘出するといふ形をとる。それは傍系的な裁断の与へ方でもある。従ってこの場合に考へられる事は、歴史と文藝との相関であらう。史実と史観とに挾まれて歴史が書かれてゆくその間に、如何なる才幹と如何なる筆致が文藝を、つまり感情と運命とを登場させてゆくかといふ事になるのであらう。歴史記述の範囲内に許される虚僞が文藝形成の第一歩であるとも云へる。文藝の場合、これは當然作爲的でなければならぬのであるが、歴史の持つ自然な虚僞か、作爲的文藝意識かは早急な判断を下しえない。古典に臨む場合の我々の遠い時間の距りを越えて、歴史と直観の合致の中に、尚感動をもってゐる事は、我々が共通する精神の上に棲んでゐるのを意味するのだが、古事記一巻を通して我々の心に鮮かな残像をとゞめるものは景行天皇の條、小碓命に託された地方経營の経緯《いきさつ》であらう。古事記の編者はこれに倭建命といふ名を奉ってゐる如く、上古に存した多くの、而して断片の英雄譚がこゝに形成されたのでもあらうが、私は、英雄といふと、華麗なるが故にその陰に附き纏った運命の悲しみに心おののく。走水に入水する后を点綴する事も、事の遂行の裏に運命が要求する愛の犠牲であるに他ならない。海神への贄と信じた上代人と、或は地方豪族への女身の生贄か素朴な自然信仰によるものかと信ずる現代人との相違はあるにしても、そこに華麗が秘めた悲哀を信ずる事は共に違ひはしない。又插入の歌謡にしても、例へ、別々に存在してゐた事件と歌謡であるにせよ、京を前にして命亡せんとする皇子が「隱白檮が葉を髻華に插せその子」と歌ふ事自体の中には、十分な人生の劇《ドラマ》の感受があると認めねばならない。前述したやうに勿論、この條も憧憬といふ意味の神話的世界を背景とした古事記の敍述の一部であるが、か丶る歴史の虚僞はあったに違ひない。そういった虚僞を犯して迄描かうとするものは、作者の文藝活動とする創造ではなくとも、語そのものの中にこめられた結構である。文藝理論としては伏線とも云ふべく「天皇既く吾を死ねとや思ほすらむ」と作者は前述するのである。

更に、か丶る散文についてのみならず韻文にも虚構という事は考へられる。上代散文が原始的虚構をもったと同じ経過によって、韻文では敍事詩といはれるものがそれを有ってゐやう。敍事詩は、史詩であればその權威に、英雄詩であればその憧憬に、美女の伝説詩であればその追憶に、夫々感情の統一がある点、散文より、より容易く結構は備はるかもしれない。この例として考へ合はされるのは所謂物語詩といったものもあらう。紀の継体天皇の條に見える月夜の清談の後の歌の贈答は、形式内容著しく物語的で殆ど口誦む事は出来ないものである事も既に云はれてゐる事である。これは記に於ても雄略天皇の條、若日下部王が坂の上に立って歌ったといふ歌にも見られ、且つこの歌は「其の思ひ妻𪫧怜」といふ結びになってゐる。説かれる様にか丶る種類の歌は歌舞の時などに謠はれたものであって、個人の有した表現ではありえない。更にこの歌が多い類似点をもって他にも存在する点、一つの物語詩或は敍事詩的な合唱歌体が各地にあったと見られるであらう。これを時間的な面から眺めてみると物語詩の時期といふ風に把へられるが、韻文にても斯かる結構をとって散文化したといふ現象説明のみ考へて、詳しくは後述したいと思ふ。又、かく内容的に検討する迄もなく、言葉になって歌謠の最後に「事の語り言も是をば」といった句が添へられてゐる幾何のものを見る時、こゝにも伝説を散文の形で語り伝へるのと全く同様に、歌謠の形で口誦されて来た古事の詩を見る事が出来やう。

この一篇の構成として虚構をはらんだものの他に、対語体によってかゝる状態が果されてゐる場合がある。唱和する各々が各々の心情を基として、一つの事について語り、且つそのやりとりの内に事件が進展してゆくといふ形態をとるわけで、演劇的な感じを伴ふものである。この場合必しも必要でないかもしれぬが、上古歌垣などによって爲された場合には當然動作が加はるとすれば立体藝術の表現をすらとってゐるのであり、虚構性は十全と云はなければならぬ。降って万葉集中にも唱和の形をとってゐるものは見られるが、單にこの言語表現を通しても、描かれて来る物語のイメージがある。この二者併列に虚構が成立するといふ事なのであるが、然し、例へば歌垣などの如く実際に唱和するのみではなく、十分な用意が隠された唱和体になる過程は、夫々見る事が出来る。かの記紀所伝を異にしてゐる鮪（志毘）臣との唱和に於ては記では実際の歌垣の経過のみを記し、後の政権確立への抗争の橋渡しとしてゐるにすぎぬが、紀では影媛を中心として後日譚に及んで情緒的に描き、且つ歌垣の状態も間に説明を入れて補ってゐる。同じ史実の扱ひ方の相異である。勿論影媛が自身で「影媛あはれ」と唱ふ筈はないので、三人稱をとるべき作者が他に――恐らく民衆として――ゐてそれらによって歌はれてゐたものであったらう。かゝる民謠を取入れて来てその處理を自らの歌にする点、次代へ流れてゆく発生形態を示してもゐるのであらう。ともあれ、紀のこの一聯にはこれらの歌を並べる事によって一つの結構が果され、物語が語られてゐるといふ事が出来る。歌の連続による虚構はかゝる点に云へると思ふ。

以上、虚構を上代文藝の中に二三見て来たが、散文の場合は勿論、韻文の場合にても、この要素を附加される事によって總て物語られる文藝へと推移してゆく。散文、上古のそれは神話であり、古老伝承の中にある説話であるが、これらは時として短篇めいた物語を形作るかに見えるが、非常に簡單なものであり、心理描寫や人物描寫には到ろうとはしない。「一つの作物の中に織込まれ、附記され、隨從せしめられてゐる挿話的なもの」だと岩本堅一「歌物語以前の寫実的短篇」には述べられてゐるが、強いて云へば小説的要素を現実描寫が獲得してゐるのであらう。然しこの要素は後代散文文藝への流れの中に輝きを放って来る。岡崎義恵氏は「神話は説話（narrative）として將来のエピック、ロマンス、ドラマなどの萌芽を有してゐる」と結論されてゐるし、同時に「神話は單なる説話でも、科学の一形態でも、藝術又は歴史の一部門でも、説明的物語でもない」といふB. Malinowskiの論断（"Myth in Primitive Psychology" P124）を引かれてゐる。古事記風土記など上代が有する、神を背負った説話伝説群は、或は歌との結合による物語となり、或は佛教説話などとの混合によって次代の物語となりて流れてゆく。又韻文に於ても、登場人物が「彼」となり、物語歌への濃度を深めてゆくと「この物語歌の性質は万葉集巻九、巻十六の中に見える伝説歌に結び」（久松潛一「万葉集の新研究」）ついて来る。これらはすべて原生敍述形態が信仰といふ絶対拝跪から脱して、個々人の生活体験の中に文藝が育てられるやうになる事と相俟つのは當然であるが、夫々の形態が結構、虚構を整へる事によって進められて来ようとしてゐる。エピックが生まれるのも、ロマンスが生まれるのも、ドラマが生まれるのも。

書紀巻十七、継体天皇の條に

斐然之藻　忽に言に形はれ乃ち口唱ひて曰く

と書かれてゐる。斐然之藻——ふみつくるみやび（訓・黒板勝美）、この短い語の中に語られてゐる當時の文藝意識を、驚きをもって私は見つめるが、更に次の「歌」は全く敍述を中心とした、抒情詩ではないものである。結構を描く事に第一の文藝の進展がある事を、そしてそこに現はれて来るものが散文文藝である事を、認めないわけには行かない。

第三項　物語と小説

過程として、又要素として韻文的な散文があったり、散文性をもった韻文があったりする事は考へられるが、結局形式の稱として物語、小説を散文文藝といひ、詩歌を韻文文藝といふのが普通の場合である。散文文藝、つまり散文性の十全のものを、寫実、虚構の後に眺めてみたいといふ考へを、物語小説の上に以下果さうと思ふ。

散文文藝の最も完全な型として想起する小説は、無論この考へ方に誤りは無いにしても、この概念が十九世紀に到って確立された故にかゝる時間的な要素を加へて考へる事は今の場合正しくない。たゞ單に散文文藝としての要素をより完全に具顯してゐるといふ発展の度合のみを考へるべきである。この事を前提として考察を進めるならば、次のやうな系統が散文文藝の中に引けるのではあるまいかと思ふ。

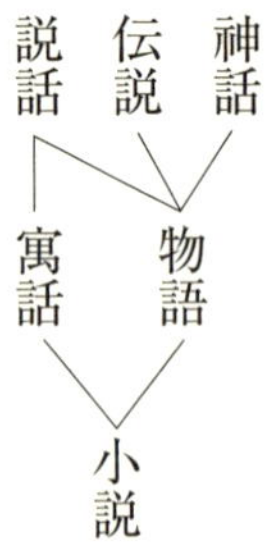

小説は人生を表現しようとするものであり、その故に文藝であるのだが、伝説、説話はたゞ外界の

敍述を行ふものである。これが神話の場合はや、感情の投入があるのであるが、自らの生の表現で無い点は同じであり、その故にこの一群は文藝以前である。この文藝以前から文藝への移りの中に物語が、更に寓話が存在する。物語は既に文藝である。表現の意図を備へてゐるからである。この点を同じくするのが寓話であるが、平安中世に行はれた説話の中、世俗説話は前図の説話であり佛教説話は前図の寓話として考へたのである。寓話はFablesとして考へてもよいと思ふが、民衆と或は土地と共存するそれが、話しとしての裏打ちをもって語られる点、説話より一歩の前進がある。物語は同様Narrationとして考へてもよからうが、記述されるものであり乍ら、尚口談の残影がある点、完全な文字表現の小説より一歩前の散文といふ事が出来るであらう。語るといふ態度の含むものは一人称の陳述である。これは未だ抒情と絶縁し切れぬ事をも附随してゐるのである。

かく、物語と小説は対立の関係で示されるのではなく、主従流動の形で示される爲に、一方が一方を含み、一方が一方に含まれるといふ形が与へられる。小説のもってゐる散文文藝としての諸要素、それを実際から摘出して散文性といふ概念を明瞭にする事、そして物語のもつ散文性、小説性を考究する事が、本稿と、本項に於ける命題でなければならない。

小説が要素とするもの、それは恐らく一致した結論のないものであらうが、麻生磯次博士の云はれる（「國文学概論」）「文藝に関する面と文学理念に関する面」に分析して考へるならば、前者に含まれるものとして脚色、言語表現、動作、背景など、後者に含まれるものとして構想、人間、更に両者の寄って成す處に文体などがあらう。脚色は屢々前述したやうな現実と文藝現実との置換を示すものであり虚構もこの中に含められて来ようが、その故に、文藝の根本技法とも云へるべきものである。「奥の細道」は紀行文であるが尚事実と違った行程が記されてゐるのは、よく云はれる事であり、こゝに芭蕉の文学意図を見る事が出来るのである。言語表現といふのは文藝現実の構成の爲に要求される文章の交錯などを指すが、劇の場合のやうに対話《ディアログ》と動作《アクション》が別なもので示されるのと異なり、一様に文学表現をとる爲の單調さを防ぐものである。従って特に「対話」を中心としてこれは考へられる。歌物語のあるものに云へるやうに和歌がそういった部分を占め、敍述が地の文を占めるといった行き方はこの間の消息にかゝはるものであらう。次の動作といふのは文藝作品に登場する人間、動物の動きを謂ふが、これがその作品の型を決定するといってもいゝ。この中にPlotも織り込まれ作品の形象化が爲される。脚色を持たぬ歴史記述はこの動作のみを描いてゐる事なのであるが、それが往々にして脚色とまごふばかりに迫る時、文藝以前の説話や伝説が文藝感を齎らし、我々の中に生きる事になるのである。背景は以上の対話や動作が如何なる場に於て爲されるかといふ、場所、環境、などを設定する事で主要な文藝技法でなければならぬ。伝奇文藝寫実文藝といった分類もこの背景の考慮なく、手法のみでは出来難い区分である。フランス文藝の初期にアムールクルトワといふ語が見られるのもかゝる背景からの見方であり、この点は王朝文学といった稱にも同様である。以上のやうな諸点について満足な文藝性（文学藝術性）をもつ事が小説には必要であるが、同時にもう一面の文藝理念も不可欠な要素である。構想といふものは、Idea、Thoughtなどの概念を含めて用ひたのであるが、作者が如何なる考へを作品化しようとするか、それが如何なる形をとって与へられようとしてゐるか、かゝる事を指してゐる。従ってこの場合には言語を表現の具とするのではなく、文藝を表現の具としてゐなければならない。この点、上代歌謡に見られるものはかゝる構想なく、文藝理念を有してゐるものではない。文藝思潮といふものはすべてこの中に含まれ、時代と風土との交差に支へられた文藝精神が具顕するのもこの中に於てである。又人間といふのは前述動作の主体であるが、これは文藝技法からの観方故動作の中に含めて考へ、理念としての人間といふのは、人生を背負った性格といふ意味である。文藝が人生の表現といふ点に成立つ以上、人間といふ点は文藝に必須でなければならない。その人間が一つの具体として、数知れぬ一般の快楽とか苦悩とかいふ抽象を解釈すべく取り出されるのである。その人間は作者の分身であり、人間そのものの代行者である。従って作者の意志はその人間によって語られ、この点前述の構想と相俟つものである。この人間を描くといふ点に於て、上代の散文は悉く文藝の名に適はしくないと思はれるのである。

最後に文体といふことに就いては、私はこれを広い意味に解したい。ある場合文体 Style は技法としてのみ考へられるが、この意味の表現手法は無論考へられるにしても、その表現をとらうとする作家主体の態度、それが文藝の姿を規制してゆく上に表はれる形、これを文体として見たいと思ふ。従ってこれは文藝技法と文藝理念両方に成されるもので、嚴しい個性の所産でなければならない。民衆的敍事詩は遠い文藝の源泉でも、或は昔話でもあったらうけれども、この点からの文藝理論の確立は望みえない。物語に例をとってみても、竹取翁を主人公とする以上、これは種々説話の集合である傾きが強く、「文体」のきはやかさはさして無い。

以上擧げて来た諸点が小説の要素として考へられ、これが十全に散文文藝の性格であると一応考へられるのであるが、然し、小説といふ概念は外國文学に由来するもので、これを日本文藝に借用する時には、猶私小説 Ich Roman といふ特別な呼稱を必要とする。私はこれが絶対宿命的なものであり、未来を限るものだとは解したくないし、私小説を超えて所謂小説が存在しても構はぬと思ふが、現在としても、か丶る西欧概念になる小説が困難であるには相違ない。従ってこの点に於ては、日本風土の小説といふ風に考へてみたいのである。柳田國男氏は「昔話と文学」に於てかう語ってをられる。

一方には又その古くからのものを排除してしまった空隙には、ちょうどそれに嵌るやうな文学が招き入れられるのであります。（中略）この文学以前とも名づくべき鑄型は、可なり入組んだ内景を具へて居りました。それへ注ぎ込まれたものの固まりである故に、國の文学はそれ〴〵にちがった外貌を呈するのではないかと私などは思って居ります。何べん輸入をして見ても文学の定義がしっくりと我邦の実状に合ったといふ感じがせぬのも、さうなれば少しも不思議はありません。

結果を頑迷な國家主義精神にさへ及ばしめなければ、外國文藝理論の直輸入への反省は無ければならぬであらう。

か丶る日本風土の小説として、物語を、一応の散文文藝の形成と見る事は出来るであらう。竹取物語に始まる平安物語文藝の発生とその源氏物語に到る達成の中に。散文文藝の様態を一応整へたといふことと、前述した散文文藝性の具備といふことの中に。従って、その中間にあっては、冒述した小説への手前の形としてしか考へられない。伝奇物語に於ては構想や文体に、寫実物語に於ては脚色、言語表現の中に、更に歌物語に於ては韻文との倚存といふ根本的な態度に、夫々の前代性は認められねばならない。

以上文藝史的に見た場合は一歩譲った散文性をもつ物語であるので、物語の小説性を前代後代との相関の中に許容してゆくべきであらう。

第三節　韻文文藝

第一項　敍事詩

広く敍述を含めて敍事が文藝として成立する場合、必然的な結びつき（散文性を通して）は散文の敍事文藝に形象されるのであらうが、これが韻文の上に爲された時、敍事詩といふ形態が発生する。従って以下敍事詩の考察に當って、先づ敍事文藝そのものを概観し、その下に敍事詩の位相を求めてゆくのが穏當ではないかと思ふ。

a．敍事文藝

敍事文藝といふのは、作品の主概念として一切主観的表現を排し、専ら客観的な事象の敍述のみが文藝態度として執られるのであるから、この場合には敍述そのものに感動が宿されてゐなければならぬし、表現の達成がなければならぬ。従ってこの場合には敍述といふ手法自身が、單なる表記を脱した一つの目的と原因に繋がれてゐなければならない。敍述そのものが大きな意義をもって来るのである。

然し、か丶る敍述への依存も、かなり種々相が考へられる。敍述によって人々の感動に訴へようとする時の畢竟の目的は、そこに敍述する事象なり事件なりの全体を第三者の脳裡に構成せしめうる事である。であるから、その敍述内容が既に脳裡にあれば、敍述の一半は不要になる。こ丶に連想とか、既成概念の働きが見られるからであるが、つまり全く未知の内容を作者の敍述によって訴へる場合と、既知の内容を語る場合には敍述の様式も、作者に於ける認識も全く異って来るのである。上代の敍事にあっては大体後者の場合が多いであらう。この場合には逆に、既知のものが敍述され敍事文となるといった方向をとったと思はれる。事件が既知である事、これが要件であったのである。この事が上代敍事文の一つの制約でもあり特色づけでもあった事が云へる。記紀の神話や歴史伝説などの敍述が考へられるであらう。

更に既知の事件でなくとも、未知の事件でもない場合の敍述が、やはりこの立場の相違から異って来なければならないであらう。この中には類推とか空想とかの心理を譲歩した敍述の飛躍が考へられるし、同時に表現面から見れば多くの敍述類型に群々を形づくって考へられる事もあるであらう。敍事文の類型といふ事は、單なる空想にも難くない事であるが、殊に説話の中に於ては、その敍述の因果、結構によって集団名が爲され、説話圈の設定は、例へば民族の起源移動等の考証に迄与って来ようとする。日本の場合でも各地の個有する説話敍述が共通の類型を持ったり、又海外の民族のそれにも考へうるものである。この場合共通といふ事は必しも内容結構のみを指すのではなく、精神の在り方、古への思惟、にも考へられるわけである。古事記編纂に當って、各氏族の有した説話伝承群の統一が、例へば大和のそれと出雲のそれの間に抗争とし、帰一として同一事象の上に述べられてゐるのは、その故でもあった。

又敍述内容の未知といふ場合は、それが個人の思考の中に育くまれ、大衆に示されるのであって、これは文藝といふものが個性の中に確立し、民衆文藝を離れた後に起るものである。作る人間が存在するのである。従ってこの場合には個人から出て大衆に帰するべき、敍述の普遍性が要求されて来なければならない。個の特殊な登場人物、個の特殊な土地、それは一般の共通を負った人物であり土地でなければならない。それらを語らうとする敍述の意図が含まれて来るし、特殊な体験に終らしめない敍述の用意がなされて来る。そしてそれと前者二つを区別するものが敍事文藝の歴史性であると思ふ。

個人の敍述による敍事文藝、それは作るといふ事自体に於て、既に文藝理念を前提としてゐる。理念を物語るのは主観の操作である。敍事に於ては主観は裏面のものでなければならぬであらう。然し、この場合の裏面といふのは表記される物を境としての謂であって、如何なる敍事文藝に於ても客体の敍述を選択するものは主観である。文藝理念が敍述を方法、道具として具体化するものが文藝である。既知、可想の事象の敍述に於て、私が敍事文といふ言葉を用ひて来たのは、こゝに文藝と文藝以前を区切らうとしたからに他ならない。未知の事象を語る時に起る敍述は、敍述を与へる主観があるのに対して前二者の場合は、たゞ事件の流動のみを敍述するのであって、それを統御する主観は存在しない。この主観を獲得する事によって敍事文が敍事文藝になると、かく敍事文藝の歴史は把へられるであらう。

この主観を齎らしたのは何であったらうか、久松潜一博士は記紀の敍事と万葉集の敍事を概論してかう述べられてゐる。

敍事文学は抒情文学と違って作者の主観は影をかくして事件の流動そのものに基点をもつ。然し意識的に主観が其中に織り込まれてゐるのは抒情文学から出発した後の敍事文学に於て、認められるのであって、原始的な敍事文学に於ては意識的に、主観は織りこまれてゐない様に思ふ。

（「万葉集の新研究」）

抒情といふ表現は、當初的には全く客観を離れた、主観のみに成立つ慾求である。抒情詩に就いては次項に於て瞥見したいと思ってゐるが、この詠嘆に始まる抒情詩は敍事詩と全くうらはらな文藝表現の態度であり、それは唯一の、主観を基点としてゐる。抒情詩の発生は主観の表現の発見であったわけであるが、更にこの抒情は詩の方法としても象徴と、寫実と発展し、又散文文藝の上にもこの態度を設定していった。主観が寫実といふ客観性に到達し、散文性といふ敍事を獲得した處に、敍事を通して主観が表現される文藝の成立が爲されたのであらう。無論抒情に関しても文藝以前と文藝とが云ひうる事は、敍事に関して云ひえたのと全く同様であり、單なる叫喚や憤怒が詠嘆といふ最初の抒情文藝表現に到着する間には一つの因子が無ければならぬわけである。この間には逆に抒情への叙事の働きかけが考へられるが、詳述を後に譲るとしても、とまれ、この両者間の交通の必然は考へて然るべきものだと思ふのである。

更にこの主観といふ事を通して考へられる事は、民族的叙事文藝と個人的叙事文藝といふ事である。主観の確立が文学理念の表白であり、これは個人によって特殊化された一般である時、そこには個性が文藝主体として浮き上って来る。個人の精神風土が生んだ叙事詩なのであるが、これに対して、全く内容的には同じものであり乍ら、それを生む文藝主体が集団である場合、その対比である。

現代に、我々が文藝表現として叙事詩をもつ事は、非常に稀なケースであり、主として叙事散文——小説などの中に叙事文藝は存在してゐるが、各國各地の昔日に於て叙事詩が行はれた事は不思議な一致と云はなければならない。その一々については既に見て来た（第一節第二項）が、この場合には決して一人の作者が存するのではなく、民族そのものとして叙事詩が考へられるのである。詩といふのは、かゝる物語が口誦され、伝承される故にリズムをもつ爲にそう云はれるのであるから、これは叙事文藝と広く考へても誤りではない。かゝる叙事文藝を民族が有する事は、民族の尊厳と、自然の畏怖との二面から原因が考へられるので、歴史の確認、自然神の崇拝から出発する、民族といふ集団を離れては考へられぬものである。イリアッド、オディッセイが輝かしい民族の顯賞である限り、ホーマーの実存は影を薄めてゆく他はない。日本に於ける民族的叙事文藝は記紀風土記に見られる、物語の断片や説話などであるが、海外文藝に見られるやうな雄篇といふものを有たない。これは屢々述べて来たやうな日本上代の文藝性の稀薄によるものでもあらうか。然し、例へば古事記全巻を一篇の敍事文藝と見なす事は出来ないにしても、この中に含まれる断片は、人間の感動を敍する片々でもある事は言を俟たない。小説話群に民族的敍事文藝を見るのである。これが個人的敍事文藝へ移行するのは、間に抒情文藝が見られ、この後に目覺めて来る自己意識からである事は前述で果し得たと思ふ。久松博士の表現に從はせて頂くならば「刹那の感情が理智的に反省を加へられる樣になれば、感情の歴史となり、こゝに物語が構成される」のである。前述したやうに後代の敍事は詩の上に爲される事が稀であったが、試みられなかったわけではなく、かゝる後代の敍事詩、即ち個人的敍事文藝を上代の民族的なそれ、Nationalepos に対して Kunstepos と別稱する学説もある。敍事詩そのものについては後述するが、兔に角、両者が單に作者を異にするといふのみでない、本質的な文藝差がある所以なのである。

最後にかゝる敍事文藝と抒情が、別個に存在するのではなく、同時的な文藝内容として成立する事が考へられるので、これを見てみたい。

文藝としての敍事は抒情と決して背反する概念でない事は前述した。上代文藝に於ける二者はたゞ表記上の背反である。然らばこの精神の二様が、表記の二様をともなって、必ず交錯するであらう事は何人にも想像されうる事である。即ち、敍事的抒情文藝と、抒情的敍事文藝とが形成されるのである。

この二者は何れも、二つの要素とする敍事と抒情が、その文体を統率し、その精神を規定する要素を、何れが獲得するかに依ってゐる。敍事的抒情文藝に於ては抒情といふ表現態度が、その文藝の目的であるのであり、敍事はその目的を達成する文藝の方法である。その目的に於ては純粋抒情文藝と何ら異るものは、無いと考へるべきであらう。この事は抒情的敍事文藝に於ても同様である。敍事といふ目的と、抒情といふ方法の混成が形作るスタイルがかゝるものである。

然し、純粋に抒情詩ではなく、純粋に敍事文藝ではないといふ点に、やはり何らかの必然を、牽制を、見るべきであらう。何故敍事を抒情に必要としたか、何故抒情を拉し来って敍事を果そうとしたか、この間に問題はあるわけであるが、人間の本性として有ってゐる思考の二流、それが大きく形作られた時の思潮の対立、これがかゝる表現法をとらしめて来るのである。文藝史的に見る場合には、かゝる表現法を執らなければならなかった、時代の要請に、より多くの問題を見出ださねばならぬであらう。敍事的抒情文学として久松博士は、漂泊時代に於ける「祝詞」、定着時代に於ける「宣命」を擧げてをられ、「のる」抒情を主眼とした敍事である事を云はれてゐる。旅人、憶良らに見られる現実感と詩性の関係を併せて考へうる事である。又所謂散文詩などもそうであらうが、逆の場合としては歌物語など抒情的敍事文藝といへるのではあるまいか。散文詩といふが如きは散文と韻文（Verse、従って詩）の何れに属するかすら人々の見解によって区々であるが、ボードレールは「詩的散文」といふと同時に「散文の領域に立入って、それを抱擁する事によって詩の限界を拡げようとした」事も云はれるのであって、結局、創始者ボードレールにポーの短篇小説の影響があった故といはれる如く、その時代思潮の所産でなければならない。卑近な例をとってみても、リリックの時代であった明治を過去として、散文の時代である昭和の中に詩歌の盛衰を辿る事も現代文学に可能な現象である。歌物語にしても、私家集であるとも物語であるとも云はれるのを一端として、万葉第四期の爛熟の果に衰微していった韻文の後に次いで、人心に迎へられて来た散文敍述が、あの時代の歌物語なるものを産み出したとみる事は誤りではないであらう。これらはすべて時代の要請の中に抒情と敍事が交流していったからであった。以上の敍事文と敍事文藝、敍述の民族性と個人性らは抒情を中心として把へられる縦の形であるが、この敍事的抒情、抒情的敍事は横の形として把へられる、敍事文藝の位相でもあるであらう。敍事詩を單独に把へて次に述べたいと思ふが、この場合、現象としてはそうなる結果を多くもったとしても、詩といふ形態概念と、抒情といふ表白概念とは全く別個に出発して考へるべきではないかと私は思ふ。

b．敍事詩

前述の関聯に於て、敍事詩と抒情詩の相関を考へてみたい。敍事詩は Epic の訳であり、抒情詩は Lyric の訳であるが、この Epic、Lyric は原始態に於て、人々に口誦されるものが前者であり、楽器に合はせて歌はれるものが後者であると区別されてゐる。Lyric といふものがきらびやかな背景の上に成る愛情の世界を内容として、例へば宮廷などに歌はれた事から出来した、詩の一群の稱であったし、同様にこれら後出のものと異なり、民族が古くからもってゐる、歴史を背景とした事件を持つ詩の一群に与へられた稱であったからであらう。口誦とか、楽器に合はせて歌ふとかいふ事は属性に他ならなかったのであらう。

然し、か丶る属性を許した事に、夫々が持つ詩性の決定が考へられるのではないだらうか。発生と、歴史がこの中から考へられて来るのである。

敍事詩の系譜を辿るならば、それは歴史の分化である。歴史のもつ客観の事象描寫が、文藝としての意図、つまり誇張とか修飾とか、或はその逆の省略とか整理とか、更に全く別なものの插入結合などを経て、出来上ってゆくであらう。これにはかなりな長年月が考へられ、一定の集団民衆が設定されて来る。この時間と空間の中に、或は神との直結を信じ、或は先人の蘇生を思ひ、敍事詩は形をなして来ようとする。そしてこれらは個人の創造の中に生誕するのではなくて、民族共通のものとしての口誦や口伝が存在の場になってゐるのである。か丶る操作の中に敍事詩は偶然と本能に支へられて文藝性を獲得して来る。多くは、たゞ語られる事の興味なのであるが、然しその中にも文藝世界といふ別現実が、強く人々の心に喰ひ入ってゆく事は否定出来ない。この要素から文藝的 Fiction が、伝奇といった多分に危ふげな足取りではあるが、出て来るのである。こ丶に所謂伝奇物語の派生が考へられる。これは物語性を虚構の上に確立した点に於て、来るべき小説の姿を秘めてゐるものであるが、同時に敍事詩が生み出された歴史は、敍事詩がその伝奇性を漸増しつつ伝奇物語に到ると、完全に敍事詩とも離れ、伝奇物語とも無論分離して、その科学的態度を確立する。こ丶に於て敍事詩はその事実記述を歴史に奪はれ、文藝性として持ってゐた虚構を伝奇物語に委ね、且つ技術の中への進展が捗らぬと、その存在位置を喪はなくてはならなくなる。この敍事詩の崩壊と時を同じくして生まれて来る——人心の中にクローズアップされて来るものに抒情詩があるのであるが、然しこれは此處に接触点を見出すので、抒情詩の生滅は別系統にある。

抒情詩は、専らその表現方法と表現内容との上にかゝって発展して来てゐる。最も原始的な段階にあるものは詠嘆手法によってゐるものであり、「詩者志之所之也、在心爲志、発言爲詩、情動于中、而形于言」(「詩経」子夏序)といふ根本理念に密着した表現法であるが、これがやゝ理性との合体によって出来た態度が抒情詩といふ形態を確立したのである。こゝに崩壊してゆかうとする敍事詩との対面が行はれようとするならば、詩的感動を伝って、容易く両者の交通はなされるであらう。前述した敍事詩——民族的敍事文藝が抒情詩を媒介して個人的敍事文藝に流れていった事の、そのエポックがこの時にあった。この抒情詩にとっては膨張の時に、抒情詩は新たな表現技術を種々に自らのものとしていった。その中の一つとして寫実があった事も、従って抒情詩が次に物語詩に流れていった事も、今は想像に難くないであらう。物語詩は更に純粋な抒情精神を観照といふ態度の中に設定して、この寫実の上に一歩を進め、敍景詩へ流れてゆくが、この抒情詩の流れは暫く措く。そしてこゝで問題にしたいのは敍事詩とこの物語詩との関係であらう。物語詩はかくの如く全く発生を異にした抒情詩の一形であるのであり、敍事詩が歴史といふ科学的な記述文からの文藝への登場といふのに比べて全く別個のものでなければならない。万葉集中にみられる伝説歌などを例にとってみても、これを敍事詩の一形として見る事は肯んじ難い。例へ、それが抒情文藝との接触の後に確定した、個人的文藝であり、主観的なものだと主張しても。物語詩は單に敍述が韻文に行はれてゐるといふのみのものではないのである。その中には敢く迄も抒情を主とする敍述がなければいけない。

岡崎義恵氏は「眞の敍事詩としての Beowulf の『美』と『力』とは主としてその包摂力、種々の局面を含んでゐること、及び物語の気分を変へる力に懸ってゐる」といふ W. P. Ker の言葉（"Epic and Romance" P173～P174）を引いて古事記に含まれる神話体系の文藝性は敍事詩的文藝であると云はれてゐる（「敍事文藝の潮流」）が、この Beowulf を例にしても云はれるやうに敍事詩はその物語的構成の巧と大きさに、根本の立脚点をもってゐるのである。もっと卑近な例で云へば「平家物語」などは、所謂 Kunstepos であり、Nationalepos でない点、Beowulf や、記紀の断片的説話群に異質のものであるが、やはり雄大な敍事詩であるに違ひない。琵琶法師によるその口談は Epic として考へる利点にもならうが、韻律を伝って流れて来る詩情に「詩」を置いて、平家一門の盛衰が語られる点、敍事による物語といふものの、感動を主眼として見なければならないであらう。

これに対して物語詩は、万葉集中より一首を引くと、

石上　振の尊は　弱女の　惑によりて　馬じ物　縄取付け　肉じ物　弓矢囲みて　王の　命恐み
天離る　夷べに退る　古衣　又打《まつち》の山ゆ　還り来ぬかも（巻6　一〇一九）

これは「石上乙麻呂卿配土佐國之時歌三首幷短歌」の中の一首であり、乙麻呂自らが「石上　振の

尊は」と稱し、又「弱女の」から始まり「弓矢囲みて」迄の可成りな迄の敍述、描寫を持つもので、物語性敍事性を最も所有する歌の一首であらうが、然しこのやうなものにあってさへ、「包摂力をもち」「局面を含み」「物語の気分を変へる力」をもって、――少くとも持とうとしてゐるであらうか。全く別質な詩の態度である。乙麻呂の心情は、「又打の山ゆ　還り来ぬかも」といふのみであったに違ひない。か丶る物語詩の中に敍事詩の第二期を見つけようとする事は往々ありうるであらうが、これは誤りであるといはねばならぬであらう。

　物語歌は、かく新らしく創作される場合、例へば前述した書紀継体紀の、勾大兄皇子の唱和の歌が「春日の國に　妙女を　在りと聞きて　よろし女を　在りと聞きて」といふ敍述をもち、且つ「いまだいはずて　明にけり吾妹」といふ内容の結末をもってゐる事が、八千矛神の沼河比賣の家に於ける歌の「越の國に　賢し女を　有りと聞かして　麗し女を　在りと聞こして」といふ敍述、更に「太刀が緒も　未だ解かずて　覆面をも　未だ解かねば……庭つ鳥　鶏は鳴く　慨《う》れたくも　鳴くなる鳥哉」といふ顚末を語ってゐるのに同様であり、この類歌の年代を探る事によって同時代のものである事が、物語歌の一定年代記に起ってゐる事を示すのである。この点にも前掲した乙麻呂の歌とは時代を隔してゐるのであるが、敍事詩と抒情詩との交接運動が見られるであらう。

　更に以前にも例擧した「影媛あはれ」といった三人稱の出現は、物語への移行の第一歩なのであるが、他に素朴な表現をとってゐながら、か丶る人稱を有したり、又これも前述したやうな末尾の「事の語り言も是をば」といふ物語としての認識、そしてそれと併行して一人稱を使ってゐる点の矛盾を、多く古い民謡が持ってゐる点、物語詩へと作意的な変化が爲されたのを考へるべきであらう。無論この場合には歳月といふ時間がその改変者であるかもしれぬし、口誦といふ、歌舞といふ行爲がその改変者であったかもしれない。かゝる物語詩の発生が時代の申し子であるとすれば、ある後代に生きた個人が、かゝる改変を行ったとは無論考へられぬ事はないが、個人の意志による改良であった形跡は感じられぬとする空想は誰しも抱くものではあるだらう。

かくの如く敍事詩に於ける抒情詩との接触は、物語性を中心に考へてみても、非常に重要なものであるが、然らば発生期に於て敍事詩と抒情詩の何れが先行して、人々の唇を潤ほしたのであらうか、或は敍事詩が後生の抒情詩によって榮誉ある詩の地位から去っていったのであらうか、この問題は非常に興味ある未来を含んでゐるのである。然し、この何れが先行といふ確かな結論は未だ出てゐないやうである。此處には全く他の研究の成果を附加する以上に出ぬのであるが、結局問題は確証を得ない点に帰着するやうである。抒情詩として最古のものはヘブライのダビデ、ソロモンなど宗教的抒情詩であるといはれる。イタリーにディバイン・コメディや、ギリシャにはイリアッドに対してサッフォーなどのある事は有名である。日本に於てはこれら諸國のものに比すべき敍事詩がない事は前にも述べたが、抒情詩については現存するものでも万葉集があり、他に人麻呂歌集や類聚歌林などが記録されてゐるが、抒情詩の曙を万葉集に求め、記紀の説話群や歌謡の一部に敍事詩の曙を求めるとすれば日本に於ては敍事詩が先行する形をとるが、敍事詩をこの中に認めるとすれば同時に含まれてゐる抒情詩も認めなければならぬであらう。かゝる場合には先行は決し難く、又上代に敍事詩を認めぬとすれば逆に、抒情詩が先行する事にならう。この問題は、畢竟定義や概念規定に作用される、可成り主観的な事であるので、やはり納得ゆく結論は綿密な資料によらなければならぬであらう。

敍事詩といふものが、かく概念規定に最初の問題を示してゐる様に、又その進展が逆に自らの解体の一々の裏づけであった様に、非常に茫漠たる存在をなしてゐる事に、敍事詩といふジャンルへの見解は様々な形相を示して試みられる事が云へる。現在そして未来の文藝として敍事詩を最後に見ると、前述したやうに、散文性の十全の拡張による小説に虚構（ブルンチェールのいふ「英雄化された歴史」「驚異的即ち物語的分子」）を奪はれ、現在は全く行はれぬのであるが、この故に小説といふジャンルの確かさを繞って敍事詩の生存が論ぜられるのは當然のことであらう。ル・メルテンの小説批判の後の――小説は非歴史的であり、偶然的な断片性をもつといふ――言葉といふのを抽かう。

大衆の人間的な感情の地盤から壓縮的に把握されたもののうちに、経済的な或は哲学的な闘争を反映するやうな包括的な物語、詩的自意識を歴史的に結果するやうな物語――それは私の考へによれば、やはり敍事詩の外にはいかなる形式もあり得ない。

確かに彼の云ふのは集団主義的文学観に立つものであるが、その未来文藝形として敍事詩を設定するのである。これに対して「鉄の流れ」や「静かなるドン」をプロレタリヤ文学の古典として擧げ、その中に敍事詩的なモチーフに近似したものを見出し、且つ近代歴史小説のやうな変態的なものではないと論じてゐる宍戸儀一氏の考へ方は卓見である。

歴史の最初に華々しい開花を見せて、文藝意識が民族から個へと移動するにつれてその姿を消した敍事詩が、再び近代思潮の中に登場して来る時、それを支へてゐる思想の中に社会主義的な、或は共産主義的な人間集団の見解を見出す時、敍事詩といふものが如何に民族といふ人類集団と結びついてゐるかといふ事を再び考へねばならぬであらう。この点は個の所産である抒情詩とは凡そ対蹠的である。

第二項　抒情詩

抒情の最も根本になってゐる特色は、それが個の所産であるといふ事であらう。複数の人間感情が一つの纏められた志向として語られる事は無論可能であるが、かゝる場合、それがよしんば、非常に強い主情表現をしてゐたとしても、決して抒情といふ概念に含まれる行爲ではない。人間が人間を内容として表現する處に抒情が成り立つからである。

然し、かゝる個人が表現される處に、対他的な提示物である文藝が成立する事の中には、個といふものの要件が含まれてゐなければならぬであらう。本来個から出でた個の心情表現が、他の感動を得るといふ、この文藝のもつ経路自体に問題があるのである。この経路が文藝として十分、歴史の批判に堪へて来たといふ事は、決して個が個ではないといふ事に他ならない。文藝は具象をもって抽象を語るものであるとするならば、表白されようとする個は、文藝の広場に出された一代表にすぎないのである。特殊相で語ってゐる、普遍なのである。抒情が必要とする個は、かゝる普遍を代表する個でなければならない。そして、かゝる個性を抒情が具顯した時、その表現は抒情文藝として成立する。逆に云へば、普遍的な特殊である、きはやかな個性の上に成り立つものが抒情文藝である。そしてそれが無意識のリズムの中に表現されるものが抒情詩である。

扨、この抒情詩も一概の認識の下に纏められるものではない。万葉集は最古の抒情詩集であるが、これを例にとってみても種々細分する事が可能である。

先づ考へられるのは最もオーソドックスな詩形で本来的抒情詩とも云ふべきものがあるが、これは他のものに対して派生せしめる母体ともなってゐよう。かゝる訳合の上から云へば、この本来的抒情詩の中にもその表現手法による変化は看過出来ない。抒情といふのは専ら主情のみに訴へる詩表現であるが、これも詠嘆などに比べると、余程気持の沈潜と理性の投影が見られるのであるが、これを更に深化して、観念を扱はうとしたものに観念詩がある。日本文藝は強い感性より成り、主知的文藝操作は古来少いと説かれるのであるが、この詩形はその主知への前進である。然し、そういった観念を扱って、抒情に統一してゆく点が大きな要因であらう。次に、この観念詩から主知といふ態度のみを承け、本来の感性の上に立って抒情すると見られるものが敍景詩である。景といふ外物に抒情すべき心情を託する事は、かなり表現と心との間の余裕を必要とする事である。従ってこの敍景詩の確立紀元はずーっと時代を降ってからである。又詩の世界に一つの物語結構を持たせて、そのものの高い詩性に訴へようとするものが物語詩であるが、これは敍事詩と異って、多く、追憶の如き抒情のイメージとして描かれるものである事は前述したところである。大体抒情詩をこの四つに分類しうる事に、諸説一致してゐるやうである。

以上のやうな抒情詩の分類は、結局は抒情詩の変化によるものである。抒情詩は本来、感性に成立するものであるが、それが表現要求の種々相と、表現方法の多様性が、副次的に産出する結果に他ならない。この中から根本的な問題を探すとすれば、抒情詩の態度として考へた、感性に成立するものと観念を主情として詠嘆するものとの二つの相違が擧げられるべきであらう。抒情詩の種類としては詠嘆的態度とか写実的態度とか、又象徴的態度とか種々云はれるであらうが、これらは悉く表現法に則った分類であるのに対し、これはそれ以前の、人間の能力活動としての感性悟性理性といった面に於ける分類だからである。抒情詩の場合、理性への歩み寄りといふ事は重要視しなければならぬ現象である。この中に敍述を含む散文性との関聯を認める事が出来るであらう。万葉集に就いてみると、本来の抒情詩は感性に立脚する不変のもので、各巻各人に散見するが、観念詩は所謂第一期には表はれない。斯期は清明に素朴な抒情詩が充ちてゐるのである。第二期といはれる時期は主として人麻呂によって形態が創造された時であるので、観念詩は未だしであるが、たゞ人麻呂に神とか國家観とかが残ってゐて、彼の作品の一端をそれら観相によって彩らせてゐる。然し、これは、盛られたものが観念的な信仰や國家主義であったとしても、彼はそれを伝統として承け継いでゐるにすぎない。この操作は全く感性的なものである。万葉第三期は一、二期の外形整備の後を承けて内容面に発達した時機であったから、嚴密に云へば以上のやうな分類は第三期に云はれる事であるかもしれない。観念詩としては支那思想の下に旅人憶良らの作家があり、敍景詩としては赤人がゐる。又物語詩は旅人憶良らによって夫々空想的なもの、現実生活的なものが作られたが、虫麻呂によっては各地に語り伝へられた伝説が長歌の形式で詠み込まれた。

　物語詩はこの虫麻呂による伝説の抒情詩化が最大の収穫であったらうが、これを古事記や風土記などの敍事文に比較してみると、この中に動かうとしない個人の主観を見つけないわけにはゆかない。敍事詩と抒情詩との交接の中に物語詩の進展があり、敍事詩にとっては個人的敍事文藝（これは散文形式に移行したが）が抽出された事は前項に於て述べたが、抒情詩としての態度から考へるならば、薄れてゆく抒情精神と、目に見えぬところで漸く用意されようとしてゐる散文文藝の濫觴が、敍事詩系列に立つ伝奇物語としてではなくて、抒情的個性を具顯した物語が、此の物語詩の崩壊の中にあったと云はなければならない。總ての抒情詩が、只管にそれへの道を辿ってゆかうとするのであらうか。本来の抒情詩が、やがてやゝ異った情感である、情趣を帯びて来る過程がみられる。万葉集を支へてゐる現代への魅力は、その中にこめられた上代人の実感と、それによって齎らされる生き生きとした生命感なのであり、これに比べて古今集を見ると、それは巧みな文藝表現の上に形作られた情趣的気分である。素朴な万葉抒情からの情趣への移りゆきは、詩の観念への移行を示すものであるに他ならない。

抒情詩について、主としてその変化、流動といった敍事詩や散文文藝との相関を前提として、万葉集中に例証して来たが、現在的意味に於ける抒情詩を最後に眺めてみたいと思ふ。

現今、詩といふものは大概の觀方として抒情詩の事である。少くともそのカテゴリーのものである。何故なら、現在我々は、前述したやうに敍事詩といふものを創作ジャンルとして所有してゐないのだからであるが、問題はこゝに起って来ようとしてゐる。

抒情詩といふ概念は、勿論敍事詩との対応に於ての呼稱である。敍事詩が事象を敍べ、抒情詩が心象を抒べる。この根本発想の中に生まれて来る呼稱である。然し、敍事詩が散文形式の中に「事象を敍べる」機能を完全に委ねてしまって、歴史と訣別し、伝奇物語と袂を分かって、抒情詩への物語詩なる投影の果にその存在を失ってしまふと、抒情詩は、敍事の抒情といふ認識も放棄しなければならなくなるであらう。「抒情」といふ概念は不要のものになって来る。そして、物語とか小説とかの名稱をもって散文文藝は存在するとすれば、抒情詩の韻文といふ概念は相不變、情念をもった言葉であり文字で存在し續けようとする。こゝに抒情詩が韻文といふ意義をしか持たなくなって来る。詩、これは抒情詩の事でしかなくなって来る。更に一歩進めるならば、抒情といふ敍事詩との對応に於て抱き、線を描いた概念が全く亡くなって、全く別個の概念規定をもった韻文、たゞ韻文といふ事にのみ概念規定をもったジャンルが發生して来る。これが詩である。所謂詩である。嚴密に云ふならば、原始抒情詩に對する、近代詩である。

これは韻文といふ形式に唯一の概念を賴ってゐるのであるが、それは對応する散文といふ形式に唯一の概念を賴ってゐる、ジャンルがあるからに他ならない。つまり敍事詩からの流れに立つ小説が散文文藝といふ様式の中に、これも全く敍事詩がもってゐたやうな傳統的な概念を排した、新らしく獨特な理念をもって存在するからである。

かゝる意味に於て近代詩は所謂抒情詩とは、全く別な美学体系をもってゐる。これは、ポーやボードレールなどの象徵主義運動によって確立されたといはれるのであるが、彼らによると「今日の詩は知性の抵抗によって極度に緻密化され多面化され鋭角化された主体的活動の高度の組織体に外ならない」といふのである。

万葉集を鼻祖とする日本詩歌が、かゝる近代詩の交流をうけたのは明治以後の現代に於てであるが、この広い意味の文藝に於て何を日本詩のジャンルとしての規制とするかは、やはり古い伝統の當初からの回顧が必要であらう。殊に以上第一章を通じて結論し得なかった事に敍事詩があるのであるから。その意味に於ても、上代文藝の散韻文の解析の中に、常に現代との関連をもってゆきたいと思ふのである。

第二章　敍事の潮流

第一節　概説

第一項　時代と潮流

本節に於ては、第一章に概論を述べた事に対する、いはゞ各論の如きものの第二章第三章の論述のあらましを述べ、それが必然的に伴って来る潮流といふ現象を、時代的な相関の中に見てゆきたいと思ふ。従って、時代的観相は第三章にも共通のものであり、この爲に第三章には、必要事項を簡單に参照するのみにして略きたいと考へてゐる。

以下の章の概略を述べたいと云ふ事は、二つのケースとして擧げた、敍事と抒情詩といふ概念によって区別した、その意図を明瞭にしたいといふ事に他ならない。この言葉遣ひが多分に曖昧であり、且つ註釈なしには存在しない言葉であるからである。更に言を重ねれば、或はこういふ言葉遣ひが誤りであるかもしれないと思ふからである。そしてそれが、かゝる難澁な云ひ方をせねばならぬ程、非常に機微な様相を爲してゐるからである。

我々がもつ資料は、歴史書である日本書紀、古事記、地誌である風土記、その他断片的に残されてゐる若干の祝詞、説話群などである。これらが第一期の、即ち神代から舒明天皇頃迄の資料である。

云ふ迄もなく此等は散文敍述の形をとって記されたものであるが、然し、敍述されるといふ意図を伴はなかったもので、散文敍述の中に必要といふ要素のみに插入された歌謠があり、これは韻文の形式をとってゐる。か丶る意味を同じくして副次的な操作の爲に今日我々が持ちうる祝詞は、韻文の形式とも云へるものである。前述したやうに散文敍述がや丶高度な文藝感を持ちうるのは、韻文敍述が韻律をもつといふのみに容易く文藝感を獲得するのに比べて困難であるといはねばならない。祝詞はそのま丶の形でか丶る文藝認識を云々するのに、可なり距たりを経驗するのでこれを除外して、素朴な民衆文藝としての歌謠と、歴史敍述の散文とを、我々が古代の資料として持つのである。

處が、第二期とも稱せられるべき皇極天皇以後、奈良朝の末葉迄の上代百五十年間に存在する文書は非常に少く、問題となすべきは万葉集のみである。他に漢詩集や宣命などもあるが、この抒情詩集の中に斯代の全貌は秘められてゐると云はなければならない。

そして、いわゆる平安時代に到って、その成立年代は明瞭には爲されぬものの竹取物語などの伝奇物語や、伊勢物語などの寫実物語たる歌物語が我々の手に委ねられてゐる。

立入った主観を混へずに、たゞこの表情のみを眺めるとしても、この時間が隠してゐる人間の生存表現を我々は當然疑問にして来なければならぬであらう。第一として云はれる事に、忽然とした物語の発生を、更に万葉集に盛られた抒情詩の花々がその前に凋んでいった事を、或は古代の散文敍述がその跡を絶って抒情詩の時代を存在せしめる事、その中に始めて日本民族の文藝意識の確立があった事を、広く云へば散文が韻文の時代を距てて平安の物語文藝につらなってゐる事を。これらは、いは〻文藝史の間隙でもある。人間の生存が一刻の停止もなく連続した一直線の上に營まれてゐる事を思ふ時、文藝の歴史には一分の隙もあるわけはない。文藝が常に現在を持つ事は、昨日の現在を持ち明日の現在を持つ事だからである。本来文藝史の上には間隙を許してはならぬものである。そしてその間隙は何によって補はれねばならぬのであらうか。「文学史を読む場合にもまた自分が扱ふ場合にも感ずる点であるが、文学作品と作品との間をどのやうに連続せしめるかといふことである」。久松潜一博士はこう云っておられる（「文学史の間隙について」『方舟五号』）。更に「その間隙をまたうづめてゆくのが文学史の作業であるとも言へる」とも。博士はこの提示に対して、新古今集以後の玉葉集風雅集、或は正徹心敬など、中古、擬古物語とお伽草子の間に於ける松蔭中納言物語などを擧げられて、次のやうに述べてをられる。

文学史の間隙を埋めてゆくものは作品であるといふことも言へるのである。作品形成の地盤といふことも結びついてくるのであるが、文学史の上では作品といふものが最も具体的であるだけに大きな役割をしめるのである。（「文学史の間隙について」）

私が以前からたどたどと擧げて来た資料といふのは、此の意味を果す所以のものに他ならない。古典研究の最も重要な態度たる歴史性は、この作品といふ具体的な、唯一現実的な事物の上に成って初めて果されるものである。古代文藝発生から物語の発生に到る過程を辿る以下に於て、この作品の檢討に於てのみその目的を果さうとする態度、方法を先づ第一に述べておかねばならない。前述した資料の上に私は潮流を設定してゆきたいと思ふのである。

そして、それは如何なる形に爲されてゆくべきであらうか。久松博士は前記引用文に於て、「作品形成の地盤といふことも結びついてくるのであるが」と述べておられる。「作品形成」を短歌に例証する事は、短歌が特別なケースでない以上誤りではないであらう。博士は「短歌概説」に於て「短歌形成の歴史的風土的地盤」といふ言葉を用ゐておられる。作家の階層や短歌制作の機会などと共に風光などをその細分とされるのであるが、これらは一括して歴史の中に秘められてゐる事は同質の、異った観方といふのみである。作品の背景を爲してゐる、その時代を我々は文藝潮流の中に忘れる事は出来ない。これは実は作品と全く同じものですらあるかもしれぬのである。作品が、我々の前に示された、最も公正な資料である事は、最も忠実な時代の反映の映像であるといふ事である。数知れぬ人々の群が、数知れぬ作品を生んでは生存が遂げられてゆくのであるが、それらが作品としての存在を獲得する事、それは時代の中に要求されたものとの一致の後に、始めて可能な事である。一つの文藝作品がその時代の流れ去った後にも記録されて、残ってゐるといふ事は、数限りない他の文藝作品の捨石の上に爲ってゐるといふ事である。その時代の人々が、その時代の文藝として推した作品が、唯一後代にその名を示してゐるに過ぎないのである。従って作品はその時代を物語るものである。作品と作品との系譜は時代と時代との推移に等しいのである。この観点の中に、潮流が作品の分析から得られる事が云へるのであらう。

この事は、同時に逆の言ひ方をも可能にさせる。即ち作品が時代を物語るといふ事は、時代が作品を物語るといふ事なのである。時代の精密な檢討と考察が作品の形態と内容とを、當然予想せしめるべきなのである。太陽系の引力が、當然一つの星の存在を結論する事は、天文学のみに限られた研究態度であるとは、果して云ひうるのだらうか。私はそうは思はない。文藝が人間といふ最も有機的な表現主体をもって成立する以上、文藝作品は極めて機微な感能をもって在らしめられるものである。如何なる些細な人類の表情も、文藝の中にはこめられてゐるはずである。今日我々は夥しい文藝の数々を有してゐる。無論、文運の盛衰といふ事は可思の現象であらう。然し、人類が常に現代、前代より多くの文藝を有つといふ事は時代の流れが忘却してゆく数々の文藝があるといふ事に他ならない。かゝる時間の忘却の中から、文藝の全貌を復元する事が、正しい意味の、十全の文学者の仕事でなければならないのである。こゝに於て私は思ふのである。時代の忠実な追求が、それは前述の如く文藝作品といふ、最も具体的な事物を通して爲されるのであるが、これと共に側面としての時代の政治、経済、さらに学術思想といったものの洞察が、現今我々の手に残されてゐない文藝作品の存在を、記録にすら無いその書名を、規制してゆかねばならないと。華やかな直観がこの地味な時代追求の果に実証されて来る筈であると。

斯く、無い作品をあらしめる事が、文学史の間隙を埋めてゆくことを當然助けねばならないであらう。潮流を設定してゆく事はかく程迄に強い歴史、時代との相関に於て考へるべきである。作品を具体的対象として爲さるべき方法の、形を、私はかく定めて進まねばならぬと思ふのである。前述論文の最後に於て久松博士はかう云はれてゐる。「もとより文学史の間隙といっても文学史自体にあるものではないとも云へる。然し我々が主体的に構成する文学史にこのやうにして間隙があり、それを埋めてゆく点に大きな意味があるとも言へるのである」。我々が主体的に構成する文学史といふ言葉は、一見さり気ない装ひの中に、限りない拡がりをもった表現である。文学史は、実は物質でも現象でもなくて、我々人間の中に存在するものである事を博士は云はれるのである。潮流――それは文学（藝）史の対象であるが、これはかゝる広さの上に解釈されねば意味がないものである。

古代文書から上代文書を経て平安文書に到る文藝の敍述の中に含まれた疑問は、かゝる要求も同時に持ってゐると云はねばならない。かゝる操作を前提として敍事抒情の二相が捉へられねばならぬと思ふのである。

第二項　潮流概観

散文韻文といふ文藝様式をめぐっての論述に於ては、勢ひ文藝史的な観方の中に潮流、先行、派生といった問題が含まれて来て、これについては第一章に述べたので、此處では一般論は成るべく避け、具体的に人間が表現能力を体得して以来、平安物語文藝に到る間の流動の様相を概述したい。概説風に前述する事が以下の各形相に當る場合に、より簡明であらうと思ふからに他ならない。

人間が言葉を持つ原因は、内部の要求を表現する事にある。言葉が生活の中に生きるやうになるのは、つまりその要求表現を通した形である。それは会話であらう。それと同時に、この対人関係を離れての内部要求が考へられる。これはやゝ前者より時間的に後のものであらうが、心の表現である。詠嘆とか抒情とかであらう。表現意識の発生を文藝の黎明と解して、こゝから歴史は説かれうるであらう。これが感動を、性欲を、信仰を、或は模倣性社交性を直因として起るといふ文学起源説は種々であるが、何れにしても前者たる対他的表現が集団の中に語られる時、口誦説話が生まれ、集団の中に歌はれる時、民謡が生まれて来る。それと同時に後者、即ち対自的表現が個の抒情を形作る。これが第一の、併行して起って来る文藝形態であらう。然しそれは形態と云っても唇の上の形態であって、決して永続性をもつ物ではない。瞬間に消えてゆくやうな文藝である。表記以前の時代所産であり、記紀が書かれる以前の時代を指しうるであらう。

従って記紀が書かれようとした頃、即ちほぼ七世紀の後半にはかゝる民謡と口誦説話と、更に素朴な抒情詩が継承されて来たと思はれる。これは無論記紀の記述からの溯想であるに他ならないのだが、と云ふのは記紀が種々の小説話群の記述と、そこに挿入された、歌謠とから成り立ってゐるからである。記紀中の歌謠は大体仁徳天皇時代以後の歌が「文書に伝はってゐたと思はれる事から原形に近いと思はれる」（久松潜一「万葉集の新研究」）が、それ以前の條に記されたものは「其の記載年代をすべて無視して、内容形式の上からその展開の姿を眺めた方がむしろ勝ってゐる」（仝上）ので、この間に明瞭な歌謠の年代区分をする事は早急に出来ないのであるが、この説に従っても少なくとも五世紀以降には歌謠が存在してゐたわけである。古事記に記された応神天皇條迄のもの五十二、日本書紀に記された、巻十仝天皇條迄のもの四十一、計七、八十（重複を除いて）の歌謠がすべて仁徳天皇時代以後のものと考へる事は困難であるので、口誦歌謠の時代はこの点からも無論若干を溯って考へられるであらう。従って前述を嚴密に云ふならば、五世紀迄の口誦説話と民謠、これ以降を舒明天皇に区切って七世紀迄の記紀歌謠と小説話群といふ事になる。説話群は表記に當って、幾分相互の統一が行はれ一篇の補整が行はれたであらうが、口誦説話の脈譜が記紀説話に延びて来てゐる事は云ふ迄もない。この他に素朴な抒情詩が、その、人間と共に常に存在するといふ宿命をもって、この時代にも存在した事は記紀の中に見る事が出来る。これは表記以前の抒情詩系列のものである事勿論で、こゝに口誦をそのまゝ受け継いだ三つの流れが考へられるのである。抒情詩、これは歌であるに違いないのだが、これを今歌謠といふ一括から切離して考へて来たのは、この抒情詩の少数を除いた他は殆どが敍述を備へた、敍事の韻文であるからに他ならない。抒情といふ要素と対立した詩の方向であるからである。中には物語歌と稱せられるものがあり、三人稱が導かれてゐる事は以前には触れたのであったが、物語歌謡及この記紀歌謡の物語性は後述しようものの、かく抒情歌とは別個のもので、記紀は抒情歌と、歌謡、説話群とこの二つの抒情、敍事の流れをはらんでゐる。

この次の時代に来るものが万葉集といふ抒情詩の作品群である。これは記紀中に見られる抒情の発達でありその継承である事は容易く首肯できる。然し、抒情系列は説明出来ても、敍事系列はその行手をこの中に失はねばならないのである。こゝに敍事文藝の交接を得た抒情詩の考察がなければならなくなって来るであらう。

抒情詩との対比に於て呼ぶならばこの、敍事詩が抒情詩との間に得て散文敍事へ流れてゆくものは個の精神である。然し、事態は個を具顯した敍事文藝への移行といふ姿勢をとるのではない。逆に抒情詩の敍事文藝性への傾斜といふ形で現はれる。敍事文藝との対面による客観の獲得がその要因になって来るのであるが、敍述、描寫といふ手法の変化が実際の推進力となってゐる。

これら抒情質の変化の中に純抒情が、抒情詩の枠中で各方向をとって分化してゆかうとする。即ち精神的な面に於ては敍景詩を、内容的な面に於ては観念詩を、形式的な面に於ては所謂由縁歌を、そして内容形式両面に於ては物語詩を我々は次の時代の詩形として見る事が出来るのである。これらは決して本来的な抒情詩ではなくて、敍景詩にあってはその情趣に、観念詩にあってはその思想に、物語詩にあってはその虚構に、由縁歌にあってはその背景添附に、夫々の敍事との交接を見なければならぬのである。更にこれらの系統を記さうものならば、例へば万葉の敍事詩について久松博士が「事件を個人が回顧的にうたったものであって、個人の主観が滲透してゐる」と述べられ万葉集が「どこまでも抒情歌集としての面目を有してゐると思ふ」と語られるやうに、敢く迄も抒情詩としての変化である点、本来の抒情性は前掲四つの何れにも流れてゐる。これに加へられて敍事性が如何様に流れて来るかが今の處問題になるのである。

この細分の中最も原初段階と思はれるのが敍景詩であるが、外界の事象の中に抒情する事は既に客観性、敍事性の作用をもつ事である。前述したやうな情趣を持ってゐる点、帰一した抒情敍事を見る。敍景詩人として山部赤人が云はれる時、それが、諸形態が成立し、新たな補足形態が創造されて後にやって来る事に注意しなければならない。詩性の創造の中に生誕して来る第一のものである事を忘れてはならない。

観念歌はその敍述に技法としての敍事性を見る事が出来るが、その上に更に支那思想の流れの合致に成り立ってゐる。散文的な思想表現を導入して来ようとするものである。又物語歌は同様敍事性を抒情詩との交接から承けたものであるが、これはその上に古来伝来の説話から直接の流れが、その内容を通して考へられる。物語歌は既に歌謡として記紀時代から存在し、その故に敍事詩的色彩を古代に認めるかとも思はれたりするのであるが、例へば、月夜清談（記、雄略條。紀、継体條）などの物語歌謡の性質は万葉に下って巻九、巻十六の中に見える伝説歌に結びつける事が出来るといはれてゐる。窪田空穂氏は「万葉集評釈」に於て「歌によって物語の世界を生み出さうとした」事を説いてをられ、歌謡挿入の説話（即ち古代敍述文）、贈答歌形式（即ち古代歌謡の一態、唱和詩体として後述）の些かが自然発生的に行なはれたのに対する積極的な當代の試みであるとされてゐる。この物語の表現が何故散文による形で爲されなかったかに附いては、氏は仮名文字の無かった事を擧げてをられるが、同時に漢字を用ひず、口語によって爲さうとした事は支那思想の口語への導入といふ形でも捉へられる。従ってこゝにも観念歌と同じく海外思想の流れをもう一つの敍事性として考へなければならないであらう。然し、この支那思想の影響は、もっと細分された内容の中にも考へる事が出来る。即ち物語詩が所謂伝説詩、説話詩として展開していった時、その中に盛られる内容として當然支那伝来の話が導入されてゐるのである。神仙説話たる松浦仙女伝説、竹取翁伝説などをその例として擧げうるであらう。

この物語詩は「時代の進運は和歌のみをもって足れりとせず、複雑な散文的な物を要求したといふ時代の所産である」と説かれてゐるが、こういふ点から見れば旅人憶良らによって試みられ、乙麻呂なども一歩前進させたものがあるが、虫麻呂の伝説歌によって民間説話が長歌化され、完全な歌の中に於ける物語の表現がなされた経路を辿る事が出来る。無論、それが歌の中に完成されつゝ一度完全に解体して、その解体を橋渡しとして次の物語へ流れてゆく事は云ふ迄もない。

更に由縁歌について述べねばならぬが、これは万葉編纂者の一分類名に過ぎぬものであり、かゝる形態を意識的産物として取り出そうとするわけではない。こゝに問題となるものは、歌が散文敍述と、然も物語を述べたものと合致してゐる点である。こゝに新らしい歴史の迹を見るのである。内容とするものは物語詩などと異るといふものでないものもあり、例へば伝説を扱ふものなどであるが、歌の中に全物語結構を委ねようとするのと異り、序詞として事件が記述されてしまふのである。無論この序詞は漢文によって爲される以外方法はないので、これは古代説話敍述の踏襲と見る事が可能であると思ふ。從って、この散文敍述プラス歌といふ形態（即ち由緣歌の如き形態）は抒情詩面からは歌といふ形態のみを承けて、敍事性は専ら説話群より直接承けてゐるものと解されるべきであらうと思ふ。

以上万葉集中に見られる、敍事詩交接後の抒情詩を考察したのであるが、これらは抒情質の変化といふ動きの中に抒情詩のみの時代を納得せしめようとするかの形を示してゐる。そしてそれは一応首肯出来るであらう。然し、敍事文が全くこの中に吸収されてしまったか否かは尚疑問とせねばならぬであらう。前述した私の敍事の時代、抒情の時代といふ考へ方によって、この時代が抒情の時代であった事は間違ひない。然しそれは同時に、當然として、こゝに終る時代であったかもしれない。抒情詩の中にかく種々相を示して物語の胚芽が準備されつゝあるからである。そして抒情詩そのものは家持時代に見られる、あの爛熟期に入ってゐるからである。

抒情詩の崩壊と、抒情詩の進展の時、それが次に来るのである。崩壊はその形式を一切失ってゆく過程に見られるが、然しそれは決して消滅を意味してはゐない。夫々が次代へ流れてゆくその経過は十分観られうるのである。

平安朝物語は前提として二大別せねばならない。即ち寫実物語系列と伝奇物語系列である。そしてこの二者中前者が抒情系列に擬せられ、後者が敍事系列に擬せられるべきものである。物語といふ点に於て敍事の流れを承けて、その上に盛られるものは抒情である前者と、一切抒情を排した敍事の流れに立つ物語たる後者とである。表記以前、個の抒情に発した線は寫実物語の中に辿りつき、会話に発した線は伝奇物語の中に纒めあげられる。前者は敍景歌からその精神を承け、抒情詩本来からその内容を継ぎ、由縁歌からその形態を得て成立する。後者は観念歌から敍事性のみの精神を承け、由縁歌からその内容を継ぎ、物語歌の形態をその形態として成立するのである。

寫実物語といふのは、形態的名稱で呼べば歌物語といはれる、それを指してゐる。この推移の中に旅人の松浦河に遊ぶ序は漢文の敍述と、歌の応答との両方に力点が夫々の立場から感じられるもので、その中間的な状態を認める事はさして困難ではないであらう。由縁歌や、後代私家集などに見られる序の長化から歌物語が始まって来る事はやはり現象的に事実であるだらう。

伝奇物語を前の寫実物語と同現象として擧げたが、これは段階的な同時さのみであると思ふ。つまり寫実物語の成立に遙かに先行して、伝奇物語は既にあったのではないか。無論口誦説話としてでなく、意識の下になった文藝として。敍事系列の潮流の中に、やゝ大きく開きすぎた穴を、この伝奇物語の年代をずーっと引上げる事によって埋めなければならぬのである。歴史の流れから行けば、そうならねばならぬのである。竹取物語、これはごく類型的な説話内容のものなので、内容から判断する事は危険であるが、この作中人物の名が万葉時代のそれである事も云はれてゐる事である。

更に時代を下って、源氏に到る物語の完成はこの両者の渾然たる一致の中に齎らされて来る。伊勢物語は歌集とも云はれる程のものであり乍ら、伝奇的要素は猶散見する處である。一応分れて帰着したかに見えた抒情敍事も、畢竟は時間の流れの中に物語といふ一形態の完成の中に歩みよって行かうとする。そしてその時には、又別の次元に於て、抒情詩が人間の表白を担って生まれ来るのである。和歌勅撰の動き、これがそれである。

第三項　時代概観

前々項及び前項に於て、文藝、更に文藝潮流が次代と断ち難い関連の中に成立して来る事を述べた。前項に於ける潮流概観の後に本項に於ては、これら上古文藝の背景となってゐる時代を、瞥見してみたいと思ふ。

文藝史的に所謂上代が終る奈良朝迄、これが現在扱はれる時代なのであるが、然し、未だ定説を得ない民族の黎明から、更に人類の日本列島に於ける棲息から、それは厖大な年月の数字を重ねねばならない。我々の祖先が伝説と神話の中に考へてゐた所謂神代は、一体何時頃からなのであらうか。かゝる事の推定は恐らく不可能なものであらうし、それら神代の事項を歴史的事実として考へ、文藝史上に存在せしめる事は或は愚かしいことですらありうるであらう。残された文字のみに推考の年代を限って考へる事も避けねばならぬであらうが、それ以上に感情的な年代推考は純粋であり得ぬであらう。

古代の推考は日本に残された記紀などによっては、確実に年代的には果されず、支那古籍による研究が普通爲されてゐるが、後漢書東夷伝による倭奴國王の来朝、これを五七年（光武帝中元二年）として、生口を獻ったと記される時代が景行天皇在位と伝へられ（二世紀前半）、更に卑彌呼の行政を記した魏志の数々が、神功皇后摂政の頃と伝へられるが、日本歴史の教へる神功皇后の三韓遠征は高句麗通交の碑文によって、三九一年、四〇〇年、四〇四年の年代となり、ほゞ三、四世紀から五世紀の當初に於ける國内統一と海外伸展が考へられる。五世紀に到ると日本の歴史逆算の年代が仁徳天皇を指す頃であり、久松潛一博士もこの時代以後の歌謡記述は文書にも残されてゐたらう事故そのまゝ信じてもよいと云はれてゐる時代である。宋書に見られる日本の記述がほゞ合ふやうになるのもこの頃からである。宋書夷蛮伝が「是歳倭讃万里修貢」（四二一）「是歳倭國王済爲安東將軍倭國王」（四四四）「安東將軍如故」（四五一）「是歳倭王世子興安東將軍」（四六二）「是歳倭國王武遣使」（四七八）と伝へるものが夫々、仁徳（讃）から始まって、允恭（済）、安康（興）、雄略（武）に符合する事が云はれてゐる。推古八年（六〇〇）遣隋使派遣以後は全く一致するのであり、推古二十八年（六二〇）の天皇記國記編纂も支那の歴史編纂にその動機を有するものであらうから、これ以後は正しい時代背景の中に生存する記述として考へてよいであらう。

然し、かく仁徳天皇時代まで下らなければならぬとすれば、古事記は既に下巻以後なのであり、日本書紀は十一巻に到ってゐるのである。推古朝まで嚴しくすれば古事記はその時代を喪ってしまふし、日本書紀巻二十二以下九巻のみをとゞめることになるのである。こゝに勢ひ問題の中心は万葉時代にかゝって来なければならなくなる。記紀時代のそれはやはり発生自体に意味をもってゐるのであり、潮流変動が抒情詩敍事の交接の中に主要部を置いてゐる事も前述した。時代背景もこの二元の背景として考へられねばならない。かゝる意味に於て、仁徳天皇以前（―四ＣＡＤ）と、記紀時代、即ち仁徳天皇より推古天皇迄（五ＣＡＤ―六ＣＡＤ）と、万葉時代、即ち舒明天皇よりほゞ寧楽朝の末迄（七ＣＡＤ―八ＣＡＤ）とに区分して考へるべきであると思ふ。これが前項に述べた表記以前、記紀、万葉といふ時代の呼称に當るものである。

時代区分によったこの仁徳天皇以前の時代といふのは、全く年代的な確証の無いもの、記載に依らず、その考察判断の後にしか年代の推定を得ぬものを有する時代といふ事である。従って、記紀この條中に記されたものが必しもその時代のものとはならない。然し、考へねばならぬ事は、かゝる文献的な不安の中に投入されてゐる歌謡があるといふ事である。その裏にはそれを必然づける何物かがあった事である。この中に、かなり高い確率度をもって、仁徳天皇以前の歌謡が仁徳天皇以前に、如何様にかの、歴史敍述を伴はせられて記されたのに違ひない事を見なければならぬのである。従って、こゝにその口誦性、つまり表記以前の狀態といふ横断が結びつく、その必然をもった偶然を見る事になるのであらう。第一期の時代と潮流をこのやうに設定したいと私は思ふ。

五、六世紀を記紀時代と呼称する事も嚴密に云って註釈が附せられなければならない。これを仁徳天皇以降とするのは前述のやうに歴史的な時代を背景として考へうることに発してゐるのだが、万葉集にも仁徳天皇から推古天皇迄の和歌が含まれてゐるし、日本書紀にも舒明天皇以後持統天皇迄の記載があるのであるから、推古天皇で一線を引く事は正しくないのでもあるだらう。これを少し述べると、第一に、万葉集に含まれる舒明天皇以前のものは、仁徳時代七首、允恭時代一首、雄略時代三首、推古時代五種、計十六首である。然しこの中に或本云といふ異同を掲げたものも含まれてをり、この二首を除き、類歌が一首あるのを除き、万葉集自身が不審を明記してゐるもの一首と、左註をもつ註釈付きのもの三首を除くと、その数は四千五百首中九首といふ事になる。これは除外して考へても差支へない程の少数である。更に書紀に見られる巻二十三以降の歌謠は二十三首であるが、これは古事記所載の百十三首、日本書紀所載の百二十八首、計二百四十一首から類歌約五十を除いた二百首足らずの全体に対して約一割に當る。これは数の上から否定しうる程のものではないが、例へば、万葉集に見られる年次未詳の歌、「出古歌集」と左註される歌、これらと対比して考へる場合、この所属系列を記紀に求める方が、妥當であらうと思ふのである。最後にこの年次未詳の歌を如何にするかが考へられねばならぬが、これは既に、膨大な命題であって、一々を年次明瞭なる歌に対比させて、内容形式発想等から考察されるべきものであらう。巻十三の有するそれはこの対象であらねばならぬが、八十七首の中約半数がその類推の或程度をもってゐる。そしてこれは何れも、所謂万葉期のものに他ならない。又、この期の終りを何處に置くかといふ事も問題であらうが、万葉歌の時代に既に懐風藻が出来てをり（七五〇ＡＤ）、七七二年には歌経標式の成立を見るので、結局、万葉最終年次の家持の歌が作られた直後迄、即ち天平宝字三年（七五九ＡＤ）より若干を降った頃に万葉期の終焉を見る事が妥當であるだらう。懐風藻によっては詩文への時代の推移を、歌経標式によっては鑑賞研究（方法論的）が、その創作の時代を過去とする事を、そして万葉集自体によっては爛熟が燃え盡きようとしてゐる形相を見る故である。抒情の終焉を見るからである。

物語への推移がこの後の約束であるのだが、その発生を見る時には抒情詩の時が終ってゐなければならない。とりも直さず万葉期の終末を意味するのだが、抒情敍事の潮流から、伝奇物語が意外に早く考へられて来る事を私は前述した。竹取物語は文藝史上忽然と姿を現はしてゐる物語の嚆矢であるが、これは延喜以前とのみ語られてゐる外はない。この以前をかなり早く設定したいと私が思ふ事が、同時に万葉期を七五九年直後に切らうとする意図の一つであるのである。

扨、この時代背景の中に最も著しいものは海外の影響、摂取であらう。佛教の伝来流布、海外への留学とそれによる異風取入れ、その文物制度採用による國政の整備、これらが華々しく行はれ、風土化し、そして繁栄爛熟へと移ってゆく。

佛教について辿るとその伝来は日本書紀欽明天皇の條に見える。十三年冬十月である（五五二）。この年代は豊田武氏などにより誤りである事が云はれてゐるが、何れにしてもこの頃で、書紀には次のやうに記されてゐる。

是の法は、諸法の中に於て、最も殊勝れて爲ます、解り難く入り難し。周公、孔子も尚知ること能はず。此の法は、能く量無く辺無き福徳果報を生して、乃至、無上菩提を成し辨ふ。譬へば人の意に隨ふ宝を懐きて、用ゐるべき所に逐ひて、盡く情の依なるが如し。此の妙法の宝も亦復然なり、祈め願ふこと、情の依に乏しき所無し。且つ夫れ遠きは天竺より爰に三韓に洎ぶ、教の依に奉け持ち、尊び敬はざるは無し。（訓・黒板勝美）

斯代までの宗教思想を今詳かにしないが、新しい宗教を享ける心は殆ど虚しかったに違ひないと思ふ。こゝにかやうな言葉をもって、聖明王から伝へられた佛教に対して、上代人の新鮮な感触は、こ

の敍述を見ても解るが、更に編者はかう書き次いでゐる。即ち、

是の日、天皇、聞めし已りて、歓喜び踊躍《ほとばし》りて、使者に詔して云はく……

と。序でに述べようならば、この直後に新宗教への対立を続述してゐる。悉くのそれが辿らねばならぬ経過を述べたにすぎない。後の記述が新宗教の享受を教へてゐる。

法隆寺薬師造像記

池辺の大宮に天下治しめしし天皇、大御身労き賜ひし時、歳丙午に次れる年に大王天皇と太子とを召して、誓ひ願ひ賜ひしく、我が大御病太平まさしく欲ほし坐すが故に、寺を造り、薬師の像を作り仕へ奉らまく將すと、詔りたまひき。然はあれど、當時崩り賜ひて造り堪へたまはざりければ、小治田の大宮に天下治しめす大王天皇、及古東宮聖王、大命受け賜はりて、歳丁卯に次れる年に仕へ奉りき。

用明天皇より推古朝――歳丁卯は六〇七年――の消息を知る事が出来る。

この間には五七七年の佛工寺工六人の百済渡来、七九年の新羅佛像獻上、八八年の僧侶寺工渡来、などが記され、聖徳太子の佛教政治に到る。この時には四天王寺の難波造營（五九三）、三宝興隆の

詔（五九四）、高僧の相次ぐ帰化（五九五）、法興寺落成（五九六）などが日本書紀に記されてゐる（巻二十二、推古）。

是の歳、始めて四天王寺を難波の荒陵に造りたまふ。

二年春二月丙寅朔、皇太子及び大臣に詔して、三宝を興隆さしむ。是の時諸の臣連等、各々君親の恩の爲めに競ひて佛舍を造る。即ち是を寺と謂ふ。

五月戊午朔丁卯（三年）、高麗の僧恵慈帰化く。則ち皇太子師としたまふ。是の歳、百済の僧慧聰来けり。此の両僧は、佛教を弘演めて、並びに三宝の棟梁爲り。

四年冬十一月、法興寺造り竟る。則ち大臣の男善徳臣を以て、寺司に拜す。是の日、恵慈、慧聰の二僧始めて法興寺に住り。

これ以後聖徳太子の死（六二二）に到る迄の二十余年間に記された佛教の滲透は限りなく見られる。

（十年〔六〇二ＡＤ〕）冬十月、百済の僧観勒来く。……閏十月乙亥朔己丑、高麗の僧僧隆、雲聰、共に来帰けり。

（十二年〔六〇四ＡＤ〕）……夏四月丙寅朔戊辰、皇太子親ら肇めて憲法十七條を作りたまふ。

……二に曰く、篤く三宝を敬へ。三宝は佛法僧なり。則ち四生の終帰、万國の極宗なり。何の世何の人か是の法を貴ばざる。人尤だ悪しきもの鮮し、能く教ふるときは従ふ。其れ三宝に帰りまつらずば、何を以てか枉れるを直さむ。

十三年（六〇五ＡＤ）夏四月辛酉朔、天皇、皇太子、大臣及び諸王、諸臣に詔して、共に同じく誓願を発て、始めて銅繍の丈六の佛像各々一軀を造る。乃ち鞍作鳥に命せて、佛を造る工と爲す。是の時に高麗國の大興王、日本國の天皇佛像を造りますと聞きて、黄金三百両を貢上る。

十四年（六〇六ＡＤ）夏四月乙酉朔壬辰、銅繍の丈六の佛像、並びに造り竟りぬ。……即日設斎す。是に於て会集へる人衆勝げて数ふべからず。是の年より初めて寺毎に四月八日、七月十五日に設斎せしむ。……（鳥に）即ち大仁の位を賜ふ。……鳥、……天皇の爲に金剛寺を作る。……秋七月、天皇、皇太子に請せて勝鬘経を講かしめたまふ、……是の歳、皇太子、亦法華経を岡本宮に講きたまふ。天皇大に喜びたまひて、播磨國の水田百町を皇太子に施りたまふ。因りて斑鳩寺に納れたまふ。

（十七年〔六〇九ＡＤ〕）……百済の僧道欣、恵彌を首と爲て……皆請して留まらむと欲ふ……因りて元興寺に住ましむ。

十八年（六一〇ＡＤ）春三月、高麗王、僧曇徴、法定を貢り上ぐ。

聖徳太子歿後は、天皇紀である書紀に、佛教は中心として語られてゐない。政治面に於ける活躍が少くなっていったらう事も確かであらうが、と同時に受け入れ次いだものの消化期が訪れてゐた事も

確かである。例へば皇極天皇紀（巻二十四）に

（六四二ＡＤ）寺々に於て、大乗経典を転読みまつるべし。……敬ひて雨を祈はむ。庚辰、大寺の南庭に於て、佛菩薩の像と、四天王の像とを嚴ひて、衆僧を屈請せて、大雲経等を読ましむ。……辛巳微雨ふる。

と記されたものを見ると（太子歿後の頃迄、佛教はその姿を書紀から消す。約三十年間）、ずーっと落着いて来た佛教のたゝづまひを見る。生活の中に在る姿である。更に、

〈薬師寺東塔檫銘〉

維れ[1]清原宮駅宇天皇[2]即位の八年庚辰の歳、[3]建子の月、[4]中宮の不悆を以って此の伽藍を創む。而して鋪金未だ遂らざるに[5]龍駕騰仙さる。[6]大上天皇、前緒を奉遵し、遂に斯の業を成す。先皇の弘誓を照らし、後帝の玄功を光かす。道は群生を済ひ、業は曠劫を傳ふ。高躅に式り、敢へて貞金に勒す。其の銘に曰く、巍巍たり蕩蕩たり薬師如来、大いに誓願を発し、廣く慈哀を運らす。猗與《ああ》、聖王遙かに冥助を仰ぐ、爰に靈宇を餝り、調御を莊嚴にす。亭亭たり寶刹、寂寂たり法城、福は億劫に崇く、慶は萬齢に溢る。

―註―　1天武天皇　2六八〇ＡＤ　3十一月　4持統天皇　5六八八ＡＤ　6持統天皇

この記の中から、喪くなってゐる新教の驚きを見なければならない。安んじた信仰を見なければならない。後半の銘記は権威を得るべき誇張であり、この点は、この薬師寺建立の記述が書紀巻二十九、巻三十何れにも無い事と併せ考へねばならぬものである。然し、巻三十に持統天皇十一年（六九七）七月、

癸亥、公卿百寮、佛眼を開はしまつる。会を薬師寺に設く。

と記されてをり、それ以前の建立である事は信じられる。

佛教は時代の海外文化摂取の中に伝へられ、隆盛を極めたが、七世紀末葉から八世紀初頭にかけて國内文化の創造時に人心の中の穏やかな風土となってゆくが、又、八世紀中葉の唐文化輸入と共に華々しい再燃が、新たに伝へられる佛教の中に起って来る。そしてそれが又精神風土に化してゆくのは八世紀末葉であり、この時は万葉期の終末をめぐる時代である。即ち、第一の佛教が記紀時代の中に受入れられて静もり、第二の佛教が万葉時代の中に、受入れられ静もってゆくのである。全くその過程を一にして。その中にこそ両時代の文藝精神は探られて、快よいものを得る筈である。聖武以降の沿革は徒らに長くなる事を避けて、主な年代、事項のみを次に擧げておきたい。

七二四ＡＤ。神亀元年。二月聖武天皇即位。

七二九ＡＤ。天平元年（神亀六年）。光明皇后立后。

七三一ＡＤ。天平三年。七月、大伴旅人死。（六十七才）

七三三ＡＤ。天平五年。「沈痾自哀文」作。大伴家持の歌初見。

七四一ＡＤ。天平十三年。國分寺、國分尼寺建立の詔。（異説、天平九年三月の釈迦三尊像造立の詔を以て國分（尼）寺建立の令とする）

七四三ＡＤ。天平十五年。東大寺建立。諸宗の中、大佛は華嚴経本尊法身毗盧舎那佛。

七四九ＡＤ。天平二十一年、天平感宝元年、天平勝宝元年。七月聖武天皇讓位。行基死。

七五四ＡＤ。天平勝宝六年。僧鑑眞来朝。

七五九ＡＤ。天平宝字三年。唐招提寺建立。万葉集所載和歌中年次明瞭なるものの最後、この年。

七六〇ＡＤ。天平宝字四年。光明皇后死。

七八五ＡＤ。延暦四年。大伴家持死。五九年より八五年迄の間に於て万葉集成立、ほゞ七七〇年頃。歌経標式は七七二年成立。

七八八ＡＤ。延暦七年。最澄、比叡山に延暦寺建立。長岡宮遷都、佛教の時代たりし奈良時代終る。


〈補遺〉

六八〇年前後、天武天皇の佛教興隆の素志、運動、所謂白鳳時代を形作り天平時代の基礎となる。殊に美術史的には飛鳥白鳳天平といふ流動を復元しえて完全である。

七二八ＡＤ。神亀五年。最勝王経配布。

七五三ＡＤ。天平勝宝四年。東大寺大佛はこの年に到って完成、開眼供養。

海外からの影響といふ点に付いて佛教を述べたが、その他の文化――政治体系や学藝思想などが留学生その他を通して影響を及ぼしてゐる事も、全く同等に看過出来ない時代背景となってゐる。第二としてこれを辿ってみたい。

朝鮮半島との交渉は仁徳天皇の頃既に見られるが（日本書紀、巻十一、仁徳十七年）確証を得ず（前述）、尚主として朝貢、隷属的な問題を記してゐるのに止まるが、允恭天皇の條に（巻十三）、

三年春正月辛酉朔、使を遣して良医を新羅に求む。秋八月、医新羅より至れり。則ち天皇の病を治めしむ。未だ幾の時を経ずして、病已に差えぬ。天皇歓びたまひて、厚く医に賞して以て國に帰したまふ。

といふ記事を始めて見る。逆算年代によるとこれは四一四ＡＤとなるが、これは傍証を必要とするもので従ひえぬものの、この頃医といふ、最も実質的な交流を得てゐた事は考へられるであらう。内容は、古事記が同じく（下巻、遠飛鳥宮條）、

天皇、初め、天つ日嗣知しめさむと爲し時に、辞びまして、「我は、一長病しあれば、日嗣得知

らさじ」と詔り給ひき。然れども、大后を始めて、諸卿等堅く奏し給へるに因りてぞ、天の下治しめしける。此の時、新良國王、御調、八十一艘、貢進りき。爾、御調の大使、名は金波鎮漢紀武とぞ云ひける。此の人、薬方を深く知れりき。故、帝皇が御病を治差めまつりき。

と記してゐる。

又、日本書紀巻十四、雄略天皇の條には織匠の渡来を報じてゐる。

十四年春正月丙寅朔戊寅、身狹村主青等、呉國の使と共に、呉の獻れる手末才伎漢織、呉織、及び衣縫兄媛、弟媛等を率て、住吉津に泊る。……衣縫兄媛を以て大三輪神に奉り、弟媛を以て漢衣縫部と爲す。漢織、呉織、衣縫は是れ飛鳥衣縫部、伊勢衣縫（脱字？部、□□衣縫部か）が先なり。

これも年代逆算は四六九年ＡＤとなるが、單に内容のみを得たいと思ふ。衣縫部の最初であり、大陸影響としては政治上の諸制度輸入に対して生活上の最も主要なものの一つである織工を記憶すべきであらう。尚この記事は古事記には無い。

四八五年には三月上巳、後苑に幸して、曲水の宴きこしめした事が記されてゐる。日本書紀巻十五、顯宗天皇の代である。曲水宴型の宴はやはり大陸の影響である公算が強く、その経路を紀が明瞭にせぬだけ、知識としては伝はってゐた事を示し、單なる技術のみが渡来してゐたのではなかった事を証左するものであらう。これに前後して任那問題があり、年代を信ずるにしろ信ぜぬにしろ、事項としては連関があるものとみるべきである。

仁賢天皇の六年（四九三ＡＤ）には工匠を日鷹吉士が高麗より獻ったと記されてゐるが、その名を須流枳、奴流枳とのみ記して、その内容を詳にしてゐないが、「今、倭國山辺郡額田邑の熟皮《かはをしこ》高麗《にひり》は是れ其の後なり」と述べてゐるのによって、可成り種々の技術が入って来てゐた事が察せられる。これは風俗的に見る場合に重要であらうと思ふ。ひいては當時の庶民を知る上にも。又、この移住帰化人の姓が定まってゆく前提の下に、（日本書紀、巻十九、欽明天皇元年（五三九ＡＤ））「秦人、漢人等の諸蕃の投化ける者を召し集へて國郡に安置らしめ、戸簿に編貫く。秦人の戸数惣べて七千五十三戸なり。大蔵掾を以て秦の伴造と爲す」。欽明天皇の幼時の夢に秦大津父といふ者を「寵愛たまはゞ必ず天下を有《しら》さむ」と告げられたといふ伝説（紀、巻十九）は、かゝる織匠が民衆化して、日本のものの中に爲ってゐる事を示してゐる。

この年代で云ふ五〇〇年から五五〇年にかけて、六世紀の前半は任那をめぐっての戦史でしかないが、任那の滅亡する五六二年頃を契機として、佛教伝来に伴った学術の輸入は十分に日本を啓発していったやうであった。

欽明十四年（五五二ＡＤ）……六月……別に勅すらく、医博士、易博士、暦博士等宜しく番に依りて上下るべし。今上の件の色の人正に相代はらむ年月に當る。宜しく還る使に付けて相代はるべし。又卜書、暦本、種々の薬物を付送れ。

欽明十五年（五五三ＡＤ）……二月……五経博士王柳貴を固徳馬丁安に代へ、僧曇恵等九人を僧道深等七人に代ふ。別に勅を奉りて、易博士施徳王道良、暦博士固徳王保孫、医博士奈率王有㥄陀、採薬師施徳潘量豊、固徳丁有陀、楽人施徳三斤、季徳己麻次、季徳進奴、對徳進陀を貢る。皆請に依りて代るなり。

敏達元年（五七二ＡＤ）……五月……丙辰、天皇、高麗の表號を執りたまひて、大臣に授けたまふ、諸の史を召し聚へて読み解かしむ。是の時に諸史三日の内に皆読むこと能はず。爰に船史の祖王辰爾有りて、能く読み釈き奉れり。

崇峻元年（五八七ＡＤ）春三月……是の歳、百済國、使幷びに僧恵總、令斤、恵寔等を遣して、佛舎利を献る。百済國、恩率首信、……等を遣して、調を進る。幷に佛舎利、僧聆照律師、令威、恵衆、恵宿、道嚴、令開等、寺工太良未太、文賈古子、鑪盤博士將徳白昧淳、瓦博士奈麻文奴、陽貴文、陵貴文、昔麻帝彌、畫工白加を献る。

推古十年（六〇二ＡＤ）……冬十月、百済の僧観勒来く。仍りて暦本及び天本地理書幷びに遁甲方術書を貢る。是時書生三四人を選びて、以て観勒に学び習はしむ。……皆学びて業を成す。

推古十八年（六一〇ＡＤ）春三月……曇徴五経を知り、且た能く彩色及び紙墨を作る。幷せて碾磑を造る。蓋し碾磑を造るは、是の時に始る歟。

これら外与的なものの中に混って、積極的な獲得は無論爲される筈である。それが留学生となり、遣隋使の派遣になる。正しい意味でのそれは推古十五年（六〇七ＡＤ）の小野妹子から始まるのであるが、それより十九年前、崇峻天皇の代に次のやうな記事が見られる。（日本書紀、巻二十一、崇峻紀）

用明二年（五八六ＡＤ）……六月……。甲子、善信阿尼等、大臣に謂りて曰く、出家の途は、戒を以て本と爲す。願はくは百済に向りて戒法を学び受けむ。是の月、百済の調使来朝けり。大臣使人に謂ひて曰く、此の尼等を率て、將に汝が國に渡りて、戒法を学ばしめよ、了りなむ時に発遣せ。使人答へて曰く、臣等、蕃に帰りて先づ國主に導《い》はむ。而して後発遣むとも亦遅からじ。

崇峻元年（五八七ＡＤ）……是の歳……蘇我馬子宿禰、百済の僧等を請せて、戒を受くる法を問ふ。善信尼等を以て、百済國使恩率首信等に付けて学問に発遣たしむ。

崇峻三年（五八九ＡＤ）春三月、学問尼善信等、百済より還りて桜井寺に住む。

これを留学生の最初とする事は、広い意味で、評されるであらう。小野妹子については、上述したやうに、

推古十五年（六〇七ＡＤ）……秋七月戊申朔庚戌、大礼小野臣妹子を大唐に遣し、鞍作福利を以

て通事と為す。……

仝十六年（六〇八ＡＤ）夏四月、小野臣妹子、大唐より至る。……九月……復た小野妹子臣を大使と為し、吉士雄成を小使と為し、福利を通事と為して、唐客に副へて遣はす。……是の時に唐國に遣せる学生は、……幷せて八人なり。

仝十七年（六〇九ＡＤ）……秋九月、小野臣妹子等大唐より至る。唯だ通事福利来らず。

と記されてゐるが、この八人の留学生に就いては、推古三十一年秋七月の條に、

……是の時、大唐学問者、僧恵斉、恵光、及び医恵日、福因等並に智洗爾等に従ひて来る。是に、恵日等共に奏聞して曰く、唐國に留れる學者、皆学びて業を成せり。応に喚すべし。且つ其れ大唐國は、法式備り定りて珍しき國なり、常に須らく達ふべし。

とその帰朝が示されてゐる。

これら記紀時代に対して万葉時代は、留学生などで文物を学ぶものは寧ろ多かったかもしれぬが、海外文化が、その上にその國の文化を成立せしめる程に入って来たのは記紀時代の特色であるだらう。万葉時代には無論、白村江の戦ひなど朝鮮半島との交渉は宿命のやうに続くが、主力はやはり國内経營にあった風に思へる。万葉もずーっと時代を降っていった佛教輸入をその海外交接の大部として、

大化改新とその後の行政整備、壬申乱とその後の王権確立、そういった政権闘争と、それが勢ひ含んでくる國内経營であるのである。記紀時代にも無論盛んな國政充実があった。然しそれは海外文化摂取の後にあるそれであり、万葉時代のそれと対比される。この点から、國内の事象を通した時代背景を次に見たいと思ふ。

記紀時代では以上述べて来たやうな三韓、大陸との接触の後に、中心になって来るのは推古朝、聖徳太子の政治である。太子の出生は、詳かにしないが、「用明天皇元年、春正月壬子朔、穴穂部間人皇女を立て丶皇后と爲たまふ。是れ四男を生れましき。其の一を厩戸皇子と曰ふ」（紀、巻二十一）とあるから大体五八五、六年で、推古二十九年春二月己丑朔癸巳、半夜に、「厩戸豊聰耳皇子命、斑鳩宮に薨ましぬ」（紀、巻二十二）といふ六二〇年、或はこの方を正しとされてゐる、推古三十年二月二十二日（法隆寺金堂本尊釈迦如来像光背銘）の六二一年までがその生涯であり、「推古元年夏四月庚午朔己卯、厩戸豊聰耳皇子を立て丶皇太子と爲したまひ、錄摂政、万機を以て悉に委ねたまふ」（紀、巻二十二）といふ、五九二年から歿年迄がその摂政たりし期間である（年代に従ふと、六、七才で摂政たる事あり得るであらうか）。

歴史の教へるところに先づ冠位制定がある。推古十一年（六〇三）十二月である。

十二月戊辰朔壬申、始めて冠位を行ふ。大徳、小徳、大仁、小仁、大礼、小礼、大信、小信、大義、小義、大智、小智、幷せて十二階。並びに當色の絁を以て縫へり。頂は撮總べて嚢の如くし、縁を着けたり。唯だ元日に髻華を著す。

これは翌年諸臣に賜はれたが、この年四月には憲法十七條が作られた。

十二年（六〇四ＡＤ）……夏四月丙寅朔戊辰、皇太子親ら肇めて憲法十七條を作りたまふ。一に曰く、和を以て貴しと爲し、忤ふること無きを宗と爲よ。……二に曰く、篤く三宝を敬へ。……三に曰く、詔を承りては必ず謹め。……四に曰く、群卿百寮、礼を以て本と爲よ。……五に曰く、饕を絶ち慾を棄てゝ、明かに訴訟を辨へよ。……六に曰く、悪を懲し善を勧むるは古の良典なり。……七に曰く、人各任有り、掌ること宜しく濫れざるべし。……八に曰く、群卿百寮、早く朝り晏く退でよ。……九に曰く、信は是れ義の本なり、事毎に信有れ。……十に曰く、忿を絶ち瞋を棄て、人の違ふを怒らざれ。……十一に曰く、功過を明察にして、賞罰必ず當てよ。……十二に曰く、國司、國造、百姓に斂めとること勿れ。……十三に曰く、諸の任せる官者、同じく職掌を知れ。……十四に曰く、群臣百寮、嫉妬有ること無かれ。……十五に曰く、私に背きて公に向くは、是れ臣の道なり、凡そ人私有れば必ず恨有り、憾有るときは必ず同らず、同らざれば、則ち私を以て公を妨ぐ。……十六に曰く、民を使ふに時を以てするは、古の良典なり。……夫れ農せざれば何をか食まむ、桑とらずは何をか服む。……十七に曰く、夫れ事は独り断む可からず、必ず衆と与に論ふべし。

秋九月には朝礼が改められてゐる。又、晩年にはかの國史編纂が行はれた。

廿八年（六二〇ＡＤ）、是の歳皇太子、島大臣、共に議りて、天皇記、及び國記、臣連伴造國造百八十部、幷せて公民等の本記を錄したまふ。

か丶る朝廷王事の諸制度設定、改変は、原始國家から、眞の國家統一の完成への仕上げであったのであらう。四世紀後期の大和朝廷の拡張、統一期から五世紀の、讃（仁徳）、武（雄略）といった天皇の第一期善政、盛朝を経て、支那文化の輸入らと共に氏姓制度が完成してゆくと、原始國家の確定が爲されて来た。その後に繰返される支那との接渉から、佛教文化の中に、原始性を脱却した國家態勢といふものが出来上って来たのであった。そして、この佛教的な偏重を是正して、完全な風土の匂ひの中に落着いてゆくのが大化改新を経た盛政であったのであらう。

尚、太子摂政の民事は、農耕奨勵の中に、十五年（倭國、高市池、藤原池、肩岡池、菅原池、河内國、戸刈池、依網池）、二十一年（冬十一月、掖上池、畝傍池、和珥池）などに池が掘され、大溝が掘られた（十五年、山背國栗隈）。二十一年には難波京都間の國道が通じた事を記してゐる。二十年には百済の帰化人から伎楽舞を習はしめた事が見え、か丶る生活の余裕の上に成る文化の輸入は興深いものであるが、「此れ今の大市首、辟田首等の祖なり」とも記され、宮廷楽としての形が濃い。記紀時代の精神背景とする事は未だ難いであらう。

又、二十一年十二月の事件として太子の人間の描寫があるが、これは同主旨のものを万葉にも載せられてゐる点、又當時の民衆の片鱗――これは記紀記事としては主目的のものではないので――を伺へるものである。

十二月庚午朔、皇太子片岡に遊行す。時に飢ゑたる者道の垂に臥せり。仍りて姓名を問ひたまふ。而して言さず。皇太子視て飲物を与ふ。即ち衣裳を脱きて飢者に覆ひて言く、安らけく臥せよ。則ち歌よみて曰く、

級照る　片岡山に　飯に飢て　臥せる　其の旅人あはれ

親無しに　汝成りけめや　さす竹の　君はや無き　飯に飢て　臥せる　其の旅人あはれ

万葉集に於ては

上宮の聖徳皇子、竹原の井に出遊しし時、龍田山の死れる人を見て、悲しみ傷みて御作歌一首

家にあらば妹が手纏かむ草枕客に臥せる此の旅人あはれ（巻3挽歌　四一五）

宮中を出でた片岡の原の漫歩に、行き倒れてゐる乞食の姿を見る光景は釈迦の伝説と容易く結びつ

くが、イメージをもったものである。無論書紀に於てはこの飢ゑたる者を聖として、太子の徳を顯す故の記載なのであるが。万葉の作者の描いてゐる情景の方が正しいのである。尚この三首が同一歌の異同であるだらう。「家にあらば」といふ発想にも時代の新しさが感じられるものである。

こうして記紀時代が佛教文化に成る盛朝の中に幕をとじると万葉時代に入る。

万葉時代を佛教によって説明するならば、蝦夷入鹿の誅による佛教勢力の後退とそれにつゞく大化改新の王事、これを天智天皇の崩御迄としてこの期と、壬申乱以後天武天皇に始まる、所謂復古政治、これが佛教運動を伴って聖武期に又政治の中心になる。この期とに特色づけられる。平安遷都は又この佛教からの新生である。そしてこれらが何らかの、いはゞ革命的な事にエポックをおいてゐるのである。蘇我父子の誅殺、壬申乱、遷都と。

これらは夫々、六四五年、六七二年、七八八年（長岡遷都）であるが、各期に於ける政事を以下瞥見しよう。

大化元年（六四五）以降、孝徳天皇記はその新政の種々にみちみちてゐる。二年の改新の詔より、京制、郡制、里制を定め、又鍾匱を設け、公民を宜し、税法を制してゐる。民政に重点がおかれてゐるのを見る事はかゝる例のみにとゞまらないのである。國司への詔勅は屢々行はれたし、品部を解放し、勧農してゐる。又、國内の平定がその意味を助長してゐる。六五八年、阿倍比羅夫の蝦夷征伐又六〇年のそれなどである。又朝鮮半島との交渉はそれ迄も断続的に見えるが、阿曇比邏夫らの百済救援から、白村江に敗れると、専ら防備に態度が変っていく。この中にも國内營爲の副因があると思はれる。万葉第一期の歌はかゝる政治の息吹きの中にあったのである。個の抒情への時代として、適はしいものを感ずる。

官制に於ても大化改新に於ける八省百官の設定（六五〇）より天智天皇の近江令（六六八）まで、諸々の制定があった事は言ふ迄もない。文化としては天智十年、始めて漏尅が用ゐられた事が記されてゐる。

壬申乱よりは佛教的色彩によって、一応聖武以前以後を区別して考へられる。文藝史的に云って万葉第三期四期の境界がこゝに同じく求められる。天武天皇二年には「書生を聚めて、始めて一切経を川原寺に寫す」と記されてゐる他、飛鳥寺の斎会（六年）、三宝拝礼（仝）、僧服の制定（八年）と、勅によって佛教が現はれて来るが、これは暫く措いて、この期に見るものは文書の編成であらう。

六八九年には飛鳥淨御原朝廷令、二十二巻が成ってゐる。

持統三年、六月、庚戌、諸司に令一部二十二巻を班ち賜ふ。

律令はこれにつゞいて、文武天皇四年、七〇〇年に大宝律令が編修され、元正天皇養老二年（七一八）に養老律令が制定された。

更に國史、風土記の編纂がなされたが、これは、狀態を同じくして聖徳太子が國記、天皇記、臣連伴造國造百八十部、幷せて公民らの本記を錄した事と符合する事である。

元明、和銅五年（七一二ＡＤ）古事記撰、獻上。
元明、和銅六年（七一三ＡＤ）風土記撰、獻上。當時に是歳より國郡郷名に二字の好字を用ゐる。
元正、養老四年（七二〇ＡＤ）日本書紀撰、獻上。六國史の勅撰これよりある。延喜の頃まで。

この頃に年代を同じくするのは、和銅五年より三年前（？）に人麻呂が歿し、憶良、旅人、金村、赤人、虫麻呂などである。金村は靈亀元年に、赤人は養老四年に初めて見られる。虫麻呂はこの頃以後東國に在ったと云はれてゐる。そして、この間に志貴親王が薨し、石上麻呂が薨してゐる。家持が生まれたと思れるのがこの養老二年である。

聖武以後は前述した。

以上、上代を海外との交接面と、國内経營の両面から述べて来たが、冒述した第一期の仁徳以前は、極めて自然な要求によって、素朴な表現が唇に持たれてゐた時であり文藝以前の世界である。それが支那との交渉の中から、國家の成立に向ふにつれて、型の中に入って、その存在を文藝が生むやうになる。時代の流れから促がされた文藝の発生があったのである。そして佛教の盛大がその極限に達した形で万葉時代に承けつがれると、政治に結びついてゐた点からの破綻によって、國民を支配する政治は佛教の國内消化に入ってゆく。この殻の中に文藝は個のものに帰し、夫々に暖められてゆくやうである。中頃、再び興って来た佛教と、海外思想の中にこの文藝は大きな変革を来すが、この破壊力と、本来性の爛熟が、万葉文藝を終幕へと導いてゆく。天平文化はこの文藝にとってフィナーレでもあったが、然し、この崩壊は一応その任を終へて、次代の新しい要求を俟とうとする姿に他ならないのである。九世紀の、新都への訪れが、その契機であった。

第二節　各　説

第一項　比喩敍述

――「なす」を中心として――

各説に於ては、敍事散文の時代を抒情詩の時代たる万葉集時代に対比して考へ、その敍事系列の各相と、万葉集抒情詩に発する抒情系列の各相を、第二章三章で述べようとする。従って敍事系列としてこの節に扱ふものは勢ひ記紀文藝の内容である、物語歌謡――これは抒情系列の物語歌につらなる――、唱和詩体――これは抒情系列の連作表現に密接する――と、記紀万葉両時代に従断して考へようとする歌物語形態、及び以上の歌謡と対する説話文藝（散文文藝として）を形の上で考へ、方法としての敍法を加へ、以上五つを取扱ひたいと思ふ。重ねて附言して置きたいのは、敍事、抒情の潮流流動と名稱するものが、夫々の濫觴をもつといふ意味であるといふ、その事である。

この項に於ては、その中の敍法について考察したい。敍法が、最も原始的な詠歎から、現在段階としての寫実まで、感性から理性までの間を、無数の段階に区切ってその進化が見られるものである事は既に述べた。この間には感性が表面上の減退を示し、その空白を埋め乍ら理性が表面上の進出を示して来る。その第一歩として考へられる事は、先づ感性が、同じく感性によって把へられる他の物を拉し来って、その敍述の中に、述べんとする対象を客観的に描かうとする、この敍法であり、理性獲得の第一歩と見られる事である。

これは非常に初期の段階にあるもので、例へば、句としてかゝるものが見られる時にも他には事件を報告する敍法が存在してゐるといふ事も考へられ、つまり表記以前によりよく考察されるべきものでもある。然し現在我々が表記以外の音声を聞く事は出来ないのであり、口誦されたものが表記化された、それを対象とする以外に方法がない。かゝる意味から、その性質を有する記紀の歌謡、万葉集初期のもの、地理的に時代が下ってゐても口誦性のあるもの、これらを対象にするべきものである。又、私は散文でなく、歌謡、歌を中心にしたいと思ふが、これがより感性的なものである点、散文以前の性質も併存してゐるからである。そして、この敍法、つまり比喩の一つとして、「なす」といふ言葉を見たい。この中に求めたものから一般をおしたいと考へるのである。最も明瞭な形の比喩であり、第一の理知獲得の段階であるだらうからである。

記紀に現はれてゐる「なす」及これと同義の「ごと」は、古事記に三首、日本書紀に二首、そして両方に重複して記されてゐる一首、計五首の歌に含まれてゐる。これは記紀歌謡全百九十二首中（重複を除く）に於て、非常に少い数である（註一）。万葉集に於ては、なすが三十一句、ごとが三句、計三十四句である（記紀のなす、ごとは夫々四句、二句）。従って以上を通じ四十句を見る事になる。これをもつ歌については、二つ含む歌が古事記に一つ、万葉集に一つ、記と万葉両方にある歌が一つあるので三十七の歌である。用字別に見てゆくと（一三三頁、別表参照）、「なす」には、成、奈須、奈須、那須、那殊、能須、奈酒、奈周、鳴、が當てられ、「ごと」には、如、碁登、語等、其登、が當てられてゐる。この内、同じ歌謠を記紀が別々に碁登と語等を當て、又万葉集三三五八の歌の「或本歌」は本によって奈須とも奈須とも記してゐるので、用字数は句数より一つ多く、成―十六、奈須―九（十）、奈須―三（二）、那須―二、那殊、能須、奈酒、奈周、鳴、各一、如―二、碁登―二、語等―一、其登―一、となる。無論、別意味に「なす」が用ひられてゐる場合がある（例へば万葉集、二四二）ので、記紀万葉に現はれるこれらの字の全部ではない。この点からは紀一五の歌、記九八の歌など問題になるものであらう。

比喩の最も初期に於ては、その機能を発揮した、十分な敍法であったらうが、丁度枕詞のやうに、一つの語と結合して、何の実感もない、気分的な修辞法に移ってゆく事が考へられる。この場合には、前述したやうに寫実性をもった敍法とは云ひ難いものである。こうした推移は上代に於てすら見られるものであるが、こうした中にも記紀時代のそれと、万葉時代のそれが異質であり、敍法の推移も考へられるのである。

記紀にみられるものを先づ擧げたい。

記紀のそれは前述したやうに六句、五首であるが、何れも、熟語的に用ゐられてはゐない。

雪のす（枯らが下樹の）さやさや

神のごと　聞えしかど
日本なす　大物主の
眞玉なす　吾が思ふ妹
鏡なす　　吾が思ふ妻
かくのごと

この中最も危惧を伴ふものは、眞玉なす、鏡なす、であらうが、例へば万葉時代に見られるやうな、水沫なす命といったひゞきを、この場合には感じない。然し、雪のす、神のごと、などの如き、表現者の発見で無いことも事実である。この歌が、こゝまでを長い序としてゐる点、地名を敍して来て、

上つ瀬――斎杙――鏡――――鏡なす――――吾が思ふ妻
下つ瀬――眞杙――眞玉――眞玉なす――吾が思ふ妹

といった対句法、疊句を用ゐてその韻律性を応用してゐる点、謠物性が見られるが、この事も個人の発見に拘らぬ通常の表現を用ゐてゐると見られる。その中に「鏡なす」「眞玉なす」も加はってゐるのである。こゝに、「眞玉なす（妹、處女）」といった熟語への搖ぎがやゝ感じられるであらう。又「日本なす　大物主」は創造主たる大物主といふ観念から発せられた言葉であるが、單純に「な（爲）

した」といふ意味しか持たぬか、もっと言葉が拡大されて使はれ、日本の象徴たる大物主といふ意味（この場合には「なす」は比喩法であるが）か、曖昧であり何れでもよい。比喩に「なす」といふ動詞が化しきれぬものと考へると、その早期の形として見る事が出来る。又「かくのごと」は句の比喩ではなくて、總べ敍べる場合に用ゐられてゐるものであり、今の場合暫く措く事にする。

これらの成立年代は知りうるよすがもないが、下巻に記され、書紀にても巻十に記されてゐるもので、ほゞこの時代といふ事は考へうる。紀の酒の歌と前述の謠物と思はれる歌は、口誦されたもの故一層その年代も長きに亙ってゐるであらう。木梨之軽太子の歌は万葉集にも収錄されてゐる点もこれを喚示する一つであるが、万葉集にては更に「檢古事記曰件歌者木梨之軽太子自死之時所作者也」と左註して、その當時既に作者を離れて口誦され伝へられてゐた事が知られる。古事記のそれと若干異り、附加されてゐる事もそれを物語ってゐる（註二）。

次に万葉集に於て考察してみたい。第一としてその他語との結合の様子を見ると、「垣ほなす」が最も頻度多く、四つある。

垣穂なす人辞聞きて
垣ほなす人の横辞繁みかも
垣ほなす人は云へども
垣ほなす人の誂む

人の噂を形容するのであるが、これは完全に熟語化して、枕詞的に用ゐられてゐる。「垣ほ」と、「なす」は二語ではない、一句として扱ふ迄になってゐる。次に多いものは常盤なす、と木屑（積、糞）なす、で三度づつ出て来る。

鳴瀬ろに木屑の依すなす
浦回の木積なす心は依りぬ
始水による木糞なす因らむ

石迹柏と常盤なす吾は通はむ
その葉も枯れず常盤なす
常盤なす斯くしも　（命）

「常盤なす」は他に「巌なす常盤」といふ句もあり、永久の時間に対する通俗語となってゐる。現在にも生きてゐる熟語である。

「木屑なす」は、寄ってゆく様を比喩して用ゐられてゐるのであるが、鳴瀬、浦回、始水と種々場所を異へて見られ、水面の木屑、として考へられてゐるのである。木屑そのものが、既に慣用句「木屑なす」を作りあげつゝあった事も考へられ、「常盤なす」よりも、もう少し実感を持ってゐるであらう。次に多いのは「百重なす」「水沫なす」であり二度づつ見る事が出来る。

百重なす情し念へば
百重なす心は思へど
水沫なす微き命
水沫なす仮れる身

前者は慕情を、後者は命を比喩してこれも類型的匂ひ濃いものであらう。たゞ前者は「吾が足、三重の勾餅如して、甚く、疲れたり」（古事記、中巻、小碓命）といふ観念と一致する、素朴さを感じさせるものであるが、後者は無論、伝来思想の下に始めて成り立つ表現であって、この点対比されるものであるが、然しそれが決して熟語的成立の先後には関係しないであらう。同じ頻度をもったものに「鳴沢なす（のごと）」があるが、

恋ふらくは（布自の高嶺）の鳴沢のごと
さ寝らくは（　仝　）の鳴沢なすよ
恋ふらくは（　仝　）に降る雪なすも

「或本云」「一本云」といふ類歌であり、第三の如く改変されてゐる点、伝承の誤りで本来一首のものであらう。従ってこれは問題にならない。

他は全部一度づつ見られるものであるが、それらは例外を除いて、その時その表現の実感を伴ったものと云へるものである。

妹をこそあひ見に来しか眉曳の横山辺ろの猪鹿なす思へる

その妹の母が猪鹿なす思へるといふのであるが、実感の表現であらう。

綜麻形の林の始のさ野榛の衣に著くなす目に著く我が夫

引き放つ　箭の繁く　霰なす　そちより来れば　……

朝日なす　ま細しも　夕日なす　うら細しも　……

第一首目は長い序があるが、榛のつく様にといふ発想は自然なものであり、第二首目は大津宮勢の来たる様を敍して、高市皇子を悼む心情が躍つてゐるとも云へよう。前者に比べれば技巧が意図がそう爲しめてゐるのであるが、この点は第三首目も同じである。対句にそれを見るが、朝陽夕陽の連想は内容をもつたものと云はなければならない。

この語との結合の頻度は、結局、「なす」が句として、熟語化してゆこうとする経路を辿つてゐるに過ぎない。頻度と転化は逆比例してゐる。同じく一首しか見る事の無い、

玉藻なす依り宿し妹
眞玉なす二つの石
錦なす花咲きををり

などは寧ろ例外として考へねばならないものであらう。

次にこれら歌の年代との関係を考へてみたいと思ふ。先づ年代のほゞ推定されるものと全く年代未詳のものとを分けて考へねばならない。前者の数は二十三首、後者が七首である（一三四頁、別表参照）。

年代の推定しうるもの二十三首を、大体十年毎に分けてみると次のやうになる。この場合、大体何年から何年までの制作といふ歌は一首の場合は中位数をとり、二首以上の場合は均等な価値をもつて分配したものである。

六六〇AD以前	1
六六一AD―六七〇AD	1
六七一AD―六八〇AD	1
六八一AD―六九〇AD	2
六九一AD―七〇〇AD	5
七〇一AD―七一〇AD	2
七一一AD―七二〇AD	0
七二一AD―七三〇AD	3
七三一AD―七四〇AD	3
七四一AD―七五〇AD	4
七五一AD―七六〇AD	1

この相違をもっと明瞭にする爲に六六一年以後の二十年毎の区分を行ふと（1）、2、7、2、6、5、又六七一年を起点とすると、（2）、3、7、3、7、1、といふ歌数を得る。無論、これは記された年代に忠実に従ってゐる。すると、この、七〇〇年を中心とする前後、七四〇年を中心とする前後に、これは多い歌数を示してゐる。藤原宮時代の中期と、聖武天皇治世の中期とである。

この中にこめられた意味を、私は探らねばならぬのであるが、それであるからと云って、藤原中期と聖武中期にかゝる敍法が持たれたと云ふ事は俄かに判断出来ない。この時代が万葉時代百年の間の、文運政治の隆盛の中の、より華々しい時代であった事を考へれば、残された文書、歌の多寡もあるであらう。活躍した作者のもののみが残ることもあるであらう。これを果す爲に、もう二三の考察を、結合語、年代の考察をつゞいて行はねばならぬ。

年代未詳の七首については、これを前述慣用句、非慣用句に分けて記すと、次の如くになる。

—慣用句—

石迹柏と常盤なす

垣ほなす人は云へども

浦回の木積なす

百重なす情し念へば

—非慣用句—

麻笥に垂れたる続麻なす長門の浦は

雲の行く如言は通はむ

引帯なす韓帯

かく、その数は相半ばしてゐる。慣用句が用ゐられる場合は、一つの技巧として、有名な、所謂歌人が用ゐる時と、それが一つの口語句になって、素朴な人々の中の歌に容易く用ゐられる場合である。そして上掲の慣用句は明らかに後者である。非慣用句は、歌人か非凡な特性によって把へ来る場合と、素朴な、比喩発生期的敍法の中に生まれる場合との二つである。そして上掲の非慣用句は明らかに後者である。つまり、これら年代未詳の歌は華々しく文藝の尖端に立って歌を唱してゐた人々とは別個に存在してゐたものであるに違ひない（註三）。従って、年代を明らかにする歌がその當時の文藝の全貌を示すものでない事はこゝにも云ひうるのである。これら年代未詳の歌はほゞ全期間に亙ってゐたらうと思はれるのである。こゝに、作者との関係が起って来る。

作者も記述に一応従ふ事にする。作者によって分類すると次の如くになる。

柿本人麻呂	4	（和銅二十三年歿？「五十に至らで」＝考別記＝　六六〇？—七〇九、一〇？）
山上憶良	5	（天平五年歿。歳七十四（七三三）　六五九—七三三？）
大伴家持	3	（延暦四年八月歿。天平十—十六内舎人　七二〇？—七八五）
田辺福麻呂	2	（天平二十年　被饗於家持館　七四八）
高橋虫麻呂	1	（未詳。養老五・東國行？　最終歌天平四年　この間　七二一—七三二　＝年表＝）
木梨之軽太子	1	
井戸王	1	
市原王	1	
丹波大女娘子	1	
作者未詳	11	

所謂万葉各期の代表歌人に推考の年代を附したが、人麻呂、憶良らが七〇〇年前後を代表し、家持、虫麻呂らが七四〇年前後を代表してゐる。つまり、これら歌人たちの表現の中に「なす」敍法が発想

としても、語彙としても取入れられて、使はれてゐた事を意味する。前述二期により多く「なす」が見られるのは確かに間違いない事実なのだが、それはかゝる歌人たちが活躍した時期にすぎない。然し、同じ代表歌人であっても、例へば、第一期を代表する額田王や、二期の黒人、或は三期にしても赤人や旅人に何故見られぬのであらうか。こゝにも慣用句と非慣用句をめぐって、その取入れられ方が問題になって来るであらう。

人麻呂に於てそれは、

垣ほなす
百重なす
玉藻なす
霰なす

憶良に於てそれは、

常盤なす
眞玉なす
水沫なす
鳥翔《かけ》るなす
丹の頬なす

福麻呂に於てそれは、

垣ほなす
錦なす
虫麻呂に於てそれは、
垣ほなす
又、家持に於てそれは、
常盤なす
木屑なす
水沫なす

となってゐる。總べてが句として使はれてゐると見てい、であらう。右に抽出しえた僅かな三者は、人麻呂、憶良といふ、非凡な長歌歌人に見られる事を見なければならない。前に慣用句としてあげた十四句のうち、十二句が、これら歌人によって使はれてゐるのを見ても、明瞭であらう。文藝的「なす」は、こうした、句としてしか存在しなくなってゐる。爛熟期を形成する家持の例はそれを雄弁に物語ってゐる。

これに対しての考察を次に述べれば、當然、これら歌人と立場を対立させる人々の間に於ける姿を見る事であらう。東歌は、万葉集全巻の中から見れば、分類されたものは巻十四、一巻であり、その中から尚若干異質のものを除外しなければならぬが、比喩敍法をもつものは、四首と、その類歌二首とである。これは、割合を高く考へられるものである。それを次に擧げると、

まさごなす
猪鹿なす
降る雪なす
鳴沢なす
（鳴沢のごと）
木屑の依すなす

この五首は先の群とは全く異ってゐる。すべて実感をもって歌はれたものであらう。慣用句としては只一首を見るのみである。こゝに結論が約束されてゐるかにも見える。素朴な清明自然詩時代であった第一期に、かゝる「なす」が現はれてゐない事を。第二期から第四期にかけても、黒人、赤人らとは別な型の「なす」使用の歌人の群が考へられる事を。

この事を更に推し進めるならば、歌体との関係が擧げられて来る。「なす」を持つ歌は、歌体別に見ると、短歌二十首、長歌十首（類歌を除いて）である。これは全体の割合よりも長歌の三分の一といふのは多いものであらう。「なす」全部についてもそうであるが、これを更に詳細にすると、今現はれてゐる代表歌人、人麻呂、憶良、虫麻呂、福麻呂、家持といふ人々が、殆ど長歌歌人と云はれ、そうでなくとも数多くの長歌を作ってゐる事が注目されるのである。長歌の敍法としての落着きが、この慣用句の中にこもってゐる。長歌的敍法なのである。

以上「なす」について、その結合語を中心として、年代、作者、更に歌体と考察して来たが、總括して考へられる事は次のやうな事であらう。

記紀歌謡に見られるものと、万葉集に見られるものとの間に、その発生と、完成といったやうな系列を考へる事はやゝ困難である。たゞ、純度として、前者が発生直後の形態を多く保ち、万葉集には完成され、語の転化をなした後のものが併存して、この両方が考へられるのである。記紀万葉両者を含めた、その発生期的なものと、転化後、技巧として用ゐられてゐるものとを分けて、その間に系譜を考へる事が正しいのである。

こうした考への中に、前者に属するものが、記紀歌謡の大部と、万葉、作者未詳のもの、年代未詳のものの一部である。記紀のものは成立期が早くなければならぬもの故、問題はないであらう。万葉の作者未詳のものは、以上の考察から、地方的文藝に早期であるといふ事が出来る。中央の文運伸展の中にとり残された、或は中央より少しづつ後れて文藝が変ってゆく、文藝的地方に存在するものである。これらは民族性と、口誦性を併存するものなので、古来の発想が、そのまゝ、伝誦し来って、尚遲くまで、持ってゐる事がその原因なのである。これは、中央文藝的に用ゐられてゐる慣用句を、そのまゝ踏襲しようとするとも考へられるが、同時に、素朴な、そのまゝの自然性から詠発するものが、実感ある、非慣用句を用ゐた歌（多くは短歌）であったらうと思はれるのである。年代未詳のものも、これと関連して考へられて来るのであるが、これは全万葉期に亙ってゐたらうと思はれる。作者未詳のものと多く一致してゐるものであるから、先に述べた地方性を具へてゐる事はこゝでも云はれ、その慣用句の輸入経路も前述の通りである。

かく、年代未詳、作者未詳のものが発生期形態を保ち、そこに中央から輸入されたものをそのまゝ、踏襲してゐるのに対して、作者を明記し、従って年代もほゞ推定される歌が、発生より辿りついた後の姿を見せてゐる、つまり後者に属するものである。これは、例へば、人麻呂や憶良らの歌才と、その長歌といふ形式への適応性とから、華々しく用ゐられたのであるが、一部、実景に伴った描寫と、慣用句となったものとを併せもってゐる。前者はその早速のものと、偶発的なものと云へるので、果して、これは極めて少い。つまり、この完成期には、技巧として用ゐられるやうになってゐるのである。それは時代を降っては家持らに踏襲され、益々その度を濃くしてゆくのであるが、同時にそれが地方に流れ、地方歌の中にも、その姿をとゞめてゐるのである。人麻呂の歌が広く愛誦された事は考へられてゐる事であるし、木梨之軽太子の歌と古事記に記す歌が万葉集に、その考証を併記されて載せられてゐる事も、その何れにも「なす」を含む場合、この地方輸出の経路が考へられるのである。無論、これは歌の形のみに於てといふのではない。日常語としても同程度に流動してゐたものである。

古事記に記されてゐる「なす」の散文用法は暗誦された、かなり古い形をとってゐるものであらうが、それは既に文書化される以前の語法により近いものであった。歌謡にそれを見る事少いのはこの爲である。然し、そういった歌謡の中にも、單なる事件報告のみではなくて、文藝的な感覺を通した、此の「なす」表現を行はうとしてゐる事は、看過さるべきものではないであらう。こうして発生した、後のその経路が、以上述べたものであったのである。

万葉集「なす」「ごと」一覧表

巻次	番号	短歌
1	一九	さ野榛の衣に著くなす
2	一四五	鳥翔《かける》なす有り通ひつゝ
4	四九六	百重なす心は思へど
	七一三	垣穂なす人辞聞きて
5	八〇五	常盤なす（命）斯くしも
	九〇二	水沫なす微き命
6	九八八	巌なす常盤に
7	一一三四	石迹柏と常盤なす吾は通はむ
9	一七九三	垣ほなす人の横辞繁みかも
11	二四〇五	垣ほなす人は云へども
	二七二四	浦回の木積なす心は依りぬ
12	二九〇二	百重なす情し念へば
	三一七八	雲の行く如言は通はむ

14	三三五八	恋ふらくは布自の高嶺の鳴沢のごと（情が烈し）
	仝	さ寝らくは布自の高嶺の鳴沢なすよ（人辞が喧し）
	仝	恋ふらくは布自の高嶺に降る雪なすも（情が繁し）
	三三七二	まさごなす児等は愛しく思はるるかも
	三五三一	（妹の母が我を）猪鹿なす思へる
	三五四八	鳴瀬ろに木屑の依すなすいとのきて
19	四二一七	始水による木糞なす因らむ
	四四七〇	水沫なす仮れる身ぞ
長歌		
2	一三一	玉藻なす依り宿し妹
	一九九	霰なすそちより来れば
5	八〇四	丹の頬なす面の上に
	八一三	眞玉なす二つの石
6	一〇五三	錦なす花咲きををり
9	一八〇九	垣ほなす人の誂む
13	三二三四	朝日なすま細しも

		夕日なすうら細しも
	三二四三	麻笥に垂れたる続麻なす長門の浦は
16	三七九一	引帯なす韓帯
18	四一一一	其の葉の枯れず常盤なすいや栄ばえに

記紀万葉集　用字別句数表

訓	用字	古事記	日本書紀	万葉集	計	
ごと	碁登	1*《2》			5	40
	語等		1*			
	如			2		
	其登			1		
なす	那須	2			35	
	那殊		1			
	能須	1				
	成			16		
	奈酒			1		
	奈周			1		
	奈須			9**（10）		
	柰須			3（2）		
	鳴			1		
句数計	句数（句数）	4（5）	2（1）	34	40	
	句数《用字数》	6《7》				

註　＊記、紀、同句を夫々碁登、語等と記す。因って、用字は碁登2、語等1なるも句数は2句。

＊＊この中には記の歌一首が含まれてゐる。用字は異ってゐるので別個に併擧し、又句数にも数へてある。

万葉集　巻次別表

巻次	用字	國歌大観番号	作者名	制作年代	備考
1	成	一九（短）	井戸王	近江大津宮 661—671	今案不似和歌但旧本載于此次故以猶載焉（左註）
2	成	一三一（長）	柿本人麻呂	持統（年次不詳） 686—697	次に類歌（或本歌）六首を載す
	成	一四五（短）	山上憶良	大宝元年 701	雖不挽柩之時所作准擬歌意故以載于挽歌類焉（左註）
	成	一九九（長）	柿本人麻呂	持統十年 696	一云

4	成	四九六（短）	柿本人麻呂	持統（年次不詳）686―697	
	成	七一三（短）	丹波大女娘子	寧楽宮（年次不詳）天平729―749	
5	奈酒	八〇四（長）	山上憶良	神亀五年 728	…紅の（一云丹の）頰なす…
	奈周	八〇五（短）	山上憶良	神亀五年 728	右長歌の反歌
	奈須	八一三（長）	建部牛麻呂伝・山上憶良	神亀六年（天平元年）729	右事伝言那珂郡伊知郷蓑島人建部牛麻呂是也（左註）
	柰須	九〇二（短）	山上憶良	天平五年 733	老身重病経年辛苦及思児等歌の反歌

6	成	九八八（短）	市原王	天平五年 733	禱父安貴王歌
6	成	一〇五三（長）	田辺福麻呂	天平十六年 744	讃久邇新京歌 同歌集出（左註）
7	成	一一三四（短）	作者未詳	年代未詳	山背作歌
9	成	一七九三（短）	田辺福麻呂	天平十六年 744	思娘子歌の反歌 同歌集出（左註）
9	成 如	一八〇九（長）	高橋虫麻呂	養老（年次未詳） 671—724	莵原處女歌 同歌集出（左註）
11	鳴	二四〇五（短）	柿本人麻呂	年代未詳	同歌集出（左註）
11	成	二七二四（短）	作者未詳	年代未詳	

12	成	二九〇二（短）	作者未詳	年代未詳	
	如	三一七八（短）	作者未詳	年代未詳	
13	奈須	三三二四（長）	作者未詳	藤原宮六年 692	
	奈須	三二六三（長）	木梨之軽太子	遠飛鳥岡本宮 629―642	検古事記曰件歌者木梨之軽太子自死之時所作者也（左註）
	成	三三四三（長）	作者未詳	年代未詳	

<table>
<tr><td colspan="5">14</td></tr>
<tr><td>其登</td><td>三三五八（短）</td><td>作者未詳</td><td>年代未詳</td><td>東歌。駿河國歌（左註）</td></tr>
<tr><td>柰須</td><td>×（短）</td><td>作者未詳</td><td>年代未詳</td><td>右歌の「或本哥曰」一本に「奈須」とす</td></tr>
<tr><td>奈須</td><td>×（短）</td><td>作者未詳</td><td>年代未詳</td><td>三三五八の歌の「一本歌曰」</td></tr>
<tr><td>奈須</td><td>三三七二（短）</td><td>作者未詳</td><td>年代未詳</td><td>東歌
相模國歌</td></tr>
<tr><td>奈須</td><td>三五三一（短）</td><td>作者未詳</td><td>年代未詳</td><td rowspan="2">東歌。以前歌詞未得勘知國土山川之名也（三五七七左註）。相聞</td></tr>
<tr><td>奈須</td><td>三五四八（短）</td><td>作者未詳</td><td>年代未詳</td></tr>
<tr><td colspan="5">東歌はほゞ第２期（672—710）のものと推定。</td></tr>
<tr><td colspan="5">「東歌は東國方言を含める事大なる特色に数ふべし」
（「作者類別年代順万葉集」）</td></tr>
</table>

16	成	三七九一（長）	作者未詳	年代未詳	
18	柰須	四一一一（長）	大伴家持	天平二十一年 749	
19	成	四二一七（短）	大伴家持	天平勝宝二年 750	
20	奈須	四四七〇（短）	大伴家持	天平勝宝八年 756	

●註一

なす、ごと、を含む歌謡

○古事記、中巻、応神天皇紀（四八）

品陀の　日の御子　大雀　大雀　佩かせる大刀　本剣　末振ゆ　雪のす　枯らが下樹の　さやさや

本牟多能。比能美古。意富佐邪岐。意富佐邪岐。波加勢流多知。母登都流藝。須恵布由。由紀能須。加良賀志多紀能。佐夜々々。

○古事記　下巻　允恭天皇紀（九一）

隠國の　泊瀬の川の　上つ瀬に　斎杙を打ち　下つ瀬に　眞杙をうち　斎杙には　鏡をかけ　眞杙には　眞玉を掛け　眞玉なす　吾が思ふ妹　鏡なす　吾が思ふ妻　在りと　いはばこそに　家にも行かめ　國をも偲ばめ

許母理久能。波都勢能賀波能。賀美都勢爾。伊久比袁宇知。斯毛都勢爾。麻久比袁宇知。伊久比爾波。加賀美袁加気。麻久比爾波。麻多麻袁加気。麻多麻那須。阿賀母布伊毛。加賀美那須　阿賀母布都麻。阿理登伊波婆許曽爾。伊幣爾母由加米。久爾袁母斯怒波米。

○古事記　下巻　雄略天皇紀（九八）

御吉野の　小牟漏が嶽に　猪鹿伏すと　誰ぞ　大前に申す　やすみしし　吾が大君の　猪鹿待つと　呉床にいまし　白栲の　袖著具ふ　手腓に　虻掻き著き　その虻を　蜻蛉早咋ひ　かくのごと　名に負はむと　そらみつ　倭の國を　蜻蛉島とふ

美延斯怒能。袁牟漏賀多気爾。志斯布須登。多礼曽。意富麻弊爾麻袁須。夜須美斯志。和賀淤富岐美能。斯志麻都登。阿具良爾伊麻志。斯漏多閇能。蘇弖岐蘇那布。多古牟良爾。阿牟加岐都岐。曽能阿牟袁。阿岐豆波夜具比。加久能碁登。那爾於波牟登。蘇良美都。夜麻登能久爾袁。阿岐豆志麻登布。

○古事記　下巻　仁徳天皇紀（四六）及び日本書紀　巻十　応神天皇紀　仁徳天皇御製（三七）

道の後、古波儴孃子を　神の如　聞えしかども　相枕纏く

（記）美知能斯理。古波陀袁登賣袁。迦微能碁登。岐許延斯迦杼母。阿比麻久良麻久。

（紀）彌知能之利。古破儴塢等綿塢。伽未能語等。枳虚曳之介逎。阿比摩区羅摩区。

○日本書紀　巻五　崇神天皇紀（一五）

此の神酒は　我が御酒ならず　日本成す　大物主の　醸みし御酒　幾久　幾久

許能瀰枳破。和餓瀰枳那羅儒。椰磨等那殊。於朋望能農之能。介瀰之瀰枳。伊句臂佐。伊久臂佐。

尚記四八の歌は万葉集にも含まれてゐる。

●註二

古事記との異同を掲げる。

記　阿賀母布伊毛（欠）　わが思ふ妹
万　我　念　妹　毛　わが思ふ妹も

記　阿賀母布都麻（欠）　わが思ふ妻
万　我　念　妹　毛　わが思ふ妹も

記　阿理登伊波婆許曽爾　在りといはばこそに
万　有　跡謂者　社（欠）　有りといはばこそ

記　伊幣爾母由加米　　家にも行かめ
万　國　爾毛（欠）　　國にも

記　久爾袁母斯怒波米　　國をも偲ばめ
万　家　爾毛由加米　　家にも行かめ

○この二句順序逆

記　（欠）
万　誰故可將行　　誰が故か行かむ

●註三

垣ほなす人は云へども……の歌は柿本人麻呂歌集に出づと左註されてゐるものである。然し、これを、以上の敍述の故に、今は疑はなくてはならぬと考へられる。又引帶なす韓帶……の歌は、所謂竹取翁の歌であり、その後半の思想性、反歌の小説的結構、心理描寫から、才能ある人の手になつたものと云はれてゐるが、然し、その青春迄の敍法が平凡であり、これに後半を加へたであらうとされる窪田空穂氏の論に私は從ひたい。前半のこれはやはり中央文壇とは別の所産であるに違ひない。

第二項　物語歌謡

本来、詠嘆抒情を有する詩歌が、内容的に色々変化する場合がある。それは概して、客観的な理念の世界へ立入る事がその進展と考へられて来る。叙事詩は、その韻律に詩を求めてゐるもので、本質的な詩概念を指すものではないが、これは内容の客観描寫が極端に爲されたもので、詩をすら駆逐しようとする場合である。万葉集には数多の伝説を取扱ったものがあるが、その追憶の中に事件そのものを叙述しようとしてゐる。然し、それは抒情の質を拡大したにすぎぬもので、叙事詩の如き、語句の韻律にのみ詩の所以を求めてゐるものではないのであるが、やはり叙事詩へ到る道程は同じである。

かゝる抒情詩から叙事詩への、抒情質の変革は、我國上代に於ても見られるものである。この特徴として、日本詩歌が対話を母体にして成り立って来る事が云はれるが、かゝる対話や、本来の抒情、そういった個人から出発した歌謡と、集団的に、地域的に共通事件の歌謡表現、例へば伝説への信仰とか、守護神への奉讃とかいったものから発した歌謡とが、その対象であるが、前者は記紀時代から万葉時代に引継がれて、その中に前述したやうな抒情質の変革が行はれるのに対し、後者は、発生當初から叙事詩的要素を具へたもの――叙事詩と断言する事は出来ない事は、既に何度か述べた――であり、叙事詩へ到る経緯は前者と異って考へられる。

と同時に、これら二様の発生歌謡が、全く別個にその進展をもつといふ事も考へられぬであらう。これらはすべて口誦されたものである。その間に、文書化されたものよりその変化は極めて容易であり、むしろその方が正しい狀態であるかもしれぬのである。個的抒情詩が抒情質の變革をもつのと全く同じように、集團的歌謠がその敍事質の變革をもつのも考へられて來る。上代人がその集会の場としたのは歌垣、嬥歌であったのであるから、そこに歌はれた歌謠は、當然抒情性を一応の前提としてゐたであらう。それと同時に人々に謠はれるといふ一定の時間も要求されて來る。その中にやはり敍事性も一応の前提となってゐたであらう。

上代歌謠と稱せられ、我々が目にする事の出來るものは、既にかゝる交渉を幾何か経たものの形を示すものが多い。何遍か例に抽いた「あなにやし　え處女を」といふ一句は、古事記には会話として認められてゐるが、抒情の最も原始的なものとも云へるものである。こゝから詩歌が展りひろげられてゆくといふ事は、過大な表現と思はれない。然し、古事記の編者がこれを会話として扱ってゐる事がこの場合考へられる。感慨をこめた会話の一齣であるかもしれぬもの、つまり、抒情詩の最も抒情的なもの、それは詩として扱はれぬ可能性をもってゐる。神武天皇の、高佐士野に於ける一連は、これを歌謠として扱はれてゐる。会話への、或程度の乖反があると認められてゐる事である。つまり、抒情詩の、初期の形としての抒情のみの構成――抒情のみの構成による抒情詩を、抒情の初期とする事は出來ない。後の意識的抒情のみの発想詩を除いたものを指す――は、文書に殘る事は数少なかった趨勢を知らねばならない。上代歌謠はこういった意味に於て、多く時代を降った、複雑な交渉後のものを多く留めてゐる事が云へるのである。

かく、記紀の歌謠は、殆ど或る一定の敍事性をもち抒情性をもち、初期の抒情詩形態や散文性をもってはゐないが、今抒情詩から敍事詩へ到るべき過程のみを抒情詩の上に考へ、これのみに從ってゆくと、こゝに獲得されてゐる敍事性から、即ち物語歌であるとは云ひ難い。所謂物語歌は、もっと事実内容を確立して、一つの物語的結構を具備したものを云ひたいのであり、これからずっと拡大された、文藝的作物化されたものであり、これが起って来る経過が考へられるものである。この中には色々な要求や條件や、それを受入れる時代人心の環境など、さまざまなものが考へられるが、この物語歌を以下考察してみたい。

第一に物語歌の発生について考へたい。

発生については、例へば勾大兄皇子が月夜に春日皇女と唱和した歌が、形式内容極めて沼河比賣のそれと類似してゐる点（註一）、同時代のものであらうと云はれてゐる。これは物語歌が同一年代に起って来る事を意味してゐる。この中に時代的環境なども考へられるが、その前に抒情的な上代歌謡がかゝる物語歌を惹起して来る、その可能性が考へられねばならぬであらう。歌謡自体に存する原因を、第一に考へねばならない。

古事記中巻、崇神天皇の條に、大毘古命が高志の國へ和平に往く記事が見えるが、この途上、一人の少女が、歌を歌って、庶兄建波邇安王の邪心を暗示する。この暗示は後に天皇が事実を教へるのであり、少女の歌が解せぬまゝに大毘古命が訊ひたゞすと、その少女は「即ち行方も見えず、忽ちに失せ」てしまふのである（註二）。

木梨之軽太子の奸を露はしたものは、御膳の羹が氷結したのをトはせた結果であり、一般に言靈信仰のあった上代にあって、言葉に対する信頼は極めて大きいものであったが、その中から、神への上申に祝詞が存在し、神からの告示に神託が存在して考へられたのである。そしてそれが韻文の形式をもって爲された事も、容易な想像であらう。こうした神託の中に巫女が現はれ、それが神の意志を代弁するとされる（註三）。

この大毘古命の場合、少女が歌を歌って忽然と姿を消す記述の中に、意識的な神託を得ようとしたのではないが、かゝる神の告示が少女の口をかりて語られるといふ當時の常識を負って、古事記の作者が書いたのであらう事が云へはすまいか。これを一端として、當時、こうした神託が韻文の中に語られるとしたならば、神託ではない歌謠といふものに迄及んで、その歌謠が何らかの、内容をもたなければならない。語られるべき内容を含んで来る可能性が考へられるのである。歌謠そのものの性質としても、こうした趨勢は否定する事が出来ないのである。

こうした歌謠が物語るべき事件内容を持つ事の第二の例として、謠歌がある。日本書紀に見えるものに例をとるならば巻二十四、皇極天皇の御代に蘇我蝦夷が橋を渡るに際し、巫覡等が、先を争って神語を陳べ、これに対して、老人が「移風らむとする兆なり」と云ふ。その時謠歌三首があったが、その一つ一つを或る人が具体的な事実に説明して、それらの起ってくるだらう兆であるといふのである（註四）。歌は次のやうなものである。

遙々に　琴ぞ聞ゆる　島の藪原

彼方の　浅野の雉　響さず　我は寝しかど　人ぞ響す

小林に　我を引入て　姧し人の　面も知らず　家も知らずも

この時代は、大化の改新が蝦夷入鹿の誅によってその幕を斬って落される前夜であり、國内騒然たる世上であった。謠歌は、かゝる時代を背景にして、屢々その姿を見せる。二年冬十月には

岩の上に　小猿米焼く　米だにも　たげて通らせ　山羊の老翁

といふ謠歌があり、種々に曰はれてゐる。又、三年夏六月、前の謠歌と月を同じくして、志紀上の郡が、猿の歌ったといふ歌を奏上してゐる。

向つ峯に　立てる夫らが　柔手こそ　我が手を執らめ　誰が裂手　裂手ぞもや　我が手執らすもや

この歌は入鹿が聖徳太子の皇子らを膽駒山に囲んだ兆だと曰はれてゐる。謠歌がかゝる解釈を附与

される事は、間違ひであらう。それは何の意味もない、民間風俗にかゝはる素朴な、はやり歌であったらう。然し、それがかゝる時代の変動の中に、その政治的意図と結び合はされ、その中に意味を探られて来てゐるのである。例へば、小林に我を引入れて姧した人は誰だか判らないといった民謡の恋愛風俗を表はしてゐるにすぎぬものである事は明瞭であらう。それが、かゝる言霊信仰と結びついて、宣告であるといふ解釈をされるところに、何でもなかった歌謡が、意味を持って来ようとする、一つの傾斜が見られるのである。この意味は現実の事件を説明するものでなければならない。これはとりもなほさず、歌謡に一つの物語的内容を整へしめようとする意図である。

これは、歌謡自体がもってゐる、物語内容具備の傾向、性質でもあるが、同時に外的な人為上の作用でもある。こうした環境の中に、歌謡の物語性が発生してゆく事は考へられるであらう。

物語歌が出来上ってゆくのは、歌謡の内容に意味が附加され、事件的結構を求められる勢ひに成立つ事を述べたのであるが、その発展の上に、歌謡が歌はれたといふ事が大きな誘因になってゐるやうである。その場は、例へば嬥歌とか、宴とかであったらう事はすでに述べたが、この誦謡の中に物語歌が進んでゆく事を以下述べたいと思ふ。

記紀歌謡は、多く、その歴史記述の中に「歌曰」といった形式をもって、記されてゐるが、それが必ずしもその時その場に爲されたと云へぬ事は屢々述べた處であるが、無論、この歌はれた、といふ事自身を全部否定する事は正しくない。古事記、神武天皇紀に記されてゐる来目部の歌は、事実そのまゝを、寧ろ信じて差支へない歌謡である。一時に虜を殺して、皇軍が大悦して歌ったといふ、歌である。

今はよ　今はよ
ああしやを
今だにも　吾子よ
今だにも　吾子よ

又、日本書紀巻二十七の天智天皇九年夏五月の條に記されてゐる童謠も、歌はれてゐたそのまゝを明記してゐて、歌謠内容もそのまゝ信ずる事が出来る。

打橋の　集楽の遊びに　出でませ子
玉代の家の　八重子の刀自
出でましの　悔はあらじぞ　出でませ子
玉代の家の　八重子の刀自

これらは、その歌謠内容と相俟って、その記紀記述が、歌はれた事を明記してゐると考へられるものであるが、かゝるものから発して、その内容を強化して物語歌は出来上ってゆく。同じ系統のものので、内容的に複雑した歌謡に、その歌はれた事を示してゐる、末尾の拍子音を併記したものがある。古事記、神武天皇紀に記されてゐるものがそれで、地方農民のものと思はれるものである。屢々種々な面から言及した歌謡で、やゝ煩雑であるが、必要上敢て記すと、

宇陀の　高城に　鴫羂張る
　我が待つや　鴫は障らず
　いすくはし　鷹ら障る
前妻が　菜乞はさば
　立柧棱の　実の無けくを
　　こきしひゑね
後妻が　菜乞はさば
　柃　　実の大けくを
　　こきだひゑね
ええ　しやこしや　こはいのごふぞ
ああ　しやこしや　こは嘲笑ふぞ

その意味内容は古来諸説あるものであるが、二つの敍述を爲して、この歌の後で唱へたであらう囃

し言葉である事は事実である。多くの人々の輪の中に唱へられた事が、想像されるのである。更に、同じ歌を日本書紀も併載してゐるが、その中には末尾の言葉が無い。（紀、巻三、前六年戊午秋八月の條）そして、「是を来目歌と謂ふ。今、楽府に此の歌を奏ふ時には、猶手量《たはかり》の大き小さき、及音聲の巨き細きあり。此は古の遺れる式なり」と記されてゐる。古の遺れる式と書かれた中に、かうした古事記記述を通しての、當時との直結が窺はれる。記紀全百九十二首の歌謡中、最もその伝眞性をとゞめてゐるものとも、云へるであらうか。

又、こうした例は古事記仲哀天皇の條にも見る事が出来る。神功皇后と建内宿禰の、所謂、酒楽の歌である。

この御酒は　吾が御酒ならず
酒の神　常世にいます
名立たす　少名御神の
神禱ぎ　壽ぎ狂ほし
豊壽ぎ　壽ぎ廻し
獻り来し　御酒ぞ　乾さずをせ
ささ

この御酒を　醸みけむ人は　その鼓　臼に立てて
歌ひつゝ　醸みけれかも
舞ひつゝ　醸みけれかも
この御酒の
この御酒の
あやに　転楽し
　ささ

唱和体になってゐるが、別個の歌謡であらうもので、それを酒宴に歌った事が考へられる。「ささ」といふ末尾をもつものである。

以上結合した記述と歌謡内容の密接さと、末尾の言葉との二つから、記紀にそのまゝ、歌はれた事の記された例を見たが、こうした謡はれる爲に必要だった、歌謡内容の様子を次に考へたい。

歌ふ場合の歌謡に最も求められるものは、語呂の旋律であらう。それが語句の調子をと、のへしめようとする。その爲に考へられる韻律法には、種々あるであらうが、例へば音数律、押韻、その頭韻脚韻などから、母音を中心とした語の排列を、最も原始的に出現するものは、同語句の繰返しであり、この方法が先づとられて来た。五音、七音といふ音数律をと、のへたのは、ずーっと時代を降ってからである。

この繰返しは、やがて、意味上の韻律に及んで、対句、疊句を探るやうになるが、然し、單純な繰返しは、長歌形式の物語歌謠に到る以前の、短い歌形式に既に見られるものである。

韓國を　如何に言《ふ》ことぞ
　目頰子来到る
向避くる　壹岐の済を
　目頰子来到る

日本書紀巻十七、継体天皇二十四年の條に見える、目頰子が任那に到った時にその郷家らの歌ったものであるが、旋頭歌である。片歌の合体からそれが起って来るのであれば、この繰返しは、旋頭歌の初期形態に屢々見られるものである。旋頭歌にあっては極めて自然の成行きの中から生まれて来るものであるが、この性質は、流動していって、未だ「群」の意識されてゐる（「群」については第三章に後述）短歌の発想に合致して来る。素朴さがそうせしめるものである。

前掲の旋頭歌と時を同じくして、毛野臣の妻の歌、

枚方ゆ　　笛吹き上る
近江のや

毛野の若子い　笛吹き上る

が見られるが、素朴な短歌——毛野臣の妻の歌は、それ程古いものではないと思はれる——に例証すれば、紀巻七、景行天皇十八年の條に記されてゐるものなど、そうであらう。

朝霜の　御木のさ小橋
群臣　い渡らすも
御木のさ小橋

古事記允恭天皇條、木梨之軽太子の、

愛しと　眞寝し眞寝てば
刈薦の　乱れば乱れ
眞寝し眞寝てば

仝、履中天皇條、仝天皇の、

多遅比野に　　寝むと知りせば
防壁《たつごも》も　持ちて来ましもの　寝むと知りせば

なども自然発生的無意識さは感じられないものであるが、かゝる形を有してゐる。殊に木梨之軽太子のものと爲されてゐるものは、非常に技巧的で、片歌、旋頭歌に発する繰返しが、この中では逆に利用されてゐる形を示してゐる。

繰返しの、短詩形に於ける表現を見たが、これが、長詩形の中に意識されようとする事が次に起る。これが、短い、抒情中心のものと別に、敍事中心の長詩形に行はれる時は、上代歌謡に於ても、保たれた場の相異（前述した處の）から、前記短詩形から承け継ぐといふ形は考へられない。「愛しと」といふ歌には、長詩形が遂に到し得なかった程の達成が既にあるので、片歌から旋頭歌へ移ってゆく途上、或は、短歌の末尾七音が、未だ意識されてゐた頃、つまり、五、七」五、七」七」といふ群が存在してゐた頃の繰返し敍法から、長詩形に流動して行ったと見られるべきであらう。

かくて、物語歌への段階が、この謡はれる歌謡の、中二句の対句に先づ現はれて来るやうである。この中で、最も素朴なもの（換言すれば、最も口誦性の見られるもの）は、二句そのまゝの繰返しであるが、この対句はこれから出発して大体次の五段階に分ける事が出来る。

煩きの田の
　稲幹に
　　稲幹に
蔓ひ廻ろふ　薢葛　（記、景行天皇條、倭建命の歌）

然し、これは抒情性の強い、短詩形とも云へるもので、そのまゝの繰返しはこれのみである。第二としては、内容とするものは異らないが、や、語を変へたもので、先に引いた酒楽の歌二首もそうであったが、

ひさかたの　天の香山　利鎌に　眞渡る鵠
　弱細[1]
　　手弱腕を
纒かむとは　吾はすれど
さ寝むとは　吾は思へど
汝が著せる　襲の襴に　月立ちにけり
（記、景行天皇條、倭建命の歌）

1……この対句は次に述べる第四に入るもの。

あしひきの　山田を作り　山高み　下樋をわしせ
下娉ひに　吾が娉ふ妹を
下泣きに　吾が泣く妻を
今夜こそは　安く肌触れ
（記、允恭天皇條、木梨之軽太子の歌）

第三に考へられるものは、單に繰返してゐるのみではなくて、その繰返しが、繰返しの韻律的役目を果しつゝ、その中に意味敍述があるものである。この内には、その対句の中のみに説き起して結論を述べるものと、次へ敍述を移してゆくものとの二つがある。前者に相當するものが、前掲倭建命の歌に対する美夜受比賣の歌などである。

高光る　日の御子
やすみしし　吾が大君
あら玉の　年が来経れば
あら玉の　月は来経往く
諾な

諾な
君待ちがたに　吾が著ける　襲の裾に
月立たなむよ

尚これは、高光る云々と、やすみしし云々が第二の対句になってをり、諾なの繰返しは第一のそれであるが、この場合は夫々、呼びかけと、投入句であるので、完全なものではない。然し、こゝに三つの対句を有する事はその複雑化を示すものである。又、後者の例としては、次の如きものがある。

忍坂の　大室屋に
人多に　来入り居り
人多に　入り居りとも
みつみつし　久米の子らが
頭椎
石椎もち
撃ちてしやまむ
みつみつし　久米の子らが
頭椎

石椎もち
今撃たば善らし
（記、神武天皇條、神武天皇の歌。紀、神武天皇條前六年、道臣命の歌）

この中に併存してゐる、夥しい対句は更に行を距てたものとして、技巧的なものであるが、今の場合触れぬ事にする。

又、第五に、敍述ではなくて、語の変化によって、第四の如き次への移行をもってゐる対句が見られる。

やすみしし　吾が大君の
朝戸にはい倚り立たし（志）
夕戸にはい倚り立たす（須）
脇几が　下の　板にもが
吾兄を
（記、雄略天皇條、袁杼比賣の歌）

かく、長詩形歌謡の中二句に於ける対句は大体この五段階に分けて考へられるが、夫々が、一句対句の範囲内で、その本来の韻律的役目を果しつゝ、進展して来てゐる姿と考へられるのである。謡ふ事を前提條件としつゝ、物語歌がその内容を整へようとする事の、形式面の変動である。

この対句の進展は、然し、夫々が單独に存在するのではない。例へば「忍坂の大室屋に云々」といふ歌には句を距てた対句が多く見られる事は一寸触れた。「みつみつし久米の子らが」が第一の、及び「撃ちてしやまむ」「今撃たば善らし」が第二の、「頭椎」「石椎もち」がその二句間で第三の、又「頭椎石椎もち」が第一の、夫々句を距てた対句を爲してゐるのである。中二句の対句を以上擧げたのに対して、これは、距句二句対句であり、中二句対句の第二の段階であらう。

又、この対句の複雑化と共に、疊句が現はれて来る。例へば、紀、巻十六の影媛には、この対句と共に道行が現はれてゐるが（註五）、その道行を疊句に複雑化せしめる事によって、韻文としての物語性の完全を計らうとするものである（無論、これは文藝意識を伴ったものではない）。

水灌ぐ臣の孃子。
秀鐏取らすも
＝
秀鐏取り
堅く取らせ
＝
下堅く
＝
彌堅く取らせ
秀鐏取らす子。

（記、雄略天皇條、雄略天皇の歌）

これは記紀中最も完備した疊句を示してゐるが、猶、体言止めとして、主語との対を爲してゐる。

隱國の　泊瀬の川の
上つ瀨に　斎杙を打ち
下つ瀨に　眞杙を打ち
斎杙には　鏡をかけ
眞杙には　眞玉をかけ
眞玉なす　吾が思ふ妹
鏡なす　吾が思ふ妻
在りといはばこそに
家にも行かめ
國をも偲ばめ
（記、允恭天皇條、軽太子の歌）

承前承前の形で敍述をつなぎ乍ら、その一つ一つは対句をなしてゐる。最後の詠嘆も対句を行ってゐる處、用意周到なものであらう。もう一つ丈、その例を示すと、

ちはや人
宇治の渡りに
＝
渡り瀬に　立てる　梓弓檀
（梓弓檀を）い伐らむと　心は思へど
い取らむと　心は思へど
（梓弓檀の）
本方は　君を思ひ出
末方は　妹を思ひ出
苛けく　そこに　思ひ出
愛しけくこゝに　思ひ出
い伐らずぞ来る　梓弓檀
（記、応神天皇條、宇遅和紀郎子の歌。紀、巻十一、仁徳天皇條、宇治雅郎子の歌）

第一の例に擧げた、雄略天皇の歌ほど、完全な疊句敍法ではないが、体言止めを二度重ねて、その中に多くの対句を挿入し、心理の緩やかな展開を示した、流暢な敍法である。句の構成から云へば、ほゞ完成されたものの部類に属するものであらう。

以上、物語歌の誘因として対句、疊句を考へたが、かゝる形式面に対して、今度は内容面を考察したい。

内容面に於て考へられる事は、内容の重化といふ事である。單一な陳述ではなくて、種々な敍述の小部分を、全体の敍述に含ませて、色々な局面の展開を図るのである。これは、上代歌謡に於て、よく行はれる、所謂序といふものと同一には考へられぬものである。序はそれ自体に意味が無く、次を起しさへすればいゝのであるが、今述べる内容の重化はそうではない。

隱國の　泊瀬の川ゆ　流れ来る　竹の　茂み竹　吉竹　本辺をば　琴に作り　末辺をば　笛に作り　吹き鳴す

御諸が上に　登り立ち　我が見せば　角障ふ　磐余の池の　水下ふ魚も　上に出て歎く

やすみしし　我が大君の　帶ばせる　細紋の御帶の　結び垂れ　誰やし人も　上に出て歎く

（紀、巻十七、継体天皇七年、春日皇女の歌）

無論、一首の歌謡であるから全体は一本で文章法的完成をもってゐる。然し、この中に語られ、読まれてゆく興味は各局面毎の展開であり、又各々の中にも結構としての完成があるのである。

内容の重化と共に、内容面の第二として考へられる事は、三人稱の獲得である。歌といふ一人稱から切り離し難い表現が、三人稱の中に語られるといふ事は客観構成への強力な橋頭堡である。この三人稱に関しては、常識的な事であるし、既に諸々云はれてゐる事なので簡單に述べる事にするが、例を示せば、最も明瞭な形で示されてゐるものは、書紀巻十六の影媛の歌（顯宗天皇十一年八月）であらう。

石上　布留を過ぎて　薦枕　高橋過ぎ　物多に　大宅過ぎ　春日　春日を過ぎ　嬬籠る　小佐保を過ぎ　玉笥には　飯さへ盛り　玉盌に　水さへ盛り　泣き沾ち行くも　影媛あはれ

これは影媛を完全に離れた、第三者たる作者の存在を教へてくれる。

〈古事記〉
御吉野の　小牟漏が嶽に　猪鹿伏すと　誰ぞ　大前に申す
やすみしし　吾が大君の　猪鹿待つと　呉床にいまし　白栲の　袖著具ふ　手腓に　虻掻き著き
その虻を　蜻蛉早咋ひ　かくのごと　名に負はむと　そらみつ　倭の國を　蜻蛉島とふ

〈日本書紀〉
倭の　小村の岳に　猪鹿伏すと
誰か　此の事　大前に申す　一本、大前に申すを大君に申すに易ふ

大君は　其を聞かして　玉纏の　胡床に立たし（一本、立たしをいましに易ふ）　猪鹿待つと　我がいませば　さ猪待つと　我が立たせば　手腓に　虻かきつきつ　その虻を　蜻蛉はや嚙ひ　昆ふ虫も　大君に奉らふ　汝が形は置かむ　蜻蛉島倭（一本、昆ふ虫も以下を斯くのみと名に負はむと、そらみつ倭の國を蜻蛉島といふに易ふ）

記紀何れも載せる雄略天皇歌であるが、日本書紀の方が遙かに物語的である。「大前に申す」から新たに「大君は」と起し、その結末を、「虻かきつきつ」と結び、次の文を又新たに起してゐる。そしてこの三つの中に、先にあげた内容の重化がある。又発想法にしても「其を聞かして」といふ「其」の用法が著しく散文的にしてゐる。そして人稱は大君と三人稱を用ゐて、同時に大君の行爲描寫に「我が」といふ主語を用ゐてゐ、「汝が形は」といふ二人稱も併用してゐる。この中に、物語歌への推移を見る事が出来るのである。「一本云」と書紀が記してゐるものは、古事記乃至古事記系統のものの如く思はれる。この点からも書紀に記された歌体の方が古事記のそれより後代のものたる物語性を備へてゐる。然し、この人稱の混同などからも前掲影媛の歌よりは古いものであらう。

人稱の乱れてゐるものは書紀巻二十二に推古天皇の歌として記されてゐる歌（二十年春正月條）もその一つである。

眞蘇我よ　蘇我の子らは　馬ならば　東國の駒　大刀ならば　呉の眞刀　宜しかも　蘇我の子ら

を　大君の使はすらしき

馬子の歌に和へたものであるが、大君といふ人稱をもってゐる。

以上内容面として、結構の局面累積と三人稱の投入とを見て、形式面として見て来た対句疊句と共に、この上に物語歌が成立して来る事を述べたものである。こゝで一応物語歌としての完成を形式内容両面共に備へてゐるものを例証する段取に到着したものと思ふ。一、二を示せば、次のやうなものである。

この蟹や　何處の蟹　百伝ふ　角鹿の蟹　横去らふ　何處に到る　伊知遲島　美島に著き　鳰鳥の　潛き息衝き　級だゆふ　佐佐那美道を　すくすくと　吾が行ませばや　木幡の道に　遇はしし孃子　後方は　小蓼ろかも　歯竝はし　菱なす　櫟井の　丸邇坂の土を　初土は膚赤らけみ　底土は　に黒き故　三栗の　その中つ土を　頭著く　眞日には當てず　眉畫き　濃に書き垂れ　遇はしし女　かもがと　吾が見し児ら　かくもがと　吾が見し児に　現たけだに　向ひ居るかも　い副ひ居るかも　（註六）

（記、応神天皇條、応神天皇の歌）

神風の　伊勢の　伊勢の野の　榮枝を　五百経る懸きて　其が盡くるまでに　大君に　堅く　仕
へ奉らむと　我が命も　長くもがと　云ひし工匠はや　あたら工匠はや

（紀、巻十四、雄略天皇十二年、冬十月秦の酒公の歌）

斯うして成立した物語歌について、最後に考察すべく残されてゐる事は、記紀に記されてゐるこれらの間に、類似型が認められる、その事である。この項冒頭に述べた、勾大兄皇子の歌と、八千矛神のそれとの類似も、その一つであるが、例へば、

八千矛の　神の命や　吾が大國主　汝こそ
は　男にいませば　打ち見る　島の埼々
搔き見る　磯の埼落ちず　若草の　嬬持た
せらめ　吾はもよ　女にしあれば　汝を除
て　男は無し　汝を除て　夫は無し

文垣の　ふはやが下に　蒸被　柔が下に
栲被　さやぐが下に
沫雪の　弱る胸を　栲綱の　白き腕　そ叩き
叩きまながり　眞玉手　玉手差し纒き
股長に　寝をしなせ　豊御酒　獻らせ
（記、須勢理毘賣命の歌）

青山に　日が隠らば　ぬばたまの　夜は出でなむ　朝日の　咲み榮え来て
栲綱の　白き腕　沫雪の　弱る胸を　そ叩き
叩きまながり　眞玉手　玉手差し纒き　股長に　寝は宿さむを　あやにな恋ひきこし　八千矛の　神の命　事の　語り言も　是をば
（記、沼河比賣の歌）

又、前記応神天皇歌「この蟹や云々」に対して、同じく応神天皇の歌と記紀に記されてゐるものとはその語句を類似させてゐる。

初土は膚赤らけみ
底土は　に黒き故
三栗の　その中つ土を

上つ枝は鳥居枯らし
（下枝らは人皆取り）
下つ枝は人取枯らし
（上つ枝は鳥居枯らし）
三栗の中つ枝の
（記による。括弧内は紀）

これらは語句の類似、もしくは一致であったが、他に発想を同じくするものが三首、記に記されてゐる。一様に、その末尾を「（その）思ひ妻あはれ」とするものである。

隠國の　泊瀬の山の　大峡には　幡張り立て　さ小峡には　幡張り立て　大峡にし　汝がさだめ
る　思ひ妻　あはれ
槻弓の　伏る伏りも　梓弓　立てり立てりも　後も取り見る　思ひ妻　あはれ
（記、木梨之軽太子の歌）

日下部の　此方の山と　疊薦　平群の山の　此方此方の　山の峡に　立ち榮ゆる　葉広熊白檮
本には　いくみ竹生ひ　末べは　たしみ竹生ひ　いくみ竹　入籠は寝ず　たしみ竹　慥には率寝

ず　後も組み寝む　その思妻　あはれ　　　　　　　　　　（記、雄略天皇の歌）

この類似を、前の、語句の類似について云へば、その場合の記述として必要な事は夫々その前後に記されてゐて、相合の場面の敍述のみが一致してゐるものである。これは、各物語歌間の流動があって、その混淆が爲される機会があった事を教へるものである。もし伝誦される事があるとすれば、それが當然とり入れられて後代の詩歌を形成する事は容易な想像である。この意味からは、物語歌が一定年代に起って来たとは云へないので、これが云へるのは、第二の例に於てであらう。こうした、思想の類似は同時代の所産でなければならないであらうからである。

又「思ひ妻あはれ」といふ末尾については、これが詩歌の根幹を爲す感情である点、この間に、物語歌の生起の一致を云々する事は困難なものである。そして、こゝに附隨して来る問題は、記中百九十二首の歌謠に混って、「事の語り言も是をば」といふ末尾をもつ歌謠が七首存在する事である。そして、その歌謠の一部が前述したやうに他の歌謠と同語句を有してゐる場合があり、更に、「思ひ妻あはれ」に対するものとして、「若草の　嬬の命　事の語り言も是をば」といふ末尾をもつものがあるのである。

これは、古事記中不思議にその記された時代がかたまってゐる。神代、八千矛神の條に四首、下巻、雄略天皇の條に三首ある。そして日本書紀には全く存在しない。この記された時代といふのは、前四首中、三首迄が「八千矛の神の命」といふ語句を有して、その行爲を物語り、後三首が「日代宮」に始まる日の御子の酒盞に関する敍述をとり、その類型で、こゝに記されたものであると思へるが、この「事の語り言も是をば」といった、自ら歌謠内容の物語性を明示するやうな歌謠が、もし最初から存在するとすれば、當然種々な伝誦物語を有してゐなければいけないだらう。僅か七音であり、二場のものである事は、第一にこれらの歌が夫々本は一つであって、分化して伝誦されたであらうといふ事を考へさせる。そして、例の末尾は、後に附加されたものであらう事も考へられるのである。事実、沼河比賣の第一の歌と第二の歌を合体したものが、須勢理毘賣の歌の内容となってゐる。その須勢理毘賣の歌には、この末尾はない。又、前述した紀の勾大兄皇子の歌と、八千矛神の歌との類似は甚だしいものであり乍ら、紀の方にはこの末尾は無い。又、後の雄略天皇條の三首にしても、第一の三重媛の歌は詳細を極めたものであるが、その内容とするところは、次の若日下部王の歌と異らない。たゞ第三の雄略天皇の歌は、朝廷讃歌である前二首に対して、その人々への客観的な敍述であり、後代の百敷の大宮人は云々といふ歌とその歌意を同じくする。結局前二者と立場を異にする人の制作にかゝはるものであらう事が考へられる。從って、所謂「事の語り言も是をば」歌謠は、四つに統合する事が出来る。八千矛神沼河比賣のものと、次の八千矛神のものと、日代宮讃歌と、日の宮人への心持を敍したものとの、この四つがそれである。然し、第一のものが、須勢理毘賣の歌と又勾大兄皇子の歌と合致する事は既に述べた。そして第三の日代宮讃歌が、例へば記、石之日賣命の歌（五八）と発想の合致を示す事も容易に見られる（この事は歌物語形態の項に詳述。参照）。從って、この場合「事の語り言」歌として我々が純粋に見うるものは、第二と第四の二つでしかない（註七）。そして、この五首の類型を他の歌に見つける事によつて、この末尾の動く事が云ひうるわけである。こうした動きの中に、物語歌がかなり長期に亙つて、存在しつゞけ、その内容も伝説的性質を帯びて来ると共に、多くの伝誦分解を爲した事が云へるであらう。

以上物語歌の成立と、その後の流動変化の少しを見て来たが、例へば「この蟹や何處の蟹云々」の歌が、蟹を同じくし、道行を同じくして万葉集にも見られるやうに、この継承は万葉集に求められるものであらう。久松潜一博士も、「而してこの物語歌の性質は万葉集巻九、巻十六の中に見える伝説歌に結びつける事が出来る」（「万葉集の新研究」）と述べてをられる。巻九巻十六、何れも伝説歌が人麻呂虫麻呂といつた有名歌人により、または作者不明のまゝに残されてゐるが、これらは多く恋愛伝説を、殊に悲恋を扱つたものが多い点、この物語歌謡の系列を見る事が出来る。然し、別な観点から、その形式上の分類を持てば、巻十六の由縁歌は散文敍述の文と結びついた歌謡であつて、この物語歌謡そのまゝの進展ではない。物語歌謡は、やはり巻九と、巻三に若干を残す、万葉各期の長歌歌人によつて、意識的な作歌の中に継承されていつたのである。この継承は前に概述したやうに、物語歌謡から直接に承けたものではなくて、抒情歌の中を潜つて、又打立てられた長歌なのであつて、その要素としては、むしろ散文の古代小説話群――例へば浦島伝説の如きもの――からの導入と、支那思想――例へば遊仙窟の如きもの――とを直接に承け、それを伴つて出来上るものである。この点からは、物語歌へと辿つた抒情質の変革が、再び純抒情の中に還元されて又離反してゆく過程を辿つてゐるのである。

それは、古代歌謡の中に起きた敍事への移行が、一応その完成した古代物語歌謡といふものを生み出して、その極限に達した後、又抒情時代の潮の中に沒して行く、この軌道の十全な通行を意味するものの如く、私には思はれるのである。

●註一

（日本書紀、巻十七、継体天皇紀）

紀96　①八島國　嬬求けかねて—②春日の　春日の國に　③麗し女を　在りと聞きて　④宜し女を　在りと聞きて—ⓑ眞木拆く　檜の板戸を　押し開き　我入り坐し　後取り　端取りして　頭辺取り　端取りして　妹が手を　我に纏かしめ　我が手をば　妹に纏かしめ　眞木葛　手抱き交はり　ししくしろ　熟睡寝し時に—⑥庭つ鳥　鷄は鳴くなり　⑦野つ鳥　雉は動む—ⓒ愛しけくも　いまだ言はずて明けにけり　我妹—

（古事記、上巻、八千矛神紀）

ⓐ八千矛の　神の命は—①八島國　妻求ぎかねて—②遠々し　高志の國に　③賢し女を　有りと聞こして　④麗し女を　有りと聞こして—ⓑさ婚ひに　在り立たし　婚ひに在り通はせ　大刀が緒も　いまだ解かずて　襲をも　いまだ解かね　孃子の　寝すや板戸を　押そぶらひ　吾が立たせれば　引こづらひ　吾が立たせれば　⑤青山に—鵼は鳴きぬ　⑦眞野つ鳥　雉は響む　⑥庭つ鳥　鷄は鳴く—ⓒ慨たくも　鳴くなる鳥か　この鳥も　打ち止めこせね—ⓓいしたふや　天馳使　事の語り言も　是をば

一体に古事記の方が詳述してゐる。日本書紀には、ⓐ、ⓓの部分を欠き、⑤の語句を欠く。又、形式を同じくしつゝ、ⓑの部分、ⓒの部分の内容を異にする處は問題になるものである。前者は非常に淨らかなロマンの雰囲気に覃められてゐるが、後者は、かなり狂言芝居的趣好が感じられるもので、こゝに夫々の成立事情の相異を発見し考究する事が出来る（註最終、註一補足參照）。

●註二（同記事の歌謠、紀巻五にもあり參照）

此の御世に大毘古命をば、高志の道に遣はし、……其の不伏人等を和平さしめ、……給ひき。

故、大毘古命、高志の國へ罷り往す時に、腰裳服せる少女、山代の幣羅坂に立てりて、歌ひけらく、

こはや　御眞木　入日子はや　御眞木　入日子はや　己が命を　竊み弑せむと　後つ戸よ　い行き違い　前つ戸よ　い行き違い　窺はく　不知と　御眞木　入日子はや

於是、大毘古命、怪しと思ひて、馬を返して、其の少女に「汝が謂へる言、何に言ふことぞ」と問ひ給へば、少女、「吾、物言はず、唯、歌をこそ詠ひつれ」と答へて、即ち行方も見えず、忽ちに失せにき。

故、大毘古命、更に、還り參上りて、天皇に請す時に、天皇、答詔給はく「此は思ふに、山代の國なる、汝が庶兄、建波邇安王の、邪心を起せる表にこそあらめ。……」……於是に、山代の和訶羅河に到れる時に、其の建波邇安王、軍を興して、待ち遮り……。

●註三

（日本書紀、巻十三、軽太子の條）

二十四年夏六月、御膳の羹汁、凝りて氷を作りき。天皇異みて、其の所由を卜へしめしに、卜の者「内の乱あり。蓋しくは親親相奸けつるか」と曰しき。時に人ありて「木梨の軽太子、同母妹、軽の大娘の皇女に奸け給へり」と曰しき。因りて、推問はし給ひしに、辞既に実なりけり。

●註四

（皇極紀、三年夏六月）是の月、國内の巫覡等、枝葉を折り取りて、木綿を懸掛でて、大臣の橋を渡る時を伺ひ、争ひて神語の入微なる説を陳べき。其の巫甚多にして具に聴く可からず。老人等の曰ひけらく「移風らむとする兆なり」と曰しき。時に謠歌三首あり。其の一に曰ひけらく、

……（歌）

その二つに曰ひけらく

……（歌）

その三つに曰ひけらく

……（歌）

或る人、第一の謠歌を説きて言ひけらく、……とする兆なり。第二の謠歌を説きて言ひけらく……とする兆なり。第三の謠歌を説きて曰ひけらく……とする兆なりと曰ひき。

●註五

（石の上）布留を過ぎて

（薦枕）高橋過ぎ

（物多に）　大宅過ぎ
（春日）　春日を過ぎ
（嬬籠る）　小佐保を過ぎ
　玉笥には　飯さへ盛り
　玉盌に　水さへ盛り
泣き沾ち行くも　影媛あはれ

●註六

この歌謡に類似した長歌を、万葉集の中に見る事が出来る。巻十六、由縁並雑歌の中に含まれてゐる、乞食者の詠二首の中の一首（三八八六）がそれである。その蟹の道行を同じくするものであるが、乞食者の詠とは神の壽歌を後代戸口に立って歌ったものとされ、こゝに上代歌謡への親近性が考へられる。この事については後項、歌物語形態に詳述する處であるので、こゝでは触れない事にする。

●註七

第二、第四の歌は長いので本文に入れず、註記するにとゞめる。第二の歌とは神代八千矛神の命（五）、第四の歌とは下巻雄略天皇の歌（一〇三）である。

ぬばたまの　黒き御衣を　眞具に　取り装ひ　奥つ鳥　胸見る時　羽敲きも　これは宣はず　辺
つ浪　磯に脱ぎ棄て　鴗鳥の　青き御衣を　眞具に　取り装ひ　奥つ鳥　胸見る時　羽敲ぎも
こも宣はず　辺つ浪　磯に脱ぎ棄て　山県に蒔きし　茜舂き　染木が汁に　染衣を　眞具に取り

装ひ　奥つ鳥　胸見る時　羽敲きも　此し宜し　いとこやの　妹の命　群鳥の　吾が群れ往なば
引け鳥の　吾が引け往なば　泣かじとは　汝は言ふとも　山處の　一本薄　項傾し　汝が泣かさ
まく　朝雨の　霧に立たむぞ　若草の　嬬の命
事の語り言も是をば

百敷の　大宮人は　鶉鳥　領布取り掛けて　鶺鴒　尾行き合へ　庭雀　跪り居て　今日もかも
酒みづくらし　高光る日の宮人
事の語り言も是をば

●註一補足

この歌謡の類似は又かやうな面が考へられる。即ち、継体紀のものは春日皇女の歌と唱和してゐるものであるが、この歌が野を背景にしてゐて、春日皇女のは「泊瀬の川ゆ流れ来る云々」といって川を背景に歌ってゐる。古事記八千矛神のものは同様に山と野を背景としてゐるが、これに対する沼河比賣の歌は「浦渚の鳥云々」といった海を背景としたものである。更に同じ妻覓ぎ歌謡に於て八千矛神と須勢理毘賣との唱和は神が「奥つ鳥」「辺つ鳥」云々といって海を背景として、比賣のものは「打ち見る島の崎々云々」と山を背景にしてゐる。つまり山と水との対比の中に歌謡内容が組立てられ唱和されるのである。これは万葉集にも巻十三（三三〇五及び三三〇七）に見られる問答歌が「野つ鳥雉動み家つ鳥かけも鳴く」といふ類似をもちつヽ反歌も含めて山を背景とし、その和が「川の瀬の云々」といって川を背景にしてゐるのと同じである。殊に万葉集のこのものの「隠國の泊瀬國」を発句として、春日皇女の「隱國の泊瀬の川ゆ」といふのに似通ってゐる。万葉時代に迄及んで唱和歌謠がこうした一定の信仰の如きものの下に作られてゐた事がわかるのであるが、こうした制作が多くの類似を呼び、その一端がこゝにも現はれてゐるのではないだらうか。

第三項　唱和詩体

詩歌がその形成の場を如何なる處に有するかといふ事は、總ゆる時間と空間との交錯の中に、種々なる様相を呈してゐるであらう。歴史の教へる處に従っても色々な場が考へられるが、西欧の敍事詩、或は一部抒情詩が宮廷詩人、吟遊詩人と呼ばれる人々によって起って来る事は既に見た。日本に於ても、万葉集には、太宰府の梅花宴などが語られ、福麻呂を迎へての歌宴が告げられ、又平安、中世に於ては、歌合や歌会が歌の詠作の場であった事が知られてゐる。現代に到っては文藝の個への分化の中に總ての創作が個人の机上に移ってしまったが、一部伝統的な歌風を継承する人々の間には歌作の場としての歌会が存続してゐるし、少くとも近世迄は俳諧が、連句を中心として詠作の会をもつ事が普通であった。

上代、万葉時代にも継承されつゝ、それ以前の時代にあっては、この詩歌形成の場は、具体的な事件としての嬥歌、酒宴、戦争などが擧げられるが、それよりもっと以前の形成の場を、これと同等の価値に於て見なければならない。それは具体的な事件ではない。日常生活的な態度から来るものであり、生活するといふ事自体なのである。上代人が生存するといふ事、つまり会話する事が、それなのであった。

古事記日本書紀は、すべて結果的に見た場合、歴史敍述と、歌謠から成立ってゐるが、これは、歌謠が、その歴史の中にある行爲の隨伴として文書化されたといふ、唯だ一つの理由に基くものである。

そして、これは上代歌謡の在り方を明示するものに他ならない。既に見て来た物語歌が全部、次項に述べる歌物語形態の歌謡が一部、全く理屈を超えて歴史記述に随伴せしめられてゐるのは、既に具体的な詠作事件を離れたものや、生活の中に生れ、生活の中に伝誦され来ったものが、記紀記述の内容とする特定な歴史記述に含まれなければならなかったからである。これは上代歌謡の性格を明示するものに他ならない。

かゝる、行爲に隨伴して書かれなければならぬ、上代歌謡の在り方や性格といふものは、然らば如何なるものなのであらうか。これは、会話が歌謡そのものなのであり、歌謡が会話そのものである事である。上述した、上代詩歌の前提的形成の場が、会話であるといふ事は、この事である。時枝誠記博士も、『韻文散文の混合形式の意義』に於て「和歌が日常言語の延長であり、その特殊の形態であるといふことは、日本文学としての和歌の特殊性とも云ふことが出来るものであり、和歌の制作と鑑賞とが、常に民衆生活（専門歌人以外の）と密接な交渉を保って来た理由がそこにあると考へられる。……和歌が会話性をもつといふことは、それが藝術的批判の対象となる前に、生活の手段としての実用性を充分に持ってゐるといふことである」と述べてをられる。古事記の作者も日本書紀の作者も、或は上代民衆も、皆、この和歌の常識に忠実であり過ぎる事が、その記述を悉く歴史事実の中に含ましめる原因となってゐるのである。例へば、先に擧げた、物語的歌謡を、三人稱迄所有するものを、その本人の詠誦として記してゐる書紀影媛の歌謡など、その好例であらう。嬥歌とか、酒宴とかは、偶々かゝる性質をもった歌謡が、群集して詠唱される、その場に過ぎないのである。

こうした性格の故に会話を発祥場とする歌謡は當然、対者を想定したものである。会話は如何なる群衆の中にあっても一対一の、対話の依って成ったもので、複数の対話である（例へば人々の輪の中に爲される歌謡は考へられるものだが、この場合には既に個人の所有を離れた、歌謡として成立したものである。この歌謡に、会話歌謡は辿りつき完成してゆくのだが、その間の経緯を少し補足して述べたい）。従って、個人の觴詠は容易く二者間の歌謡表現をとる。

これは敢く迄も、実用性をもったもので、その歌謡らの中には、必要、が含まれてゐるのである。が、この歌謡表現が、必要を忘却した時に、その歌謡表現が歌謡として成立する。これは表現から文藝へ移行してゆかうとする、この動きの萌芽である。この動きは然し、すべて言語表現たる文藝のみならず、音響の表現である音楽にも、色彩と造形の表現たる絵画にも通用する事であり、剰へ、言語表現の内部に於ても、散文の事件記述、韻律をもった感情の表現、すべてが辿る文藝の発生である。従って、こゝでは概括的な、かゝる動きそのものを問題にしようとするのではない。かゝる文藝への発展の中に於ける、会話性が焦点として考察されようとするのである。

会話歌謡は、即ち贈答の形式をとる。両者が、夫々の表現を対決させるのであるが、ここに夫々の歌謡内容が問題になって来る。それらが各々の心情表現である事は、この中にこめられた要求を意味するので、高唱し、披瀝しようとする感情の衝迫を持つ事である。單独な一首の抒情歌の場合も同じくして、この中に他の共感への提示があるが、更にそれが二者間に爲される時には、この一者の感情に対峙する他の感情衝迫を附属せしめる。全く違った出発の感情叙述の場合には同一事に対する二面の感性を、前者の詠発を承ける感情敍述の場合にはその進展の感性を、両者贈答の間から見出す事になる。これが実用性をもってゐる間、即ち権威への讃嘆を具備してゐたり、恋情の痛切を訴へてゐたり、世上への非難をこめてゐたりする間は、尚二者間のみの贈答として、そのまゝ消長するものであらう。然し、これを両者一体の歌謠として見るといふ第三者の立場が許容されて来ると、これは第一者、第二者から切離されたものであり、実用性を忘却したものと変化してゐる。こうした実用性を離れた、第三者の立場を許容した贈答の中に、会話歌謠の文藝進展の第一段階の到着が見られるのである。

又、会話歌謠の第二の場として考へられるものは、嬥歌である。嬥歌そのものの性質も、こゝに附加されて来る事が考へられるが、嬥歌は一般贈答の先例と全く同じそれが行なはれると共に、この中には大衆性が含まれて来る。つまり、一人対一人の贈答と共に多数の等しくもつ歌謠が存在する。その両者の混在する時空である。この中に個人を離れた幾何の進歩が嬥歌そのものの性質の中に考へられるが、同時に個人の贈答を中心として云へば一対一で終末を見せた前例より更に、それが又繰返されるといふ贈答の連続が行はれる。先述の如く、後の詠者が別出発する場合は二句を一群とした幾群かの感情の連続が、又後の詠者が先の歌謠の敍述を展開させて自分の感情を詠ふ場合には一線の緩やかな感情の連続が、続く。無論この場合にも、夜明けと共に終焉する嬥歌と同じ存続でない爲には、両句連続を大観する第三者の存在が無ければならない。文藝として感ずる事が、これらの俯観の内に始めて爲される事を意味するからである。

又、嬥歌のみに限らず、酒宴など多数の集合する場にあっては、先に述べたやうに既に民衆に持たれてゐた歌謠が歌はれる場合がある。この中に贈答の歌謠が紛合する事は十分可能な現象である。文藝は殊に記載されてその形を確立する時、その記載迄に経る時間が、伝誦を許す事になる。伝誦に伴ふ変形は云ふ迄もない。又記載する側から云へば、伝誦変形の上に加はって、同一時間同一場所の記述に纏集される危険性を伴ってゐる事が擧げられる。こうした口頭と手続上の誘因が重って、贈答二句が既成歌謠に合体し、又各贈答が多く合体し、一つの歌謠が出来上ってゆくのである。

更にかうした集会の場に於て、酒宴などの記紀記述から想像されるものは、個人を没却した贈答——唱和が行はれてゐる事である。この場合には個人的色彩から去って、多数の色彩をもった歌謠が唱和されてをり、歌謠そのものも異るのであるが、更に先擧の場合には連続の場合にも、必ず二句が一單元となって連続していったのに対し、この場合には一句が次の一句と連なり、その一句が次の一句と連なるといふ輪続の形を示してゐる。これは最早贈答といふには適はしくないものであり、完全に唱和の形をとってゐるのである。複数を一とした複数対複数の一対一の詠唱である点には変りはない。

以上、生活そのものである会話を、上代人の詩歌形成地盤と考へ、その中に生まれる詩歌が、更に誘因として嬥歌、酒宴その他の会合をもちつゝ、個人を忘却して文藝としての成立を示す事を考へたが、こうした文藝への到達の次に、それが完全に独立する事は、二を一單元とする、贈答、連続唱和、輪続唱和、歌謠連繫が、その原形をとゞめなくなる事である。二である一單元が、一である一單元に、融和する事である。記紀歌謡の上にそれらを求めてゆくと、これは例外を除いて多く合体といふ型で見られるものである。もし完全な融和をもってゐるのであるとすれば、この中に溯って唱和体であった原形を求めるのは非常に困難な事であるし、求める事の許されるものは合体の域を脱しないものであらうからである。

さて、こうして文藝形態に到達した会話は、たゞ一般の文藝獲得の経路と全く同じものを記さうと試みたのではない。この中には他と区別されるべき一つの特質があるのである。いはゞ唱和詩体といふべき、敍事の歌謡なのである。

古代にあって、抒情詩と歌謡が別系統にある事は既に述べた。無論その原始形態が抒情詩は敍事性を含み、歌謡も抒情性を含むもので、全く切断した型で見る事の出来ぬ事も、前述した。そして物語歌が、より多くその立脚点を歌謡に置いてゐる事を述べたのに対して、この唱和詩体はより多く抒情歌にその立脚点を置いてゐる事が考へられる。従って、この面から云へば、抒情詩的な流れを汲むものであり、それが唱和詩体として成立する時に附加される敍事性は、一つの敍事の流れともいへるものである。抒情詩は個人を基にして成立し、歌謡は民衆を基にして成立つ。この間に考へ及べば、唱和詩体は個人を基にして成り立つ多くをもち、抒情的色合を帯びて来る事は又一致する結着点である。

従って、こうした抒情性を基とする点、先の物語歌とは、よしんば唱和詩体が敍事内容を持って確立された後に於ても異る詩性をもってゐる事は云ひうる。唱和詩体は明瞭に二者に分立してゐる場合にはそれを統合して見る事によって、一つの歌謡の中に収められてゐる場合にはそれを分析する事によって、その物語がもつ局面の展開を知る事が出来るのである。各々場の対立をもった詠唱が爲されてゐる。その中に、種々前述して来たやうな場合を錯雑させつゝ、平敍された物語歌には見られぬやうな物語の構成が、あるのである。それは散文敍述と結合した形で敍事性を主張してゐる、古代歌物語形態とも異る、古代の韻文形式の中の、一敍事形態を形成してゐる。

かうして会話が文藝に到る時に形成する特別な詩体、唱和詩体を、その沿革に従って以下実証したいと思ふ。

第一にその基盤として擧げた会話の歌謡性は總ゆる記述が「歌曰」といった接続の中に連ってゐる記紀では、總てこの立証に他ならないが、歌謡の会話と、会話の歌謡とは重点の相異をもつ。歌曰といふ会話の歌謡は、歌謡の会話から幾分変化したものであり、歌謡としての意識を含んでゐる。かゝる点より、全く地の文に埋沒した会話から例証すると、古事記中巻、応神天皇條に見える所謂春秋争ひ説話に插入された御祖の詛言が考へ合はされる。秋山之下氷壯夫が慨憤賭を爲さなかったのに対しての懲戒のもので（註一）、

此の竹葉の青むが如、
此の竹葉の萎むが如、
　青み萎め。又、
此の塩の盈ち乾るが如、盈ち乾よ

ては扱ってゐない。

　又

　此の石の沈むが如、　沈み臥せ。

の如きものである。歌謡としても、他の諸例から云って決して不思議ではないが、歌謡としては扱ってゐない。

又、これは「詛」との関係が副次的にあって、その関係も考察に入れねばならぬものだが、そういふ関係の無いものの例を擧げると、古事記下巻、清寧天皇條に見える仁賢天皇と顯宗天皇との間の問答を抽く事が出来る。山部連小楯の開く酒宴にあって、火焼き少年二人が儛ふ時、弟の歌がそれである。

　物部の　わが夫子が　取り佩ける　太刀の手上に　丹書き著け　その緒には　赤幡を裁ち　赤幡立てて見れば　い隱る　山の御尾の　竹を掻き苅り　末押し靡かすなす　八絃の琴を調べたるごと　天の下治らし給ひし　伊邪本和気の天皇の御子　市の辺の押歯の王の　奴　末

これは疊句をもち、當時の歌謡として他と選ぶ處ないものであるが、尚会話として取扱ってゐる。つまり、他歌謡がすべて音を辿った文字によって書かれてゐるのに対して、これは地の文と同じ漢文脈のもので一部字音文字を挿入してこれには「此二字以音」と註記してあるものである（註二）。この準漢文体を歌謠としない意識の第一として、第二は、この歌には例の「歌曰」が「爲詠曰」となってゐる事である。「詠」が「歌」と区別してその言語内容をもってゐた事は、万葉集巻十六の乞食者の詠二首といふ題詞からも想像されるもので、「歌」よりはもっと「謠」ふものに近いそれであった事が考へられる。窪田空穂氏はこの乞食者詠に関して「天皇に忠誠を誓ふもので、もとは然るべき神事に用ゐられた謠物であったらうと見える物云々」と、その謠物性を説かれてゐる。以上二つの点から、この歌謠が会話にとゞめられた型である事が云へるが、その会話が他の歌謠と記されたものと些かも異らない歌謠内容をもってゐるのである。

一般的に云った会話の歌謠性は右の如くであるが、次に会話の唱和性を見たいと思ふ。

先づ、記紀記述自身が唱和を明記してゐるものが、無論ある。屢々述べたやうに記紀記述すべてが贈と答の形式に組まれてゐるので、明記してゐるものとは、その中から不當な記述と結合してゐるものを除いて、單的にそれと知られるものの事になる。これは結果的には、かゝる唱和が行爲を進めてゐる時間の中に入ってゐるもので、行爲の終末を附けるものとか、一定結構の散文敍述の上に心情の敷衍をするものとかいった形でないもの、である。

その第一として考へられるもの、即ち單純な贈答のみの歌謠から擧げてゆくと、これは例の、高佐士野の唱和（古事記、中巻、神武天皇條）などそれである（註三）。

ⓐ倭の　高佐士野を　七行く孃子ども　誰をしまかむ　（記一六、大久米命）

かつがつも　最先立てる　愛をしまかむ（記一七、神武天皇）

ⓑ天地　ちどりましとゞ　など黥ける利目（記一八、伊須気余理比賣命）

嬢子に　直に逢はむと　吾が黥ける利目（記一九、大久米命）

この唱和は片歌から旋頭歌への推移を説明するものでもある如く（この項後述）、片歌から成り立つてゐる場合が多い。ⓑの例はそれである。ⓐの例は神武天皇の歌は正統な片歌歌体であるが大久米命の歌は、種々にとれる。四、六、九、七の音韻律をもつてゐるもので、これを四（五）、六（七）、九（七）、七と取れば片歌に七音一句が副つたものであり、四（五）、六（七）、次の九を四（五）、五（七）、七とすれば短歌形式になる。私はこの場合、結句「誰をしまかむ」が独立語句なので、片歌に奏上語とを副えたものと見たい。然し、何れにしろ片歌と異形態との唱和である事は事実で、その例である。

第二に唱和が連続してゆくものを見ると、これは嬥歌を誘因とすると前述したが、例を古事記下巻、顯宗天皇條に見る事が出来る。これは同じ内容を紀にも記すが（巻十六、顯宗天皇十一年）、古事記の顯宗天皇対志毘臣の唱和を、紀では武烈天皇対鮪臣の唱和となし、爭ふ相手を前者後者夫々大魚、

影媛としてゐる。「かく歌ひて、闘ひ明して、散けましぬ」（記）といふ嬥歌の一場である。その歌を抽出すると、

大宮の　彼つ鰭手　隅傾けり（記一〇六、志毘臣）
大匠　拙劣みこそ　隅傾けれ（記一〇七、顕宗天皇）
大君の　心を寛み　臣の子の　八重の柴垣　入り立たずあり（記一〇八、志）
潮瀬の　波折を見れば　遊び来る　鮪が鰭手に　妻立てり見ゆ（記一〇九。紀八七、顕、武烈天皇）
大君の　王の柴垣　八節結り　結り廻し　截れむ柴垣　焼けむ柴垣（記一一〇、志）
大魚よし　鮪衝く海人よ　其が荒れば　心恋しけむ　鮪衝く鮪（記一一一、顕）
臣の子の　八重や唐垣　許せとや　御子（紀八八、鮪）

大太刀を　垂れ佩き立ちて　抜かずとも　末は足しても　遇はむとぞ思ふ（紀八九、武）

大君の　八重の組垣　懸かめども　汝を有ましじみ　懸かぬ組垣（紀九〇、鮪）

臣の子の　八符の柴垣　下動み　地震がより来ば　破れむ柴垣（紀九一、武）

琴頭に　来居る影媛　玉ならば　我が慾る玉の　鰒眞珠（紀九二、武）

大君の　御帶の倭文繒　結び垂れ　誰やし人も　相思はなくに（紀九三、鮪）

こうした何回かの繰返しの中に唱和内容が発展してゆくのであるが、然し、今の場合、これのまゝにそれを行ふ事は困難である。同じ顯宗年代に記されてゐる点、この応報は事実だと思はれるが、太子であったり天皇であったりする点、紀に後続して、物語歌を有する悲劇伝説の主影媛を拉し来ってゐる点、この内容はかなり疑はれなくてはならぬであらう。事実の嬥歌にあった唱和は、これよりもっと連続性に富んでゐたものと思はれるのである。この唱和全十二首は三つの素材に分析出来る。宮居又邸に関するものと、魚の鮪に掛けたものと、影媛を中心にしたものとである。三番目のものは紀に二首あるもので問題ないが、次の物語歌の伏線を為し、影媛と明記してゐるのでこの時のものか否かは早急に判断出来ない。又第二のものは、両書に併記されてゐる記一〇九、紀八七の一首と記一一一の二首で、何れも鮪臣の歌は、無い。そしてこの二首は内容的に接続するもので、且つ後者に「大魚よし」と明記されてゐる点、前記影媛中心のものと同様の處置をなさねばならない。残るのは第一の宮居（註四）を中心とするもの七首である。これは太子（天皇）の歌が二首のみでその数の比率が合はぬが、これを内容とした事は紀の記述を見ても明らかである。この内、疑ふ余地なく唱和されてゐるものは記一〇六、一〇七の片歌らである。そしてこの系統、即ち大宮を中心とするものが記一一〇、紀九〇である。これは或は原を一にする伝誦の変化であるかもしれぬ。又、「八重の（唐、組、柴）垣」を承けて、志毘の自邸を中心にしたものが紀八八、記一〇八である。そしてこれは何れも、大宮の二首と異り、問ひかけや、答へを要求する心情をこめたものである（前者は單に相手の誹謗であるが）。この答へとして登場するのが紀九一の武烈天皇（太子）の歌である。

内容的にはかく系統づけて唱和の発展が考へられるが、然し、口調から云ふと紀八八は余裕ある軽い揶揄があり、記一〇八には純粋な哀願がこめられてゐて、何れも嬥歌始め近いものと想像されるが、内容的に連なる紀九一の太子の歌は、志毘臣で云へば紀九〇、記一一〇程度の興奮が感じられ、応酬を経過した後のものらしさを感じる。又一つ残して来た紀八九の歌も立証さるべく、こゝに残された七首は極く一部分にすぎぬものであり、一々を連続せしめるべき唱和は多く記載されるに到らなかった事を云ふべきであらう。この中に、先刻棄てた他二群の歌も、當然実際に行はれたかもしれぬ事が云はれるであらう。然しそれは現在では断定する事は出来ない。

第三の唱和を明記されたものの場合は、第二の嬥歌に対しての宴である。日本書紀巻十一に記された仁徳天皇と播磨速待の唱和を見る事が出来る。仁徳天皇と磐之媛との経緯を繞って、桑田玖賀媛を与へる條である。

十六年秋七月、戊寅の朔の日に、天皇宮人桑田玖賀媛を、近習の舎人等に示せ給ひて、宣り給ひしく「皇后の妬に苦みて合すこと能はず云々」と宣り給ひき。すなはち歌よみして問はし給ひしく、

水底ふ　臣の孃子を
誰　養はむ

こゝに播磨の國造の祖、速待、独進みて歌ひて曰ひしく

みかしほ　播磨速待
岩壊す　畏くとも
吾　養はむ

記述は玖賀媛の墓に及ぶのであるが、この唱和は、多分に宴的雰囲気に成るものである。民事の嬥歌に相當する、王事の唱和発生の場である。

又、同じ誘発の場をもって、前述した如き輪続の経路を辿るものを擧げるならば、完全ではないが、古事記下巻、仁徳天皇條と、日本書紀巻十一、仝仁徳天皇條五十年に記された、武内宿禰との唱和がやゝ満足させてくれる。天皇が豊の楽せむとして日女島に行き、その島に偶々雁が卵を生む、その怪しみを問ふ（記）件とも、河内人が茨田の堤に雁が產んだといふ奏上をなし、その怪しみを問ふ（紀）件とも記されたものであるが、この前文によって、既に異ってゐるやうに、その歌謡も多少異なり、又前文に沿って歌謡が夫々異ってゐるのである。

＝古事記＝

天皇、歌以ちて雁の卵生める狀を問したまへる歌

○たまきはる　内の朝臣

　汝こそは　世の長人　××××××

　そらみつ　日本の國に　雁子產と聞くや（記七二）

是に建内宿禰歌もちて語り曰ししく

○高光る　日の御子

　諾こそ　問ひ賜へ　眞こそに　問ひ賜へ

　吾こそは　世の長人

　そらみつ　日本の國に　雁子產と　いまだ聞かず（記七三）

かく曰して御琴を賜はりて歌ひしく
○汝が王や　終に知らむと　雁は子産らし（記七四）

‖日本書紀‖

天皇こゝに歌よみして武内宿禰に問ひ給ひしく
○たまきはる内の朝臣　汝こそは世の遠人
汝こそは國の長人
明つ島倭の國に　雁子産と聞くや（紀六二）

武内宿禰、答へ歌ひて曰ひしく、
○やすみしし　我が大君は
うべうべな　我を問はすな　××××
××××　××××
明つ島　倭の國に　雁子産と　我は聞かず（紀六三）

［△……内容を類似せしめて語句を相異するもの。
×……一方に欠くもの。

唱和を明記したものとしては、この例など整ってゐるものであらう。天皇と武内宿禰との唱和形は果されてゐるが、その上に古事記に第三の歌を副へてゐる事は、唱和二首から延びてゆかうとする傾向を示してゐるものと云へるだらう。たゞ一首のみで止まらなかったとすれば、その内容は輪続の形式をとるのである。

この輪続を暫く問題にしようならば、先づ両書の相異が考へられねばならない。歌謠へ伝誦による変化が、偶々比較させてくれてゐるものである。第一の歌は書紀の方が詳しい。「汝こそは」以下の長（遠）人を繰返してゐる。第二の歌は記の方が詳しく、同じやうに、問ひの是認を繰返し、長人といふ第一首を承けてゐる。一首目の繰返しである。即ち記七二、紀六三を古形として他が夫々伝誦されて韻律化されて来たものと見る事が出来る。この両古形に、繰返しのない記第三首目を加へて、この三首の線が、最も本来的な唱和の形であったと思はれるのである。試みにこの三首を並べるとする。非常に素朴な、驚きの事実を前にした唱和が形成されるであらう。この中から武内宿禰に結びつくものは、第一首のみで二首三首共に全く自由な成立を考へさせられるのである。そして一首目にあっても、「内の朝臣」「世の長人」この二句のみがそれを制約しようとしてゐるのである。而してこの二句は非常に広い結合性をもつ普通名詞に他ならないのである。長壽を珍重して伝へられ来った内大臣宿禰に、伝説はたやすく結合せしめる事も可思の範囲である。三首から受ける王事への結合は強いものの印象をもつが、それも伝誦の場のみだったかもしれない。こうした一般的普遍化の可能性の中に、これの輪続唱和は推断に近づいてゆく、そしてこれを一般の場合に拡大する事も困難さを柔らげて来るのではあるまいか。

かく、單一な唱和から、嬥歌、宴を通して起って来る連続唱和、輪続唱和を見て来たが、こうした以上の例の如く、記紀に唱和を明記されてゐないものの中にも、唱和形態を感じさせるものがある。これは後述する合体などが唱和贈答の発展であり文藝的到達であるのに対し、二句唱和と、かゝる発展前後関係を同等にするものである。

こうして取上げたいと思ふものは、記紀中に散見する「又歌曰」として併列された歌謡らである。「又歌曰」は例へば記神武紀の「狹井河よ」又「畝火山」の歌、全紀久米部の又、又といふ歌、等々、その例は無数に存在する。そして私は、かく一人の歌として併列された歌が、一部連続唱和、輪続唱和から由来するものを含むのではないかと、思ふのである。

この歌の記述には二分類のものが含まれてゐるであらう。「又歌」が、前の歌の伝誦異型であり、それを別存在の歌として、次に詠唱した如く併列したものがその一である。第二が、述べようとする種唱和歌が、同一事実内の多くの歌として伝誦されてゐる間に、唯一人の別な詠唱の如く記され、併列したものである。尤も眞に、同一人物が続けて歌った場合もあるであらう。場合としては立派に考へられる事である。然し、何百年間の事が伝誦され表記化される間に、かく数多くの歌が保存しうるだらうか。恐らく、その事件と最も印象深く結び合ったものが残るのみであらう。すべての又歌曰、は、ほゞこの三つに分散しうるやうに思ふ。

第一の場合は、例へば、古事記下巻、仁徳天皇條の速總別王の歌など、明瞭なものであらう。この類歌が万葉集巻三にある事は既に前々項に於て詳述した。

是に速總別の王歌ひしく

梯立ての　倉椅山を　嶮しみと　岩懸きかねて　吾が手取らすも

また歌ひしく

梯立ての　倉椅山は　嶮しけど　妹と登れば　嶮しくもあらず

日本書紀には（巻十一、仁徳天皇紀四十年）次の如きがある。隼別皇子の歌である。

梯立の　嶮しき山も　我妹子と　二人越ゆれば　安蓆かも

この歌は風土記によって山頂の嬥歌を背景とするものである事が云はれてゐる（別項詳述）。然し嬥歌にかゝるものが歌はれる場合は一つの民謠として常に口誦んでゐるものに違いない。倉椅山がその地方人にとって親しい山であり、常の嬥歌の場であるとすれば。この中に前掲した唱和が集会で既成歌謠に混入する事があったかもしれぬと言へるのであるが、この事と伝誦記載とは何ら意味が異る。かゝる類歌は、万葉集が「或本歌」「一本歌」として擧げる如きものであったとも云へるのである。

これに対して第二の如き場合として考へられるのは、嬥歌といった特定の場を意識せず、連続、輪続といふ事を中心として見られるものに、倭建命の歿後の歌々がある（中巻、景行天皇條）。ここでは「又歌曰」の代りに、もう少し丁寧な接続が示されてゐるが、それらをすべて除いて歌謡のみ記すと次の如くである。

煩きの　田の　稲幹に　稲幹に　蔓ひ廻ろふ　薢葛

浅小竹原　腰煩む　空は行かず　足よ行くな

海が行けば　腰なづむ　大河原の　植草　海がは　いさよふ

浜つ千鳥　浜よは行かず　磯伝ふ

非常に素朴である点、後代の増減は余りないと考へられるが、幾何かの誤伝は計算に入れなければならない。そういったものが成立當時の純粋な連関性を喪はせようとしつつあるかもしれぬが少しづつの連関を保ちつゝ移ってゆく、農民漁撈生活を背景にした一群の歌謡である事は、それ程困難な推測ではない。無論、この場合はこれら歌謡が個人を背反した匂ひ濃いものである事は云へる。集団風な、唱和であったらうか。

古事記に於ては、これら歌謠が倭建命の追慕と結合せしめられてゐるのであるが、最終の敍述は、この四首の存在し来った狀態を、はからずも告白してゐるやうである。「この四歌は皆その御葬に歌ひたりき。かれ今にその歌は天皇の大御葬に歌ふなり」。伝誦の出発を同じくし、伝誦の歴史を同じくするといふ事を物語ってゐるのではないか。そして、この、恐らくは苦役の生活から出たであらう悲しげなリズムが、煩き田に匍匐ひ廻る後、御子達の光景を呼び、八尋白智鳥の天翔りを哭きつゝ追ふ光景を起し、又海に入りて煩み磯に佇ちて嘆く光景を点綴して来る事は、古事記作者の非凡な文藝力にも依るであらうが、然し同時にその前提となってゐる伝誦歌謠への信仰感情を看過するわけには行かぬものでもあらう。かかる記述史観を突破って、その原泉を求める事は蓋し非常に困難な事ではある。そういった不自由さの中にも、これが一種の集団的輪続唱和である事を、私は感じないわけには行かない。

更にこの二つの分類に際して記述そのまゝの第三の場合もありうる危惧を書いたが、それはかかる歌謠を中心にして起って来るものである。古事記、応神天皇條の、仁徳天皇の歌を例擧してみる。

如此歌はして賜ひき（承前）。故其の嬢子を賜はりて後に、太子の歌曰

道の後　古波陀嬢子を　神の如　聞えしかども　相枕纒く

又歌曰

道の後　古波陀嬢子は　争はず　寝しくをしぞも　愛しみ思ふ

記述そのまゝ仁徳天皇の歌であるといふのではなく、同一人の時間的推移の中に起る詠嘆の如き色彩もあるのである。類歌とは考へられぬが、唱和の変形であるとすれば、中心感情が甚しく異ってゐる。蓋し或一地方集団のもつ古波陀嬢子を主題とする一連の歌謡が、かゝる形をとゞめたのであらうか。そうすれば、明らかに第三の型であるが、然しこれは速断出来ぬものであらう。

以上記紀記述に唱和を明記されるもの又されぬもの両面から唱和性を各段階に亙って見て来たが、次に、この唱和と不可分の関係をもつ歌謡形態として、片歌旋頭歌を瞥見すべきであると思ふ。

既に唱和を前提として擧げて来た、古事記、志毘臣と顯宗天皇との歌謡、

大宮の　彼つ鰭手　隅傾けり（記一〇六）

大匠　拙劣みこそ　隅傾けれ（記一〇七）

などもその一例であるが、顯著な例は記紀何れも誤差なく伝へてゐる倭建命、酒折宮に於けるそれであらう。

新治　筑波を過ぎて　幾夜か寝つる

（倭建命〔日本武尊〕）

かゞなべて　夜には九夜　日には十日を

（火燒翁〔秉燭人〕）

この二首間の接続は「爾、其の御火燒の翁、御歌を續ぎて」（記）、「是の夜歌以ちて侍者に問ひ給ひしく（歌）と宣り給ひしに、諸の侍者、え答へ言さざりき。時に秉燭の者あり。王の歌の末に続けて歌ひて曰ひしく」（紀）といふのであり、全く、唱和する事を約束した如きものである。そしてこれが双方片歌をもって爲される事は、合体した五、七、七、五、七、七といふ音数律の詩体に帰着する。つまり旋頭歌である。万葉集には第二期に迄及んで、中七音と結句七音を同じくした旋頭歌があるのは、片歌が唱和されて、その統一から旋頭歌が生まれて来た、有力な残映である。

こうした旋頭歌の片歌からの移行は多く説かれる處なので概括的な敍述は止めるが、これは唱和といふ面から見れば旋頭歌の成立即ち唱和の放擲となる。これは唱和詩体の一つの成立である。唱和詩体が文藝としての成立を見せるのが、こうした原初の忘却である事は冒述したが、一つの詩体の中に統合する場合と、数多くの短詩形が連鎖の型になって全体として一つの詩体を釀成する場合とがある。記紀に於ては前者のみであり、万葉集に於ては前者は各種の五七音数型に分属して消え、後者が多く見られる。唱和詩体の文藝成立として、この前者を最後に見てみたいと思ふ。

旋頭歌体に先づその初歩の成立がある。これを見ると、未だ表記以前には二者になってゐたかとさへ思はれるものがある。

須須許理が　釀みし御酒に　われ酔ひにけり』　事和酒　咲酒に　われ酔ひにけり』

（記、中巻、応神天皇條、仝天皇の歌）

これなどは全く二分して成立し唱和されたものであるとも云へる。然し記されてゐるのは一体の詩である。かゝる場合には、唱和詩体としての機能は十全に果されてはゐない。同意味の、ほんの些かな意味の深化があるのみだからである。

八田の　一本菅は　（独居りとも』）
天皇し　よしと聞こさば　独居りとも』（記、下巻、仁徳天皇條、八田若郎女の歌）

これは前者よりやゝ、劃一性をもってゐて、最早や結合されたものとは思へないものである。然し、三句と六句を同じくし、この辺に未だ旋頭歌の成立事情を物語る程の痕跡をとゞめてゐる事が云へる。唱和としてみた場合には異内容をもち、その面の形態としては十分許容出来る。

前者がいはゞ中間的なものであったのに対し、その完成された型を記紀の中に求めると、次のやうな歌謡を探す事が出来る。

あたらしき　韋名部の工匠　繋けし墨縄』其が無けば」誰が繋けむよ』あたら墨縄
（紀、巻十四、雄略天皇十三年、同伴巧者《あひだくみ》の歌）

これは唱和片歌の名残りとして三句、六句を同じくし、韻律上の終止を三、四句間に置いてゐるが、然し、揃へるべき三、六句も、「繋けし」「あたら」と前半を異にしてゐるし、意味上の休止は四、五句間に置いてゐる。五句に詠嘆を用ゐる事は五、六句間に感情の終止をとゞめ、更に六句を「あたら」と発想する事に於て全体の統一を置かうとするものである。この点は二者の合体といふ意志は全く没劫せられてゐる。「其が」といふ語句は客観的詩性を感じさせるものであるが、それをこゝに用ゐる事は、一方からは三句で終止を一応打つといふ因習に依るものであり、一方からは客観的敍事の詩への介入を見るものである。かゝる諸点から、唱和に成る旋頭歌の、旋頭歌としての完結を、この中に見る事ができるであらう。

以上三つが先づ旋頭歌形式に表はれる。唱和の文藝成立の三態であったが、單に片歌旋頭歌の形式では無く、広い唱和詩体の文藝成立を次に見たい。

天飛む　軽の嬢子

　　　　　　甚泣かば

　　　　　　　人知りぬべし」

波佐の山の　鳩の　下泣きに泣く（記、下巻、允恭天皇條、木梨之軽太子の歌）

「人知りぬべし」迄の四句と、以下の三句とは全く異質であるが、気持の上の統一が一首を構成してゐる。気持を一致させるといふのみで敍述内容の共通性は極めて乏しいものであり、この点、二句に分割せしめうる形態をもってゐるとも感じられる。恐らくはかゝる経路を辿って成立したものではないか。この二者を結合せしめてゐる情趣的有機性は、余りにも高級すぎる。記紀両巻を通じても、最も秀れたものの一つであるが、それは前句の四、六、五、七といふ音数韻律と、後句の六、三、七といふ音数韻律の組合はせも手伝ってはゐるもののやはりこの前後句の織りなす感情の綾が、第一の原因でも、あるだらう。これは二句結合でしかなく、又單純なものであるが、この中には局面の対立展開が秘められてゐるのである。合体性を未だとゞめるものではあるが、一つの到達として見る事が出来る。

御吉野の　小牟漏が嶽に

猪鹿伏すと

誰ぞ　大前に申す　　　　　　　　　　此の事　大前に申す
やすみしし　わが大君の』　　　　　　猪鹿待つと　我がいませば　さ猪待つと　我が立たせば
猪鹿待つと　呉床にいまし』
白栲の　袖著具ふ
手腓に　虻掻き著き
その虻を　蜻蛉早咋ひ』　　　　　　　昆ふ虫も　大君に奉らふ
かくのごと　名に負はむと
そらみつ　倭の國を
蜻蛉島とふ。』

（記、下巻、雄略天皇條、　　　　　　（紀、巻十四、仝天皇條、
雄略天皇の歌）　　　　　　　　　　　仝天皇の歌）

比喩敍法にも、物語歌謡にもひいた歌であるが唱和詩体として見る場合にも、この中には唱和形の合体が見られ、諸歌形態の要素を持つ上に看過出来ない。記紀両書内に於ては紀の方が著しい特徴として物語性をもつが、これは、各段落の区切があって、その一つ一つに物語が含まれてゆく故であった。この事は唱和詩体として見る場合には各段落が、合体前の夫々の唱和句を形成すると考へられる。先づ一見明瞭なのは、誰ぞ大前に申す、といった冒頭の問であらう。この点は記紀にさ程問題はない。

古事記のそれは次から最後迄語法の切れは無いが、情景としては猪鹿待つ大君と、その手の虻を蜻蛉が咋ったのと、その故に蜻蛉島といふのだといふ伝誦語句と、この三つが区切りと考へられる。そしてこの事を日本書紀のそれの方に求めてみると、これは悉く、この終末をもってゐる。各段落、各情景が夫々の中止法的語法によって区切られてゐるのである。紀歌謠の方が物語性をもつ故である事を考へ併せれば、物語歌が謠物性の上に発展してゆく事は、即ち唱和詩体の各唱和句の綜合を意味するものである。唱和は、無論、謠はれる発生のものである。

そして、これら段階間に因果関係が結ばれてゐる事は、物語であれば當然であらう。この中に、第一句より第二句が、第二句を承けて第三句が、第三句の流れの中に第四句がといふ順序を辿る。唱和から考へれば、そういった詠唱の経路なのである。この四句の間には絶句性がある。四群の中に物語を纒集する詩が、かゝる性質を有する事は、一つの文藝への流動を示すものに他ならないのである。詩的物語、無意識に生んだ理念に他ならないのである。

こうして唱和詩体が合体する中に文藝確立が爲されてゆく。そして、この中に含まれて敍事性の獲得が爲される事は、この最終段階として擧げた例が雄弁に語ってくれるところである。唱和が個人の環境の中に育くまれ、民衆の上に進んでゆくものである事は既に述べたが、かゝる発生と経路を担ふ唱和詩体の本来性と、又同じく前述した連続輪読の唱和による時間的情景の推移とが相俟って、一つの敍事歌的方向へ進んでゆくのは同様、明らかな事である。以上数多く擧げて来た例の歌謠によってても具さに知られる事であらう。志毘臣との唱和にしても一定方向を与へられぬ、嬬爭ひである爲、好例ではないが、幾つかの唱和の綜合によって語られる大宮や志毘臣の住居が出て来るのであり、玖賀媛の行動は和の歌をもって始めて知る事が出来る。雁の產卵をめぐっては非常に素朴な、敍事も、抒情をすら得てゐない必要会話の応答であるにしろ、その宮廷の一駒が我々に描かれて来るのである。こうして、会話を母胎とする古代歌謡が、物語歌、歌物語形態と並んで唱和詩体を形成するのは、やがてこれらの中に設立しようとする文藝的理念を一身に負ったものである。こうした形式の確立が、方法論としての比喩敍法を内含の第一歩としつゝ、爲されてゆく時、内容としての口誦説話群が多くの人々の感情を導入して普遍相を獲得すると、それを盛った、或は盛らうとした文藝が出来上る。支那思想や古代からの伝誦を承けつゝも万葉集時代は抒情詩の時代であり、詩歌の時代である事から、これは、その中の歌謡の形式をとって表はれて来る。

最後に唱和詩体が、こうして成立していった後の狀態を附言しておくべきであらう。私は先に唱和詩体の成立として一つの詩体の中に統合する場合と、数多くの短詩形が連鎖の型になって、全体として一つの詩体を醸成する場合とをあげ、前者を記紀時代、後者を万葉時代の完成とした。そしてこの前者を辿ったわけであるので、この唱和詩体の伝流は、この後者の場合になって来る。抒情的な短詩形を連鎖せしめる事によって、この中に物語的因果結構を持たせようとする事である。その一例としては既に前節に於て石上乙麻呂のそれを擧げて概述したが、多くの場を設定せしめうる事、心理過程の上に捉へる故微妙な動きを再現せしめうる事などがその利点である。これは、從って、次節にのべる連作表現に継承されてゆくのである。

然し、こうした連鎖唱和詩の達成は、記紀歌謡を通過しない、抒情詩敍事詩の交接が生む、別出発の唱和詩体にすぎない。継承が云はれるとするならば、その精神の謂である。記紀歌謡の中に推移を辿った、かゝる唱和詩は、唱和詩の機能を解体せしめて、万葉長歌の中に生き長らへてゆく。唱和の、発展的解消として、これを見るのである。

●註一

於是、其の兄い、弟の婚つることを慷愾みて、其の慨憤賭物を償はず。爾、其の母に愁ひ曰す時に、御祖の答へらく、「我が世の事、能くこそ神習はめ。又、現しき青人草習へや。其の物、償はぬ」といひて、其の兄なるを恨みて、乃ち、其の伊豆志河の河島の節竹を取りて、八目の荒籠を作り、其の河の石を取り、塩に合へて、其の竹の葉に裹み、詛ひ言はしめけらく、「此の竹葉の云々」斯く詛ひて竈處の上に置かしめき。云々

●註二

この原文は次の如くである。

物部之。我夫子之。取佩。於二大刀之手上一。丹畫著。其緒者。裁二赤幡一。立二赤幡一見者。五十隱。
山三尾之竹矣。訶岐此二字以レ音刈。末押縻魚簀。如レ調二八絃琴一所レ治二賜天下一伊邪本和気天皇之
御子市辺之押歯王之。奴末。

傍線の部分が和文脈になってゐる。

●註三

贈答の前後散文敍述を記す。

ⓐこゝに七媛女、高佐士野に遊べるに、伊須気余理比賣、其の中に在りき。大久米の命、その伊須気余理比賣を見て、歌もちて天皇にまをししく、

歌（一六）

爾に伊須気余理比賣は、其の媛女等の前に立てりき。乃、天皇、其の媛女等を見そなはして、御心に伊須気余理比賣の最前に立てることを知りたまひて、御歌もちて答へたまひしく、

歌（一七）

ⓑこゝに大久米の命、天皇の命を、その伊須気余理比賣に詔りし時に、その大久米の命の黥ける利目を見て、奇しと思ひて、

歌（一八）

と思ひければ、大久米の命、答へ歌ひしく、

歌（一九）

と歌ひき。

●註四

日本書紀、斯條の歌垣の前記述に次の如く見える。

十一年八月、億計の天皇崩り給ひき。大臣平群眞鳥臣、専ら國の政を擅にして、日本に王たらむ

と慾ひ、陽りて太子の爲に宮を營み、了へてはやがて自ら居り云々

古事記の唱和に見られる一〇六、一〇七はこれを背景とする事に符合する。本文に、宮居を中心にした歌の唱和された事が紀の記述を見ても明らかである、とは、これを指してゐる。

第四項　歌物語形態

平安朝、所謂歌物語が、敍景歌の精神を承け、杼情歌本来の内容の中に、万葉集巻十六などに見られる由縁歌の形態をとって成立してゆく事は、概括的に前述したところであるが、この流れを辿ってみたいと思ふのが本項の目的である。

歌物語といふのは、事件記述の散文と、その狀態の中に存在する歌とを記した、平安初期の物語の一群を指しての呼稱であるが、これを、歌と物語といふ相互関係をもつ形態と拡大して考へる場合、これは歴史的に一筋の線を与へる事が出来る。歌といふ抒情（文藝）と、物語といふ敍事（文藝）とから成る物語といふ考へ方である。そして史的には、抒情詩の交渉を潛って全く別個な形をとってゆく、上古敍事文の推移であるので、これを敍事の潮流と考へたい。

抒情と敍事との結合体は、その最初を記紀の中に見ることが出来る。これは和歌が（嚴格にその形式を指すのではないが）日本人の古に対話として用ひられてゐた事、後人が記述する場合に、詩歌といふ無説明の表現が、當然その背景の説明を要した事、古代精神及び古代生活が神への信仰の中に住み、それが伝承歌謠の権威化を促がした事などを考へてみて、極めて自然な結果である。この三つの原因のみについて云へば、第一の原因を前提として、記紀記述が第二の原因を必要とし、記述の内容とするものの性格から第三の原因が結びついて来たのであらう。従って、この形態の中には何れを主とすると云ふ事は無い。極めて素朴な平敍の中に、それは恰も炉辺に古老から語られる如き口調をもって書かれてゐる。たまたま、その時の詠誦として記し、その時の贈答として記してゐる、いはゞ散文敍述の一行に等しいもので、この点から、敍事文の一形として考へられるものであるだらう。

上代生活に於てこうした神話、説話、歴史伝説の中に記され、考へられてゐた事は、こういった歌謡を存在せしめ、同時にこういった歌謡の存在を長く保たしめる事でもあった。万葉時代に残されてゐる、所謂由縁歌は、中央的な文藝の主潮とは全く別個な存在を続けて来た、歌謡、和歌の一群を収めたものであって、かゝる歌体を意識して創作しようとしたものでない事は無論である。この点にも万葉時代が抒情の時代であった事を見るのであるが、歌そのものを対象として、その歌にはかゝる伝説があるといった形をとってゐる、いはゞ時代の副次物である。抒情詩の潮に細々とその生存を保って来たそれでもある。物語、それは事件を記述する事によって作られるものであるが、その構図は一首の短長歌を支へてゐる光景としてのみの興味を編者を含めた此の時代の人々に与へてゐるに過ぎないのである。

それは、これら由縁歌が多く伝説の歌である事によって一層明瞭である。「伝へ云ふ」といふ意味が、文書によらぬ、口頭のものである事がその第一である。口伝口誦とは、何の理念も思念もない生活の一部であり、その時代に広く語られてゐた事である。風土的な愛惜の中に育くまれてゐるのであり、例へば人麻呂の歌が広く人々の唇と魂によって愛されるのとは、全く別個である。後者は宮廷を中心として地方に流れていったのであらうけれども、前者は地方に行はれてゐたものの中から、中央文藝の中に、編者を通していれられたものが多いであらう。國司その他の地方官の手を経る事が多いであらう。筑前、志賀の白水郎の歌などもその一例である。又第二には、同じ伝説を扱った、所謂伝説歌が長歌の型によって残されてゐる事である。伝説歌が巻三に若干と巻九に残されてゐるのを見ると、これは、伝説の素材への強い憧憬があって、それに発する詠嘆を述べたものであるが、然し、その中にも、その伝説内容そのものを述べようとする意図は窺ふ事が出来る。その物語歌としての性格は後述しようが、同じ伝説的情趣の感動である。そして物語歌は長歌の形式によって中央の歌人虫麻呂などの派手やかな制作が爲されるのである。この点からも、伝説説話がその中に一首の歌をとゞめるが故に、偶然の上に今日見る事が出来るといへるであらう。

然し、抒情敍事の結合はこの由縁歌にのみ見るのではない。例へば旅人の松浦河に遊ぶ序には長文の漢文による記述が同時に附せられてゐる。これが遊仙窟的物語の中にある時、十分な敍述の必然性を認めねばならない。支那思想から受け入れた、日本古来のものとは別であるけれども物語世界が要求された事が云へるのである。説話世界を忘れようとしなかった當時が、抒情詩時代の抒情詩集の中に見られる。旅人は虫麻呂に先行する人であるが、一方の序詞や連作による物語性と、長歌敍述による物語性とは同質のものであり、同質の要求である。

こうした、極めて錯雑した表情の中に抒情は爛熟に到らねばならぬが、それに代るものは敍述の世界である事は云ふ迄もない。この中に歌物語が伝奇物語と並んで出生してくるが、この意味に於ても、万葉集の中の一巻に由縁歌が編まれてゐる事は、編者の無意識の中に、そういった要求のあった事を裏書するとは思へぬであらうか。潮流の中に巻十六の成立年代を置いて考へる事は、一端として可能な事である。

平安朝への到着は、歌物語が抒情敍事の結合を形態とする事から、由縁歌がその先行と考へられるのであるが、敍述の中に一つの感動を求めてゆかうとする事は、伝説歌の内容にむしろ近く、この点からは由縁歌の伝説説話によるものから伝奇物語への流れが考へられる。

これらはすべて実証を得なければ首肯出来ない事である。それを以下果したい。

久松潜一博士は「古事記と日本精神」に於てこう述べてをられる。


説話そのもののみを見るには、独り古事記・日本書紀にのみとゞまらず、今昔物語、宇治拾遺物語等にまで及んで、その成長過程を見るべきであらう。現在我國に存する主なる説話は室町時代で即ち中世後期までの間に完成されたものである。又文学的特質としても、古代や中世に於ては非常に民族的作品が多く、平安時代や近世に於てはそれが著しく個性的なものとなってゐる。

（傍点中西）


私はこの中から三つの事を教へられる。その一は記紀に綴られた説話の成長といふ事である。私の今の言葉で云へば、説話の潮流である。これが文藝史的に定められるといふ事は大きな結論でなければならない。そしてその前提の下に、その二とするものはこれが室町時代に到って完成するといふ論断である。こゝには結果のみを記されたのに止まるが、この流れを室町に結ぶことは、中間の存在を示してをられる事に他ならないのである。万葉集や、それに記されなかった口誦物語や、日本國現報善悪靈異記が、この時代のものとして、古事記や日本書紀、或は風土記、古語拾遺、高橋氏文といったものが含む説話体系を承けて、存在するといふ結論なのである。そしてこれらが如何なる形にあったかを暗示されるものとして第三がある。つまり、民族的な古代に出発して、著しく個性的になる平安時代を経て再び民族的な中世が出現してゐるといふ歴史の把へ方が、説話文藝の潮流を規制するものに他ならないからである。文藝が個性への營みに進んでゆこうとする、過渡期が万葉期であった事は、この中に失はれなければならなかった民族的説話文藝の位置を教へてくれる。古代敍事文を擧げて、平安個人文藝たる寫実伝奇両物語を設へて、この間に割り出してゆく万葉期の敍事文藝性が、この一行の中に明瞭に示されてゐると云はなければならないだらう。

こういふ説話文藝そのものへの注目は何故今必要なのであらうかを述べるならば、記紀といふ出発点に於て、抒情敍事の結合が全くこの説話の中に行はれてゐるからである。そして更に万葉に到っても、こうした説話がそのまゝ、或は歴史伝説と形を変へて抒情敍事の結合体の内容となってゐるからである。

かゝる古代から室町への大きな歴史は、そのまゝ壓縮された形で記紀中の、歌謡をもつ説話の中にも見られる。古事記にその年代を信ずる事が出来るのは仁徳天皇以後、即ち下巻のみで、他は類推に俟たねばならぬと云はれてゐるが、その歌謡は全百十三首中、仁徳以後に収められてゐるものが六十一首であり、上中両巻のそれよりも多いのである。これは本来別個であるべき抒情歌と敍述散文の結合がある程度空想の所産である事をも意味するであらう。無論、和歌の特性として、それが会話に使はれ、唱和されてゐたといふ事実を犯さうとするのではない。それなるが故に伝へられる事の正確な下巻に両者の結合が多く、又それ以前に於て数少ない場合に、正確を期する心の上に、或は民謡が、或は抒情詩が伝説記述と結びつけられてゐるのである。結合して語りうる事が実際の状態であった事が、容易に、如何なる歌謡、伝説をも結合せしめていったといふ事なのである。

こうした記紀時代の記述の推移の中に、歌謡をもった敍述を見てゆくと、これは大体次の二つの場合に考へる事が出来る。その一は歌謡が王事に結合して記されてゐる場合である。これは記紀が王朝の歴史記述を中心とした史書である場合、當然の事であり、全部ですらあり得よう場合である。然し、日本書紀に比べて古事記が、文藝的であり、「外史」的である事によって、記述が王事に関係しない、風土記的民間伝誦を記し、所謂神婚説話的内容を天皇に関係なく含む場合、そういった記述と結合して歌謡をもった物語が出来上って来る。その二はかゝる場合である。かやうな二つの場合を示し乍ら、歌謡を含む物語、それは敍述と抒情との比重を、或は由縁歌、或は歌物語の如くに同じくはしないが、これが出発点としての形をとってゐるのである。

この二つの区分は、久松博士の云はれる、歴史伝説と、遊離説話とも同じである。從って王事との結合は、歴史の中の天皇若くはその周辺の人々の行狀との結合といふ事になるが、この場合、全く空想とか、信仰とかいったファクターによってゐる場合のみでは、必ずしも無い。第一の場合として、これがほゞ史実として推定を得るであらうやうな場合を擧げてみたいと思ふ。

古事記に数々記されてゐる諸天皇、諸神の行爲の中には幾つかの、歴史的事実の反映と考へられるものが含まれてゐる。例へば小碓命の東征西伐は、古代の地方経營の事実であったらう。無論これが彼一人の行爲として記されてゐるのは英雄説話の一形なのであるが、か丶る營爲が、然もこの時代に行はれた事は事実と認められる。常陸國風土記はその巻首に國名の由来を記して、倭武天皇の東方巡狩を述べてゐる（註一）。又、神功皇后による三韓征伐は、書紀も記す處であり、その中に語られる伝説も同じく（註二）、一方朝鮮の文献によっても記されてゐるものである（註三）。

かくの如き場合は、插入の形をとってゐる歌謠が、その歴史伝説の確かさによって、徒らな編者の結合、民衆伝誦間の連合ではない事が云へるであらう。歌謠がその敍述散文と何の間隙もなく、一つの物語構成体として考へられて然るべきものである。本来的な結合形はこうしたものから考へられねばならない。これは、仁徳天皇と八田若郎女との恋愛事件の記述の中に見る事が出来る。仁徳天皇のこの事件は日本書紀にも説かれ、又万葉集にても、類聚歌林所載の磐姫皇后の歌をめぐって、古事記、日本書紀、更に類聚歌林の異同を檢してゐるものである（註四）ので、か丶る事件は殆ど否定する事は出来ないものである。天皇と八田若郎女との贈答を古事記はこう記してゐる。

天皇、八田若郎女を恋ひ給ひて、御歌を遣り給へる、其の歌曰

八田の　一本菅は　子持たず　立ちか荒れなむ　可惜菅原　言をこそ　菅原と言はめ　可惜清女

爾、八田若郎女の答歌曰

八田の　一本菅は　独り居りとも　天皇し　縦しと詔さば　独り居りとも

故、八田若郎女の御名代として　八田部を定め給ひき。

歌体の素朴さも含めて、素直に受けとる敍述と見たい。然し、八田若郎女を繞って、これ以前に大后石之日賣命との「御歌はしたる六歌」があるが、これは対蹠的な敍述である。そして尚書紀と記載を一にするもので、その消息を詳かにしない（註五）。

もう一つ、史実と思はれるもので、歌謠関連敍法をとってゐるものの例をあげると、万葉集にその類歌の故に左註されてゐる、木梨之軽太子と軽大郎女の事件は、記、紀、歌謠の順序が、事件の発展の異同に伴って前後するのみで、実際に存在したものと思ってよいものである（註六）。事件の異同とは太子が大郎女を得る事から穴穂皇子がこれを大前小前宿禰の家に攻め、捕へられる。そして伊余の湯に流されるとそれを恋ふて郎女が死ぬといふ古事記に対して、日本書紀では、郎女を得た事がトによって露はれ郎女が伊豫に流される。太子は穴穂皇子を襲はんとするが利あらず、大前小前の家に自殺する事になってゐる。この場合、前述したやうに、その文藝性の故に私は古事記をとらなければならない。穴穂皇子の軍事は、従ってその歌と大前小前宿禰の歌はこの事件の中心ではないので暫く措かう。残る十一首の中の七九、八〇、八一といふ最初得る時の一群（註七）、伊余の湯に流される時の八四、八五、八六の一群（註八）、流された後の軽大郎女（衣通王）の追慕である八八、八九の一群（註九）、この三群の歌は夫々の情景に、一分の隙もない緊密度を示して結合されてゐると見てよい。歴史伝説が歌謡を散文敍述の中に成立した、最初の一つであるだろう。そしてこの場合には特殊相として、歌謡と散文敍述が全く同じ重量をもって語られてゐる事がいはれなければならない。たゞ、散文が事件の経過を説明し、歌謡が心情の吐露を司ってゐる、そんな任務の分担にすぎない。これは屢々述べて来たやうな和歌の特異性でもあるだらうが、一般的に云ひうる事は、抒情詩といふ極度な感性の表現と、事件自体すでに異常である事の敍述が齎らす構成表現との交錯は、文藝理論として優れたものであると云はなければならない。この故に、個への帰着によって後代歌物語が、更に伝奇物語を統一した源氏物語の如きものが生まれ来るべく、流れてゐる一筋の線を、認めうるでもあらう。たゞ、この記紀に於て、それは決して近代的文藝理論の達成を志したのではなく、無意識的な、実際的要求の中から出発してゐる事は云ふ迄もない。そうでなければ、こゝに原初を云々する事から覆らなければならなくなるのであるから。

私は今、八七、九〇、九一といふ三首の歌に、故意に触れないで来た。それは、こゝに次への発展の緒を求めたかったからに他ならない。試みに九〇の歌を擧げて見よう。

隠り國の　泊瀬の山の　大峡には　幡張り立て　さ小峡には　幡張り立て　大峡にし　汝がさだめる　思ひ妻　あはれ　槻弓の　伏る伏りも　梓弓　立てり立てりも　後も取り見る　思ひ妻　あはれ（記九〇）

これは本来二首であるべきものであるかもしれぬものである。たゞ九一の歌が「又歌曰」として書かれてゐるのが、この中には含まれてゐないといふのが表記上の歌の分ち方になってゐるに過ぎないのである。更に、同じ古事記を二代降って、朝倉宮（雄略天皇）の條には次のやうな歌を見る事が出来る。

日下部の　此方の山と　疊薦　平群の山の　此方此方の　山の峽に　立ち榮ゆる　葉広熊白檮
本には　入くみ竹生ひ　末べには　たしみ竹生ひ　いくみ竹　入籠は寝ず　たしみ竹　慥には率寝ず　後も籠み寝む　その思妻　あはれ（記九二）

例へば物語歌といふものとか、「事の語り言も是をば」といふ末尾を有する歌謠とか、更に第一章に於ても述べたやうな発想、言葉遣ひの同一なるものとか、かゝる歌謠が一巻中に散在してゐる事は常識的に云はれる事である。こゝから物語歌なるものが一定年代に起ってゐる事も見られるのであるが、こういったものは史的にも又空間的にも一定の共通性を必要とするものであって、決して個人の詠嘆である事はない。類型をもった歌体からは、ある一つの原生歌謠があって、それが時と處によって変化していったり、補はれていったりした事は十分考へうる事である。これは全く個人を乖離した、民衆の操作であるに他ならない。それが個人の行爲の中に記されてゐるといふ事は、取りも直さず、民謠の範囲に属するものすら、こうした記述と結合してゆく実例である。かゝる煩雑な説明を最も力強く助長してくれるのは古事記中巻、白檮原宮條の弟宇迦斯の大饗を賜った時の歌である（註一〇）。

疊々《ええ》（音引）　志夜胡志夜《しやこしや》　此は伊碁能布曽《いごのふぞ》
阿々《ああ》（音引）　志夜胡志夜　此は嘲咲者也

といふ末尾は（古来疑問とされてゐるものであるが）、一種の掛声とか音頭とか、口拍子とかいった類ひのものでもあらう。歌謠そのものも、素朴な、善意に満ちた諧調が民衆の生活を彷彿せしめるものである。到底、神武天皇の御製であるとは信じ難い。

文藝起源説に説かれるものには、その発生の場として勞働がある。そして同じく戦争がある。前述が勞働に結びついてゐる、文藝の最初のものであるとすれば、同じやうな経路によって、戦歌も當然、こうした古事記敍述の行爲の中に結びついて来る。

みつみつし　久米の子らが（頭椎　石椎以ち）
撃ちてし止まむ
みつみつし　久米の子らが（頭椎　石椎以ち）
今撃たば善らし（記一一）

満々し　久米の子らが（栗生には……其根芽繋ぎて）
撃ちてし止まむ（記一二）

満々し　久米の子らが（垣下に……吾は忘れじ）
撃ちてし止まむ（記一三）

（神風の　伊勢の海の……蔓延廻り）
撃ちてしやまむ（記一四）

これらは記述された様に、單に「土蜘蛛を打たむとする」時のみの、「然後、登美毘古を撃ち給はむと爲し時」のみの歌《おほみうた》ではない。久米部が何時からか伝誦した、戦の時の歌であるに相違ない。

かくて、民謠、広く歌はれた歌が插入されて歌物語形態を爲してゐるものには、中巻訶志比の宮の條、大御酒獻らしき時の贈答二首を含むものと、同じく明の宮の條、豊明聞しめす日の贈答四首、國主らの歌一首、更に伎を爲しての歌一首計六首を含むものがそのニュアンスを伝へてゐる。前者は「此は酒楽の歌なり」とし、後者は「此の歌は國主等、大贄獻る時々、恒に、今に至るまで、詠ふ歌なり」と記されてゐるものである。

前者には二首とも、

　　涸さず飲せ　さゝ
　転楽し、　さゝ

といふ囃子を有してゐる。そして前の贈の一首（四〇、神功皇后歌）と、後の答の一首（四一、建内宿禰歌）とは全く空気の異った、そぐはぬものである。前の歌は宗教的であり信仰的であるが、後の歌は享楽的であり、生活的である。蓋し、行はれた環境を別にする酒楽の歌であるのであらう。その区別のまゝ御歌と、奏上歌とに記されたのではあるまいか（註一一）。

　後者の場合はどうであらうか。この場合前者の場合程單純でないのは、この場合には「今に至るまで詠ふ」四九の歌と四四以下の五首を区別してある事である。即ち、前五首が既にこの時には伝誦の歌であって、発生の経過を失ってゐたのである。四九の歌は現在酒宴の中に生存してゐるのである。そしてこの前者と後者を繋ぐものは四八の歌が四九と同じ吉野の國主によって爲されたといふ事である。内容を伝って吉野國主へ、吉野國主を伝って酒歌へ、そして天皇の豊明宴と結びつけようとするのである。全体としての敍述の統一は些かもないものでしかない（註一二）。

　歌謠敍述の記紀時代の形相として、かやうな民謠、謠物の、特定な人物の特定な行爲への結合がある。これは極めて不自然なものであるけれども、万葉集に見られる、次代の継承は、伝として必ず物語をもってゐる。その物語は、決してかゝる王事ではないけれども、個人の恋愛事件の敍述にしろ、當時の抒情時代には、古代の神、天皇讃美と全く同じの関心をもったものなのである。この中に質的な差を認める事は出来ない。かういった点から、この記紀の敍事抒情の形態が根本として存在するのである。もう数語を重ねるならば、こゝに前述、詳かにしないとした、仁徳天皇と大后の贈答（註五参照）は、同じく民謡と見たいのである。大后の歌（五八）を、今、下巻、朝倉宮の條、やはり大后の歌（一〇二）と比較してみると、

継苗生や　山代川を　川上り　吾が上れば　河の辺に　生ひ立てる　烏草樹を　さしぶの木　其が下に　生ひ立てる　葉広　五百箇眞椿　其の花の　照り坐し　其が葉の　広り坐すは　大君ろかも
（記五八）

倭の　此の高市に　小高る　市の高處　新嘗屋に　生ひ立てる　葉広　五百箇眞椿　其が葉の　広り坐し　其の花の照り坐す　高光る　日の御子に
豊御酒　獻らせ　事の　語り言も　是をば
（記一〇二）

かゝる結果を得るのである。民族的な歌謡である他はない。記、紀両書が全く同一に作者を推すものであるのだが。

又、前述の四九の歌の如く、編纂當時に歌はれてゐる、いはゞ祭典歌の如きものは他には、やはり特定な情景を与へられて歴史伝説と結びつけられてゐる。これは記述が先行して、かゝる故に現在かうであるといふ結合の仕方と、現在残されてゐるものから、これはかゝる由来をもつものであると記述――唇や頭の中で――化される仕方と両方が存在するであらう。私は、古事記の編者、及び彼に伝へた古老が、前者であると、後者によって書きあげたのであらうと思ふ。一つの現在が貴重である爲には、その権威づけが必要である。彼はそれを神に求めた。神を宿すものは歴史である。こゝに何時からか、かゝる神格をもった歌謡が出来て来る。彼らはそれを信じて疑はない。その中にかゝる由来をもつものであるといふ記述が、つまり後者が爲されて来るのである。それが、これら祭典歌を記す古事記である。古事記中巻、日代宮の條、小碓命の歿後に后たちが歌ふものがそれである（註一三）。

是の四歌は、皆、その御葬に歌ひたりき。故、今に、其の歌は、天皇の大御葬に歌ふなり。

こうして記された四首の歌は、全く挽歌には適はしくないものである。三五の歌はよしんばそれが古代信仰の中にある諷諫とか、神託とか、暗示とかに類するものであるとしても、葬に到る迄には幾度もの変転が求められるであらう。又、白鳥は英雄説話に必須の神秘なのであるが、それを記述して后たちの身上をふり返って、三六、三七の歌は落着くものである。三八の歌も同様である。

結局最後の一行を肯定する爲には、前述のやうな考へしか存在しなくなる。そして、この敍述が英てはならない事を思へば、こうも想像される。偉大なる武の具顕者であり、荒ぶるどもを平げては虐げられた民を救ふ善政者であり、そして悲劇の短い生涯を終った倭建命といふ伝説上の人物が、慕はれる事は余りにも大きかったのであらうかと、忽ちの間に伝説化され、語り承げられる事は余りにも華々しかったのであらうかと。そして全く根據もない「后たちの嘆きの歌」が、命に永遠につらなる思慕の下に、挽歌として歌はれつゞけて来たのであらうかと。

もしそうであるとすれば、「伝説の歌」といふものが、例へばこの條の如き系列に発する事はその確率を大きくしてくるやうである。とまれ、古代に於ける、歌の敍述結合による物語点出の一形である点を述べたい。

以上王事に関するものを見て来たが、第二として、かゝるものに関係ない、單なる民間伝承の中にある、この形態を考察したい。この中に考へられるものは風土記的な、古老伝承が最も本来に叶ったものであるが、例へその伝承が王事との結合の中に語られてゐるものであるにしても、伝承経路として民間にあるのが適しいもの、そう伝承されたに違ひなく、その中に描かれてゐる天皇は、事の発端をその天皇物語の中に説き起して一種の親しみの中に民間伝承されたもの、そういふ類のものもこの第二に含まれるやうな場合であると考へる。例へば神婚説話の如きものを擧げると、この中に神、現身神が存在する事は決してその行爲として、歴史伝説の観念に語られるものではないのである。神、それは現実と相対の存在として考へられる。かゝる一つの設定に過ぎない。それは人間世界の果にあって、或は、そこに到達する事も可能でなくはないといふ思想を附与されてゐるものである。これは敢く迄も人間の民衆性と共に生滅するのである。第一の場合として述べたやうな歴史伝説の中の王事とは、全く別個内容のものである。これは神婚説話のみならず地名伝説などにあっても同様である。第二の場合としては、従って多分に風土記的な性格をもつ敍述が考へられるのである。その風土的敍述の場合とでも云ひうるであらうか。無論風土記にも例証したいと思ふ。

この第一のものとしては、古事記には全く珍らしいのであるが、地誌に類すべきものの伝承とその後日譚の如き形を記した條があげうる。下巻、高津宮の最終の敍述である。この内容は一本の非常に高い木があって、それを船に造った處が甚だ速く、これによって淡道島の寒水を酌んでは獻ったといふ第一話と、その破壊したもので塩を焼き、残木で琴を造った處、その音が七里の遠くに迄鳴り響いた、といふ第二話と、そこで歌ったといふ歌謡一首とから成ってゐる。特に第二話と歌謡との関係に於て、これは歌物語の形態を示してゐる（註一四）。

この、完全に他と独立した一插話がこゝに見られるやうになったのは、大御水を獻ったといふ一事の故であらう。然し話そのものを考える場合には、船と関係なく、この地方から清水を獻ってゐた事が伝へられてゐたか、非常な高樹巨樹が珍物として獻上されるか、非常に速度の出る巨船を造って獻ったか（木を主とした場合、清水を主とした場合の前者に対して）の何れかであらう事が考へられる。又清白雉、和銅といった顯著なものを例として、地方の珍產を獻上する事は當時の風俗習慣である。この何れかの事実が、こゝに記された洌な泉や河川を朝廷の用水とする事も十分ありえた事である。この何れかの事実が、こゝに記されたやうな伝承となってゐた。従って、話は當然こゝで終らねばならない性質のものである。

第二話は、全々別個な伝承である。この話は古へに非常な名琴があって、七村にも響きわたるやうなものであったといふ、それ丈のものでなければならない。琴に靈威を附与して語り承ぐ事は、例へば宇津保物語にも見られる處で、平安時代に到っては数多く語られてゐるものである。第二話はこの靈琴伝誦にすぎない。それを第一話と結びつけるものが次の歌謠である。この歌謠が散文敍述と同存在に語られたものでは無くて、話と別に歌謠が存在して来たものである事は「爾、歌曰」といふ記述の中に、編者自らが示してゐる。だからこういふ歌があるのだと、そういふ順序なのである。何故こういふ結び付け、納得が行はれたのであらうか。この爲に第一話の船の名を枯野とし、第二話の琴の由来を歌謠のそれの如くしつらへて来るのである。

従って、この敍述様式は全く歌の由来所伝を述べるといふ方向をとってゐるのであり、か丶る書き改めも可能なものである。歌謠と事件敍述が、伝承の中に結びついて記された一例である。

次に地名起源伝説の中に見られる敍述を考へたい。地名の由来は比較的普遍性ある興味であるので、古代記述の中には必ず現はれるものであるが、記紀、又は風土記などに見られるそれは、文書の性格と、時代性から何らかの形で天皇と結びついてゐる。天皇を中心とする古代國家形成の時であり、何れも勅撰の成立を示してゐるからである。地名はおほむね天皇を中心に由来してゐるか、由来する一説をもってゐるかしてゐる。逆の方向から考へれば、これは土地に対する民衆の愛着が生んだ一つの信仰でもあったのであらうか。燒津といひ、杖衝坂といふ、それである。倭建命の條にか丶る地名由来が数多く記されてゐるのも、その因の一端を担ふものに他ならない（註一五）。

この場合、この燒津とか當藝などの如く、天皇（皇子）の行動に由来する時と、その言葉に由来する時とがある。そして當藝の如く平敍の会話は、上代の歌謠会話によって當然歌謠に由来する場合を招来する（註一六）。この時に成立するのが地名起源に関する歌謠敍述形態である。

古事記に於て、これが見られるのは、阿岐豆野《あきづぬ》とか、金鉏《かなすき》の岡などである。何れも下巻、朝倉宮條に見えるものであるが、他の、例へば上述の倭建命の場合と異って、行動の敍述に地名の由来が含まれるのではなくて、單独に地名由来を目的とした一段である点、一つの纏った敍事歌謠結合の物語となってゐる。歌謠を擧げると、

故、其の時よりぞ、其の野を阿岐豆野とは謂ひける。

故、其の岡を、金鉏の岡とぞ謂ひける。

といふ敍述をとるのである。又こゝでも、この歌謠（註一七）が問題にならねばならぬのであるが、阿岐豆野にしても、これを天皇が即詠したものとは受取り難い。明らかに口誦性のあるもので、内容的には民衆のもってゐた、一種の祝歌の如きものである。國號を意識して、それを稱へる事は、中にこめられた誇りと、生活の安楽を、王威の伸展をことほぐ事につらなる。この歌は蓋しかゝるものであらう。この歌自体の中に事実の説明があるのであって、物語歌の色彩も濃く、一人の詠誦ではない。

語句的には天皇の自稱として「吾が大君」といふ事が問題になるであらう。勿論自稱である場合もありうるのであるが、この場合は歌謠の発達史的に見て三人稱ととるべきであらう。又、金鉏の岡も、敍述が立証される歌謠内容を有してゐない。特設のこの事件を承知させようとしない。素朴な民俗の中にあった求婚の、或は婚《よば》ひ風習の中の嬥歌の歌である方がより自然ではないだらうか。恐らく、鉏を「耕」と「誅」にかけた暗喩の意味に、天皇と結びつけられていったのであらう。

かゝる不自然を犯して迄、歌謠が事件と結びつき、物語を形作ってゆくのは、一半には前述したやうな地名の特殊性があったにしても、そうせしめた必然を、日本古代の精神風土の中に求めてゆかなければならぬであらう。完全には神を離反しえない形であっても、信仰の感情の中に棲んでゐたとしても、かゝる方法論に物語を形成する事は、一つの本然であったかもしれないのである。かゝる物語はそういった本然から出発してゐるとも云へるのである。

伝誦物語系統の最後に、神婚説話を見てみたい。神婚説話は説話類型としては重要な分野をもつものであるが、結局神と人との間に行はれる交流が恋愛事件を通して語られるもので、多く化身の形をとって神が現はれる。そしてこれが所謂神である場合も、動物神である場合もある。又男女何れを神とするかといふ事も附属して来るが、説話文藝は別項に述べる處にとゞめる。抒情敍述の結合はかゝるものの中にも又行はれてゐるのを見るのである。

古事記に於ては、火遠理命と豊玉毘賣命との間の事件にみられるものなどその一例である。これは所謂海幸山幸神話として余りにも有名なものであるが、歌謠は最も末尾に贈答されてゐる。この説話は火照命との関係に於て、所謂末子説話をもち、海へ入りゆき海神の姫と邂逅する事に於て浦島伝説の類型をもち、二玉を与へて兄命に対せしめるところに、所謂勧善懲悪説話を彷徨せしめて、極めて典型的な説話と云へるものであるが、か丶る敍述をとって来て、歌謡物語の部分に於ては、海宮の目合から必然づけた出産に託して、豊玉毘賣命の正体が動物であった事を知らしめ、話を結んでゐる。動物であった事は、茨城の里の努賀毗咩が蛇を生んだといふ説話（常陸風土記。註一八）と同一であり、正体を見られて以来逢はうとせず、火遠理命の恋を空しくした結末は、竹取物語などに結婚を果さずして還ってゆく件を類推せしめるものである。そして、その後に於て歌の贈答を爲してゐる事が、他と異なる處であり、古事記の記述統一の中に入ってゐる説話の所以たる事を知りうるものである（註一九）。

この問題を更に発展させるならば、神仙説話である、鵜葺草葺不合命の誕生迄の話は、こ丶で切断されてもよいのである。文藝質的に見るならば、こ丶に著しい相違が嗅ぎつけうる。前半は神仙の世界への憧れの物語であり、出生の情景は神と人の歩み寄ってゆかうとする一つの割り切れない世界、つまり神婚説話の物語であるが、こ丶から贈答を中心とする記述は頗る人間的な情感を漂はせてゐる。この筋の運び方がそうせしめるのが一つ、贈答の内容が極めて通俗的である事が一つ、これらがその原因として考へられるであらう。そしてこれにも関連して、もう一つの例を風土記から抽いてみたい。

肥前國風土記、褶振の峯の條には、やはり、歌謡一首を持った神婚説話が記されてゐる（註二〇）。夫を任那に送った直後、夜来て曉に帰る、夫に似た男があった女が、それを怪しんで、襴にかけた麻を辿ってゆくと沼の辺に出て、蛇が寝てゐた。人に化《な》って、女に歌ひかける。従女が家に帰り告げ再び来てみると共に亡んでゐたといふのである。記述は、沼の底の骨を女と定めて拾ひ作った墓が今あるといふ事を目的とするのであるが、今これを説話としてみる場合、前の古事記のそれと同じ動物神婚説話である。そしてその中に収められてゐる歌謡も、他と些かの不均衡も感じさせない。この場合には、歌謡が單なる蛇神の言葉として記され、全篇の構成が唯一のものである点、前者と異るのである。前者は歌謡が抒情的背景の設定の中に殊更に抒情を強調する贈答であり、前述したやうに全篇が複雑した説話の断片をもってゐるので、この点の比較が感じられるのである。

この比較の中に古事記の抒情性を見なければならない。恐らく、それは撰者一個の趣味でも、夫々の存在する、都鄙、文人民衆といった区別でもないであらう。古事記敍述、説話、この双方そのものの相違でしかないのである。万葉集の有する神仙説話は、例へば仙柘枝の如き、竹取翁の如きもので、説話の流れを承けてゐるにすぎぬといふものである。説話が抒情へ流れてゆく時の古事記の位置は、こうした、神婚説話そのまゝを記した風土伝誦と対比させてみる時、明瞭となるのである。こゝに以上の古事記各相の歌謡物語を詳かく當って来た一々が、結びつけられて考へられるであらう。

以上、所謂歌謡物語の一々について、それが、発生的に併存してゐるのではなくて、後に伝誦が、又筆が結合せしめた事を述べたが、然らば、現在問題になってゐる古事記の抒情性といふ問題をめぐって、如何なる歌体の結合が、如何なる抒情の濃度を得せしめるであらうかといふ事は突然考へ合はせられるのである。もしそれが実証を十分得る事があるとすれば、古事記各篇の成立が、時代的な階列の中に眺められるのである。

古事記に含まれるものは所謂、記紀歌謡であって、短詩ではない民衆的な歌謡を本来とする。以上に私が扱って来たのも、歌謡が大半であった。そして、目をこれらから飜して、少数の、短歌を含む物語敍述について以後見てみたいと思ふ。実を云へば、これらが著しく異った印象を物語全体に与へてゐるので、故意に避けて来たものでもある。

下巻、高津宮條に、吉備國に行幸し、菘菜を摘んだ時の歌が記されてゐる（註二一）。

山方に　蒔ける菘菜も　吉備人と　共にし摘めば　楽しくもあるか（記五五）

又、仝じ條に速總別王が女鳥王と逃げる時の歌を見ると、

梯立の　倉椅山を　嶮しみと　岩掻き不得て　吾が手取らすも（記七〇）

梯立の　倉椅山は　嶮しけど　妹と登れば　嶮しくもあらず（記七一）

更に仝巻若桜宮條に、天皇が波邇賦坂にて詠んだといふ歌は次の如くである。

埴生坂　吾が立ち見れば　炫火の　燃ゆる家群　妻が家の辺（記七七）

三場、四首の歌であるが、何れも抒情歌である。これに附与されてゐる敍述は何れも極めて簡単なもので、説話と結合してゐた場合のやうな複雑さは無い。背景から云ふならば五五の歌はそのまゝ事実としても首肯出来るものであるが、以下三首は疑問が否定出来ない。

これらは歌のみについて見て、全く、他の記紀歌謡とはかけ離れて藝術性を獲得してゐるものである。七七のそれは到底記紀時代の作とは信じ難い程の圧巻である。これらについて考へる事は、極度に制作時代が下らなければならぬといふ事である。純粋な抒情詩である点、抒情詩が既に個人に帰してゐる事を云はねばならぬし、一般的に云っての抒情詩の後れた発生からも符合する事である。従って五五の歌は事実そのものの時よりも、後らせねばならぬ事が云ひうるであらう。七〇の歌は、万葉集中に類歌を見るのであるが、

霰零り吉志美が高嶺を険しみと草取可奈和妹が手を取る（巻3　三八五）

この歌は「仙柘枝の歌」と題があり、明らかに時代の上ったものであり、且つ左註して「或は云ふ、吉野人味稲の柘枝仙媛に与へし歌なりと。但、柘枝伝を見るに、此の歌あることなし」と疑問を附せられてゐるのは、誤伝される程の口誦流動を見なければならぬのである。かく七〇、七一は背景を信

ずる事は出来ぬが、同時にそれが、記紀時代の最終の歌謠の姿を見せてゐる、抒情歌と考へられるのである。

かく、抒情歌をもつ記紀物語断片は時代を、他の場合より下ったものの姿を示してゐると云へよう。無論、撰に着手したのは可成りな以前であるが、出来上ったのはとも角も、七一二年であるので、万葉は既に第三期に入ってゐる。万葉時代の抒情歌が結び付く事もないとは云へぬであらう。それはそれで構はぬのであり、この抒情歌物語が、他の前掲歌謠物語より、後れた姿を見せてさへくれゝば十分なのである。万葉集の由緣歌は多く恋愛事件の短歌であるが、その内容を歴史伝説に置き代へるにしろ、そこへ流れてゆこうとする、中間の姿である。前提とした言葉を拾って云へば、抒情的濃さをふかめて濡れまさっていってゐるのである。

記紀時代の斷形態の最後に、敍景歌物語ともいふべきものを見てみたいと思ふ。例へば、古事記中巻、明宮條にそれは拾ふことが出来る。

一時、天皇、近淡海の國に、越え幸でます時、宇遲野の上に、御立たして、葛野を望けまして、歌曰けらく、

千葉の　葛野を見れば　百千足る　家庭も見ゆ　國の秀も見ゆ

背景敍述も簡單なもので、不自然な結合を感ずる事は出来ないが、この年代とか潮流の位相とかは

如何に推考されてゆくべきであらうか。人間の詩表現の一般的な経過に従ふならば、敍景歌といふものは詠嘆や抒情より後代の詩である。これは屢々前述したものであるので、此處ではその煩を避けたいと思ふが、例へば万葉集に於ても、この確立は第三期に入って、赤人の出現を俟たなければならない。第三期の、詩性が徽密な分析を持つ中に、その達成は得られるものである。この点から云へば、前述抒情歌物語より、この敍景歌物語は年代を下るべきものであらう。

然し、今この一首を例にとって見ても、前掲抒情歌に果されてゐるやうな文藝性は、尚未だしといふ感を抱くのである。万葉集第一期の抒情歌がきはやかに放ってゐる、素朴な、清明な自然へ、なだれ込んでゆこうとする明るさが、前掲の抒情歌にはあった。然し、この歌には、それよりは反って、澱んだ、伸びきらうとしない、藝術以前のものを感ずるのである。千葉の、百千足る、こういった語法は、明らかに、古い。家庭も見ゆ、國の秀も見ゆ、これらの発想が、どうして、炫火の燃ゆる家群妻が家のあたりといふ発想に打勝ち得よう。

此處に、廻り道をしながら目指してゐた結論を書きうるやうになる。つまり、この敍景歌が、万葉集的敍景歌でないといふ事なのである。

古事記、日代宮條に、小碓命の歌と伝へられる、所謂思國歌がある。「倭は　國の眞秀ろ　疊付く青垣山隱れる　倭し美はし」といふのである。そして、この歌は同時に日本書紀に於ては景行天皇の御製と伝へてゐる。「野中の大石に陟りて、京都を憶びて」歌はれたものであると記してゐる（註二二）。

これと場合を同じくするものが、今の歌にも考へられぬであらうか。この歌も、書紀は同じように記してゐる。六年春二月の事実として（註二三）。この発想の類似からして、この応神天皇の御製も、所謂思國歌の一つの如きものである。つまり、抒情詩に対比しうる敍景歌ではなくて、日本古来から、半ば民謡的に歌ひならされて来た、大和讃歌の変形である、かゝる系列に連なるものなのであらう。従って、この中に前述抒情詩に試みられたやうな年代性は空しい事なのである。

以上記紀時代における歌物語形態、歌謡と敍述との結合物語を王事に関するもの、又民間伝誦のもの両面の幾つかに亙って見て来たが、それらは大体異った存在の二者結合であるにしても、この無意識の方法による構成が、それ丈強硬に行はれて来た事に、この形態の出発の意義を認めうるのである。そして、これが殆ど總ゆる散文事件に対して行はれてゐるが、段々整理されてゆく過程が、抒情性の増大の中に見られる。傍系としてこの形態は由縁歌などに残されてゆくが、万葉集に到る過程は悉くが抒情の洗礼をあびて、歴史伝説が懷古の抒情の中に、神仙説話が抒情物語の創造の中に、そして形態の残りとみられる由縁歌は素材を、唯一恋愛伝説に限定して生き長らへてゆく。記紀のそれの中から形態内容両面の、何が、如何に、万葉集時代へ移行してゆくかは、更に万葉集の一々の上に果されなければならない。

由縁歌を収める万葉集巻十六は、長歌七首、短歌九十二首、旋頭歌四首、佛足石歌一首計百四首から成ってゐる。この歌数は非常に少く、全二十巻中、巻一の八十四首に次ぐものであるが、こゝに第一の問題がある。即ち、一巻を形成せしめるには数少いにもかゝはらず、巻十六を「由縁ある幷に雑の歌」の集成に當てゝゐる事は、こゝに働く文藝観を示してゐるのである。少くとも、特別な扱ひをしてゐるのである。これは屢々前述したやうに記紀の自然発生的表現から、万葉時代に文藝表現へ移ってゆく、その過程を示してゐる。此の場合で云へば和歌が文藝として人々の間に存してゐる前提の中に、かゝる時に詠まれた歌であると語り伝へられてゐる和歌は、特別のものであった。それをこの数少い、「由縁ある幷に雑の歌」の巻の形成から教へられるのである。従って、由縁歌は、記紀から万葉文藝確立の流れの中に、その中間の形を知るものとして大きな意義をもって来る。たま〳〵、歌と敍述が結合した体をもつので、こゝに述べるのであるが、広い一般の上代歌謡の変遷を、演繹しうるものでもあらう。

由縁歌の占めてゐる時代は、主として明日香淨御原朝廷から藤原朝廷を経て、奈良朝廷に及んでゐる。従って万葉第一期の終末から第二期を含んで第三期の當初に亙ってゐる。正に万葉集がその完成を得ようとする、その夜明け前の姿である。この時代を窪田空穂氏は「清御原朝に次ぐ藤原朝時代は、國粋を尊重した、敬神の念の深い時代であった」（『万葉集評釈』巻十六概説）と述べてをられる。天武天皇から持統、文武に到る時代であり、この中に律令撰定などを持つ、所謂復古政治が行はれた事は既に概観したところである。そして、かゝる律令政治の黎明が庶民の生活の安定に及ぼうとするとき、天皇を中心とした権威の絶対化、神化は當然考へられるのである。従って、氏の云はれる「敬神の念の深い」といふ事は、直接的に記紀時代の信仰につながるものであるとは、元より思はれない。その作品の中に、神を崇め、國家信仰を讃へた人麻呂も、明らかに伝統、歴史の残像を見せてゐるのである。自然畏怖を出発する信仰ではなくて、生活の中に内面化した神の姿を認めなければならない。その推移を知るものは、一方の性情を名づけるべき、文藝意識といふものである。これがこの時代に、擡頭しようとしつゝ、その用意を整へてゐる事は、巻十六中に例証しうる事でもあり、由縁歌の編集自身の示す事でもあり、更に前述した、万葉詩性創造の第三期へ、移らむとする姿であるといふ、それでもある。由縁歌は、この信仰の変革と、文藝意識の擡頭と、又、漸く一般化しようとしてゐた佛教思想との三巴の上になり立ってゐるのである。それらが絡み合い乍ら、少しづゝ移ってゆく、その変化を見せてゐるのである。内容の上から云ふと「乞食者の詠二首」から、「竹取翁、偶九箇の神女に逢ひ、近く狎れし罪を贖ひて作れる歌一首幷に短歌」迄に、この推移は見る事が出来る。古代信仰の時代的変化である。そして、文藝意識は、正鵠なそれではなく、その余裕性、意識性の面から、遊戯の歌の発生に考へる事が出来る。長意吉麻呂の歌をその代表とするものである。更に、上掲、窪田空穂氏の論は、「夫君に恋ふる歌一首幷に短歌」の「右伝云」が、歌——反歌は、或本の反歌に曰く、といふ一首を有してゐる——と相異する点を擧げ（註二四）、哀切極りない長歌が、自然に伝説背景を持たせられたものとし、この時代の物語要求を結論してをられる。これを信ずればこの中には正しい文藝性の曙光が感じられ、擧げられるのである。又、佛教思想といふのは、「世間の無常を厭へる歌二首。右の歌二首は、河原寺の佛堂の裡に、倭琴の面に在り」（及、後続の二首）といふのに見る事が出来るが、竹取翁の長歌に鋭く対比して述べられてゐる思想の中にも、もっと作者に取入れられた形で見る事の出来るものである。

次にこれら「由縁歌」百四首は内容とするものの上から大体次の六つに大別する事が出来る。第一は敍述が恋愛事件を述べてゐるもので、これは詳しい恋愛の所伝と、單なる題詞をもつものと二種あるが、歌数は二十首を数へる事が出来る。第二には宴の歌を擧げる事が出来る。巻中十首を見るが、酒の歌にも関聯して、酒宴を張ったときに歌ったとするものである。以上第一第二は、文藝起源に求められる、発生母胎たる場合であり、先代の文藝が多く行はれた場合である。第三に見られるものは僅か四首であるが、思想歌、観念歌の類である。これは前述した如く、佛教的内容をもったものであり、伝も、佛堂の倭琴に在ったと記されてゐるものなどである。又、伝説説話系統に考へられるべき歌を第四として見る。これは、神仙説話の流れとも云ふべきものと、多分に記紀と内容的類似を有する、皇室信仰の歌と、更に歴史伝説を附加されてゐるものとである。その歌数は二十四首である。又第五として前述したやうな遊戯歌があげられ、これは巻中三十一首と最も多きを数へるが、嗤ひ歌、戯咲歌などがそれである。他の多くが、伝説されたものであり、作者を離れたものであるが、これは長忌寸意吉麻呂といふ、この中に生存する作家なども持つものである。諧謔のものもあるが多く、他人を嗤ひ、誇る歌及それに応へる歌であり、歌中に種々な物を詠み込んで作るといった歌である。表現が遊興の具として用ゐられるやうになった事は、文藝としての邪な成立である事は既に述べた。最後に第六として地方の歌が擧げられる。これは先に第二に含ましめた「筑前國志賀の白水郎の歌十首」(伝憶良作)に類せられて、各地の白水郎の歌を始めとする地方民の歌が収められたものであらう。従って、内容による前五つの分類とは区別しなければならぬが、由縁歌たる巻十六としても附随的な感じをもち、恐らく編者自身の態度も、そういったものであったと思はれる。内容としては、第五の遊戯歌の如きもの（三八七八等）もあり、殆どが恋の歌である。この歌数は十五首である。

以上六つの分類の中、観念歌は、現在の考察に直接の関係はなく、含まれてゐる時代思想は前述の如く竹取翁歌の中に触れたいので、これを除外したい。又遊戯歌も、必要と思はれる文藝性は既に述べたのでこれ又、考察の対象ではない。地方歌、民謡も、同様であり、總じて残りの五十四首が私の論述の要求を滿してくれるもので、これを検討したいと思ふのである。

先づ相聞の歌であるが、單に「右の歌は二首」とのみ記された、遊戯歌の如き趣に走ってゐる二首（三八五八、三八五九）と「夢の裡に作れる歌一首」（三八四八）を除いた十七首は、一人の處女に何人かの壮士が云ひよって、處女が身を果敢なくしたといふ、広い伝誦地域を想像せしめるやうなものや、男への恨み、嘆かひ、父母への思慮等であるが、何れも特定の人名を有さず、これと、氏名を明らかにするものとの差が先づ考へられる。前者の場合は、例へば眞間手児奈のそれの如く、菟原處女の如く、美女への憧憬と、神秘性、夢幻性の中に歌を生かそうとしてゐるものである。この操作の中には敍述事件が大きく役割を持ち、抒情歌が大きく感情を魅かうとしてゐる。歌物語への前駆といへるものであらう。三七八六、三七八七―三八九〇などがそれである（註二五）。又、三八〇四、三八〇五の如き、王事に結びつけられてゐるものは、前例の如き事件の神秘性による広い共感はもたなかったらうが、これが多くの類型をもって、神話的に承けつがれてゐるのに対し、記紀のそれの裏返しの敍述として、同様、この流れの上に意図をもつものである。これをもっと明瞭な形に表はしたもののが、氏名を明らかに伝記してゐるものであらう。三八五七のものがそれであるが、佐為王（註二六）の関係事件として描かれた、民間の生活である。内容的に民衆を主体とする事は広く、この時代への推移として認めうるが、この裏返しは前型と同様であり、王名を明記する事は記紀のそれに一歩近い。前者より未だ歴史の中に留まってゐる事が考へられるであらう。尚、他の姓名を忘却し、事実を離れた相聞歌物語は、些かな事件を記して、その歌が意味をもって贈答されなどしてゐるもので、この点は、大まかな歴史の主軸になるやうな敍述と結びついたものより、遙かに世話物的であり、前記處女伝説のやうな広さをもったものが民衆、民族の文藝であった点よりは遙かに個別的である。こゝに、個に帰してゆかうとする時代の流れを見る事が出来る。中國文藝史に、その立場を同じくする詩経に、三八〇六の歌と同じ内容のものがあるのもその経緯を似せるものであらう（註二七）。又、別敍述の結合は記紀の如き文獻の不安性もなく、必要性もなく、せいぜい誤伝を考へるのみなので、万葉にてはさして問題にならぬが、時代の歌物語要求から結合した例は前に擧げた通りである。

結局、第一の相聞由縁歌に於ては、民族的な神格美女伝説と、記紀と併行する観方に立つ民事の歴史伝説とを先代に承け、それらの事件が分化し、生活化していった歌物語の中に後代への緒をもってゐると考へられるのである。

次に宴歌を見ると、ある特定時の宴会に歌はれたと記すもの二首と、宴の時に特定人が「誦」ったと記すもの五首と、宴の時に命ぜられて歌ったと記すもの三首との三種類である。第一のものの一つは三八〇七、葛城王のものであるが、この敍述が歌の相聞的内容と一致せず、結合されたと見るべきもので、抒情歌をもつ記紀のそれと全く似通ったものである。又もう一つのものは歌垣系統のもので（三八〇八）、歌中に「小集楽」と歌ひ、左註に「衆集ひて野遊す」とある。當時、歌垣の遺風であったかして野に村民が集って遊んだ（風土記）ので、この中に行はれたものと見るべく、こゝにも民衆の中の歌物語を認めるのは相聞歌物語のそれと同様である。第二に同じ宴の歌で一様に「この歌を誦（吟詠）」ふと記されてゐるものを見る。この中穂積親王のもの（三八一六）、河村王のもの（三八一七、三八一八）と左註されてゐるものは明らかに民謡と思はれるもので、これが左註の由縁と結合する時に「誦ふ」といふ事を齎したのであらう。宴歌となる経路もこゝにあり、記紀時代の発生的宴歌の歌物語とは異るものである。又小鯛の王が宴居に琴をとって歌ったと記されるもの（三八一九、三八二〇）は内容的に民謡とは思はれず、琴歌として伝はったか、或は王の実際を記すものであったかもしれない。この歌はれた点が宴歌となったのであるが、前歌は巻十に一云として出たものであり（註二八）、後歌も含めて、その作者王の所伝を詳かにせぬ處から、その眞僞は疑はしく、現在の歌物語潮流を満足させてくれるものではない。たゞ「誦ふ」事は万葉期に数少いもので、こゝには年代の先行があるかもしれない。因みに、穂積親王は靈亀元年に薨じ、河村王は宝亀より延暦の人である。更に宴に命ぜられて作ったとするものは三八三七―三八三九の三首であるが、大舎人安倍朝臣子祖父のものは、戯歌であり、右兵衛のものが抒情味の溢れてゐるのに対してゐる。三八三七の場合は、結構を先代に承けてゐるものであるが、抒情的であり、後二首はこの時代流行の遊戯である点、その変遷を示してゐる。もし、この左註が正しければ、舎人親王の薨年、天平七年以前の、大体奈良朝初期、八世紀初頭をこの二首の年代として見る事が出来る。

結局、この宴歌の由縁歌を歌物語潮流から見ると、最初の二首を、夫々王事民事の中の記紀歌物語系列のものと見る事が出来、最後の例によって、これらが観念的な遊戯の色合ひを深くしていったところに、その行先を見る事が出来るのである。

最後に伝説説話系統の歌物語考察を爲したい。先づ歴史伝説と結合した形で擧げた「筑前國志賀の白水郎の歌十首」(三八六〇―三八六九)を見る。これは「伝」が作者を妻子等と憶良と二様に伝へてゐるもので、憶良説が有力なものである。もしそうだとすれば、完全な文藝意図の下にあるのであり、歌と散文を併せ記して、この事件の感動を伝へようとした事は、次代の歌物語を約束するものと考へられる。然し、無論この中には短歌が連作の形でもあり、敍述は可成り乾いたものであるので、歌の方を主眼としてゐる事は認めねばならない。憶良が長歌などにより、つまり歌をもって物語的感動を盛らうとした事が別の方面から注目されるのである。もし憶良でないとすると、この十首の歌とこの事件を、筑前の民が伝誦した事になり、上述の伝誦物語の記述と同一となる。が、今は憶良をとって、これを憶良の文藝活動の下にみた、連作歌物語とみたい。

次に「乞食者の詠二首」を考へたい(三八八五、三八八六)。乞食は謠物を戸口に立って歌ひ、食を得てゐたもので、この歌は神事に用ゐられた謠物であったのがかく用ゐられるやうになったのであらうと説かれてゐるが、左註では何れも「右の歌一首は、鹿(蟹)の爲に痛を述べて作れる」と爲してゐるもので、両者とも乞食者の創作である如く書かれてある。そしてこれを唯一の「由縁」とするのであるが、然しこの左註を信ずる事は乞食者との関係に於て困難である。やはり、乞食者などによって當時歌はれてゐたものであったらうと解したい。そして内容はやはり動物を天皇と結びつけた、古事記説話に見られるやうな單一型である。その食法を細々と敍すところに、生活化していった信仰と、文藝の民衆性があるのであるが、かゝる変化をうけた、動物説話の一種である。これは明るい、無邪気な印象をもったもので、上代の歌謠をそのまゝ伝へてゐる趣のものである（註二九）。これに対して、所謂竹取翁の歌（三七九一―三八〇二）を見てみると、民歌によって一老人の青春の追憶と老いの現在を嘆いてゐるのであるが、これが神仙たる九人の女子に逢って歌ふ迄の敍述と結びついてゐる處に、これが神仙説話を承けてゐる事が考へられる。そして、娘子らの和ふる歌九首を附して、この述懐がもつ観念への態度を語らしてゐる處に、かなり複雑したこの時代性と、文藝意図を認めるべきであらう。長歌は、窪田空穂氏によって、「誰が子ぞとや　思ほえてある」迄は粉本があって、これ以後老境を嘆いた創作が加へられたと云はれてゐるもので、大半を占める、その青春時代、即ち粉本のものの爲に何ら取り上げるやうなものではないが、これが不死の、絶対の神仙に語られ、神仙女の和へる態度が寫実的小説的な技巧をもって爲されてゐるところに、古代神仙説話への観念、佛教思想の投入を見る点、この潮流中の存在であらう。又この結構は、竹取翁を主人公とする一つの神仙説話の、當時の姿として考へられるところから、後代平安期に完成した所謂竹取物語へ到る經路を示してゐるであらう。

由縁歌に於ては、歴史伝説は連作といふ物語形成様相と合した形で爲され、動物説話は乞食者に伝はっていって、一般の謠物である「ほぎうた」の中にそのまゝ姿をとゞめ、神仙説話は観念の投影の中に見る事が出来る。そしてこの由緣歌に於ては未だ乏しい抒情性を神仙説話が獲得し、一方抒情詩と結合した歴史伝説が乏しい伝奇性を獲得して、次代の竹取物語は成立ってゆくであらう。

尚、伝説を扱った歌では、他に例へば浦島伝説などがやはり一種の神仙説話の継承として考へられるが、これは後述するやうに長歌の形式をとり、物語歌と稱せられる方向をとってゐる。これに反して短歌の形で看る事の出来るものに巻三、仙柘枝の歌三首（三八五—三八七）がある。同じ題材によって一寸触れると、この伝説は今は見る由もないが當時流行したものと云はれ（註三〇）、仙女が柘のさ枝に化身して吉野川を流れて来て、吉野人味稲の梁にかゝりその妻となったといふ伝説である。つまり竹取物語でいへばかぐや姫がそれであり、この方は人と婚し得なくなってゐるのは、久松博士の説かれる、後代による神人分離によるものである。然し、飜って、これの三首を見ると、何れも伝説内容を敍述しようとしたものではなく、仙媛伝説に関する抒情をうたったものに過ぎない。三八五の短歌は、これと関係さへないので山頂の歌垣の歌ともいはれるものである（註三一）。この古事記との類似は前述したところである。從って、やはり古代の諸伝説説話は概してかゝる歌物語や物語歌によって、保たれ継いだと見るべきであらう。

以上万葉集の由緣歌を、記紀歌謠物語形態の後に見て来たが、そのまゝの形で承けてゐるものが、宴歌などを通してみられ、同質のものとしては民事の伝承が記されてゐる。この民衆化の中に神仙的美女が親しい伝説の要素を濃くして語られてゐるが、これは同時に物語歌に於ても文藝化されてゐるものである。この美女伝説と関連する神仙説話は、物語的構成を俄かに帯びてくるが、それが観念的に組まれてゆくのがこの一つの特色である。

こういふ形に於て、抒情叙事の再交錯の中に、次代の歌物語形態が生れるのである。

●註一

或るものいへらく、倭武天皇、東の夷の國を巡狩りて、新治の県に幸過しし時、遣はしし國造、比那良珠の命、新に井を掘らしめしに、流泉淨く澄み、尤好愛しかりき。時に乗輿を停めて、水を翫び手を洗ひ給ひしかば、御衣の袖、泉に垂りて沾ぢぬ。便、袖を漬す義に依りて、此の國の名と爲せり。風俗の諺に曰はく、筑波の岳に黒雲挂り、衣袖漬の國と云ふ、是なり。

●註二

……秋九月庚午朔己卯、諸國に命して船舶を集へて兵甲を練らふ。……皇后則ち石を取りて腰に插みて祈ひて曰く云々……。冬十月己亥朔辛丑、和珥津より発ちたまふ。時に飛廉風を起し、陽侯浪を擧げ、海中の大魚悉に浮びて船を扶く。……時に隨船潮浪遠く國中に逮ちぬ。……今より以後、長く乾坤と與に、伏ひて飼部と爲らむ。(日本書紀、巻九、気長足姫尊、九年)

御軍を整へ、御船を連並めて、渡り幸ます時に、海原の魚ども、大きなる小さき、悉に、御船を負ひて渡りき。……其の御船の波瀾、新羅の國に、押し騰りて、……今より以後、天皇の御命の隨、御馬飼ひとして……天地の共与、無窮に、仕へ奉らむ。……石を取らして、御裳の腰に纒かして、……。

（古事記、中巻、訶志比の宮）

●註三

是歳六月倭女王卑彌呼……（魏志東夷伝）

倭以辛卯年米来海破百残□□新羅以爲民……（高句麗好大王碑）

●註四

廿二年春正月、天皇皇后に語りて曰く、八田皇女を納れて、將に妃と爲さむとす。時に皇后聴したまはず。爰に天皇歌よみして以て皇后に乞ひて曰く。……卅年秋九月乙卯朔乙丑、皇后紀國に遊行まして、熊野岬に到りて、……是に天皇皇后の在まさざるを伺ひて、八田皇女を娶りて宮中に納れたまふ。……天皇是に皇后の大に忿りたまふことを恨みたまへども、猶有恋思。（日本書紀、巻十一、大鷦鷯天皇）

磐姫皇后、天皇を思ほして御作歌四首

君が行け長くなりぬ山尋ね迎へか行かむ待ちにか待たむ（巻2　八五）

右の一首の歌は山上憶良の臣の類聚歌林に載す。

……

古事記に曰く、……此の時衣通王、恋慕に堪へずして追ひ往きし時の歌に曰く

君が行け長くなりぬ山たづの迎へを行かむ待つには待たじ（巻2　九〇）

……

右の一首は、古事記と類聚歌林と説く所同じからず。……因りて日本紀を檢ふるに曰く、……

（万葉集、巻二、相聞）

●註五

此の天皇と大后と御歌はしたる六歌（六歌は、志都歌の歌返なり。）

継苗生や　山代川を　川上り　吾が上れば　河のべに　生ひ立てる　烏草樹を　さしぶの木　其が下に　生ひ立てる　葉広　五百箇眞椿　其が花の　照り坐し　其が葉の　広り坐すは　大君ろかも

継苗生や　山代川を　宮上り　吾が上れば　青土よし　那良を過ぎ　小楯　倭を過ぎ　吾が見が欲し國は　葛城　高宮　吾家の辺

山代に　及け鳥山　及け及け　吾が愛し妻に　及き遇はむかも

御室の　其の高城なる　大猪子が腹　大猪子が　腹にある　肝向ふ　心をだにか　相思はずあらむ

継苗生　山代女の　木钁持ち　打ちし大根　根白の　白腕　纒かずけばこそ　知らずとも言はめ

継苗生　山代女の　木钁持ち　打ちし大根　清々に　汝が言へせこそ　打渡す　彌木榮え如す　来入

れ参来れ

●註六

歌謡は、記は十三首、紀は五首の歌をこの事件のものとして載せてゐる。この中、太子と穴穂皇子との戦ひが記にては軽大郎女を得た直後に、紀にては最後に描かれてゐる故、穴穂皇子と大前（小前）宿禰との歌二首が前後する。即ち、記の番号で云へば共通な歌が（記）七九、八二、八三、八四、八七と、（紀）七九、八七、八四、八二、八三となる。

●註七

足曳の　山田を佃り　山高み　下樋を走せ　下聘ひに　吾が聘ふ妹を　下泣きに　吾が泣く妻を
今日こそは　休く肌触れ（記七九）

小竹葉に　打つや霰の　慥々に　率寝てむ後は　人議ゆとも（記八〇）
愛はしと　眞寝し眞寝てば　刈薦の　乱れば乱れ　眞寝し眞寝てば（記八一）

●註八

天飛む　軽の嬢女　甚泣かば　人知りぬべし　波佐の山の　鳩の　下泣に泣け（記八四）
天飛む　軽嬢女　下々にも　倚り偃て行去れ　軽嬢女等（記八五）
天飛ぶ　鳥も使ぞ　鶴が音の　聞えむ時は　吾が名問はさね（記八六）

●註九

夏草の　阿比泥の浜の　蠣貝に　足踏ますな　明して行去れ（記八八）

君が行　月日長くなりぬ　山釿の　迎へを行かむ　待つには待たじ（記八九）

●註一〇

宇陀の　高城に　鴫羂張る　我が待つや　鴫は障らず　勇細し　鯨障る　前妻が魚乞はさば　立柧棱の　実のなけくを　幾許薄剝ね　後妻が　魚乞はさば　柃　実の多けくを　幾許薄剝ね（末尾）

●註一一

此の御酒は　我が御酒ならず　酒の首長　常世國に坐す　石立たす　少名御神の　神壽ぎ　壽ぎ狂ほし　豊壽ぎ　壽ぎ廻ほし　獻り来し　御酒ぞ　涸さず飲せ　ささ（記四〇）

此の御酒を　釀みけむ人は　其の鼓　臼に立てゝ　歌ひつゝ　釀みけれかも　舞ひつゝ　釀みけれかも　此の御酒の　御酒の　あやに　転楽し　ささ（記四一）

●註一二

いざ子等　野蒜摘みに　蒜摘みに　吾が行く道の　香細し　花橘は　上枝は　鳥居枯し　下枝は人取り枯し　三つ栗の　中つ枝の　莟　赤ら嬢子を　いさ誘ば　宜らしな（記四四）

水渟る　依網の池の　堰杙打ち　菱殻の　刺しける不知　蓴　延へけく不知　吾が心し　最痴にして　今ぞ悔しき（記四五）

道の後　古波陀嬢子を　神の如　聞えしかども　相枕纏く（記四六）

道の後　古波陀嬢子は　争はず　寝しくをしぞも　愛はしみ思ふ（記四七）

品陀の　日の御子　大雀　大雀　佩かせる大刀　本劍　末振ゆ　雪のす　枯らが下樹の　さやさや

（記四八）

白檮の生に　横臼を作り　横臼に　醸みし大御酒　美味に　聞し以ち食せ　吾が君（記四九）

●註一三

於是、倭に坐す后等、及御子等、諸々下到まして、御陵を作りて、其地の靡附き田に、匍匐廻りて、哭しつゝ、歌曰く

懐きの　田の稲幹に　稲幹に　蔓延廻ろふ　薢葛（記三五）

於是、八尋白智鳥に化りて、天に翔りて、浜に向きて、飛び行しぬ。爾、其の后及御子等、其地なる小竹の苅株に、御足傷破るれども、其の痛きをも忘れて、哭く哭く追ひいでましき。此の時の歌曰

浅小竹原　腰煩む　虚空は行かず　足よ行くな（記三六）

又、其の海塩に入りて、滞み行きまし、時の歌曰

海が行けば　腰煩む　大河原の　植草　海が　躊躇ふ（記三七）

又飛びて、基地の磯に居給へる時の歌曰

浜つ千鳥　浜よは行かず　磯伝ふ（記三八）

是の四歌は……　（古事記、中巻、日代宮）

●註一四

此の御世（仁徳天皇）に、菟寸河の西の方に、一高木ありけり。其の樹の影、旦日に當れば、淡道島に逮び、夕日に當れば、高安山を越えき。故、是の樹を切りて、船を造れるに、甚、捷く行く船に

ぞありける。時に、其の號を枯野とぞ謂ひける。故、是の船を以て、旦夕に、淡道島の寒泉を酌みて、大御水、獻りき。
茲の船、破壊れたる以て、塩を焼き、其の焼け遺れる木を取りて、琴に作りたりしに、其の音、七里に響えたりき。爾、歌曰
枯野を　塩に焼き　其が余り　琴に造り　掻き彈くや　由良の門の　門中の　海石に　振れ立つ
浸漬の木の　亮々
此は、志都歌の歌返なり。

●註一五
其の國造等を、皆切り滅し、即ち火を著けて、焼き給ひき。故其地をば、今に焼津とぞ謂ふ。（古事記、中巻、日代宮）

●註一六
甚く疲れませるによりて、御杖を衝かして、稍に、歩みましき。故、其地を杖衝坂と謂ふ。（仝右）
「吾が心、恒は虚空よりも翔り行かむと念ひつるを、今、吾が足、得歩まず、舵《たぎし》の形に成れり」とぞ語り給ひける。故、其地を當藝と謂ふ。（仝右）

●註一七
――阿岐豆野――
即ち、阿岐豆野に幸でまして、御獵せす時に、天皇、御呉床に坐しましけるに、蜘、御腕を咋ひけ

るを、蜻蛉来て、其の蝈を咋ひて、飛び去にき。於是、御歌作し給へる、其の歌曰

御吉野の　袁牟漏賀岳に　猪鹿伏すと　誰れぞ　大前に　申す　安見しし　吾が大君の　猪鹿待つと　呉床に座まし　白服の　袖着具ふ　手腓に　虻搔き著き　其の虻を　蜻蛉速咋ひ　此の如名に負はむと　虚見つ　倭の國を　蜻蛉島云ふ

故、其の時よりぞ、其の野を阿岐豆野とは謂ひける。

——金鉏の岡——

又、天皇、丸邇之佐都紀臣が女、袁抒比賣を婚ひに、春日に幸行ませる時、媛女の道に逢へる、幸行ましを見え岡辺に、逃げ隠りき。故、御歌作し給へる、其の御歌曰

媛女の　隱る岡を　金鉏も　五百箇もがも　鉏撥ぬるもの

故、其の岡を、金鉏の岡とぞ謂ひける。

●註一八

……時に妹（努賀毗咩）室に在りしに、人あり、姓名を知らず、常に就きて求婚ひ、夜来り晝去り、遂に夫婦と成り、一夕にして懐妊あり。產むべき月に至りて、終に小さき蛇を生めり。……（常陸風土記、那賀の郡）

●註一九

於是、海神の御女、豊玉毘賣命、自ら参出て白し給はく「妾、已より妊身るを、今、御子產む時になりぬ。此を念ふに、天つ神の御子を、海原に生み奉るべきにあらず。故、参出で、来つ」と白し給

ひき。

爾、即ち、其の海辺の波限に、鵜の羽を葺草にして、産殿を造りき。是於、其の産殿、未だ、葺き合へぬに、御腹忍へ難くなり給ひければ、産殿に入りましき。爾、御子、産みまさむとする時に、其の日子に白し言はく、「凡て、佗國の人は、臨産時になれば、本つ國の形になりてなも産むなる。故、妾も、今、本の身になりて産みなむとす。妾を勿見給ひそ」と白し給ひき。

於是、其の言を奇しと思ほして、其の方に御子産み給ふを、竊伺給へば、八尋鰐魚に化りて、匍匐委蛇き。即、見驚き畏みて、遁げ退き給ひき。

爾、豊玉毘賣命、其の伺見給ひし事を知らして、心恥しと思ほして、其の御子を産み置きて、「妾、恒は、海つ道を通して、往来はむとこそ慾ひしを、吾が形を伺見給ひしが、甚、恥しき事」と白して、即ち、海坂を塞きて、返り入りましき。是を以て、其の産れませる御子の御名を、天津日高日子波限建鵜葺草葺不合命と謂す。

然れども、後は、其の伺見給ひし御情を恨みつゝも、恋しきに得忍へ給はずて、其の御子を治養し奉る縁に因りて、其の弟、玉依毘賣に附けて、歌をなも獻り給ひける。其の歌

赤玉は　緒さへ光れど　白玉の　君が容儀し　貴くありけり

爾、その日子、答へ給ひける御歌

奥つ鳥　鴨着く島に　吾が率寝し　妹は忘れじ　世の盡々に

●註二〇

大伴狹手彦の連、発船して任那に渡りし時、弟日姫子、此に登りて褶を用ちて振り招きき。……然るに弟日姫子、狹手彦の連と相分れて五日を経し後、人あり夜毎に来て婦と共に寢、曉に至れば早く帰る。容止形貌、狹手彦に似たりき。婦、そを怪しと抱ひて黙もえあらず、竊に績麻用ちてその人の襴に繋げ、麻のまにま、尋ね往きしに、この（褶振の峯、註中西）峰の頭の沼の辺に到りて、寝たる蛇あり、身は人にして沼の底に沈み、頭は蛇にして沼の壅に臥せりき。忽ちに、人と化りて、すなはち謌ひしく、

篠原の　弟姫の子を　さ一夜も　率寝てむしだや　家に下さむ

時に、弟日姫子の從女、走りて親族に告げしかば、親族、衆を発して昇りて看しに、蛇と弟日姫子と並に亡せて在らざりき。こゝにその沼の底を見しに、但、人の屍ありき。各、弟日姫子の骨なりと謂ひて、やがてこの峯の南に就きて墓を造りて治め置きき。その墓は見に在り。

●註二一

……其の島より伝ひて、吉備國に、幸行ましき。

爾、黒日賣、其の國の山方の地に、大坐しまさしめて、大御飯獻りき。於是、大御羹を煮むとして、其地の菘菜を摘める時に、天皇、其の孃子の菘摘む處に、到りまして、歌ひ給はく、

……（歌）……

＊　＊

……天皇、此の歌を聞かして、即ち、軍を興して、殺り給はむとす。爾、速總別王、女鳥王、共に逃げ退りて、倉椅山に騰りましき。於是、速總別王、歌ひ給はく、
……（歌）……
又歌曰
……（歌）……

＊　＊

波邇賦坂に到りまして、難波の宮を望見り給へば、其の火、猶、炳く見えたり（註・墨江中王天皇を殺りまつらむとして大殿に火を著けたりき）爾、天皇、亦、歌曰く、
……（歌）……

●註二二

十七年春三月、戊戌の朔にして己酉の日、子湯の県に幸して丹裳の小野に遊び給ひき。時に東の方を望み給ひて、左右に謂り給ひしく、「是の國は直に日の出づる方に向けり」と宣り給ひき。故其の國を號けて日向と曰ふ。是の日、野中の大石に陟りて、京都を憶びて歌よみし給ひしく、

愛しきよし　我家の方ゆ　雲居立ち来も
倭は國のまほらま　疊づく　青垣　山籠れる　倭し美し
命の全けむ人は　疊薦　平群の山の　白檮が枝を　髻華に插せ　この子

是は思邦歌と謂ふ。（紀、巻七）

●註二三

六年春二月、天皇、近江の國に幸し給ひ、菟道野の上に至りて、歌ひ給ひしく、

……（歌同じ）……　（紀、巻十）

●註二四

末期の昏睡に陥らうとしてゐる若い女が、かうした作の出来る筈もなく、又表現としても、……同じ形の句を畳み、又枕詞を多く用ゐてゐるところなどから見ても、明らかに謠物形式であって、すぐれた手腕ある歌人の、想像よりの作爲である（三八一二）。……反歌としては巧みなもので、第三者の作品といふことを一段と明らかに示してゐるものである（三八一三）。……長歌の作者の手に成ったものでは無い。（伝、解）この伝へは長歌の哀切なのに心引かれて、「由縁」を求めて後より設けたものである（「万葉集評釈」第十一巻、五二、五三頁）。

●註二五

（三七八六の件）昔者娘子ありき。……時に二の壮子ありき。共に此の娘を誂へて……相敵みき。……娘子歔欷きて……樹に懸りて経き死にき。……両の壮子……各心緒を陳べて作れる歌二首。

春さらば插頭にせむと我が念ひし桜の花は散り去けるかも

……（歌）……

――三七八八の件も同じ内容を持ってゐるが、この五首とも「時代の歌物語要求から」後に詠まれた事はこの敍述と歌の内容を見ても判る。美女伝説が流布してゐた証據である。――

●註二六
佐爲王、橘諸兄の弟。天平八年兄と共に臣籍降下、橘宿禰の姓を賜はる。

●註二七
將仲子兮　無踰我園
無折我樹檀　豈敢愛之
畏人之多言　仲可懷也
人之多言　亦可畏也（國風鄭）

●註二八
暮立の雨落る毎に一に云ふ うち零れば春日野の尾花が上の白露念ほゆ（巻10　二一六九、秋の雑歌、露を詠める）

●註二九
この謠物の成立を、代匠記は舒明天皇以降、明日香淨御原朝頃と推定してゐる。

又、古事記に、蟹の道行を示した歌謠が見られる。応神天皇の條、大御饗献る時に天皇が酒盞を取って歌ったと記されてゐるものである。書紀には相當する歌謠を見ない。

この蟹や　何處の蟹　百伝ふ　角鹿の蟹　横去らふ　何處に到る　伊知遲島　美島に著き　鳰鳥の　潛き息衝き　級だゆふ　佐佐那美道を　すくすくと　吾が行ませばや……

これは三八八六の歌で云へば冒頭から「東の中門ゆ　參納り来て　命受くれば」までに相當するも

ので、この後に、記のそれが孃子に逢ふ條になり、万葉のそれが食法を敍する條になってゐる、相異を有する。

●註三〇

栢枝仙女伝説は當時の多くの神婚説話と同型のものであるが、異った部分として、この栢枝が川を流れて来るといふ事がある。これを久松博士は「結婚の場合に、形を変へて来る場合がよくある『栢の小枝』となって流れて来て拾ひあげられた後に漁夫の妻となった等の例であるが、之は古代の掠奪結婚の風習の名残りではあるまいか」と述べられてゐる。流行を示すものとしては本文中の「栢枝伝」といふ書の存在を始めとして、懐風藻に何首か、続日本後記に嘉祥二年、仁明天皇四十の賀に興福寺大法師等が奉った長歌の賀歌に触れてゐる。

●註三一

（逸文、肥前の國、杵島）杵島の郡、県の南二里に一つの孤山あり。坤より艮を指して三つの峰相連る。これを名づけて杵島といふ。坤なるを比古神といひ、中なるを比賣神といひ、艮なるを御子神といふ。郷閭の士女、酒を提へ琴を抱き、歳毎に春秋に手を攜へて登り望み、楽しく歌ひ舞ひ、曲盡きて帰る。歌の詞にいはく、

霰降る　杵島が嶽を　峻しみと　草取りかねて　妹が手を取る　こは杵島曲なり

尚、杵島曲は常陸風土記、板来の村に「杵島曲を唱ふこと、七日七夜、遊び楽ぎ歌ひ舞ひき云々」とある。この歌も明らかに歌はれたものである。

他に断片的なものとしては、記、顯宗天皇の條（紀、仝上條）に御製、

浅茅原　小谷を過ぎて《袁陀爾袁須疑弖》（紀、小曾根を過ぎ《嗚贈禰嗚須擬》）　百伝ふ　鐸搖らぐも（紀—与）　置目来らしも

紀、神功皇后の條に、武内宿禰の歌、

淡海の海　瀬田の済に　潛く鳥　田上過ぎて　菟道に捕へつ

紀、仁徳天皇條に磐之媛の歌二首は、

つぎねふ　山背河を　河上り　我が泝れば

までを同じくして先の歌が目的の情景に入るのに対し、後の歌は更につゞけて

あをによし　那羅を過ぎ　をだて　倭を過ぎ

と記し、目的の情景に入つてゐる（記、仝上條にもあり）。

第五項　説話文藝

敍事の潮流として、第一項に於ては表現方向から韻文を、第二項第三項に於ては形態方向から韻文を、第四項に於ては全方向から韻文散文結合体を見て来たのに対して、本項に於ては仝じく形態方向から散文を見たい。

記紀は前にも述べたやうに歴史書の形態をとってゐる。而も天皇紀である。神代には神の事蹟が書かれてゐるが、古代人の思念に於ける「天皇」は「神」の現身であり「神」は「天皇」の淵源であったので、神代紀を天皇紀と見る事は可能である。これは、例へば古事記下巻雄略天皇條に見られる、葛城之一言主之大神が鹵簿も装束も人衆も天皇の行と等しく、問答も等しくして「顯れ」、天皇が「現大身有さむとは覺らざりき」と云ってゐるのを見ても明らかである（註一）。かうした所謂神代より現身天皇に及ぶ天皇紀が、天皇の事蹟を中心としてその生涯を敍す事は、取りも直さず歴史を綴る事であり、かゝる形態から云へば記紀は歴史書としてあるので、決して文藝としての対象には取上げられぬものである。この意味に於て、記紀敍述を、私は敢て敍事文藝とは云はず、單に敍事文として扱って来た。

然し、含まれる歌謡に於ては以上各項にあって詳述した如く、黎明期文藝の様相を否定する事は出来ないと同時に、又散文内に於ても、その中に盛られようとする断片に、次代の完成に辿り行かうとする文藝性の黎明を見る事も否定出来ない。これは前記歴史記述が無意識に包含するもので、この故に記紀を歴史書と見る事への憧着は起らない。全体の性格を規制するものには成ってゐないものだからであるが、然し、この無意識の包含に対して意志を与へ、生命の復活を図る事によって、我々は古代の文藝観により近く迫る事が出来るであらう。これは小説話群に見られるものである。

記紀の内、日本書紀は古事記より、より高度な史観になるものである。日本書紀に比べて古事記は著しく「自由であり、闊達であり、そしてのびやかである」事は前述した。この二つの中にあって、以下古事記をより多く対象としたいと私は思ふが、古事記三巻は夫々、可成り顕著な違ひを読者に印象づける。上巻、即ち神代から中巻に移ると、文書のスタイルは一変する。この違ひは中巻下巻の相違より激しい。中巻に移ると、内容の感触が親しく、身近なものになって来る。神代の記述も中下巻に等しく神の年代を追った記述であり、神世界の歴史には違ひないのである。内含されてゐる物語も、逆に中巻下巻の方が多い。然し、物語も少く、事実の陳述が多くとも、上巻は中下巻に対して、かなりふくよかな、暖い感触をもってゐる。中巻への推移に感ずるものは、ずっとリアルに堅い手ざわりなのである。

この中に考へられるものは、神代の記述が當時の人々の、既に遠い空想の世界でしかなかった、その前提である。古代人は歴史として神武天皇條に語られる古事と、崇神天皇以下の條に語られる伝誦と、それを記した幾何かの文書を持ってゐた。恐らく、綏靖天皇より開化天皇に到る八代は、神武天皇を含めた九代の思想に成るもので、この間の天皇代は八代ではないであらう。そしてこの間の出来事は悉く神武天皇條に記されたに違ひない。この八代には全く何事も記されてゐないのはその爲であらう。従って神武天皇以下の記述は當時の人々と同次元の出来事である。こゝに別次元の設定から神代が語られる所以が生れて来てゐる。

かうした次元を異にする空想の世界を語る事は、その事に於て、話の形が規定されようとする。物語の背景といふ事に一例をとってみるにしても、神代の記述は、「竺紫の日向の、高千穂の久士布流峯に天降り」する日本國正統族が、出雲部族を如何にその流れの中に取入れてゆくかに拡がりを持つ事なので、この二者の交流が高天原と出雲、そして日向とその背景を持って来る。高天原と葦原中國の間は「雉の胸より通りて、逆に、射上げらえて」矢が逮り、「下照比賣の哭せる声、風の与響きて」到る観念の中に、その背景が置かれて来るのである。大穴牟遲神は出雲部族の最初の支配者であり、この部族の信仰の中にあった神であったが、例へば大穴牟遲神を語る事に於ては、その物語の人間像は總ての悪に打勝つ絶対的権威をもち、自らに有徳の存在である。物語の進行はこれを前提としてゐる。又その動作に於ても、全く何の不思議もなく、諸々の動物と交通する中にあるのであり、その動作の可能性は「黄泉比良坂まで」及んでゐる。こゝに考へられる生死の観念は、又文藝理念としての構想を示すものに他ならない。更に、神代一般の問題として、古事記全巻中歌謡が下巻に多い事を前述したが、逆に云って上巻には非常に少いのである。歌謡が當時の認識として、その会話性を保存し、それから今日見る如き不合理な歌謡散文結合が出来た事は常識的な事である。この神代に歌謡が乏しいといふ事は取りも直さず、対話が地の文に埋沒してゐる事、文章構成上の言語表現が十全でない事を意味する。偶々插入された歌謡（会話）は、前々項に疑った如き性質のものばかりである。

つまり神代記にあっては、対話《ディアログ》敍法は、無いといってもよい。

以上擧げて来たやうな諸点が合して、上巻に含まれる物語の文体を決定する。即ち、中巻へ推移すべく、余りに異質である上巻の空想性を結論するものに他ならないのである。これを名づけて云へば、端的に説話といふには遠い、神話である。そして物語構成の中に説話性を見る事が出来る。

次に、古事記中巻は下巻と共に神話世界たる上巻に対してゐるのだが、その歴史記述の中にあっては中巻は下巻より純粋度が少い。中巻に記された、倭建命の行爲は、やはり幾何かの事実を基にしてゐるであらう。下巻に記された木梨之軽太子の事件は、やはり幾何かの事実を基にしてゐるであらう。この両者は共に、一方は戦ひの中に、一方は愛の中に描いた悲劇の若き主人公をもち、古事記三巻の中の最も感銘深く書かれたものの一つであるが、この同じ歴史記述の中にあって、物語の形はかなり違ってゐる。倭建命の中には若き英雄に対する最大の讃辞が、歴史を誇張に導いてゐる。然し、木梨之軽太子の中には、誤りであらうと思はれるものはその插入歌謡の幾つかについてである。紀との参照によって疑はれるものは流刑の何れかでしか無く、これは何れにしても、誇張意図を感ぜしめるものではない。

同じ歴史記述の中に於てもこの様な相違が見られるが、範囲を拡大して、この歴史記述の中に含まれる、所謂説話が、中巻には在るが、下巻には殆ど無い。中巻には神が出現するが、下巻はそうでは無い。例へば景行天皇條、倭建命の項中に、白猪となった山神によって命が惑ふ件が描かれてゐる。神と現実界との交通が動物への化身によって爲され、現身たる倭建命がこれと交渉するのである（註二)。そして且つ神は天皇より強いのである。又、もっと正面から神の顯現を描いてゐるものは、美和山説話と稱せられる例の件を含む、意富多々泥古の條である。然し、これは上巻に見られる如き、全くの別世界性は持ってゐず、役病流行し人民が多く死んだのを天皇が愁ふる時、大物主大神から神託があり、意富多々泥古が探し出されて来る。そしてその祈願の後に「役気悉に息みて國家安平ぎき」と、歴史記述の中に収斂されてゐる。然し、その意富多々泥古の出現を語るについて、大物主大神と活玉依毘賣との「共婚供住」の間に神婚説話系の物語を附加してゐる。歴史性とミックスした神話性の存在を見るのである。然し、それを決して現実の中に描かうとはしてゐない。昔日の物語として語ってゐるのである。意富多々泥古は「大物主大神、陶津耳命の女、活玉依毘賣に娶ひて、生みませる御子、名は櫛御方命の子、飯肩巣見命の子、建甕槌命の子」であり、その「神の御子と知れる所以は、」とその由来を物語られてゐる。これは伊豆志袁登賣神の條にも見られる。その由来は「又、昔、新羅の國主の子、名は天之日矛といふあり」といふ書出しをもって語られる、奇しき物語である。結局中巻は歴史記述の中に、その所以として神のことが物語られてゐる。その経緯の中に説話性をはらんでゐるといへるであらう。

下巻は中巻との比較にてやゝ触れたが、神を語る物語も、如何なる種類の説話も、無い。歴史伝説と、古老の伝誦が、物語的展開を示してくれてゐるに過ぎない。

かく、古事記三巻は夫々のニュアンスをもって描かれてゐるが、これはつまり夫々の時代に対する認識の態度に過ぎない。具体的な事実として各記事を見る事は出来ないので、三巻夫々の時代の神と人との関係がこうであり、かく推移したと云ふ事は出来ない。すべて神といふものは神代にのみ存在し、その系統が古代には残って現はれたりしたらしいが、現在は全く、かゝる事は無い、と云った信念の下に綴られたもので、伝説として存在する神を神代に擬へたのみである（註三）。

かうした認識の下に古事記三巻はあるが、その記述の方法は、時間的に神、天皇の一生の中に種々なる伝誦が記され並べられてゆくのであり、こゝに一種の断片の集成たる性格が生まれて来る。決して、物語的意志によって最初から綴られようとしたわけではなく、この断片の中から、原形を復元し、未来形を推測して完全な物が得られる如きものである。「或る一つの作物の中に織込まれ附記され随従せしめられてゐる插話的のもので、而も小説的要素を持ってゐるもの」であり「然しそれらの多くは單に小説的要素を有してゐるといふ丈で荒筋のみ記した」（岩本堅一「歌物語以前の寫実的短篇」）ものである。

これら概論を前提として、三巻に含まれた一々について、少しく考へてみたいと思ふ。

神代に見られるものでは出雲を舞台にしたものが擧げられるであらう。「故避追はえて」と書き出される須佐之男命の出雲到来は、先づ「此の時しも箸其の河より流れ下りき」といふ冒述によって、著しく説話的匂ひをもってゐる。そして老夫婦と、生犠にされむとする美女に逢着せしめ、その支配主を倒して、宮作りするといふプロットは説話文藝に必ず伴ふものであって、この話の存在をある程度限定しようとするかである。須佐之男命は出雲文化の創造者であったらう。それを確定づけるものが大國主命であるが、こうした祖先の発祥を伝へる、出雲國の伝誦説話であった匂ひが強いのである。

そしてこれには「須賀」といふ土地の地名起源説話が附加されてゐる。この話の内容から察する處は、この肥河伝説が、例へばこれ以前の高天原の諸記述、或は後の大國主命の八十神の謀議に対する記述に見られるもの程、奇抜な、現実不可解なものではない事である。これは肥河伝説が、すべての時間的関係とは別に語りつがれた話であって、然も、この形が定まったのは可成り時代を降った頃であらうと思はれるのである。

次に続く大國主命の諸物語は些か前に触れたが、赤猪の謀の條、樹の股の謀の條、蛇、呉公蜂の謀の條、焼野の謀の條、は極めて古代的感じの強いもので、高天原諸話と軌を一にするものでもあらう（黄泉比良坂との関係などの諸点）。然し、沼河比賣と須勢理比賣命との感情問題は人間本位な構成に、又例の稲羽の素菟の條では菟は菟神であり、大穴牟遲神に「此の八十神は必ず八上比賣を得給はじ、帒を負ひ給へれども、汝が命ぞ獲給ひなむ」と予言してゐる点、前者とは異質である。前者は歴史伝説的存在であり、後者は神が化身して人心を試みるといった後代説話に紛ふものである。

尚「其の天の詔琴を取り持たして、逃げ出でます時に、其の天の詔琴、樹に衝突《ふ》れて、地、動鳴き。故、其の御寝ませる大神、聞き驚かして、其の室を引き仆し給ひき。然れども、椽に結へる御髪を解かする間に、遠く逃げ給ひき」といふ世界は、全く西欧の風土的童話、寓話を想起せしめるもので、此の時代には文化の交流が考へられぬから、本来としての各民族寓話の一致性が見られるものである（註四）。

かく、出雲伝誦神話は一部神話的なものと、一部後代説話的なものとが混在し、尚西欧にも見られる一節を所有する、極めて複雑なもので、従ってその成立に関しても種々な経路が集められて寄り来ったらうと想像されるものであるが、これに対して神代から取り上げられるものに、所謂海幸山幸物語が考へられる。この話は首尾一貫したもので、他と別個の單独な物語体として存在してゐたらう事が想像される。然し、この一貫が如何なるものであるかと云ふ事は所謂説話としての要素のみを具備する事であって、この中には更に分化して種々な説話形態の考へられるものである。

先づ、弟に話が最後の勝利を与へるといふ事は中巻末に記された、秋山之下氷壯夫と春山之霞壯夫との所謂春秋争ひに於て、弟たる春山之霞壯夫が伊豆志袁登賣を獲て、その兄の賭を償はぬのに対して、詛を下し「此の塩の盈ち乾るが如、盈ち乾よ」と御祖が宣すると、八年間干き萎み病み枯したといふ記述に一致するもので、話全体も共通する点があるが、この弟の勝利は、大國主命が末子にて勝利を得てゐるのと等しく、所謂末子説話の類型を示すものであらう。

又、海に渡り行って海神の姫である豊玉毘賣に婚する事は、例の浦島物語と一致するものであらう。水江浦島子伝説は、日本書紀巻十四、雄略天皇二十二年に簡單に記されてゐる（註五）他、釋日本紀十二、浦島子に引かれた、所謂逸文風土記丹後國に見られる。これはその前に既に旧宰伊預部馬養連が記述した文書があり、それに一致するものである伝誦たる事が書かれてゐるが、日本書紀とも一致するものである。浦島子が海の嶋に到り「既に三歳を経たり。忽ちに土を懐ふ心を起し、独り親を恋ふ。故、吟哀繁く発り、嗟嘆日に益りき。女娘問ひしく『比来君夫が貌を観るに常の時に異なり。願はくはその志を聞かむ』といひき」といふ條は「於是、火遠理命、その初の事を思ほして、大きなる嘆き一つし給ひき。故、豊玉毘賣命、其の御嘆を聞かして、其の父に白し給はく『三年、住み給へども、恒は嘆かすことなかりしに、今夜、大きなる嘆き一つし給ひつるは、若し、何の由故あるにか』」といふ海幸山幸物語に一致するものである。更に最終部、何れも懐情の唱和を爲してゐる点共通であるが、構成として古事記のそれは明らかに適しくないものである。風土記のそれは後人の作と見られる歌で、それを実際の唱和として伝誦してゐるが、唱和そのものは適しいものである。古事記記述に於ける、類型への志向を見るのである。

類型といふ点については、浦島子の記述は遊仙窟に通じるものがある。

ここに人間と仙都との別を稱説き、人と神と偶に会へる嘉を談議り、すなはち百品の芳しき味を薦め、兄弟姉妹等は杯を擧げて獻酬し、隣の里の幼女等は紅顔にして戯れ接り、仙歌は寥亮に神舞は逶迤に、その歡宴を爲すこと人間に萬倍れり。ここに日の暮るることを知らず、但、黄昏の時に群仙侶等、漸々に退き散け、すなはち女娘独り留り、雙の眉袖に接りて夫婦の理を成しき。

浦島子の記述が遊仙窟に結び付くのに対して海幸山幸には鰐との神婚説話が示されてゐる。浦島子の方が切々たる慕情を人、神間の絶対にからませて物語ってゐるのを比べると、この思想的背景が時代の降下を示すのではあるまいか。

第三に、先に春秋争ひの例を引いたが、これにも見られるやうな〝勧善懲悪〟思想が在る。綿津見大神が「斯くして、惚苦《たしな》め給へ」と云って潮滿つ珠、潮乾る珠を与へるのであるが、こゝには後代專ら現はれる教誡的趣向と連なるものがある。然し、後代のそれは佛教説話と稱せらるゝべく、佛教的影響の強いものであるが、この点は異って考へられねばならない。

更に海に於ける生活の後、子を產みに来た毘賣が竊伺みられた爲に「妾、恒は海つ道を通して、往来はむとこそ慾ひしを、吾が形を伺見給ひしが、甚、恥しき事」と云って、海坂を塞き、返り入って行かねばならなかった事は、以前は神双方の婚が爲されてはゐるものの、こゝに永久な婚合を不可にしてゐる思想を見る事が出来る。これは竹取物語を始め、多くの神婚説話の一致する類型である。とかく、この海幸山幸説話の中には数多くの説話形が投入されてゐる。然し、神話的要素とか、歴史伝説性などは全く見られない。或る時期の説話形態を示すもので、それが偶々日向神三代の中に語られてゐるのである。この点、大國主命などを主人公とする出雲伝誦物語が、神話的要素を併存するのと、相対してゐる。

前例の海幸山幸説話をその橋渡しとして、中巻に移ると、その説話性が歴史伝説の中に確立する。この中に見られる形態は神婚説話と英雄説話が主なものであり、他に寓話的なもの、前掲した春秋爭ひといふかなり文藝味を帯びてゐるもの、などがある。

神婚説話として擧げられるものには所謂美和山説話、天之日矛の説話があるが、先づ美和山説話は、神を男とする場合であり、それが、美和山の神社による、神の子であったとするのである。この類型は非常に多く、前項にもその例を擧げたが、尚この女の娠んだ子の子孫が歴史記述の中に収められて活躍するといふ、そういった信仰の中に描かれてゐる事は既に前述した。更に天之日矛の物語は、かゝる説話の多くと共に美和山説話が單に結論のみを述べ、脚色も、動作も設定しないのに対して、や、緊密な物語構成を示してゐるもので「又昔」といふ冒頭と共に文藝的注目を得るものである。背景を、これは海外に取ってゐる。これから来る伝奇性が既に前提になって脚色を促進するものであるが、阿具奴摩（沼）の傍の晝寢から赤玉に移り、赤玉をめぐって天之日矛へそれが渡る狀態が一つの場を爲し、それが孃子に化す事は平凡なプロットであるが、日矛の心奢りにあって、「凡、吾は、汝の妻に爲るべき女に非ず。吾が祖の國に行なむとす」と言ひ、「逃遁渡来て、難波になも留」ったといふのである。天之日矛の追跡は「其の渡の神」の塞へに依って果されない。孃子の祖國へ行かむといふ條は、誰でも想起する例を数多有するものであるが、然し、それを難波に留めた處に、この特殊性を見るであらう。此の孃子の祖國は、海でも、天でも、無い。「日の輝、虹の如、其の陰上を指した」、その祖國である。この中に東の日本が示唆されてゐたかもしれぬが、然し、この留まりけるといふ陳述は明瞭なものではない。そして、「此は難波の比賣碁曽の社に坐す、阿加流比賣と謂す神なり」と註記してゐる。この中に、歴史記述の中に取入れられようとする説話体の推移が感じられるであらう。日矛は多遲摩に泊て留って、その子孫の事が逆に中心になって次に書き綴られてゆくのも、その確認でもあらう。

以上神婚説話の二例は、一つは民間伝誦の採錄であり、一つは祖先伝説の形をとって記されたものであり、何れも歴史記述の中に附加された形である。従って、完成に近づかうとする意志を具備して語られてゐるものとは、云ひ難い。尚、この日光の陰上を指して、姙んだといふ事は次の春秋争いに於て、藤の花となった衣服弓矢を厠に繋け、それに化身して屋に入って婚ひしたといふ事、又中巻神武天皇が伊須気余理比賣を婚する時にその由来を大久米命が語って、「三島の湟咋の女、名は勢夜陀多良比賣、其れ容貌麗美りければ、美和の大物主神見感でて、其の美人の大便に入れる時に、丹塗矢に化りて、其の大便の溝流下より、其の美人の陰を突き給ひき。爾、其の美人驚きて、立ち走り、狼狽ぎき。乃て、其の矢を持ち来て、床辺に置きしかば、忽ちに、麗しき壮夫に成りて即ち其の美人に娶ひて云々」といふ條と一連のものであり、床辺に置けば壮夫に変るといふ事も共通して持ってゐる。

又、神仙説話としては伊服岐山の白猪の話があるが、これは前述したので省略する事にする。

この系列の最後に擧げられるものは春秋争ひの條であるが、重複を避けて云へば、一種の神婚説話の形式であり乍ら、その方面は全く軽視されてゐて、こゝでは兄弟の争ひが中心であり、殆どである。前述した如く、この内容は全く、海幸山幸説話と同じもので、その中から、海を対象とし、その中の嬢子との情愛を中心とする事が、全くリアルに舞台を変へ、嬢子との感情を没却して、その代りに中心にならうとしてゐるものは、賭物を償はぬ故に懲められるといふ合理主義と、賭といふ観念になって表はれた當時の風俗的庶民性である。物語を否定しようとする動きを、ありありと見るのである。然し、この春秋といふ対比をもつ事は如何なる故なのであらうか。降って万葉集にもその別はあるがその題詞に「天皇、内大臣藤原朝臣に詔して、春山の萬花の艶、秋山の千葉の彩を競はしめたまひし時云々」（註六）とあるのを見ても、この時代の一つの観念として春秋対比があったのかもしれない。

自然神の設定は無論普通の事で、その中に兄弟神としての春山神、秋山神が物語を構成したとしても不當ではないが、然し、この物語の中に必要とせられる、春、秋、といふ事は、僅か藤の花を引き出す爲にのみ必要が感じられ、他は些かもそれを必要としない。恐らくは、名稱のみ、後から結び付いていったのではあるまいか。

又、中巻の有する散文文藝性の措辞として興味あるものは、本牟知和気御子の生ひ立ちに関してである。

御子が生長の後の言葉を言はぬ事が中心なのであるが、この事件は垂仁天皇條の大半を占めて、その異常な出生から説き起されてゐる。兄、沙本毘古王と、夫、垂仁天皇との間に挾まれた沙本毘賣が天皇殺害の命を果せず、両軍の対峙の中に兄に従ったが、その間に妊んだ御子を、天皇方に渡しつゝ、自分は兄の方に残るべく策略するといふ第一段階。その御子が眞言問はず、鵠音を聞いて初めて「吾君問ひ」したが、その鵠を遙々追って得て来ても又は言はない。そこで夢に現はれた出雲大神を参拝すべく出立して初めて言ひうるやうになり、帰って来るといふ第二段階。そしてこの御子が四人の比賣の中、美しい二人のみを留めて二人は還し、婚したといふ第三段階。この三つがその構成であるが、第一段階はいはゞ第二段階の伏線でもある。眞言いはぬ、その出生を物語るのであるから。従って、これは全く歴史記述の形をとり乍ら、前述したやうな「非現実」を皇后は爲すのである。全体としては政変を中心にした歴史記述であり乍ら、その中に含まれる神話性がある。かく第一段階で異常出生をした御子が、物言ふ迄の経路を記したものが第二段階である。「物言はぬ姫」といふ事自体、十分西欧寓話と同一であるが、この物言ふ動機に高往く鳥の音を拉し来て、且つそれを「木の國より針間の國に到り亦追ひて稲羽の國に越え、即ち旦波の國、多遅麻の國に到り、東の方に追ひ廻りて、近淡海の國に到り乃ち三野國に越え、尾張の國より伝ひて、科野の國に追ひ、遂に、高志の國に追ひ到りて」その鳥を得る。この事にも類型があるであらう。然し古事記はこの後にすぐ物を言はさない。それが実現するのは神の力によってなのである。従って二段階後半は、夢による神託、神を求むる太占、随行人のト、途次の予言、最初の御子の言が「祝が大庭か」といふ内容、帰途の婚の美人が蛇である事、等々、神の諸事のみに支へられたものである。更に第三の段階に到ると、この話は、例の木花之佐久夜毘賣と石長比賣の話と同型のものである。かく、この話は全体として歴史記述の中に、その神秘性を保ちつゝ、一つの朝廷の異常を物語ってゆく。そして、この物言はぬ御子系統の話が他に一つも存在せぬ事は、注意されるべきであらう。而も、それが西欧寓話性を持つものであるといふ点に於ても。

以上神仙説話系統のものを瞥見したが、中巻に於て、特に問題にされるべきは、景行天皇條を中心に書かれてゐる倭建命の、英雄説話であらう。

この物語は、六世紀以後に於ける宮廷の文明曙光の中に語られた、旧辞の含むものであったが、石母田正氏は、これが古事記に入れられた所以を、その浪漫的英雄物語が天武朝リリシズムに通ふものであった故としてゐる。その悲劇的生涯は英雄物語に必ず附着する描寫であるが、然し、同時に、こうして語られる物語内容が、川崎庸之氏の表現に従へば、眼前の巨大な古墳に眠る父祖たちのたゝかひのあとであり、結局は前現代の話しである。文書編入の後代の抒情が、過去の物語を形成していった、そんな中に倭建命の英雄説話は存在するのである。

古事記全巻が一つの英雄敍事詩であるといふ云ひ方も出来る。この中に敍事詩的英雄、散文的英雄、浪漫的英雄といふ三型が考へられて、この三つは前記石母田正氏によって明晰に解釈されてゐる。即ち敍事詩的英雄は散文的英雄物語の中にその姿を沒し、浪漫的英雄はその散文的英雄に対立する形で形象化して、全体の散文的英雄物語、つまり実用歴史を古事記一巻の中に描いてゐるといふのである。

この対立形としての浪漫的英雄物語、それが極端としてこの倭建命物語の中に現はれてゐる。倭建命物語の構成は地方勢力鎮圧の、直接の殺害插話と、一般的な地方経營とを点綴する華やかな生涯の描寫と、その後に来る、死の悲しみであるが、このロマンチシズムとリリシズムの中に三人の女性を介入せしめて、その経緯を緊密にしてゐる。熊曽建兄弟の征伐、出雲建の征伐、相武國造の反逆に対する焼打、これらはすべて若き英雄讃美に滿ちた殺害描寫である。それに坂本の白鹿、酒折の宮の件、尾津前の松の插話を交へて地方経營が進んでゆく。これは伊服岐山の揚言から急激に色調を変へて、死への、悲劇的終曲を奏でようとする。當藝、杖衝坂、三重、能煩野がそれである。更にこの中に介入せしめた女性による浪漫性は、その第一を弟橘比賣命とする。それには「吾嬬はや」といふ詠嘆を附与してその凝集をはからうとする。又倭比賣命を第二とするが、第一回の西征を初めとして、第二回目の東征の嘆が、この中につゞられる。この時に倭建命の言葉は前述した如く、圧巻の條であるが、更に「急事あらば解き給へ」といって嚢を与へて、その静かな物語の深化を測らうとしてゐる。第三の女性は美夜受比賣であるが、前二者と型を異にして、閨房の事が取り上げられてゐる。そして筋の廻転に預るのは、靈劍たる草薙劍を置いて征伐にゆき、戦ひ利なかった事である。更にこれが命の終焉への契機になってゐる事である。久松潛一博士はこの三女性を義経の場合にも比較され、又三人三様の愛情性格から命の生涯への影響について説かれてゐる。この三人の女性は、命の生涯を飾るものとして、插話的な意味がより強いであらう。かゝる構成の中に獲得される話の巾が、「六世紀宮廷の詩情」により多く迎えられる旧辞の所以であったらうと思はれる。

この英雄敍事詩一篇の終局は、白鳥の描寫によってなされてゐる。歿地に作った御陵より八尋白智鳥が天翔ける、それを后、御子たちが哭きつゝ追ふのである。そして歌うたふのである。更に白鳥は志幾にとゞまり、そこに白鳥の御陵が作られるが、「更に天翔りて飛び行まし」たのである。こゝに英雄の永遠を信じようとする古代人の思惟がある。これは平泉に果てた義経が更に蝦夷から蒙古に渡ってジンギスカンになったといふ伝説を、人々がもつのと同様である。こゝに英雄説話としての完成が見られるであらう。

次に下巻に移ると、前述したやうにこゝには神話や説話がその姿を消し、専ら歴史伝説のみとなって来る。神武天皇の記述に比べて倭建命の記述が神話対歴史伝説の形を爲してゐると久松博士は述べてをられるが、この線は上、中巻対下巻といふ形の中に一層濃厚である。下巻が含む物語性は全く歴史記述の中にある。物語しようとしたものではない、古代人が遠い歴史の中に想定した、憧れの伝誦なのである。この中には、恰も倭建命物語が特別な旧辞であり、その伝誦が後の宮廷に迎へられたと同じやうに、この歴史記述の中に収められた物語は、かゝる旧辞の持つ世界であったに違ひない。

中巻に語られたものが倭建命の英雄物語であったのに対して、下巻に語られるものに悲恋の物語がある。悲恋といふ点に於て同じくリリシズムのひゞき高いものであり、ロマンチックな伝誦でもある。允恭天皇條、皇太子木梨之軽太子の話がそれである。

これは万葉集にもその歌謡が収められてゐるのを見ても、多くの人々と長い時間の支持を知るのであるが、同時に紀に記されたものとの間には異動があり、その伝誦の一様でなかった事がわかる。それ丈人口に膾炙したものでもあったわけであるが、記に於ては太子の郎女との奸後、穴穂御子の軍を大前小前宿禰の家に避けるが宿禰の貢る處となる。そして伊余の湯に流されたのを郎女が追ひ往きて遂に自ら死ぬといふ話である。これが紀にあっては、軽大娘女が伊豫に流されたと巻十三允恭天皇二十三年條に記され、又仝巻安康天皇條に、允恭天皇四十二年天皇崩御の年に軽太子が淫け、且つ穴穂御子を襲はむとしたが百臣従はず大前宿禰の家に匿れて死んだとなってゐる。この後に「一に云ふ伊豫國に流す」と注記され、万葉集の「君が行月日長くなりぬ山釿の迎へを行かむ待つには待たじ」といふ歌の左註が考証してゐる如く、類従歌林を含めて話の混乱のあるものである点は、関心の大きさを示す事前記の通りであるが、先の歴史の中に存在した美しい若い王子と王女の悲恋が憧憬を誘って、こゝに記されたものであらう。古事記には「軽大郎女、亦の名は、衣通郎女。(御名を衣通王と負はせる所由は、其の身の光、衣より通り出でつればなり)」と記し、日本書紀には「木梨軽皇子を立てて太子と爲たまふ。容姿佳麗、見たてまつる者自らに感づ。同母妹軽大娘皇女亦艶妙し」といふ用意がなされてゐる（註七）。

この物語の一つの特色は、多く歌謠が插入されてゐる事である。古事記には十三のそれがあるが、この事はつまり非常にリリカルなものに物語られる原因なので、奸時の三首、捕へられた時の二首、伊余に流されようとした時の二首、更に衣通王の追慕に初まる四首、これらはすべて絶唱とも云ふべく、心情のかけられたものである。然し、この有名な事件に多く歌謠が結びつけられたらう事も考へられ、これは除外して考へねばならぬが、万葉集に擧げられた長歌などもその一つであらうし、衣通王の獻った歌が所謂日本書紀の衣通姫のものであり混合したものかもしれぬとも考へられる（註八）。又大前小前宿禰の一段は著しく緊張を缺いたもので、一種中世軍紀物的様子があるが、歌もそれ程のものである。恐らく、かゝる一段を插入する事によって、より史実的にしようとしたのであらう。歴史記述の中にこの物語がある事からは、脱却出来ないものではあるが、伝誦の由来、範囲を知る以上に、この物語に加へられるものは、この中に何もない。

兎に角、これなどを一例として、倭建命物語と同様、伝誦された悲話であり、共に双璧を爲すものである。天武朝リリシズムへの刺戟といふ点に於ては、むしろこの方が好適であるし、又、歌謠に話を連ねてゆかうとする点の、抒情化は、伝誦の後代性を示してゐるものである。

これは倭建命物語同様旧辞として語られたものであったが、これに対して、下巻に見られる物語で、一つの物語單元は示さず、王朝譜として承けつがれて来たものがある。即ち清寧天皇、顯宗天皇、仁賢天皇條に語られるものがそれである。

この意富祁王、袁祁王の物語は雄略天皇（大長谷皇子）の二王子の父、市辺王の殺害から始まるが、この点同時に雄略天皇といふ古代英雄（倭王武）の後日譚の形式でもあるわけである。安康天皇條に現はれる、「玖順婆の河を逃げ渡りて、針間の國に至りまし、其の國人、名は志自牟が家に入りまして、身を隱して、馬飼牛飼にぞ役はえ坐しける」といふ一條はその伏線である。そして清寧天皇條、天皇崩御の後「天の下治すべき王ましまさ」なかったといふ用意が爲されてゐる。事実としても、空位が、かゝる傍系への王位を可能にしたのであらうが、記述の形態はそれを前提にして進められてゆく。そして山部連小楯の宴楽による儛の詠言から「宮へ上」る事になるのであるが、こゝに含まれてゐるものは多くの類型を見出す事の出来る、乞食王子の物語である。

この事までには、前事と同じやうな伝誦の物語性は云ふ事が出来る。仁賢天皇、顯宗天皇の由来について十分な物語單元は出来てゐるのである。然し、この登極後の記述に於て、物語は歴史の方に近づいてゐる。顯宗天皇が父王の骨を求めた時にそれを覺えてゐた賤しい老媼を召して「其の地を失れず、見置きて知れりし事を譽めて、置目老媼といふ名を賜ひき。仍くて、宮の内に召し入れて、敦く広く慈み給ひき」といふ條、更にこれに関する歌を含めた條は、物語としての結構として強いものであらう。歴史記述そのものの中にある小説性の含有、そういったものである。陵を破る事に関する問答にも、思想的な背景が感じられる。

下巻にはこういった歴史物語の他に、珍しい例として古老伝誦を記してゐるが、これは多分に地誌的なもので、説話物語が存在するとすれば、こゝから始まるものであらうが、歌謠についての必要上前に触れたので、こゝでは省略する。

以上各巻に亙って、物語形態を形成せんとする諸断片を、種々見て来たが、これを綜合すると、上巻に記された所謂神代の物語は國土発祥に関する、諸々の民間伝誦が採録されたものであらう。高天原神話、出雲神話など、それである。又中巻下巻に記されたものを通して、各部族のもってゐた旧辞に於ける伝誦が見られる。倭建命、木梨之軽太子の物語がそれである。又下巻に特に歴史記述のもつ物語的展開が見られる。これは旧辞の如く伝誦されるには微力なものであったらう。古事記編纂そのものに含まれる物語である。又、第四として海幸山幸物語を代表とする説話がある。これは数多くその姿を見せるが、完全さを何れも欲き、一々の要素でしか無い。海幸山幸物語は結構を整へ、その完成された姿とも云ひうるものであるが、この中に、諸々の説話文藝性のファクターを有してゐる点、注目されるべきものであらう。然し、この説話文藝の中に含まれるものとして、例へその要素のみであるにせよ、西欧寓話的類型をもってゐる事は考へねばならぬ事であらう。この線に生まれ来るものは万葉集時代を経て平安朝説話文藝の中に委ねられねばならぬが、以上あげた四つの中、他三つが何れも歴史の中に融化し、抒情的な感受の中に伝承されてゆくのに対する点、看過出来ない、古代物語型である。

更に、これら散文物語性が、古事記といふ叙事文の中に断片として含まれ、この中にも散文物語発生の基礎は考へられるが、それが万葉集時代へ如何に伝承されてゆくかといふ事を附加するならば、万葉集に表はれる、かゝる物語性は伝説を主としたものの中に求められるべく、それを探れば、神話とか歴史伝説は姿を消して、説話のみが現はれてゐる。つまり神婚説話としての浦島伝説、柘枝伝説、又神仙説話としての竹取翁伝説、松浦仙女伝説、更に三山伝説や、七夕伝説がこの部類としてあげられるものであるが、又恋愛を主とした説話体系のものは前述した眞間手児名、葦屋處女、桜児、鬘児などの伝説が取上げられてゐる。神話や歴史伝説は姿を現はさないが、然し、抒情の中にこれら記紀の英雄譚が閑却されていったのであって、木梨之軽太子の如き歴史伝説は當時にも生きてゐた例があるのである。

又、こうした伝承の中に、その姿が問題になるであらうが、同じ題材である浦島物語を例にとってみると、風土記に於ては微に入り細を穿って描寫する中に、それを可能にしてゐる「安心立命」が見られるのであるが、万葉に於けるそれ（巻3 一七四〇、一七四一）は、全く遠い感触の中にかゝる世界を置いてゐる気持が見られる。反歌「常世辺に住むべきものを剣太刀己が心から鈍や是の君」といふ中には、遠い実感しか持たぬ作者の気持がある。尚久松博士は後の「謠曲浦島」や近松、露伴、逍遙などの浦島を例証されてゐるが、この中に時代思潮の動きを知る事は興深いものである。

●註一

一時、天皇、葛城山に登り幸でませる時、百官の人等、悉に紅紐著ける青摺の衣を給はりて服たりき。彼の時に、其の向ひの山の尾より、山の上に登る人あり。既に天皇の鹵簿に等しく、其の装束の狀及人衆も相似てわかれず。爾、天皇望らして問はしめ曰はく「茲の倭國に吾を除きて、亦王は無きを、今誰人ぞ斯くて行く」と問はしめ給ひしかば、答へ曰せる狀も、天皇の大命の如くなりき。

於是、天皇大く忿らして、矢刺し給ひ、百官の人等も、悉に矢刺しければ、其の人等も、皆矢刺せり。故天皇、亦問はしめ曰はく「然らば、其の名を告らさね、各々名を告りて、矢彈たむ」と詔り給ひき。於是、答へ曰さく「吾、先づ問はえたれば、吾先づ名告り爲む。吾は悪事も一言、善事も一言、言離之神、葛城之一言主之大神なり」と申し給ひき。

於是、天皇惶畏みて白し給はく「恐し、我が大神、現大身有さむとは覺らざりき」と白して、大御刀、及弓矢を始めて、百官の人等の服せる衣服を脱がしめて、拜みて獻りき。爾、其の一言主大神、手打ちて、其の棒物を受け給ひき。故天皇の還幸ます時、其の大神、山を降り来まして、長谷の山の口に送り奉りき。故、是の一言主之大神は、彼の時にぞ顯れませる。

●註二

全條古事記原文

伊服岐の山の神を取りに幸行ましき。於是、詔り給はく、「茲の山神は徒手に直に取りてん」と詔り給ひて、其の山に騰ります時に、山辺に白猪逢へり。其の大きさ、牛の如くなりき。爾、揚言して詔り給はく「是の白猪に化れる者は、其の神の使者にこそあらめ。今、殺らずとも、還らむ時に殺りてむ」と詔り給ひて、騰りましき。於是、大冰雨を零らして、倭建命を打惑はしまつりき。（此の白猪に化れる者は、其の神の使者に非ずて、其の神の正身にぞありけむを、揚言し給へるに因りて、惑さえ給へるなり）。

●註三

神の存在を歴史的源泉として考へてゐた事は、記されてゐる話が数多く現実に結びつけられてゐる事によってもわかる。

垂仁天皇が沙本毘賣皇后からその御子を取る時に后をも一緒に掠取しようとした處、髪をとれば髪が落ち、手をとれば玉の緒絶え、衣をとれば衣が破れて叶はなかった。これより「天皇悔い恨み給ひて、玉作りし人等を悪まして、其の地を皆奪り給ひき。故、諺に地得ぬ玉作り、とぞいふ」と云ふのである。諺はその他多くあるが、大雀命と宇遲能和紀郎子との互譲し合ふ間、大贄を貢る海人が往還に疲れた。これより諺に「海人なれや己が物から泣く、といふ」と云ふのもその一例である。又地名から語ってゐるものもあるが、これも地名起源説話といはれ数多いもので、一例を示せば、大毘古命と建波邇安王子が各々河を中に挾きて対立して相挑みき、それより其處を伊杼美《いどみ》といったが今は伊豆美といふのだとする條など、それであらう。

又、事柄に結合してゐる例は有名な、火照命と火遠理命の話に出て来る。潮盈つ珠、潮乾る珠によって苦しめられた火照命が「僕は今より以後、汝が命の晝夜の守護人となりてぞ仕へ奉らむ」と云った。そこで今日まで、「其の溺れし時の種々の態、絶えず仕へ奉る」といふのである。この事件の中には又火遠理命を送った鰐に「御佩かせる紐小刀を解かして、其の頭に著けてなも返し給」ふたので、その一尋鰐魚を今に鋤持《さひ》の神といふと語られてゐる。

又、歌謠にしても「是の四歌は皆其の御葬に歌ひたりき、故今に其の歌は天皇の大御葬に歌ふなり」（景行天皇條、倭建命追慕歌）と記され、同様な事が云へるが、これらはすべて、段落に必ず記される事であり、現在の淵源として神を考へ、それが現代と異ってゐる神代の存在であるといふ古事記の史観を強く物語るものである。

●註四

この條は、かのジャックと豆の木といふ童話と全く同じである。この場合は豆の木を伝って雲上に到るが、そこで大男の寝てゐる間に竪琴を手に入れ逃げる途中、その触れて発した音の爲に大男が目を醒し、追ひかけて来るので、制作の、偶然の一致を見るものである。か丶る一致は尚中巻に存するが、これは後述する。

●註五

日本書紀本文は左の如くである。「別巻」といふを必要としつ丶、未知である。

秋七月、丹波國余社群管川の人水江浦島子、舟に乗りて釣す。遂に大亀を得たり。便ち女と化爲る。是に浦島子感りて以て婦と爲し、相逐ひて海に入りぬ。蓬萊山に到りて仙衆を歴観る。語は別巻に在り。

●註六

天皇は天智天皇、作は額田王のもの。巻一、一六の歌の題詞である。従って、万葉第一期のものと認められるもので、記紀編纂當時は既に経過してゐる時代である。

●註七

こゝに古事記のいふ軽大娘と衣通王との同一人物たる事は、日本書紀に於ては異つてゐる。日本書紀に描かれた衣通郎姫は允恭天皇皇后忍坂大中姫命の「弟、名は弟姫。弟姫、容姿絶妙比無し。其の艶色、衣より徹りて晃る。是を以て時人號けて衣通郎姫と曰ふ」（允恭七年冬十二月條）、それである。そして天皇が皇后の恨を慮りつゝ交渉する女性である。一方、軽大娘は「皇后、木梨之軽太子、……穴穂天皇、軽大娘皇女……を生みたまふ」（允恭二年春二月條）と記され、本文に記した如く、全二十三年春三月條には同母妹云々と見える。蓋し、衣通王の美までこの悲話の中に取入れようとしたものが古事記の記述ではあるまいか。ごく身近な存在のものを合して、話がより都合よく出来上ってゆくのは、極めて平凡な事柄である。

●註八

衣通姫の歌として紀にあげられてゐるものに次のやうなものを見る時、その同一性はそれ程云ひ難いものではない。

常に君も遇へやも漁取り海の浜藻の寄る時々を

我が兄子が来べき宵なり笹蟹の蜘蛛の行ひ今宵驗しも

第三章　抒情詩の流動

第一節　概説

第一項　純抒情の崩壊

——群の消滅と客観の獲得——

本章に於ては、前に述べた散文性文藝の系統論を承けて、抒情詩がかゝる経路を辿ってゆく跡を、各部分に分けて瞥見する。各部分とは、第二章概説に於て言及した如く、敍景歌、観念歌又物語歌の確立と、方法としての連作表現であるが、それに到る前考察として、抒情詩の分裂する過程と、その黄金時代たる万葉第三期を概説する事にする。抒情詩に於ける抒情本来性の崩壊は、その形式面からと、詩性の面から求めようとするものである。以下それを果したい。

今、形式面の考察点として取上げようとするものは、群の消滅、といふ事である。日本詩歌に於ける「群」といふ観念の発見は寧ろ常識的な事で、古くはG・ボノオ博士の群のリズム論があり、五七音の生理的必然性は土居光知氏の論究があって、今更云々するものではないが、この群がその形を変へ、その内含句を多くする事によって短歌内容を変へてゆくのである。この内容の変革は即ち抒情質の変革である。群が三群から二群へ、二群から一群へと漸次その数を少くして、一群の單位を二句から三句、三句から五句と大きくなってゆくに従って、本来的な詠嘆、抒情は漸次間接的なものとなり、激越さを消して来る。五句、つまり全体が一本になる時、群ははや消えてゐるのであるが、抒情詩は完全に散文化してゐるのである。群の消滅に伴って抒情詩の散文化が見られる、即ちこの事を指すのである。

又、詩性面の考察点として、抒情詩の散文化への道程に取上げようとするものは、客観の獲得、といふ事である。常識的に考へられる問題として、又屢々述べた如く、抒情が、より單的な表現の型をとる事の中に、理性、主知への忘却が含まれ、感情、主観への殉死が存在する。然し、これが、自然発生から幾何かの時間を委ねられ、その中に育成される事によって、詩としての体系をとゝのへて来ようとする。「八重起つ出雲八重垣妻ごみに八重垣作るその八重垣を」といった日本詩歌の発生――眞僞は暫く措く――から、その第一の達成を見るのは歌経標式の成立であるが、詩そのものとしては、かゝる学究体系の確立以前に總ゆる変遷を経終る。発生より形態確立、詩性分立、爛熟、そして崩壊と、その軌跡の十全を終るのであるが、この内に、所謂抒情が第一の過程とするのは文藝詩としての成立である。この文藝詩の体系をとゝのへる事は、只管な感情への殉死がやゝ制御をうけて、主知的な操作の導入によって成り立って来る。

これは嚴密にいへば、抒情詩がその抒情性に背反する事である。抒情詩を中心として云へば、それは抒情詩の変動なのであり、詩に相対する散文文藝を中心として云へばそれは、抒情詩の歩み寄り、散文文藝への移行、であり、即ち純抒情の崩壊である。客観の獲得といふのはこの事を方法論的に表現した呼稱であつて、感情詩から主知詩へ移る過程は主観から客観へ移る過程である。客観を許容する主観の讓歩を散文文藝化の第一歩として見る、これを指すのである。この二つから抒情詩の散文化を見てゆかうとするのである。

日本詩歌が五音七音の一群の累積によつて成立つてゐる事は五十嵐力博士の「國歌の胎生及び発達」によつて詳しく述べられてゐるところであるが（註一）、これに從つて最も單純に五音七音の一群、五音七音の一群、七音の一句といふ形式が、短歌形式としての原始形を示してゐる事は否定出来ない。仮に長歌形式にしても、前述した謠物性たる歌謠の二句繰返しは五音七音といふ一單位群の存在を示すものであらう。

「この御酒を　醸みけむ人は」
その鼓　臼に立てて」
歌ひつゝ、醸みけれかも」
舞ひつゝ、醸みけれかも」
……　（記四一）

纏向の　日代《ひしろ》の宮は」
朝日の　日照る宮」

夕日の　日陰る宮」
竹の根の　根足る宮」
木の根の　根蔓延《ば》ふ宮」
八百土《やほに》よし　い杵築の宮」
……
（記一〇一）

ひさかたの　天金機」
雌鳥が　織る金機」
隼別の　御襲料」
（紀五九）

隠り國の　泊瀬の山は」
出で立ちの　宜しき山」
走り出の　宜しき山の」
隠り國の　泊瀬の山は」
……
（紀七七）

石の上　布留を過ぎて」
薦枕　高橋過ぎ」
物多に　大宅過ぎ」
春日　春日を過ぎ」
嬬籠る　小佐保を過ぎ』
玉笥には　飯さへ盛り」
玉盌に　水さへ盛り」
……　（紀九四）

五音、七音といふ一句の音数律は未だ安定をしてゐないが、その二句一群の連鎖によって連続してゆく様は明瞭である。これは全く同様のケースとして短歌にも現はれるものである。この場合、例へば前掲紀七七の長歌の結尾は

あやにうら麗し」　あやにうら麗し」

となってゐるのと同様、五句を一体とする短歌には最後の七音一句がかゝる終止の役目をもって独立してゐる。

八雲起つ　出雲八重垣」
妻ごみに　八重垣作る」
その八重垣を」　（記一）

奥つ鳥　鴨著く島に」
我が率寝し　妹は忘れじ」
世の盡に」　（記九）

狭井河よ　雲起ち亙り」
畝火山　木の葉喧擾ぎぬ」
風吹かむとす」　（記二一）

千葉の　葛野を見れば」
百千足る　家庭も見ゆ」
國の秀も見ゆ」　（記四二）

等、記紀といふ発生期歌謡に無数に存在するものである（註二）。これは殆ど例外ないもので、むしろかゝる発想を正常のものと見なければならないのである。古代日本人の生理的に選択した音数律が五七音調であったわけであるが、この韻律を単純に重ねる事によって、原始的な抒情が果されようとした。五七調は七五調との対比に於て重量感にとみ、極めて質朴な音調を伝へるものであるが、発生的短歌が、この音調を基にして三群から成る形式に、純一な抒情質の固定を先づ、見せるのである。

前例はすべて記紀歌謡の中に限ったが、万葉集にも無論例をうる事が出来る。これは概して初期に見られるが、然し、その例は記紀がこれを多とし、彼を寡としてゐたのに対して、万葉初期には既に三群を寡としてゐる（紀後半は万葉集と重なってゐるが、紀には逆に三群の例が後部へ向って増大してゐる。短詩形への傾向と、五音七音への固定化がそうさせてゐるのである）。この例を、煩雑になるので僅か引用すると、次の如くである。

君待つと吾が恋ひ居れば」わが屋戸の簾うごかし」秋の風吹く」（巻4　四八八）
家にあれば笥に盛る飯を」草枕旅にしあれば」椎の葉に盛る」（巻2　一四二）
三輪山をしかもかくすか」雲だにも心あらなむ」かくさうべしや」（巻1　一八）
君が行きけながくなりぬ」山尋ね迎へか行かむ」待ちにかまたむ」（巻2　八五）

然し、この引例四首を例にしてみても、二様の区別が考へられるであらう。四八八、一四二の組と、

一八、八五の組である。つまり意味的な切れと、口調上の切れである。意味の切れは口調の切れと無論緊密に関係してゐるのであるが、「か」「なむ」「や」或は「ぬ」「む」「む」といった助詞助動詞によって切れる口調が群韻律の最初の形である。かうした二句の韻律の中に感情を投入する事によってのみ、古代人の詩が成立した。詩の最も最初の形は例の、「あなにやし《五》　えをとこ（め）を《七(五)》」といふ形であって、その重疊が二回繰返され、末尾にもう一句添附された形で短歌が成立する。その過程を、一八、八五の短歌は残してゐるといへるものである。「三輪山をしかもかくすか」これも完備した一詩情をもち「雲だにも心あらなむ」も一詩情であり、「かくさうべしや」もさうである。「君が行きけながくなりぬ」も「山尋ね迎へか行かむ」も「待ちにかまたむ」もそうであらう。これは記一の歌、「八雲起つ出雲八重垣」「妻ごみに八重垣作る」「その八重垣を」といふに於ても同様である。この重疊が、重疊の意識を喪失した時に、つまり短歌が一詩形として成立した時に、前例一四二、四八八の如き歌が生まれる。音調の上からは二句二句で存在しない。一首全体に一つの音韻が流れてゐる。そして、発想上の意味が確実に二句、二句のペースを踏んで爲されるのである。こゝに、三群短歌の中に於ても、既に一つの推移が見られる。抒情の面から云へば、一八、八五、或は記一に見られる單的な、激越な詠嘆調が、一四二、四八八になると、文章法的完成の中に、息長い抒情となり、軽い憂愁に陥らうとしてゐる点、抒情としては著しい感情忘却の跡を辿ってゐると、云はねばならないのである。

発想的に、かく三群を形成してゐ乍ら、やはり抒情の推移がある事を述べたが、これが次の段階たる二群短歌へ移ってゆくと、更にもう一歩の変化を遂げる事になる。二群構成は即ち五、七、五の一群と、七、七の一群とで成り立つものであるから、勢ひ、この場合に問題になるのは結句の七音である。結句七音は前に長歌の結句を擧げてかゝる役目を短歌に及ばそうとしたものであると述べたが、然し、記紀歌謠に於ても、この結句が二様な様子を示してゐる事が窺はれる。先に三群短歌として注記したものの中から例を引くと、

Ⓐ

倭方に　往くは誰が夫
　隱水の　下よ延へつゝ
往くは誰が夫

多遲比野に　寢むと知りせば
　防壁も　持ち来ましもの
寢むと知りせば

他に紀八一、仝九八等、この例に於ては詩は全く二句二句の繰返しで終ってゐる。最後の一句はそれを強調するものであるにすぎない。

Ⓑ

味酒　三輪の殿の
　朝門にも　出でて行かな
三輪の殿門を
嬢子の　床の辺に
　吾が置きし　つるぎの大刀
　その大刀はや
埴生坂　吾が立ち見れば
　炫火の　燃ゆる家群
　妻が家のあたり
臣の子の　八重の紐解く
　一重だに　いまだ解かねば
御子の　紐解く

他に紀一一四、全五一、全一九等。然し、この例に見られる結句は全く統一な繰返しではない。そのものに意味が含まれてゐる。一首目は第一群から第二群へかけた意味をうけてをり、第四首目は語句の異動が見られ、二首目三首目は第二群をうけたものである。そして二首目はその詠嘆をなし、三首目は更に二群の意味をしぼって焦点を合はせてゐる。Ⓐにあって結句は没却しても一向に異らないが、Ⓑにあっては、そうはゆかない。

Ⓒ

ⓐ

山代の　筒木の宮に　物申す　吾が兄の君は
　涙ぐましも
天飛ぶ　鳥も使ぞ　鶴が音の　聞えむ時は
　吾が名問はさね
衣こそ　二重も宜き　さ夜床を　並べむ君は
　畏きろかも
今城なる　小丘が上に　雲だにも　著くし立てば
　何か嘆かむ

ⓑ

韓國の　城の上に立ちて　大葉子は　領布振らすも。
　日本へ向きて、
韓國の　城の上に立たし　大葉子は　領布振らすも見ゆ。
　難波へ向きて、

ⓒ

御諸に　築くや玉垣　築き余し　誰にかも依らむ。|　神の宮人。|

岩の上に　小猿米焼く　米だにも　たげて通らせ。|　山羊の老翁。|

處が、このⒸの例によると、結句は一首の中に重要な役目を負ってゐる。音調上の七音添附ではなくなってゐるのである。この例を三つに分けたのはこの間にその推移が見られる故であるが、三群構成が口調の上にも姿を現はして、二群で終止、三群で終止の形をとりつゝ、結句が詩の意味の進展に與ってゐるものⒸ―ⓒから、Ⓒ―ⓑの例、即ち二群では切れるが結句が文章の追補の形をとってゐるものに移ってゆく。更に二群に於ける終止が消えて、意味としては結句が連なってゐるのであり、一々の群と匹敵するウェイトをもって来る。かゝる結句の推移を、意味の無いものと、意味のあるものとの二様に考へる事が出来るが、これが、第二群に取入れられて、先づ第三群が消滅する。五音七音」五音七音七音」といふ可能性がこゝに発生するのである（註三）。

かく、三群短歌発生への推移として結句の第三群消滅を述べたが、このまゝ二群短歌へ移行するのでは決してない。これと併行して起って来る事は第三句、つまり第二群初句が第二群と遊離し、やがて第一群の中に取入れられてゆく過程である。

先づ中間の形を示してゐるものは次の如きものによって、知られる。記紀歌謡より例を引くと次のものなど好適である。

臣の子の　八符の柴垣↓
　↑下動み↓
↑地震が震り来ば　破れむ柴垣
（紀九一）

御諸の　嚴白檮が本↓
　↑白檮が本↓
↑忌忌しきかも　白檮原孃子
（記九三）

この例について云へば、これら第三句を次の「地震が震り来ば」「忌忌しきかも」と切離しては見られぬであらう。この点、三句、四句によって第二群を形成してゐるとも見うるものである。然し、「柴垣下動み」とも「白檮が本白檮が本」とも又見られるので、この点から云へば第三句は第一群へ編入されようとする勢ひを示してゐる。つまり第三句が第二群から遊離してゆかうとする、第一の段階である。

日下江の　入口の蓮↓
↑花蓮↓
↑身の盛人　羨しきろかも
（記九六）

畝傍山　木立薄けど↓
↑頼みかも↓
↑毛津の若子の　籠らせりけむ
（紀一〇五）

この例に於ては一層顯著なものがあるであらう。上句との連関は「蓮↓花蓮」「けど↓頼み」と考へられはする。下句との連関は「花蓮↓身の盛人」「頼み↓毛津の若子の籠らせりけむ」と考へられはする。然し第一首目の下句への連りは暗喩によって、第二首目の連りは意味によってゐるのであって、明瞭なものとは云ひ難い。これは前例に比較する事によって著しいが、この原因とするものは、他でもない、この第三句が夫々独立してゐるからである。いはゞ二句目、三句目、五句目に休止があるのであって、第二群初句から遊離して、第一群末へ結合しない、以前の状態といへるであらう。遊離、第二の段階である。

かうした中間の二段階を経て、第三句は第一群に取入れられる。その例を次に擧げてみると、先づ記に於ては、

梯立ての倉椅山は嶮しけど」
妹と登れば嶮しくもあらず」
(記七一)

笹葉に打つや霰のたしだしに」
率寝てむ後は人議ゆ(は離ゆ)とも」
(記八〇)

夏草のあひねの浜の蠣貝に」
足踏ますな」明かして通れ」
(記八八)

——記——

第三句は痕跡なく第一群に取入れられてゐるであらう。第三首目は未だ結句がやゝ離れてゐる例である(註四)。又、紀に於ては、これより、より多く発見する事が出来るが、その例を二三示すと、

―紀―

「明珠の光はありと人は云へど
君が装し貴くありけり」

（紀六）（註五）

「淡海の海瀬田の済に潜く鳥
田上過ぎて菟道に捕へつ」

（紀三一）

「君が目の恋しきからに泊てて居て
斯くや恋ひむも君が目を欲り」

（紀一二三）

同じく第三首目に結句の中間的なものを示した（註六）。無論万葉集にその例は在る。初期のものから一つを引いて煩雑を避けると、

「椙垣の久しき時ゆ恋すれば
吾が帯緩ぶ朝夕ごとに」

（巻13　三二六二）

の如きである。

かうして、五七」五七」七三群短歌は、先づ五七」五七七」と二群になり、更に五七五」七七」の二群短歌と変っていったが、さてこの中に含まれてゐる抒情の変化はどうであらうか。途中二三触れては来たが、總括的に云へる事は、五音で始まり、五音で終る句が整った抒情を形成するといふ事がその一としてあげられる。そして、十七音と十四音といふ二段形式に於て、何れかが抒情の中心になり、何れかがそれに従属する関係が生じるかをその第二とする。第三に最大十二音の抒情であったものが、十四音―十七音といふ拡大によって、その中に詠嘆のみならず、文章法的完成を持とうとする事が起って来る。それが可能であるからであるが、それは同時に、抒情基点としようとする情景の描寫を爲さしめようとするものである。これと共に、特異例として擧げうるのは前記、二群短歌の中の紀三一に見られる如く、上群の最後の語を承けて第二群が発想する事である。つまり、上三句が序として用ゐられるやうになるのであるが、この序は、実にこの二群韻律によって導かれたものであるに他ならない。例へば「行く水の』間も無くも」といったものはその移りゆきを示してゐるに他ならないが、然し、かゝる派生は時代を下ったもので、現在直接の、抒情の散文化の方向と一致するものではない。

更に、この次の段階としては、これが一群の構成の中に姿を消すのである。これは先に第二群と決別した第三句が又第二群と連絡し、この境の群を消滅させてしまふか、五七」五七七の二群が一群に統合されるか、更に五七五七の上四句を一群とし、結句を一群とする二群歌が一群に統合されるか、以上三つの経路の何れかをとる。即ち、次の如き関係である。

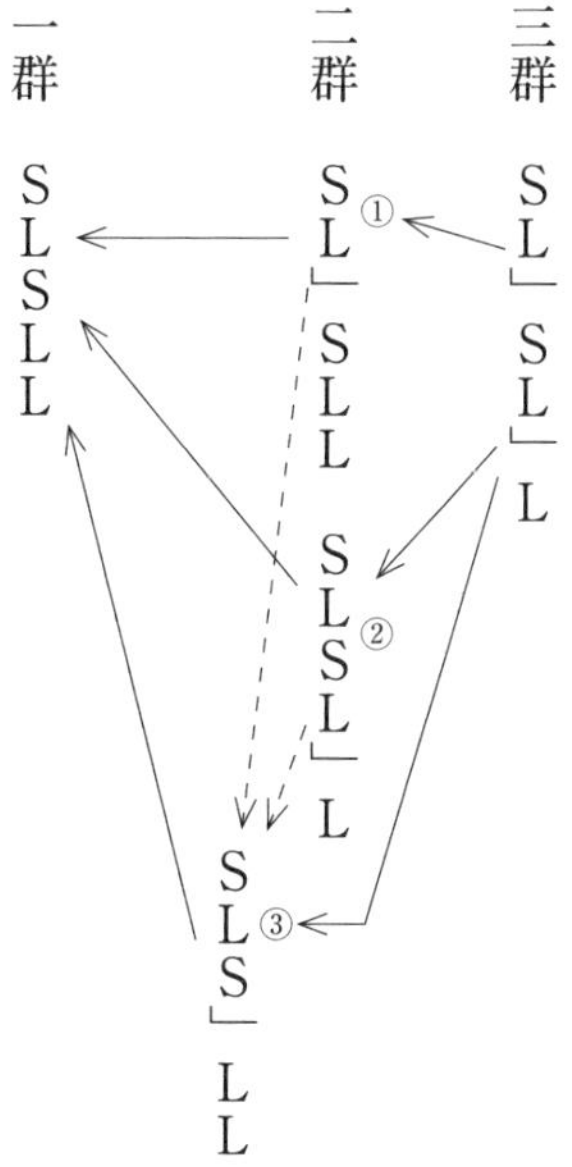

第三句第四句間に群境がある二群短歌は、この群境が移動して来てゐる爲に、より複雑段階であらうが、二群への移行に於て、例へば①（前図）の場合には十九音、②の場合には二十四音といふ一群を有する事になる。この点が③の十七音の方により三群への距離の近さを実証するものである。前述の、散文的詩性といふ事から云へば、①、②の二群短歌が、より一群性をもってゐるのである。従って、この二群短歌を例擧すると、①の場合は註に於て数多くあげたので省略して②の場合の二群短歌は、記紀に於ては殆ど存在しない。僅かに、

小林に我を引入れて姧し人の面も知らず」
家も知らずも」
（紀一一一）

の如きものを見るのみである。

万葉集にこの種類の歌を求めると、後期に従って、その多い事がほゞ察せられる。今試みに大伴家持の歌の中にそれを果してみると、巻二十の天平勝宝六年秋の歌十五首（四三〇六―四三二〇）中、三句で切れるものは一首のみであり、四句切れのもの六首、後は一首一本の音調によってゐる。この中に、群の意識は殆ど崩壊してゆかうとする趨勢を、見るのである。四句切れのものを少し例として擧げよう。

初尾花花に見むとし天の河隔りにけらし」年の瀬長く（巻20　四三〇八）
秋草に置く白露の飽かずのみ相見るものを」月をし待たむ（巻20　四三一二）

＊

大丈の呼び立てしかばさを鹿の胸分け行かむ」秋野萩原（巻20　四三二〇）

最後の例を別にしたのは、四句切れといっても一群の如くも思はれるからである。そして、今四句切れ六首と稱したものは、実はかかる四句切れが三首あるのであり、これを一群歌とすれば、前十五首は実は三句切れ一首、四句切れ三首、五句切れ十一首といふ事になるのである。それは、かゝるものである。

秋風に今か今かと紐解きてうら待ち居るに月かたぶきぬ（巻20　四三一一）

宮人の袖つけ衣秋萩ににほひよろしき高圓の宮（巻20　四三一五）

かうして、二句の三群短歌は三句二群短歌を経て五句一群短歌を形成する。これを万葉各期に亙って例擧する必要が、私にはあると思ふ。各期の代表的歌人の作品を以下順次見てゆくと、

第一期――額田王

秋の野のみ草苅り葺き宿れりし兎道の宮處の仮廬し思ほゆ（巻1　七）

斯からむと予ねて知りせば大御船泊てし泊に標繩結はましを（巻2　一五一）

額田王の歌は先に三群短歌にも例証した（一八及四八八）通り、一群短歌の例は少い方である。判読しうる短歌八首は三群―三首、二群―三首、一群―二首の数を得る。蓋し第一期全般に敷衍する事も可能でなくはないであらうか。

第二期―柿本人麻呂

黄葉の落り去るなへに玉梓の使を見れば逢ひし日念ほす（巻2　一〇九）

日並の皇子の尊の馬竝めて御獵立たしし時は来向ふ（巻1　四九）

人麻呂は決して抒情呼吸の短い歌人ではないが、一群短歌は余り多い方ではない。そして人麻呂短歌の傾向は第三句終止を本来とし、この上下に展ける抒情質の相異によって、立体的な効果を狙ってゐると云ひうるのである。これは、先に紀の歌謠に例証した如き序性格のものではなく、共に表面第一線の詠嘆抒情なのである。これは長歌歌人としての技術の修得に、由来するものであらうと感じられるが、かゝる点から、平敍して直截的に抒べるといふ事は比較的少なかったものと見るべきであらう。

第三期―山部赤人

田児の浦ゆうち出て見れば眞白にぞ不盡の高嶺に雪は零りける（巻3　三一八）

秋風の寒き朝けを佐農の岡越えなむ君に衣借さましを（巻3　三六一）

―大伴旅人

酒の名を聖と負せし古の大き聖の言のよろしさ（巻3　三三九）

いにしへの七の賢しき人等も慾りせしものは酒にし有るらし（巻3　三四〇）
　　――山上憶良
風雲は二つの岸に通へども吾が遠嬬の言ぞ通はぬ（巻8　一五二一）
天ざかる鄙に五年住まひつゝ京の風俗忘られえにけり（巻5　八八〇）

所謂万葉第三期の歌人たちの作品を見ると、非常に多彩である。発想にしても、決して劃一的ではない。何群といふ事を特色とする事は、恐らくその歌人の歌風を決定する事になるであらう。然しそれが無いのである。例へば旅人の例をとってみても、一群歌は讃酒歌には多い。然し、全体として多いのではない。憶良について擧げたものは所謂代表作ではない。彼の代表作とせられる短歌は概ね、三群、二群のものである。赤人の内一首はその代表作の一つであらうが、アットランダムな抽出がこれに叶ふわけではなくて、つまりこれらを通して、この時代には一つの技巧として用ゐられてゐたらう事が結論される。


第四期に関しては先に家持に例証したので省略する。

この中に於ける抒情性の推移は途中纒めつつ進んで来たが、引例を多くしたので、その中に自づと知られる事である。

これを詩性の面から見ても同様明瞭な事であらう。五音七音完結の十二音詩が三十一音詩に拡大される時、その詩性が如何なる形をとってゆくかは余りにも明瞭な事である。即ち、主観表現が裏面となり、客観表現が表面となる。更に明瞭にするべく、最後に二つの例を並べておきたいと思ふ。一つを日本書紀より、一つを万葉集第四期の歌人より。

難波人鈴船執らせ腰煩みその船執らせ大御船執れ（日本書紀、巻11　五一）　仁徳天皇

大君の命恐み大船の行きのまにまにやどりするかも（万葉集、巻15　三六四四）　雪宅麻呂

●註一

五十嵐博士は、

n（5＋7）＋7

の数式によって説明される。nが1の場合が片歌、2の場合が短歌、3以上の場合が長歌、そしてこの式を二つ重ねて出来るもの、つまり同一式で示せば

N［n（5＋7）＋7］

のNの数値を代へる事によって出来るものに旋頭歌があると説く。古代詩歌形態の集大成論として注目されるものである。

●註二
記紀のもつ三群短歌を、一括して抽出すると左の如くである。

―記―

嬢子の床の辺に」吾が置きしつるぎの大刀」その大刀はや」（記三四）
道の後古波陀嬢子を」神のごと聞えしかども」相枕纏く」（記四六）
道の後古波陀嬢子は」争はず寝しくをしぞも」愛しみ思ふ」（記四七）
山県に蒔ける菘も」吉備人と共にし摘めば」楽しくもあるか」（記五五）
倭方に往くは誰が夫」隠水の下よ延へつゝ」往くは誰が夫」（記五七）
山代の筒木の宮に」物申す吾が兄の君は」涙ぐましも」（記六三）
多遅比野に寝むと知りせば」防壁も持ち来ましもの」寝むと知りせば」（記七六）
埴生坂吾が立ち見れば」炫火の燃ゆる家群」妻が家のあたり」（記七七）
愛しと眞寝し眞寝てば」刈薦の乱れば乱れ」眞寝し眞寝てば」（記八一）
天飛ぶ鳥も使ぞ」鶴が音の聞えむ時は」吾が名問はさね」（記八六）
御諸に築くや玉垣」築き余し誰にかも依らむ」神の宮人」（記九五）

―紀―

味酒三輪の殿の」朝門にも出でて行かな」三輪の殿門を」（紀一六）
味酒三輪の殿の」朝門にも押し開かね」三輪の殿門を」（紀一七）

大坂に継ぎ登れる」石群を手遞伝に越さば」越しがてむかも」（紀一九）
衣こそ二重も宜き」さ夜床を並べむ君は」畏きろかも」（紀四七）
朝妻の避箇の小坂を」片泣きに道行く者も」偶ひてぞよき」（紀五〇）
難波人鈴船執らせ」腰煩みその船執らせ」大御船執れ」（紀五一）
山辺の小島子ゆゑに」人衒らふ馬の八匹は」惜しけくもなし」（紀七九）
ぬば玉の甲斐の黒駒」鞍著せば命死なまし」甲斐の黒駒」（紀八一）
枚方ゆ笛吹き上る」近江のや毛野の若子い」笛吹き上る」（紀九八）
韓國の城の上に立ちて」大葉子は領布振らすも」日本へ向きて」（紀一〇〇）
韓國の城の上に立たし」大葉子は領布振らす見ゆ」難波へ向きて」（紀一〇一）
岩の上に小猿米燒く」米だにもたげて通らせ」山羊の老翁」（紀一〇七）
本毎に花は咲けども」何とかも愛し妹が」復咲き出来ぬ」（紀一一四）
今城なる小丘が上に」雲だにも著くし立てば」何か歎かむ」（紀一一六）
臣の子の八重の紐解く」一重だにいまだ解かねば」御子の紐解く」（紀一二七）
山越えて海渡るとも」おもしろき今城の中は」忘らゆましじ（紀一一九）

●註三

三群短歌の二群短歌への移行に関して、三句、二句を二群とする事と同時に、このまゝ二句、三句の二群とする事も行はれる。この場合には敢く迄も基調音数律は五七調なので、第三句を取入れた

――この事は続述するが――五」七五調と異った抒情である事が第一と、概して抒情＋敍述の形をとる事とを第二とし、この二つの爲に、抒情面からは注目されなければならないものである。然し、これは七五調といふ趨勢の中に早晩解体するものなので、こゝでは傍流として註記するのみにとゞめる事にする（この点に関しては臼井歳次氏「短歌の発生と長歌の関係」（『國文學研究』五輯）に豊富な引例と共に詳しく説かれてゐる。この中から二三例を左に記すと、次の如くである）。

万葉集例歌

いざ子どもはやく日本へ」大伴の御津の浜松待ち恋ひぬらむ」（巻1　六三）

宇治間山朝風さむし」旅にして衣かすべき妹もあらなくに」（巻1　七五）

在りつゝも君をば待たむ」うち靡く吾が黒髪に霜の置くまでに」（巻2　八七）

零る雪はあはにな降りそ」吉隱の猪養の岡の寒からまくに」（巻2　二〇三）

記紀中の例としては紀九二などがある。

（尚、かの「君が代は（わが君は）千代に八千代に」さゞれ石のいはほとなりて苔のむすまで」（古今、巻七、賀）も、この後代のものとしての例である）。

●註四

記に於ける第三句第一群編入歌を次に一括してあげる。曖昧なものはその中間形としたいといふ意志に基くものである。

倭方に西風吹き上げて雲離れ」そき居りとも吾忘れめや」（記五六）

梯立ての倉椅山を嶮しみと」岩懸きかねて吾が手取らすも」（記七〇）

大坂に遇ふや孃子を道問へば」直には告らず當岐麻路を告る」（記七八）

呉床座に神の御手もち彈く琴に」儛する女」常世にもがも」（記九七）

●註五

この歌は古事記にも載せられてゐるが、多少語句の異同がある。そしてこの異同によって古事記の方は三群になってゐる。

赤玉は緒さへ光れど《ノヒカリハアリト》

白玉の《ヒトハイヘド》君が裝し」

貴くありけり」　（ルビは紀）

この中に伝誦形の新旧を窺ふ事は興味ある事である。

●註六

仝様に紀に於ける第三句第一群編入歌を次にあげる。この中で仁徳天皇紀（巻十）以前のものは一首と本文抽出の歌の類歌一首のみで仁徳紀より推古紀までに含まれるもの五首、舒明紀（巻二十三）以下のもの七首となってゐる。主として舒明時代以後の万葉集には、二群短歌の方を多とする事は、前述した。

彌雲立つ出雲梟師が佩ける太刀」黒葛多巻きさ身無しにあはれ」（紀二〇）

淡海の海瀬田の済に潜く鳥」目にし見えねば憤しも」（紀三〇）

＊

おしてる難波の崎の竝び浜」竝べむとこそその子はありけめ」（紀四八）
夏虫の蛾の衣二重著て」囲み屋たりは豈宜くもあらず」（紀四九）
さゝらがた錦の紐を解き放けて」数多は寝ずに唯一夜のみ」（紀六六）
大君の八重の組垣懸かめども」汝を有ましじみ懸かぬ組垣」（紀九〇）
大君の御帯の倭文繒結び垂れ」誰やし人も相思はなくに（紀九三）

＊

彼方の浅野の雉響さず」我は寝しかど人ぞ響す（紀一一〇）
山川に鴛鴦二つ居て偶好く」偶へる妹を誰か率にけむ（紀一一三）
鉗著け我が飼ふ駒は引出せず」我が飼ふ駒を人見つらむか（紀一一五）
射ゆ鹿を認ぐ川辺の若草の」若くありきと我が思はなくに（紀一一七）
飛鳥川水漲ひつゝ行く水の」間も無くも思ほゆるかも（紀一一八）
水門の潮のくだり海くだり」後も暗に置きてか行かむ（紀一二〇）
赤駒のい行き憚る眞葛原」何の伝言直にし宜けむ（紀一二八）

第二項　万葉第三期

記紀時代歌謡が、いはゞ集団的民衆的に成立してゐるとすれば、その万葉集への推移は、民衆より個人への移行であるといひうる。仁徳期にほゞ成立した形態がその姿を漸次整へて、その姿を完くするのは、文藝が個人の意識の中に棲むやうにならなければならないであらう。武田祐吉博士の云はれる万葉に於ける「われ」の意識は実にその裏付けであるのだが、もしそうだとしたら、眞の意味の万葉集の十全な姿は、第一期を過ぎ第二期を見送って、第三期に始めて見られるべきであらう。人麻呂に於ける敍景歌が集団的認識のものであるといふ事は云はれてゐる（久松潜一「短歌概説」）。万葉第二期には人麻呂によって種々な歌体が文藝的創造を見たがその達成は次の時代に譲らねばならぬのは、第二期が尚黎明直前のものである事を意味するに他ならない。各詩性の確立が第三期にはある。十全な文藝の姿であるだらう。特に現在問題にすべき事は、この中にある。純一な抒情詩が多角的な局面を示しつゝ開けてゆくその動きが、この中に含まれるのである。この意味に於て、抒情詩流動の前説としての万葉第三期概観を果したいと思ふ。

所謂第三期とは如何なる年月を指すかは種々その見解の一致を見ない。その始めを和銅三年三月の奈良遷都に定める事は問題ないが、その終期は天平初期の数年を前後して定まらない。第四期は家持に代表されるべき時期であるが、その記事に見える最初は天平五年作であるが（註一）、「作者別」は天平四年三月以前と推定する作二首を擧げてゐる。又旅人は天平三年に歿してゐる。彼と共に第三期を形成する歌人達、憶良は天平五年に「沈痾自哀文」「老身重病経年辛苦及思児等歌」「山上臣憶良沈痾之時歌」などを有してそれ以後に作を見ず、笠金村も同様この年をその作の最後とする。赤人は天平八年をその記事の最後とし、土屋文明氏は「此年又は翌九年疫病に死せるに非るか」と云はれてゐる。虫麻呂の記事最終は天平四年である。こうした事情の綜合の上に森本治吉氏は天平五年までを第三期とされ、史家川崎庸之氏は天平十年をその境界とされてゐる。他に天平八年その他が断定されてゐるが、今この近辺の作品を検討するに天平五年は憶良の世界であり、それが終る、六年、七年は急激に淋しさを増してゐる。そして天平八年は又賑かな年であるが、この中に赤人の代表歌の中の幾つかをもつ点に於て、こゝまでは何れも第三期に属するべきものである。更にその翌年天平九年には、長屋王の詩筵にあり、長屋王の終焉を予告する藤原宇合、藤原麻呂、更に長屋王によって東宮に侍せしめられた文人の一人だった佐爲王、或は憶良と交渉をもち、長屋王と対した藤原房前、これらの人々が相次いで死んでゆくのである。房前が四月に、麻呂が七月に、佐爲王、宇合が八月に。これはすべて長屋王詩壇の終局であり、ひいては第三期の終局である。こゝに第三期の最後があると私は考へたい。翌天平十年からは又新らしい池主や書持が現はれて来る。第四期の初めとすべきだらう。かくて、万葉第三期として此處に扱ふ期間は、和銅三年（七一〇）より、天平九年（七三七）までの二十八年間としたい。

今、前期として暫く淨御原宮時代を見るならば、壬申乱平定後の、安定した世界への出発がこの中にはこめられてゐる。大化改新の成就は実にこの淨御原宮時代にこそ求められるべきである事は第二章に於ても概観したが、大津朝廷が十年の歳月にして、たはやすく壬申乱に突入した後、その勝利朝廷に於ける継承はむしろ當然すぎる考へ方であらう。戦勝後のみちみちてゐる刷新への意慾が、天武政権の正義的裏付けの中に神を求めていった。この明日香淨御原時代の幕を切って落すものは改新の成就といふ意慾が求めた、神の概念であったのである。

これを最も有力に物語るものは人麻呂の作品である。彼にある天皇讃歌である。天皇の神格化は、実に壬申乱以後に初めてみるものである事が云はれてゐる。大伴御行らの、

壬申乱平定せし以後の歌二首

皇は神にしませば赤駒の腹ばふ田井を京師となしつ（巻19 四二六〇）

右の一首は大将軍贈右大臣大伴卿の作なり。

大王は神にし坐せば水鳥の集く水沼を皇都と爲しつ 作者未だ詳ならず（巻19 四二六一）

右の件の二首は天平勝宝四年二月二日之を聞きて、即ち玆に載す。

がそれであるが、こういった思想を根本理念として確立してゐるのが人麻呂の作品である。

玉襷　畝火の山の　橿原の　日知の御代ゆ　生れましし　神のことごと　樛の木の　いやつぎつぎに　天の下　知ろしめししを（巻1 二九）

やすみしし　吾大王　神ながら　神さびせすと……山川も　依りて仕ふる　神の御代かも（巻1　三八）

反歌

山川もよりて奉ふる　神ながら……（巻1　三九）

……高照す　日の御子は　飛鳥の　淨の宮に　神ながら　太敷きまして……（巻2　一六七）

やすみしし　吾大王　高照す　日の皇子　神ながら　神さびせすと……（巻1　四五）

……神さぶと　磐隱ります　やすみしし　吾が大王の……神ながら　太敷き坐して……常宮と定めまつりて　神ながら　鎭まりましぬ……（巻2　一九九）

葦原の　水穂の國は　神ながら……（巻13　三二五三）

こうして神格化天皇を人麻呂の作品に窺ふ事は枚擧に遑がない。人麻呂は宮廷にあっては微官にしか過ぎぬのだが、かゝる官職の辺土に及んで盛んだった神聖視が考へられるのである。

又、かうした淨御原朝廷の正當づけは、必然的に歴史の編纂に辿りつく。日本書紀天武天皇十年の三月に「帝紀及び上古の諸事を記し定めしめ」た事が記されてゐる（註二）。が、時代思想としての現身神天皇といふ概念はその遠い源泉への思慕を呼ばずにはゐない。先項「説話文藝」に於ては天武朝のリリシズムが旧辞を迎へた事を述べたが、そのリリシズムは思慕の一端である。

天地の　初の時し　ひさかたの　天の河原に　八百万　千万神の　神集ひ　集ひ坐して　神分ち分ちし時に　天照す　日孁尊　天をば　知らしめすと　葦原の　瑞穂の國を　天地の　依り合ひの極　知しめす　神の命と　天雲の　八重かき別きて　神下し　坐せまつりし…（巻2　一六七）

この人麻呂の長歌は天皇の源流としての、神代物語への思慕である。

第二期はこうした神の世界の中に開けてゆくが、然し、これが藤原宮時代を経て第三期に近づくにつれて、現實化して来る。人民生活は不安への傾斜を示し、朝廷人臣間にはその不穏をはらんで、第三期の開幕、つまり奈良遷都は始まるのである。

人民生活の窮乏は即ち神格讃美が何ら現實にはその靈驗を現はさぬ、當然の成り行きであるに過ぎないのだが、加之、種々な天災も重なって来てゐる。

持統天皇五年に「奴婢の制」の詔があったが、「若し百姓の弟、兄の爲に賣らるる者有らば」「若し子、父母の爲に賣らるる者は」と記されてゐる。その地方人民の惨状を裏書きするものであるが、仝年條には更に「六月、京師及び郡國四十ところ雨水ふれり」「四月より雨ふりて、是の月に至る」とて攘災を祈ってゐる。翌六年には「閏五月乙未朔丁酉、大水あり、使を遣して、郡國脩行きて、災害ありて自存ふこと能はざる者に稟貸へ、山林池沢に漁し採ることを得せしむ」

文武天皇が立ち、大宝になると所謂大宝律令が撰定されたが、すぐ慶雲に移ると、飢饉、疫病の流行が相次いでこの慶雲の年次を蔽ふ。慶雲三年にはかうした中の律令の改正があった。

かうした人民生活の不安と共に朝廷内の不穏が更に奈良遷都の前夜を形作ってゐる。

文武天皇の死、元明天皇の即位にかけての政界の不安は、

（慶雲四年）六月詔、八省卿五衛督率を召し、遺詔によって万機を總摂する旨の詔令。

仝七月即位大赦詔、山沢に亡命し軍器を挾蔵する者百日首さざる時は復罪の例外。

仝、授刀舎人寮設置。

和銅改元の詔、大赦例外再度。

仝、奈良遷都詔「子来の義勞擾せしむる事勿れ」

仝七月、穂積親王、石上麻呂、藤原不比等、大伴安麻呂等百寮に率先して公平の誠を致すべき命令。又神祇官大副、太政官少弁、八省の少輔以上、侍従、彈正の弼以上、武官の職事五位等を召して臣子道を説く。

といふ続日本紀の諸條によって、十分窺ふ事が出来る。

和銅三年の奈良遷都はかうした雲行の中に行はれたのであるが、即ち第三期の當初を飾る暗雲であるに他ならない。結局、かうした第三期前期の様相は、神の観念の中に神話世界追慕と共に始まった天武朝新政が、漸次その理想を崩壊させ、全くの混沌の内に次へ移らうとするのである。これは天武律令國家制度が、古代天皇國家の完成であり、その崩壊しゆく過程に他ならないのである。神の観念の崩壊がそれに代るべき現実の観念を生み出して来る、それは古代信仰國家の崩壊と軌を一にするのである。奈良遷都は、この強引な建直し政策の第一の努力であるに他ならないものである。

然し、奈良遷都は決して、こういった刷新のくさびにはなってゐない。その造都そのものに於てすら、かの有名な長歌に見られるやうな表情を役民にとらせてゐるのである。

天皇の　御命かしこみ　柔びにし　家を釈き　隠國の　泊瀬の川に　船浮けて　吾が行く河の
川隈の　八十隈おちず　万度　かへりみしつつ　玉桙の　道行き暮らし　あをによし　奈良の京
の　佐保川に　い行き至りて　我が寝たる　衣の上ゆ　朝月夜　清に見れば　栲の穂に　夜の霜
降り　磐床と　川の氷凝り　冷ゆる夜を　息むことなく　通ひつゝ　作れる家に　千代までに
来ませ大君よ　吾も通はむ（巻1　七九）
　反歌
あをによし奈良の家には万代に吾も通はむ忘ると念ふな

そして役民の逃亡が相次ぎ「権りに軍營を立て、兵庫を禁守」するのであるが、この造都が、奈良朝史を暗く彩る浮浪民の契機であった事も、云はれる通りである。万葉集七九の長歌には尚「天皇の御命かしこみ」と綴られ、「千代までに　来ませ大君よ」と唱へられて、苦役に疲れはてた汗の顔に見る、ふっとした寂しげな微笑の如き表情を湛へてゐるのも、実はその一つであるのだが、こうした観念と実際との相剋を示してゐる事は、古代國家制度の、いはゞ古代奴隷制の矛盾に行き惱む時代の姿である。

これは政治の動きにも見る事の出来るもので、所謂長屋王時代迄の七二一年以前の遷都十年間、藤原不比等の政治は、如何にして律令政治伝統の推進が可能であるかといふ事であったが、古代國家制の矛盾は如何ともし難かった結果を見せてゐる。和銅四年、和銅五年の詔（註三）がそれを語り、降って養老初葉の、即ち不比等の歿年に及んで、國内不安の狀が綴られてゐる（註四）。そしてこの間を縫って藤原氏の勢力伸長が徐々に進められてゆく。これは後の大伴氏との――旅人、家持との関係があり、長屋王との関係があって、即ち万葉時代背景と不可分のものであるが、壬申乱に於ける功臣丹治比嶋、大伴御行、藤原不比等らの中から不比等の勢力が抜群し、同時にその子ら武智麻呂、房前、宇合らが後日の地歩を固めて来る。長屋王が右大臣として政権を掌握した養老五年には、大納言多治比池守、中納言巨勢祖父、大伴旅人、武智麻呂、参議は房前と多治比三宅麻呂、後阿倍広庭である。八年の後、王を自盡せしめるのは宇合と武智麻呂であるに他ならない。

かく、政治上の矛盾が社会生活上の荒廃に及んで、それに附随した権臣の暗闘と共に第三期は始まるが、そういった奈良朝初期十年の後、所謂長屋王時代が続くが、この中にこめられたものは、決して、かゝる古代制の否定では無くて、やはり同様な浄御原への復帰努力でしかなかった。この事は尚十年の混迷を与へはするが、同時に王が用ゐた儒教風政治原理が、文藝的促進に与った事が、新しい局面の展開を示して来る。

この王の儒教的政治原理の応用といふのは、儒教災異説による政治基準といふ事であるが、これを暫く、政治的にのみ見るならば、災異によって広く政治への人言を徴するといふ形ではあるものの、一般の政治参劃といふ意味ではなくて、政治の得失を抽象的な道徳的責任の問題にしようとしてゐるものだとされる川崎氏の意見は卓見である（註五）。

然しこの儒教思想導入は副次的な所産であったが文藝的進運を齎すものであった。一つには全般的な文政といふ事があり二つには王の策を中心とする詩筵が漢詩の流行を来し、遂に懐風藻の成立をあらしめた事であり、三つには万葉集そのものの価値増大に与って力があったといふ事である。

養老五年、王の右大臣就任直後、多くの文人を退朝後東宮傅にせしめた事が記されてゐる。佐爲王、伊部王、紀男人、紀清人、日下部老、朝来賀須夜、越智広江、大宅兼麻呂、楽浪河内、塩屋吉麻呂、刀利宣令、土師百村、山上憶良、山田三方、山口田主、船大魚らの人々である。又、前に述べた（註五に於て）右大臣就任直後の災異説詔令と同日（前項の詔よりは数日後）、文人武士は國家の重んずるところ、医卜方術は古今これを崇ぶ、よろしく百僚の内において学業に優游し、師範とするに堪ふるものを撰んで、特に賞賜を加へて、後生を勧勵すべしといふ詔を発してゐる。そして四十人近くの人々に賞賜を与へ加へたのであるが、これが第一の施政声明たる点が注目されるべきであらう。この人々といふのは前記東宮侍従の人らなどと共に、背奈行文、調古麻呂、箭集虫麻呂、下毛野虫麻呂、大津首、吉田宜などといった人々であったが、何れも懐風藻の構成メンバーである点が考へ併されるのである。

又、僅か八年の間にも拘らず、文政の動きが次々に見られるが、

養老七年（七二三）。朝儀、衣冠形制の整備。

神亀元年（七二四）。帝都五位以上の者及庶人の營み得るものをして瓦舍を搆へ立て塗りて赤白と爲さしめむ官奏裁可。

神亀三年（七二六）。内裏に玉英の生ぜし故を以て朝野の道俗等に勅して玉英の詩賦を作らしめ、一百十二人の文人に賜祿。

仝（仝）。難波宮造營着工。

養老七年（七二三）、神亀三年（七二六）、神亀四年（七二七）。何れも新羅、渤海の使臣を迎へて饗宴を張り、詩筵を催す（懐風藻の根幹をなすものを得る）。

このやうな動きをほんの一端としてゐる。懐風藻武智麻呂伝には「武智麻呂、養老三年、東宮傅就任以来、これに勧むるに文学を以てし、これを匡すに諄風を以てす。太子ここに田獦の遊を廃し、ついに文教の善におもむく云々」と書かれてゐる。この眞僞は今暫く措くとしても、太子が田獦の遊を

廃し文教の善におもむいた事さえ合致して正しければ構はない。長屋王の施政はかゝる文政をその根幹とした、王時代の文運進展の第一である。

第二に當代に於ける外来思想は確かに著しいには違いないにしろ、漢詩の興隆は自然放任のみであったらかく生れてはゐなかったらう。懐風藻は外國使臣との詩賦の贈答を多くもつが、それが又詩会といふ場を通ってゐる事が云はれなければならない。こゝに即ち王の詩筵があるが、僧侶や房前、宇合らを含めた貴族らと共に、その中に名前の見える人には消（背）奈行文、吉田宜、刀利宣令などといふ万葉集の歌人があり、塩屋吉麻呂、山田三方、下毛野虫麻呂といった面々で、當代の文人の第一線を並べたものであった。

第三とするものは万葉集との関係であるが、これは云ふ迄もない事であり、憶良は王の詩筵に始めて詩作したと云はれ、憶良が万葉集中に導入した夥しい観念歌と、漢文による長文の述懐は実に王の行政によって促進されたものであるに他ならない。旅人にみられる漢文学的要素も、自ら習得したにしろ憶良に伝へられたものにしろ、この時代思潮を背景にしてゐる事に違ひがない（旅人と王の詩筵との直接の往来については明確な記事なく、諸説行はれてゐる）。

然し、こうした長屋王時代もごく僅かな期間の後に抹殺されねばならない。これは全く政界の葛藤の中に於てであるが、旅人が九州へ去り、山上憶良とか土師百村らが行を同じくしてゐるのを見ると、既に神亀四、五年から、この詩筵を中心とする王の位置は崩れつゝあったらう事が推測される。道慈が「僧はすでに方外の士何ぞ煩しく宴宮に入らむ」と云ふ、その時からである。更に神亀五年舎人親王が長屋王の上に列し（公卿補任舎人親王條、神亀五年三月廿八日詔書奉行）、上に書した（仝六月廿三日論奏）と註記され、又、「常に大内にあって周衛にそなふ」中衛府が新設され（仝八月）新田部親王の知五衛及授刀舎人事が強化された事から、長屋王の身辺への切迫がこの頃にすでにあった事も推測されてゐる。

そしてこうした動きの後に王は自盡せしめられる。長屋王の反が伝はってその宅を囲んだのが中衛府の兵も従へた宇合であり、翌日王を窮問したのが武智麻呂であり、その頭に戴いてゐるのが舎人親王、新田部親王であったといふ。神亀六年二月十二日であるが、その詩賦を中心とする時代はかうした藤原氏の政権獲得の暗躍によって去っていった。

さすれば、長屋王の葬送を一つの発火点として、政界の動搖は益々ゆらぎにゆらぐであらう。この中に家持などの不遇が秘められて来るのであるが、長屋王周辺の人々が、尚その残余の八年間を自適の中に入ってゆく。彼らを逐った後の中央には、文藝の代りうべきものは持ってゐない。こゝに、第三期最終の文藝が、中央を離れて存在する理由があるのである。彼らは自然を愛し、民間伝誦の数々を愛唱し、老荘思想の中に隠遁していった。長屋王は神亀五年五月、四ヶ月を費して大般若経一部六百巻を書寫し、佛弟子長王と稱した。華かな詩筵や歌会に生命の歓びを托して来た王の到着がこゝであったのだが、王周辺の彼らもこれと全く同一の歩みを示してゐるのである。

これは、第二期から流れて来た潮流の末尾を承けるものである。即ち天武朝廷の神の観念が、権威の何らその所以を持たぬ生活上への不能から、漸く現実感の中に引下げられて来たのであるが、これが更に第三期末葉に到ると、頽廃と諦念の附加をうけて来るのである。

神亀五年戊辰秋八月の歌一首幷短歌

人と成る　事は難きを　邂逅に　成れる吾が身は　死も生も　君が随意と　念ひつつ　ありし間に　うつせみの　代の人なれば　大王の　御命恐み　天離る　夷治めにと　朝鳥の　朝立しつゝ　群鳥の　群立ち行けば　留り居て　吾は恋ひむな　見ず久ならば（巻9　一七八五）

反歌

み越路の雪零る山を越えむ日は留れる吾を懸けて偲ばせ（巻9　一七八六）

右の件の（五）首は笠朝臣金村の歌の中に出づ

この歌は、か丶る推移を美しく見せてゐる。全体恋歌であるが、尚「大王の　御命恐み云々」といった語句を持ち、又一方では「人と成る　事は難きを云々」といった支那思想的な観念を併存してゐる。神亀五年はや丶遅すぎるのでもあるが、ほゞこの時代の推移を表はしてゐるものである。これに対して憶良になると、殊に歿年近い作品には諦念と自嘲と、如何ともし難い絶望の表情がその作品を蔽ってゐる。引用は余りにもアットランダムでよい。

たまきはる　現の限は　平らけく　安くもあらむを　事も無く　喪も無くあらむを　世の間の

厭けく辛けく……（「老身重病経年辛苦及思児等歌」）（巻5　八九七）

煩雑になるので簡單に引くと、か丶る一つの觀念的諦めが第三期末葉の文藝を蔽ってゐると見うるだらう（八九四の好去好来の歌は天平五年三月一日作のものであるが、憶良が大唐大使卿の記室に謹上したもので、彼の良心的制作ではない。この点文藝作品とは認め難いので今の處除外して考へるべきと思ふ）。

又旅人の作にも、か丶る觀念を扱って諦感したものは、

太宰帥大伴卿、凶問に報ふる歌一首
禍故重疊し、凶問累に集る。永く崩心の悲を懷き、独断腸の泣を流す。但両君の大助に依りて、傾命纔に継ぐ耳。筆言を盡さず、古今の嘆く所なり。
世の中は空しきものと知る時しいよよますます悲しかりけり（巻5　七九三）

などを見、又頽廃的な気分をもってゐるものとしては例の讃酒歌の十三首が擧げうる。何れも諦念に色濃くいろどられたものである。

驗なき物を思はずは一坏の濁れる酒を飲むべかるらし（巻3　三三八）

こうした憶良旅人らと共に筑紫観世音寺には沙彌滿誓が居たが、

世間を何に譬へむ朝びらき榜ぎ去し船の跡なきごとし（巻3　三五一）

といった親近感を示し、こうした中に、天平二年正月十三日の梅花宴は一つの注目すべき事である。この時代の文人の自適は何も地理的地方には限らぬのであるが、こゝにその地方文化の一つを見るのである。以上述べて来たやうな條件の中に太宰府文化が釀成されてゐるのである。梅花宴には主人、筑前守山上大夫、笠沙彌、少監土氏百村等の名が連なってゐる。旅人は又松浦河にその空想の羽を伸ばし、又憶良とも旅人とも云って鎮懐石の歌を詠み、又憶良は志賀の白水郎の歌をうたってゐる。正に流適の相全きを得てゐるものがあるが、然し、同時にそれは政治抗争の圏外にはみ出し乍ら、常に望郷の念を禁じえない一群像をこの中に見るであらう。旅人は天平二年冬、大納言に任ぜられて帰京してゆく。そして翌年七月、僅かの大納言生活をもって六十七年で歿する（註六）。

こうして天平三年の旅人の歿を始めとして、翌天平四年には虫麻呂の歌が終り、五年には憶良が歿し、金村の歌が終る。その後二年を置いて八年には赤人の歌がその最後を見せ、此の年、或は翌九年に歿してゐる事は既に述べた。更に、それのみでは無い。長屋王を葬り、長屋王によって出来た万葉第三期を葬った人々がこの年月の間に相次いで、世を去ってゆく。新田部親王が天平七年九月に。舎人親王が仝十一月に。又宇合が天平九年八月に。その弟麻呂が仝七月に。そしてその兄房前が仝四月に。

こうした天平三年から九年にかけての七年間に第三期の幕は慌しく、そして空しく降されてゆく。そしてそれが同時に古代國家の終幕でもあった。和銅五年（七一二）の古事記撰定、和銅六年（七一三）の風土記撰定、そして養老四年（七二〇）の日本書紀撰定がこの中に含まれる。日本古代國家への總決算が一つこゝにも行はれてゐるのである。第三期が天武朝に始まる神秘的足並を、時間的趨勢の中に無慘にも破壞してゆかねばならなかったのも、実はこの總決算の一つの表れに過ぎないのである。

万葉集第四期は所謂天平時代の最盛期である。聖武天皇の佛教政治を主動力とする、遮二無な頽廃からの立直りがその時代であるが、それは同時に広嗣乱（天平十二年）から奈良麻呂変（天平宝字一年）に到る時代でもある。この中に家持的世界への変遷は結局別角度の認識態度でしかなくて、第四期に発する新らしい日付けは無いであらう。人間と、時間を違へた同じ世界が又流れてゆかうとする。これはむしろ嬉々とした歩みでもある。次の黎明へつらなる歩みであるから。

結局、万葉第三期に最盛を極める万葉集短歌の花々は、こういった古代國家の背景を担ったものであるやうである。貴族的完成が万葉の完成でも、又庶民の参与が万葉の完成でもない。かゝるすべての層を一丸とした、古代國家の相貌が万葉集の中には語られてゐる筈である。そういった事を第三期が教へるのである。

●註一

巻六、天平五年の歌の中に「大伴宿禰家持の初月の歌一首」（九九四）が見える。年代の明記された歌の中最も初期のものである。

●註二

（日本書紀本文）

丙戌、天皇大極殿に御します。川島皇子、忍壁皇子、広瀬王、竹田王、桑田王、三野王、大錦下上毛野君三千、小錦中忌部連子首、小錦下阿曇連稲敷、難波連大形、大山上中臣連大島、大山下平群臣子首に詔して、帝紀、及び上古の諸事を記し定めしめたまふ。大島、子首、親ら筆を執りて以て録す。

●註三

和銅四年五年何れの詔も地方行政の精勵を説くものであるが、現象としてよりも本質として、如何ともし難かった事情を見なければならないものである。四年には「律令を張り設くること年月すでに久し然れどもわづかに一二を行ひて悉く行ふことあたはず」とされ、五年（諸司の主典以上幷びに諸國の朝集使に対する詔）のものは定法後久しくして未だ律令に熟せむ過失あり、この爲彈正は月三度、諸司を巡察して非違を糺正しその事狀を具して式部に報告すべく、また毎年巡察使を諸國に遣はして國内の豊儉得失を檢校せしめ、且つ國司は毎年官人の功過・行能幷びに景迹を考狀に附して式部省に送るべく、省はそれを巡察の所見と勘会しなければならぬ事を命じてゐる。

●註四

同様な事が養老四年太政官奏言に云へる。それは、比来百姓例多く乏少にして、公私弁ぜざるに至るもの多し、もし矜量せざれば家道存しがたからん、又、嚴重な禁令に不拘、徭役を規避して逃亡するもの多くなり、加之、隼人の叛乱、これに次ぐ蝦夷の叛乱、といった國内狀態を示してゐる。

これらはすべて、自らなる前時代体制の瓦解を意味するものであらう。

●註五

右大臣就任直後地震が続き、王は文武庶僚に対して、もし風雨雷震の異あらば各々極言忠正の志を存すべしとし、又翌月地震やまず日暈の白虹貫くごときもの現はれた爲、左右大弁及び八省の卿等を殿前に召集し國家の事万事に益あらば必ず奏聞すべしと詔令してゐる。又神亀四年二月、文武百寮主典以上を召集して、このごろ咎徵しきりにいたりて災気止まず、時政違乘して民情愁怨する故に天地譴を告げて鬼神異を現はすなるべし、その責天皇にあるか百寮の官人不奉公にあるか、よろしく諸司の長官をしてくわしく當司の主典以上につき、心を公務に勞して清勤著聞せるものと、心に奸僞を挾んでその職に供せざるものとの二色を択んでその名を報告せしめよと詔令してゐる。

●註六

太宰府の文藝性は吉田宜の書簡や、梅花宴に和した歌、松浦仙媛の歌に和した歌などによって、中央に残されたる人の羨望を馳ったことが判る。

第二節　各説

第一項　敍景歌

地壤風土、精神風土双方を含めて、文藝がかゝる風土の所産に他ならない事は第一章に於て述べた處であるが、所産といふ關係の最も直接的なものは、その風土そのものを対象とする事である。敍景歌はかゝる風土に対する映発によって成立つもので、この点からは端的に風土的所産といへるであらう。

一方日本に於ける特殊性として、その四季の変化、山水の清麗が島國である條件の中に、我々の生活により一層強く、不即不離の關係で迫ってゐる事は、日本詩歌が余りにも感性的であり、余りにも情趣的である文藝性を獲得する所以として、世上説かれる處である。東洋的諦念といふ語が、文人墨客の生活といふ概念が、自然風土への帰一といふ点に語られ、日本文藝が「もののあはれ」体制に形作られるとき、我々は風土と文藝との、のっぴきならぬ宿命を看取せぬわけにはゆかない。他國文藝にさきがける日本文藝の、風土性である。

ここに、日本詩歌に於ける敍景歌の位置が定まって来る。例へば俳句といった自然詩が、自然風景の美のみによって成り立つといふ如き事は、他國文藝に於ては、その例を寧ろ稀としなければならないものである。そしてこの敍景詩の位置は、これが抒情詩との対立に於て保証される。現象的には必しも抒情と敍景は併存しえぬものでなく、歴史的にもこの相関の中に詩歌史が綴られてゐる事は云へるのであるが、本質は別個な詩のカテゴリーである。抒情歌が内的心情の描寫表現であり、敍景歌が外的景物の描寫表現であるからである。抒情といふものが個人心情の発露となるのであるならば、敍景歌は恐らく抒情性の片鱗も示さない筈のものである。無論、敍景に仮託された心情の吐露といふものはあり得るものであるし、現に存在したのであるが、文藝理念としての詩の立場は、全く二者異質である。この純理論的な面のみを辿るならば、外界の表現は、心情の投影があるべきであるとしても間接のものである。Aの中にBとCがあって、Bは動きCは止まる、といった外界の表現が齎らすものは、一つの事柄の敍述である。又心情表現を乖反するものであるといふ点に於て、即ち主観を乖反するものである。客観的表現方法に成り立つものである。つまり、客観的態度の中に、敍述的方法をもってゐる事が敍景歌の存在規定の一つなのである。

敍事といふ事は、事件を敍べるものであり、抒情といふ事は心情を抒べるのであり、敍景といふ事は、景象を敍べるのである、と、かう考へる事はより正しいより嚴密な分類に違ひないのだが、心情を抒べる事にまつはる主観性の爲に、この中にある抒べる作用と、事件を敍べる事の中にある敍べるといふ事は、二つ相対しても考へられる。この中にあっては景象を敍べる事は客観といふ点に於て後者のカテゴリーに属しても考へられる。こゝに敍景歌の敍べる事への一つの規定が行はれて来る。

叙事詩といふものが日本文藝に於て如何にその姿を見せてゐるかといふ事は、古来問題とされて来た事であるし、本稿第一章に於ても私見を述べた事であるが、抒情に対比する方法が、詩の形式の中には現はれず、概して散文の中に見られるのみである事は一応の正しさをもってゐるであらう。専ら抒情歌のみに日本詩歌が成立つ所以であるが、こゝに叙景歌を導入する事は、その詩的方法に於て叙事詩と同質のものであるといふ事に他ならない。その事の上に於てのみ可能な作用であるに他ならない。即ち、叙景歌に於ける叙事の規定が必然とさだまって来るのである。「詩歌の素材的関係から云へば叙景歌は抒情歌と並んで扱はれるべきで、この点では西欧詩が抒情歌と並び叙事詩の行はれたのに対し一特色がある。尚西欧詩歌にて思想詩が行はれたのに対し日本は抒情詩が主であったとも云へるが、かく考へる時、抒情詩と並んで叙景詩の占める位置は日本詩歌の特色をなす」(「短歌概説」三章四節)と久松潜一博士が述べられる一行は――これは日本詩歌の特色を中心にされたものであるが――抒情詩・叙景詩、抒情詩・叙事詩、抒情詩・思想詩といふ詩歌方法論の前提より成るものである。抒情歌に対し、叙事詩――思想詩――叙景詩といふ叙事の系統を容認する事に他ならないであらう。

叙景歌が方法論的に抒情歌と対立すべき叙事に成り立つものである事を述べたが、この事は抒情歌とその発生の先後をめぐって、重要な関係を語ってくれる。この事を次に述べると、一般に云はれる文藝起源説は、概ね、この叙景歌の発生とは拘はり薄いものである。何故なら、文藝起源が痛切な表現慾求を第一としてゐるからである。この痛切な表現慾求がより多く懸ってゐるのは心情の表現の場合であらう。無論、叙景歌発想の基調は感動があるからであり、文藝が感動を表白するものである以上、敍景歌が痛切な表現慾求より出でぬとは云へない。然し、心情の表現たる抒情歌に対して、感動の根據を敍する事は、その間にある余裕を認めなければならない。か丶る点に於て敍景歌は第一の文藝起源に擡頭するものとは云ひ難い。痛切な心情表現たる抒情歌が、先づ発生するとすれば、敍景歌はその後に発生するべきものである。即ち、か丶る余裕といふ事は抒情歌のもつ心情表現を直接の目的とせず、客観的な、敍述の中に詩を構成してゆく敍景歌の性格であって、その性格が、第一義的な文藝必要から離れてゐる事である。盲目的な文藝確立の後に、文藝意識を伴って成立して来るものである。従って、その実際の発生は、詩の題材が心情といふ人事から外部へ移って、形象の観照の中に出で来るものである。

日本詩歌として重要な詩形である敍景歌が、敍事といふ点に於て抒情歌と対するものであり、それは抒情歌に後れて発生する事を述べたが、日本詩歌に於ける抒情歌敍景歌の歴史は、実に常にこの二者の相関に流れてゐる。この歴史を前提的に瞥見して、その第一期たる上代敍景歌の位相解明に些か資したいと思ふ。先づ、抒情詩がその本流である、そしてその間々に敍景詩が介入して来る、と、これを前提に日本詩歌の流れは成立ってゐる。現象的には詠嘆から抒情に移って上代短歌が万葉第二期三期に敍景歌を確立せしめる。そして古今を経て新古今時代に於て、短歌技巧は巧緻を極める。そしてその後に現はれるものが玉葉風雅時代敍景歌である。この京極派の衰退と二條派の支配の中に再び敍景歌は失はれ、古今新古今風な潮流を示して近世に到る。これはすべて抒情歌を主とするものであるが、所謂貞門談林から芭蕉の出現によって俳諧が詩の王座につくと、彼の提唱の中に自然詩としてこの俳諧の確立が第三期の敍景歌時代を劃する。この當時無論短歌は忘れられてゐるのではなく、同様にかなり平明調な流れになってゐるが、俳諧のハイライトの陰に止まる。そしてそれが俳諧の宗匠主義化への凋落の内に近代を迎へると、潮の如く輸入されて来る西欧文藝理念の中に自然主義的文藝環境が短歌の上にもリアリズムを生むやうになる。その主観の排除が端的な敍景歌も併存せしめるやうになるのである。これが平凡な敍景歌流転の歴史現象であるが、この現象の意味を、私は次のやうに取りたい。

先づ、詩の辿る道は極めて簡單、單純なものである。詩の発生から詩の終焉までに、その有する局面は極めて乏しいものである。従って、詩が如何なる長年月の歴史を有するとしても、それはかゝる單純な道程の、極めて乏しい局面の展開の、繰返しにすぎないものである。そして、この詩の一週期とは、無意識から意識への、自然発生から技巧への、詠誦から造型への、実用から文藝への動きを指す。記紀時代実際的な詠嘆の必要から発した詩歌が万葉初期にかけて抒情歌となり、詩性の分立の内に様々な文藝理念と技巧が意識されて来る。そしてそれは古今を通って新古今に到って、その象徴表現の中に短歌の第一期の完成が見られる。この中に一つ、敍景歌の紀元が含まれてゐる。更に新古今以後の暗黒は今更云ふ迄もなく、次の紀元は例外的なものである。京極派の勅撰集獲得は政治勢力抗争の中に偶然的なものになってしまひ、伝承子孫の無い事から、玉葉風雅を挾んで前後を二條派に占められてしまふのであり、この爲に、敍景歌に迄到った流れはそれ以上の完成を見せないのである。新、新古今は、予想の中に永久に在るのみである。近世へかけての第三の周期はこの後を承けて起るが、この完成は芭蕉蕪村の俳諧に於ける象徴に、見られる（註一）。従ってこの中に含まれる敍景歌は最終段階と同時にやって来てゐる。第四周期は俳諧の杜絶によって短歌に委ねられるが、これより現在へ及ぶ時機のものを指す。單一な抒情から敍景歌の時間を通って、短歌は現在方法論の確立にしか進展する途がない。現在が新しい意味の象徴をもち、次の新しい意味の敍景歌をもって歴史となる時、第五周期が始まるだらう。この中に一つ、リアリズム主唱による敍景歌が含まれてゐる。詩は所詮かゝる、詠嘆より象徴に到る周期を辿るにすぎない。それは、実用を伴った自然発生的無意識から、文藝としての意識の中に、技巧的に造型されるその間なのである。そして、この文藝意識の確立の第一の目安が、敍景歌である。

以上が詩歌史に於ける敍景歌の位相であるが、これが象徴に到る過程は、感性の完成を指すのであるが、敍事といふ事を通して散文性の獲得である事は前述の通りで、この点の推進は詩としての完成たる象徴へ赴くのと別問題である。前記詩歌史の判断からは抒情歌の次に来るものといふ点を拉し来って、この散文化が、上代歌謡に於ける現在の問題点である。かゝる見地から、上代敍景歌を辿ってみたいと思ふ。

敍景歌はほゞ万葉第二期にその姿をとゝのへると云へるであらうか。所謂第一期に属する人々の作品の中にそれは見當らないわけではなく、例へば舒明天皇の、

倭には　群山あれど　取りよろふ　天の香具山　登り立ち　國見を爲れば　國原は　煙立ち立つ

海原は　鷗立ち立つ　怜國ぞ　蜻島　大倭の國は（巻1　二）

の如きはそれに近いものを感じるものであり、作者未詳、従って年代未詳のものでも、初期作品を多くもつとされてゐる巻十三の中には、

冬ごもり　春さり来れば　朝には　白露置き　夕には　霞たなびく　風の吹く　木末が下に　鶯囀くも（巻13　三二二一）

といった長歌を見る事が出来る。巻十三の年代作者未詳のものは極めて主観的にその内容の推測によって第一期のものかもしれぬとされるものなのでこれは暫く措き、舒明天皇と作者名を明記したものは、それの疑ひが払拭されねばならぬであらう。處が、この國見の歌と稱せられるものがや〻類型性をもつものである点、又巻一に巻首雄略天皇歌二首目舒明天皇歌と並べ記してゐる点、甚だ曖昧である（註二）。現に第一期的短歌の統計的結論はか〻る敍景歌を生むべく余りに主観抒情的である。か〻る中に於て記紀に記されてゐる敍景歌は、例へば、

狹井河よ　雲起ち亙り　畝火山　木の葉喧擾ぎぬ　風吹かむとす（記二一）
畝火山　晝は雲と居　夕されば　風吹かむとぞ　木の葉喧擾げる（記二二）

など非常に優れたもので伊須気余理比賣の作とは絶対に思はれず、他に三一、四二、紀八三、一一六などの敍景歌を含めて、すべて否定されねばならない。

然し左註による古歌集の歌に敍景歌は、割高に多い（註三）。

磯に立ち沖辺を見れば海藻苅舟海人榜ぎ出らし鴨翔る見ゆ（巻7　一二二七）

天霧ひ日方吹くらし水莖の岡の水門に波立ちわたる（巻7　一二三一）

万葉集の編者の古へといふ観念が如何なるものであったか、又古い歌を集めた書物がある経路を辿って編者の手に落ち、古歌集として編纂されたか、その辺の消息が究明されねば、この敍景歌の年代を割出す事は困難であるが、一応壬申乱以後の、抒情初期形態脱却後の姿を保ってはゐるであらう。前章に述べた如き、旧辞、伝誦時代のものではない。

こうして、敍景歌敍事の獲得は、それ程後代のものでもなく、既に藤原朝時代からその発生を見始めるのが、持統天皇の歌と記されてゐる、

春過ぎて夏来るらし白妙の衣ほしたり天の香具山（巻1　二八）

などを見ると共に、柿本人麻呂の作中に、それを見る事が出来る。久松博士は敍景歌が個性と合致した形で爲されて来ると説かれてゐるが、かゝる見地からは人麻呂に第一の敍景歌成立を云々すべきであらう。これは前例と異って、極めて個性的匂ひの強いものになって来てゐる。

玉藻苅る敏馬を過ぎて夏草の野島が崎に船近づきぬ（巻3　二五〇）
天ざかる夷の長道ゆ恋ひ来れば明石の門より大和島見ゆ（巻3　二五五）
あしひきの山河の瀬の響るなへに弓月が嶽に雲立ち渡る（巻7　一〇八八）

これらに例を見る純客観の敍景に、最初の抒情歌からの移行があると見られるであらう。短歌は如何なる後代に於てもその抒情性と詠嘆性を放棄する事なく堅持するのであり、後述する種々抒情歌変型も、あく迄も一形としての存在であるわけだが、抒情歌本来の型が、人麻呂なりの表現をとって、

ひさかたの天知らしぬる君ゆゑに日月も知らに恋ひわたるかも（巻2　二〇〇）

の如く一方に存在しつゝ、前例の如き敍述の中に詩を構成しようとするのである。記紀人が、恐らくは考へもつかなかった「詩」発想であるに違ひない。
この敍景歌を見る時、悉くが「玉藻苅る」「天ざかる」「あしひきの」といった枕詞によって始めら

れてゐるのに気が付く。二五〇の歌にては中五音句も尚「夏草の」となつてゐる。この歌にはその爲に特に顯著なのであるが、すべて、この五句のみに感動を云ひ切らうとした切迫感はなくて、非常に平板な敍事を連ねてゐる印象をもつてゐる。それ程、敍景歌の成立と共にこの抒情質の変革が見られるわけであるが、これは万葉最初の長歌歌人人麻呂の中に第一の成立があるといふ逆の見解が実は正しい。敍述を中心とする長歌の、短歌への拡大が、それを齎らしてゐるのである。

……山川の　清き河内と　御心を　吉野の國の　花散らふ　秋津の野辺に　宮柱　太敷きませば　百磯城の　大宮人は　船竝めて　朝川渡り　舟競ひ　夕川わたる……（巻1　三六）

……船浮けて　吾が榜ぎ来れば　時つ風　雲居に吹くに　奥見れば　重浪立ち　辺見れば　白浪とよむ……（巻2　二二〇）

こういつた長歌から、五音二句と七音三句をとり出して交互に並べたとしたら、即ち前掲の敍景歌になるだらう。かゝる長歌発想の敍事手法が、偶々ある一つの描寫対象を得る事によつて、恐らくは反歌などを経てか短歌に及ぼされた痕跡を示してゐるのである。人麻呂の敍景歌は、そういつた敍事性を有してゐる。これは例へば、次の如き短歌を彼の作中に見る事によつて一層、首肯の度を濃ゆくする。

天を詠める

天の海に雲の波立ち月の船星の林に榜ぎ隠る見ゆ（人麻呂歌集）（巻7　一〇六八）

無論文藝詩としての抒情性をもつものではないが、そういった遊戯を敍述が齎してゐるのである。人麻呂にあって敍景歌は長歌的敍事発想をもって見られる事を述べたが時代を同じくして、やはり敍景歌を有する作者は高市黒人である。

この時代を説明するものとして森本治吉氏は「敍景をも主観を交へて歌へるは、未だ客観の新歌風のゆき渡らざりし此の時代の傾向を示すものとして注目すべし」（「作者類別年代順万葉集」作風）と長田王に関して説いてをられるが、長田王の歌は、

葦北の野坂の浦ゆ船出して水島に行かむ波立つなゆめ（巻3　二四六）

隼人の薩摩の迫門を雲居なす遠くも吾は今日見つるかも（巻3　二四八）

の如きものである。後者は全体が詠嘆発想になってゐるが大体敍景歌の客観をとゝのへてゐるものであるが、前者は結句が全く主情表現をとり、かゝる間にその未分の情を指摘する事が出来る（大宝二年をその歌の最終とする黒人と八年後、和銅五年の歌を中心に天平九年卒の長田王では、ほんの少し

黒人の方が先行してゐる如くである。時代の文藝環境の中に於ては、コンテンポラリーであらうか）。又、同じやうな関係に於て長奥麻呂が次の如く説かれてゐる。「同じく旅の歌人たりし、黒人、赤人に比し主観的なり」と。巻三、二三八の歌が持統天皇の詔に応ずる歌であり、大宝元年の紀伊國行幸に同じく供奉してゐるので、時代は全く同じくするものと思はれる。前説的にその作を擧げると、

引馬野ににほふ榛原入り乱り衣にほはせ旅のしるしに（巻1　五七）
風莫の浜の白浪いたづらに此處に寄り来る見る人無しに（巻4　六七三）
大宮の内まで聞ゆ網引すと網子ととのふる海人の呼び声（巻3　二三八）

純粋な敍景歌と考へられるのは二三八である。五七は下句にその主観的な抒情表現が添附されてゐる情緒的なものであり、六七三のものは体を敍景歌に依って客観的でもあるが、尚「いたづらに」「見る人無しに」といった語法は感情のもたれかゝりを感ぜしめるもので、やはり抒情歌より幾何も出でてゐないものの如くである。

以上二者を前置きして黒人の歌に及ぶと、これは早や詩として危ふげなく成立してゐる。詩が抒情歌でしかありえぬといふ観念は去って、敍景の中に抒情と同様な文藝表現の達成がある。抒情の爲にその道具として用ゐられて来た敍述が、敍景の中に先づ分立してゆくのである。かゝる事が黒人に到る敍景歌の特色として云ひうる事である。

その作品はその過程をつぶさに示してゐる。全十九首（作不審、一本云も含めて）中、抒情語「悲し」を用ゐた歌が三首ある他、中心としてではなくて「物恋し」が一語用ゐられてゐる。

婦負の野の薄押し靡べ降る雪に宿借る今日し悲しく思はゆ（巻17 四〇一六）

旅にして物恋しきに山下の赤のそほ船沖に榜ぐ見ゆ（巻3 二七〇）

他の「悲し」二首は「或書に云ふ高市連黒人」であり、確実なものではない。

又、詠嘆語尾を有してゐる間接抒情性の見えるものは「すらむ」「か来らむ」「泊てむ」「宿らむ」等の推量から伺はれるもの、敍景の中に強く詠嘆してゐる「にけるかも」「にけむかも」等、六首を見る。一つづつ例を示せば

何所にか船泊すらむ安礼の埼こぎ回み行きし棚無し小舟（巻1 五八）

率ひて榜ぎ行く船は高島の阿渡の港に泊てにけむかも（巻9 一七一八）

発想の中心になった抒情ではないが、こうした語調に罩められた詠嘆は感じられるであらう。前第一群のものは敍述抒情の結合痕跡が感じられる従来の発想法とさ程異らないが、第二群のこの例では、大きく敍景に傾いて来てゐる様子を示してゐる。

更に、かゝる表面上の抒情詠嘆がすべてその姿を消し裏面の構成に廻る時、彼の純一な景象敍述が完全する。次の如きものがそれである。

四極山うち越え見れば笠縫の島榜ぎかくる棚無し小舟（巻3　二七二）
住吉の得名津に立ちて見渡せば武庫の泊ゆ出づる船人（巻3　二八三）
磯の埼榜ぎ回み行けば近江の海八十の湊に鵠多に鳴く（巻3　二七三）

＊

桜田へ鶴鳴きわたる年魚市潟潮干にけらし鶴鳴きわたる（巻3　二七一）

＊

斯く故に見じと云ふものを楽浪の旧き都を見せつゝもとな（巻3　三〇五）

純粋に風景のみの描寫に成ってゐるのは第二劃の如きものであり、第一に区劃したものは作者の動作が織込まれてゐる。敍景の詩情を中心にしてゐる点変りはないが、より多くかゝる作者像を併敍してゐるものとして第三の区劃をおいてみた。黒人の敍景歌にも、こういった細分はあるが、何れにしろ、敍景そのものが一つの詩として一種の抒情——心情表現と同じ文藝慾求をとげてゐるものであり、抒情詩と同質の詩性の確立が見られるのである（註四）。

黒人に於ける敍景歌の、抒情歌との対立確定を述べたが、かうして確定した敍景歌が、更に押進められて完成されるのは赤人に於てである。敍事性の面から云へば、これは詩性に於ける抒情主観との分裂が、それ自体の姿を完成させて来る事に他ならない。

赤人の歌を長歌と短歌に分けて見る。先づ長歌にあってはその殆どを天皇讃美の中に見て、その他のものの例は多しとしない。恋の歌と伝説歌と、抒情歌とがその他のものの總てである。從って敍景長歌といふものは彼の中には存在しないが、然し、抒情体にその敍景敍述を含む事はこの時代許容されるべき敍景歌範囲のものである。例へば「辛荷島を過ぐる時、山部宿禰赤人の作れる歌」(巻6 九四二)、

あぢさはふ　妹が目かれて　敷細の　枕も纒かず　桜皮纒き　作れる舟に　眞楫貫き　吾が榜ぎ来れば　淡路の　野島も過ぎ　印南都麻　辛荷の島の　島の際ゆ　吾宅を見れば　青山の　其處とも見えず　白雲も　千重になり来ぬ　漕ぎ回むる　浦のことごと　往き隱る　島の埼埼　隈も置かず　憶ひぞ吾が来る　旅の日長み

旅情を敍す事を中心とはしてゐるが明らかに敍景の興味に連ねられたもので、その敍景的敍事性は看過出来ない。これは伝説に対するものでも恋愛抒情のものでは同様で、

……葛飾の　眞間の手児名が　奥津城を　此處とは聞けど　眞木の葉や　茂りたるらむ　松の根

や　遠く久しき……（巻3　四三二）

春日を　春日の山の　高座の　三笠の山に　朝さらず　雲居たな引き　容鳥の　間なく数鳴く
……（巻3　三七二）

の如きものである。更に天皇讃歌といふものも直接供奉にあって応詔したもの及それに類するもの（「伊豫温泉に至りて作れる歌」「芳野離宮に幸せる時、詔に応へて作れる歌」「不盡山を望める歌」など）を除いて、旅次のものなどは天皇讃歌を発想動機として持ってはゐるが、実は敍景してゐるものに他ならない。こういった点では悉くが、抒情詩発想の散文化に参劃するものである。今除外したものは実はそういった固定観念の中に生まれた誇張や修辞に成るものだからであり、それは感情の敍述になってしまふものであるからであるが、これは逆に敍事散文からの推移であり、とかく赤人長歌は敍事性にとんだ、敍景範囲のものである。例として引くと次の如くである。

天地の分れし時ゆ　神さびて　高く貴き　駿河なる　布士の高嶺を　天の原　ふり放け見れば
渡る日の　影も隱らひ　照る月の　光も見えず　白雲も　い行き憚り　時じくぞ　雪は降りける
語り継ぎ　言ひ継ぎ行かむ　不盡の高嶺は（不盡山を望める歌）（巻3　三一七）

次に短歌に関しては、その三十七首中如何なる形にでも敍景と結びついてゐない抒情歌は存在しない。そして敍景歌の夥しい数をもつ。全体の半数以上、ほゞ五十五%がそうであるが、全体敍景との関係は左の如くである。

①敍景歌　　二十
②敍景抒情歌　　十四
③序に敍景敍述をもつ歌　　三

第三のものは、例へば、

阿倍の島鵜の住む磯に寄る浪の間なくこのごろ大和し念ほゆ（巻3　三五九）
明日香河川淀さらず立つ霧の思ひ過ぐべき恋にあらなくに（巻3　三二五）

の如きものを指すのであるが、三二五は「神岳に登りて作れる歌」の反歌であり、もう一つは「春日野に登りて作れる歌」の反歌であり、何れも前述敍事長歌に附随してゐるものである。彼の敍景性の強さを見うるであらう。

又敍景抒情歌といふのは（註五）、

葛飾の眞間の入江にうち靡く玉藻苅りけむ手児名し思ほゆ（巻3　四三三）

印南野の浅茅おしなべさ宿る夜の日長くあれば家し偲ばゆ（巻3　九四〇）

の如き体をなすものでいはば黒人的な抒情性をもった敍景歌と云へるものである。これは一つの過程と見られるものであるが、こうした抒情語を払拭する事の中に純客観に立った敍景歌が成立する。これは主感情の駆逐ではあるが、作家の意義としてはむしろ主像の駆逐である。自らを取入れた景情の描寫から、自己の像を除いて景情が成り立つのだといふ観念が、詩人の心の中に出来上ってゆく事を示すものである。詩が人間心理を離れても成立つ事はもはや文藝の中に文藝がある事を教へるが、主客観の分離認識が存在せしめられる事がその第一である事は、大きな意味をもって来るのである。

み吉野の象山の際の木末には幾許も騒ぐ鳥の声かも（巻6　九二四）
沖つ浪辺浪安けみ漁りすと藤江の浦に船ぞ動める（巻6　九三九）
大夫は御獦に立たし未通女等は赤裳裾引く清き浜辺を（巻6　一〇〇一）

敍景歌はかうした赤人の心境の中に一応完成する。万葉集にてこれ以降の継承者といふものは殆ど無い。赤人の敍景歌は純客観的なものだし、抒情語は插入されてないが、それと別の意味で抒情はやはり存在してゐる。第一首目の如きは詠嘆の敍景に発するもので「かも」といった處にそれがある。「沖つ浪辺浪」といった対句の中に第二首目のそれが指摘され、第三首目にては「赤裳」「清き」といった語句や「御獦」と浜に「裾引く」事の取上げ方にそれがある。十全な散文精神は敍景歌からもか丶るすべてを追放しなければならない。そうしてのみ敍事が抒情と対立しうるのであるが、こういった敍事のみが縦横に人間の感動を操るに到る事は、ドラマ的分野の詩に委ねられるものであるのかもしれない。敍景歌はそこまでの散文性は具備しようとはしないのか。然して赤人の残渣抒情をその後に立って払拭しようとした歌人は、無い。

湯原王の「芳野にて作れる歌」、

芳野なる夏実の河の川淀に鴨ぞ鳴くなる山かげにして（巻3　三七五）

は有名な敍景歌であるが、彼を散文系列に立つ敍景歌人として推す事は出来ない。

愛しきやし不遠き里の君来むと大能備にかも月の照りたる（巻6　九八六）
秋萩の散りの乱に呼び立てて鳴くなる鹿の声の遙けさ（巻4　五五〇）
夕月夜心も萎ぬに白露の置くこの庭にこほろぎ鳴くも（巻4　五五二）

共に、

敍景歌的なものを探せばか丶るものを求める事が出来るが十全の継承ではないのである。これらと

玉に貫き消たず賜らむ秋萩の末わわら葉に置ける白露（巻8　一六一八）

の如き歌を作品中に見る時、湯原王の中に、承前の一線と後流の一線が交錯してゐるのを見る。一つの転換の曲度を、この中に見る。「夏実の河」の歌は、恐らくこういった彼の体内の、前者であったらう。その発展継承ではない（註六）。

万葉集最後の歌人たる家持の作品は即ち万葉集の最後の姿を示すものであるが、この叙景歌は如何に最後の姿を持つだらうか。

その長歌に於て見られるものには、「二上山の賦」「布勢水海に遊覧する賦」「立山の賦」があり、何れも越中の風土に関するものである。

「布勢水海」の歌はそこに遊覧する敍事がむしろ中心で、敍景はさ程詳述されてゐてその中に美を発してゐるといふのではない。この点は他二つにも引いてゐるもので、こゝに赤人に終る万葉敍景歌系列を見るが、一方こうした風光と、その中に動く人間像を描く事に於て、敍景歌の一拡大ともなってゐる。これは後述すべく物語歌などの要素が混合して一致して来てゐると見られる。まこと、家持は總ゆる前期の落着で、この中に崩れ落ち合ってゐる万葉の全形相を見る事が出来るのである。こゝにはそういった敍景敍事の合一が次代へ流れてゆかうとすべき趨勢を示してゐると結論されなければならない。

「立山の賦」は三者中最も敍景歌であるが、「神」といふ中心思想に統一したものであり、この点甚だ文藝的感じでない。敍景部分を持つといふ事であるが、

常夏に　雪降りしきて　帯ばせる　可多加比河の　清き瀬に　朝夕ごとに　立つ霧の
（巻17　四〇〇〇）

といったものである。前歌に言及した敍事性は感じられるが深いものではない。

最後に「二上山」については、「出で立ちて　ふりさけ見れば」に始まる敍景が「見る人ごとに懸けて偲ぶ（ばめ）」といふ詠嘆に帰着する発想であるが、この歌の中心としての神は存在しない。

反歌の一つに

玉くしげ二上山に鳴く鳥の聲の恋しき時は来にけり（巻17　三九八七）

と歌ふ。かゝる感情が基点の一つとして認められる時、文藝的共感の断片も有するのであるが、然し、敍景歌としての完成は無く、赤人の系譜をこゝ迄延す事は出来ない。

家持の敍景長歌は、かくて極めて部分的で、概念的な匂ひは人麻呂のそれにも通ずるべく、何れにしてもこの中への散文的文藝性の滲透はない。たゞ「布勢水海」の歌に見られる交差は敍景歌そのも

のとしてではなく、敍景歌の宿す散文性として有意義のものである。
短歌に見られるものについては長歌的なものより、より深化し、繊細な感傷に統一された敍景歌をもつが、散文詩的に一歩を進めた意義のものとは云へない。

ひさかたの雨間もおかず雲隠り鳴きぞ行くなる早田雁がね（巻8　一五六六）
あしひきの山辺に居りて秋風の日に日に吹けば妹をしぞ念ふ（巻8　一六三二）
隠りのみ居れば鬱悒み慰むと出で立ち聞けば来鳴く晩蟬（巻8　一四七九）

短歌に長歌に見られたやうな交差は見られぬが、敍景歌の敍すべき景象を、以上すべて風景に限って来なければならなかったのに対して、人間的景象を敍する方法が、この家持の中に見られる。交差の、一面のみの拡大でもある。

思はぬに妹が笑まひを夢に見て心のうちに燃えつゝぞ居る（巻4　七一八）

「心のうちに燃えつゝぞ居る」事は平凡な抒情内容であるが、「恋ほしき」「愛しき」といった表現を捨て、斯る表現を取る事は家持に見られる散文表現性に他ならない。これを端的な例として次のやうなものも、そうである。

春の苑くれなゐにほふ桃の花した照る道に出で立つ嬔嬬（巻19　四一三九）

抒情といふものは本来動き流れるものであるが、この歌は絵画的に静止してゐる。その乖反を示すものに他ならないのである。

以上、上代歌謡の各期を辿って叙景歌を見て来たが、抒情歌との対立としての叙景歌の詩法は一部特定歌人の嗜好の中にその分化を深められ成立していったが、それが截然たる様相をもって抒情歌と対さず、むしろ抒情歌の中に取入れられて存在する事になったと見るべきものである。叙景歌の中に唯一の存在である赤人の歌にしても、つややかな抒情性は脈打ってゐるのである。然し、この叙景の抒情への導入は本質としての詩性の変革といふ点に於て、それが一詩形を区別しえるか否かといふ事はさ程問題ではない。抒情詩の、上代に於ける流動の一つとして叙景歌を瞥見した。これが寫実物語へその精神面に於て流れてゆく事は前章に述べたが、長歌として比較的長い詳しい叙述をもつ家持の「布勢水海に遊覧する賦」など、表面的な流れをも示すかに見られるものでもあらう。

●註一

俳諧に於ける象徴性は拙稿「日本詩歌象徴試論」（『短歌藝術』二十六年十二月脱稿）に詳述、御参照されたい。

●註二
國見歌は所謂大和讃歌としてその類型を見うる。例へば記に記された、
倭は　國のまほろば　たゝなづく　青垣　山隠れる　倭し美し（記三一）
などと同一の民謡風なものであらうと思ふ。

●註三
古歌集中のものとして上げられたものに、
吾が舟は明石のみなとに榜ぎ泊てむ沖へな放りさ夜深けにけり（巻7　一二二九）
があり、高市連黒人の羈旅の歌八首と記された一連中に、
吾が船は比良の湊に榜ぎ泊てむ沖へな放りさ夜ふけにけり（巻3　二七四）
の如き一首がある。僅か固有名詞を変へたのみのものであり、明らかに元は一つである。かゝる場合概して推測される事は黒人の歌が愛誦され――彼は宮廷歌人であった――伝誦の層を獲得して京附近へ流れていったといふ事である。明石、といふ地名の変更がその中に生まれて来るだらう。伝誦といふ事に関しては四〇一六の歌左註「右、此の歌を伝え誦めるは、三國眞人五百國なり」と記されてゐる例を持つ。

もしこの推測が誤りでないならば、古歌集の「古」といふ性格はずーっと時代を降らなければならない。壬申乱以後といふのは少々贅沢すぎるものであり、もしかすると奈良朝に入りうるかもしれぬのである。そうだとすれば特更、そうでなくとも古歌集の叙景歌はそれ程問題にすべきものではない

かもしれぬものである。

●註四

黒人の作品に現はれた抒情歌を見ても、敍景的表現にすべて支へられてゐる。彼の作品すべて敍景歌のみを残すとする事は誤りであるが、それ程敍景歌的要素は強い。

吾妹子に猪名野は見せつ名次山角の松原いつか示さむ（巻3 二七九）

妹も我も一つなれかも三河なる二見の道ゆ別れかねつる（巻3 二七六）

●註五

四三三は眞間手児名の墓を過ぎた時のものであるが、同様「勝鹿の眞間娘子を詠める歌」が虫麻呂にあり、その反歌をこれに比較すると、虫麻呂のものは（赤人の反歌は他に一つあるが）、

勝鹿の眞間の井を見れば立ち平し水汲ましけむ手児奈し思ほゆ（巻9 一八〇八）

で、赤人が静的に敍景してゐるのに対し、虫麻呂が動的に敍事してゐるのがよく判る。結句を同じくし「――しけむ」とその生前の一場を結び追想して全く同じやうな構想に成りつゝ、こゝに両者の相違が感ぜられるであらう。

●註六

大伴家持に「白露の歌」がある。湯原王の歌（巻8 一六一八）との比較。

吾が屋戸の草花が上の白露を消たずて玉に貫くものにもが（巻8 一五七二）

第二項　物語歌

純抒情歌が本来の詩性を壊して散文へ移行する、その内部崩壊の過程を、本稿に於ては物語歌によって見てゆかうとする。そもそも散文文藝の身上とする物は結局物語的興味による感動なのであるから、この点からは敍景歌として扱った散文移行をその過程とし、本項の物語歌及次の連作表現をその十全のものを見る事を意味する。

そこで物語歌の推移してゆく様子を先づ一応述べるならば、この敍景歌や観念歌の如き途次があって物語歌の最終型に到着する。逆に物語側からの解釈に立てば、形を韻文に借りた物語の発生でもあるわけである。これは純感性的な抒情詩発想が主知と客観との結合の中に一つの敍事発想をとる事から始まる。記紀後期、万葉初期にその歌謠性濃い敍事抒情詩が存在する、それを濫觴とする。日本詩歌に於ては詠嘆と敍述は一致してゐて分離し難いものであると云はれてゐるが、上代歌謠には他時代に比較してその分離が多い。一つ目には抒情歌と別系統の歌謠が発生し、その系統を流れるものがあった故であらうし、二つ目には上代にのみ長歌を有する故であらうが、敍事といふ操作が散文の中に獲得され、存在してゐる他時代に対してこの上代には敍事散文が存在せず、歌が抒情詩としてのみの存在でよい他時代に対して、上代には双方を兼ねねばならなかった事も三つ目として云ひうるであらう。この時代のそれとても無論短長歌は抒情詩としての態度を堅持し、それが敍事詩性のみに帰一する事は極めて究極の僅かであるが、こうした上代抒情詩の可能性から、物語歌が出発して来る事は考へられるのである。

この敍事抒情歌を要素として、この中に固有名詞が投入され、又上代流布歌が初めて恋の実用に使はれるやうな事があって推移してゆくが、この表現上の問題から内容上の問題になってゆくのは、奈良前中期、天平初葉の前後であり、こゝに時代的要請も看過出来ないものがある。この時代には人麻呂のそれが抒情をとげる爲の敍事であったのに対して、この時代、例へば金村の如き作品には物語的興味の敍事へ推移してゐるのである。

即ち、全く散文物語の文藝的要求とその返答であるのである。然し、これでは十全な散文物語がこの時代に存在したとはいへない。物語はやはり平安初期の竹取伊勢といった伝奇物語歌物語の出現によらねばならぬので、こゝにこの時代の物語前夜性が云へるのである。この時代にも十分散文物語は可能であったと見えれば、何故それを行はなかったかが問題になるであらう。それを前夜性と結論する所以を暫く述べようならば、先づこの時代性として和歌から完全にその発生的実用性が剝奪されてゐる事が云へるであらう。和歌といふ形態の文藝的成立があったのである。又本章概説に述べた如きこの時代の内訌——朝廷葛藤はその弛緩によって来るものである——が、個々人の精神的孤立を要求してゐる。この中に文藝に於ける個性尊重が含まれて来るであらう。個人の文藝活動といふ形が整ったのである。そしてこれと同時に漢文学との関係が考られねばならない。長屋王の第に於ける詩筵は華々しいものであった。この時代を中心にして、やゝ後には懐風藻が成立してゐる。万葉自身にしても、憶良を彩り、旅人に現はれ、そしてこの期太宰府と京との間をつなぐ彼ら周辺の文化に見られる漢文学の姿は決して些かなものではない。漢詩を自らの表現の中に取入れる事が可能であるとしたら、何故漢散文を自らの表現の中に取入れないのであらうか。憶良旅人、更に石上乙麻呂、長屋王、或は溯って大津皇子ら、かうした懐風藻に活躍し万葉集に活躍する人達が何故そう赴かなかったのか、これは漢詩に限定をする事に、この時代性があるといはねばならぬだらう。用字はこの時代猶不自由なものである。記紀風土記の地の文を、万葉集の題、註、文章を漢文で書くのだが、歌謠、歌は音を辿って漢字を當ててゆく不自由さを敢えてしてゐる。又長歌といふ形式以前には記紀から連想される歌物語式のものや唱和に附加しようとする物語式が物語歌謠と別にあったわけであるが、この内から長歌を選ぶといふ事は、これが最高の可能であった物語内容の詩であったからであらう。この中期における敍景長歌はすでに形式化してゐるもので、赤人、金村、車持千年らの通弊とする處である。かゝる長歌を更に復活せしめる事は、一つの意識的文藝活動でなければならぬだろう。又これには人麻呂にみられる伝説歌の嚆矢を長歌に持つといふ事も虫麻呂その他の目安になった事もある。巻十六に見られる有由縁並雑歌は既に前章に於て述べたが、これが「由縁」に於て多くの事件的敍述を行ひ、又旅人の「松浦河に遊ぶ序」に於て多くの言葉をつらね乍ら、それ以上に進まうとしない。長歌物語に対する最大の認識だったに違ひないのである。そしてこゝに障害になってゐる用字の問題が仮名によって解決されてゆくと、こゝに伝奇物語が生まれて来る。敢く迄も歌物語的情趣と対立する点がこゝにも首肯されるのであるが、この点からも竹取物語は漢文体物語とも云ひうべき系列に存するものである。それを平安時代に委ねる處に、上代物語の前夜性が云へるのである（註一）。

かうして物語歌が発生する、即ち前物語時代を劃するものの原因は、この時代に例へば金村などに見られる代作などが誘因となってゐたが更に一大契機となったのは、伝説歌である。伝説はその事自体に物語的要素をもち、一般に作者、時代を限らず愛誦される歌謡の存在自体に物語性はあるが、當然歌人にも歌はれると、人麻呂、赤人らの中に一脈の物語性を形作ってしまふのであった。それが虫麻呂に継承されると、更に出でて敍事といふ方向に伝説が用ゐられる。伝説歌のみに敍事が行はれるのではないので、こゝに物語歌の大成が見られるのである。「末珠名娘子」などがそれである。

かうして韻文中に於ける物語文藝の成立が見られるのであるが、この物語歌はその系譜を一応こゝで絶つ。天平宝字三年の歌を万葉集の最終として、家持の因幡守左遷は永遠の未知に、奈良末期の歌壇を置くのであるが、平安朝初期の私家集などが辿る推移は、尚歌物語の歩みを教へてくれる。それに反してのこの物語歌の歩みは杳として知れないのである。こゝに忽然として現はれて来るのが竹取物語であるが、この上代歌謡系列を二別して次の物語へ流し、この上代歌謡二つの様相から判断すれば、十全な物語は伝奇物語に云はれ、歌物語は尚韻文的なものである事が云はれるであらう。換言すれば歌物語は、伝奇物語と合致した後に本格的物語を生む、そこに到って初めて物語でありうると、云はれるであらう（例へば源氏物語にも短歌があり、歌物語形態はなしてゐるが、この物語の性質としては全く、歌物語と異なったものと認識されるべきであらう）。伝奇物語はこうした物語の本筋的存在であるが、これの前代を飾るものがこの物語歌である。これが漢文系列に當然あらねばならぬものである事を既に述べたが、この意味からはこの時代すでに入って来てゐる「遊仙窟」系統のものが伝奇物語であり、これに対して歌物語は「本事詩」系統のものであるとも云へる。この事は後に正面から述べたいと思ふが、兎に角、かういった流れへ到るものが物語歌であり、完全な抒情質の崩壊が、形態としての抒情詩の流動として把へられるものである。この中には、そうせしめてゆく時代といふものが重く認識されねばならぬであらうが、第二章第三章の概説に於て、それは見て来た。奈良朝に入ってからの意識的動きは、政治的に云へば古代制の崩壊をうけて、次の時代が始まらうとするのと機を一にしてゐる。伝説歌内容、その他説話が天武朝リリシズムの中に回顧され、民衆に保たれて来た事を考へれば、それが文藝的転換をもって、前代と運命を共にする事なく残ってゆく事である。物語歌に於ても家持は又その綜合の形をとってゐるのであるが、輝しい大伴家が古代國家成立と共に生き、今、次時代への歩みの中に藤原氏が踏み出しつゝその中に抹消されてゆく姿を見る時、こゝにも古代抒情歌時代の終焉を見るのである。歌としての十二分な歩みが、この抒情歌から物語歌までの歩みの中に含まれてゐる。そしてこの物語歌完成への到達が、即ちこの時代の最後であって、この次に来るべき時代には、例へば記紀時代と万葉時代の如き関係ではなく、明治と大正の関係ではなくて、眞に異質な時代が予想されねばならないのである。その中に予定されてゐるものが、文藝としての散文、即物語である以外はない。この点については、奈良後期三十年の歌壇の沈黙は當然であるものであらう。以下、この流れを辿ってゆかうと思ふ。

最初にかうした分裂を来す要素を持つ歌謡について見ると、かゝる敍事的抒情歌といふのは数多く見る事が出来る。この前代、記紀時代歌謡にもそれが見られるのは古代民謡風なものに於てであり、これは前述した通りであるが、万葉時代にもそれが認められ、継承されてゐる。例へば巻七は「柿本人麻呂歌集」「古歌集」と左註されてゐるもの以外は悉く作者不明のものであるが、これらは比較的古風で、謠物性を見る事が出来る。これの中に敍事的様相を見る事は即ちかゝる謠誦がそれを形作ってゐるので、記紀歌謠性に近いものを見出す所以である。

山の末にいさよふ月を出でむかと待ちつつ居るに夜ぞ更ちける（雑歌）（巻7 一〇七一）
河内女の手染の絲を絡り返し片絲にあれど絶えむと念へや（譬喩歌）（巻7 一三一六）
庭つ鳥鶏の垂尾の乱尾の長き心も念ほえぬかも（挽歌）（巻7 一四一三）
名児の海を朝榜ぎ来れば海中に水手ぞ呼ぶなるあはれその水手（仝、羇旅）（巻7 一四一七）

こういった万葉初期短歌に於ても抒情の爲の敍事を見るのであるが、降って奈良時代にもかゝる敍事的短歌は見る事が出来る。前者が謠物性の影響による立場上の制約があるものであったのに対して、これは個性上のものであり、明瞭に意識的な姿をとってゐる事が注目されなければならないのである。これを元正天皇の歌に例証してみると左の如くである。天皇の歌は全く敍事詩的な敍述のみに成立ってゐる（元正天皇在位年代は靈亀元年〔七一五〕―神亀元年〔七二四〕）。

はた薄尾花逆葺き黒木用ち造れる室は万代までに（巻8 一六三七）

橘は実さへ花さへその葉さへ枝に霜降れどいや常葉の樹（巻6　一〇〇九）

（後の歌は天平八年の聖武天皇御製と題され、左註に元正御製とするもの。今の場合何れでもよい）

かゝる散文的なものが短歌の発想として見られるに到るのであるが、又、これは長歌にても、より以上見られるものである。巻十三は十四と共に作者不明の分に比較的古いものと、新らしいものとを持ち、年代の亙ってゐるものであるが、窪田空穂氏の云はれる「その時代々の手腕ある作家が、必要に駆られ、又興に乗じて作ったもので、それらは作ると同時に記録され、従って固定して、原形のまゝに残ってゐる」長歌をひくと、そして「すでに謡物となってゐた時期に、歌謡の愛好者によって記録された」ものであらう「別伝の多い歌」から「或本歌」をひくと、

吾が背子は　待てど来まさず　雁が音も　とよみて寒し　ぬばたまの　夜もふけにけり　さ夜ふくと　嵐の吹けば　立ち待つに　吾が衣手に　置く霜も　氷に冴え渡り　落る雪も　凍り渡りぬ　今更に　君来まさめや　さな葛　後も逢はむと　大舟の　思ひたのめど　現には　君には逢はず　夢にだに　逢ふと見えこそ　天の足夜に（巻13　三二八一）

反歌

衣手に嵐の吹きて寒き夜を君来まさずば独かも寝む（巻13　三二八二）

今更に恋ふとも君に逢はめやも眠る夜をおちず夢に見えこそ（巻13　三二八三）

全体描寫に終始してゐるもので、もはや物語歌に入るべきものであらう。巻十三にはこの他にも数多くあるが、年代の降ったものと確実に判明するものには、先にも抽いた「或本、藤原宮より寧楽宮に遷りましし時の歌」（巻1　七九）など、敍事的抒情歌謡と稱されるべきものの一つであらう。

かうした短歌長歌に見られる敍事性が、併存する形に、混在から分離して来る事が物語歌へ流れてゆく第一の段階である。一般的に詠嘆と敍述が孤立してゐる事は上代歌謡の特色であると久松博士も述べてをられる（「短歌概説」）が、例へば人麻呂の作品にこれを見てみると、

柿本人麻呂、石見國より妻に分かれて上り来る時の歌（巻2　一三一）

石見の海　角の浦回を　浦なしと　人こそ見らめ　潟なしと　人こそ見らめ　よしゑやし　浦はなくとも　よしゑやし　潟はなくとも　鯨魚取り　海べをさして　和多豆の　荒磯の上に　か青なる　玉藻奥つ藻　朝羽振る　風こそ寄せめ　夕羽振　浪こそ来寄れ　浪の共　彼より此よる　玉藻なす　寄り寝し妹を　露霜の　おきてし来れば　この道の　八十隈毎に　萬たび　かへりみすれど　いと遠に　里は放りぬ　いや高に　山も越え来ぬ』夏草の　思ひ萎えて　偲ぶらむ　妹が門見む　靡けこの山」

かくの如く、敍述は敍述のみにて成立して扱はれ、その後に詠嘆が附されてゐる。「高市皇子尊の城の上の殯宮の時柿本朝臣人麻呂の作れる歌」（巻2 一九九）といふ雄大な長歌にしても、「かけまくもゆゝしきかな」に始まる敍述が「香具山の宮　万代に　過ぎむと思へや」に終り、而して「天の原　ふり放け見つゝ　玉襷かけて偲ばむ　恐かれども」と詠発してゐるなど、又「石田王の卒せし時、山前王の哀傷みて作れる歌（左註人麻呂の作と或は云ふ）」（巻3 四二三）が全くすべてを敍述にかけて「……通ひけむ　君をば明日ゆ 一云、君を明日ゆか 外にかも見む」と結ぶ事など、すべてそれを証據だててゐるものである。人麻呂より時代を溯ったものとしては例の額田王の「天皇、内大臣藤原朝臣に詔して、春山の萬花の艶、秋山の千葉の彩を競はしめたまひし時、額田王歌を以ちて別れる歌」（巻1 一六）などをその例とする事が出来るだらう。

　冬ごもり　春さり来れば

と起して

　啼かざりし　鳥も来鳴きぬ　開かざりし　花も咲けれど」
　山を茂み　入りても取らず　草深み　執りても見ず」

とその狀態を敍し、これに対比させる形をとって、今度は、

　秋山の　木葉を見ては　黄葉をば　取りてぞしのぶ　青きをば　置きてぞ嘆く』

と秋の敍述を爲す。そして、

　そこし

と一段落を前文に与へる別な発想で
恨めし　秋山われは
と主観を挾んでゐる。前半の整然とした敍述と、全く別個に詠嘆句を結合せしめてゐる点、非常に散文的手法といへるであらう。又短歌に於ても、これは全く同様見られるもので、

暮されば小椋の山に臥す鹿の今宵は鳴かず」いねにけらしも（巻9　一六六四）
家ならば妹が手纏かむ草枕旅に臥せるこの旅人」あはれ（巻3　四一五）
何處にか吾は宿らむ」高島の勝野の原にこの日暮れなば（巻3　二七五）

といったものなど、ある一定の敍述に伴って抒情が行はれてゐる爲のもので、この分裂の過程を示してゐるものと見られるものである。又、所謂「序」の敍法もこの個別に与ってゐるものと見られる。

綜麻形の林の始のさ野榛の衣に着く」なす」眼につくわが背（巻1　一九）
筑波嶺の石もとゞろに落つる水」世にもたゆらに」我が思はなくに（巻14　三三九二）
飛鳥川水漲りつゝ行く水の」間も無くも」思ほゆるかも（紀一一八）

かく、抒情詩たる短歌が、その敍述についての抒情の間に進んで、敍述と抒情詠嘆の分裂を来して

ゐるのであるが、こうした敍事的抒情歌及その分離をその前提として、物語歌への進展は種々な誘因をもって物語歌完成へと到りつく。その事自身が誘因も爲し又結果的にこの推移を物語るものに、奈良中期の短歌の一グループがある。

恋ひ恋ひて逢ひたるものを月しあれば夜は隠るらむ須臾は在り待て（巻4　六六七）

巻四に見える坂上郎女の安倍虫麻呂との贈答の一首であるが、左註に「右大伴坂上郎女の母石川内命婦と安倍朝臣虫滿の母安曇外命婦と、同居の姉妹同気の親なり。これによりて郎女と虫滿と、相見ること疎からず相談ふこと既に密なり。聊か戯の歌を作りて以ちて問答を爲せり」と記されてゐる。この贈答は虫滿一首郎女二首計三首をもって構成されてゐるがこの一首を除いた他の二首は、普通の心情を敍した贈答であるのに対して、この一首は甚だ事件的行爲の描寫されたものである。そして左註によってこれが実際を離れた一つの制作である事が知られるとすれば、か丶る平常の贈答をしつらへた後、郎女の心が、この歌に盛られた如き事柄の想像に及んで歌に化された事なのである。即ち、文藝的制作としてか丶る物語的な歌が作られた事を意味するのである。更に「十一年己卯、天皇高圓野に遊獦し給へる時、小獣堵里の中に泄走す。ここに適勇士に値ひて生きながら獲らえぬ。即ち、此の獣を御在所に獻上るに副へたる歌一首」といふ歌が巻六に見るが、

ますらをの高円山に迫めたれば里に下りける鼯鼠ぞこれ（巻6　一〇二八）

といふ全く敍述のものである。これは當時の和歌書簡性のものとすれば何でもないものであるが、左註に「右の一首は大伴坂上郎女之を作れり。但未だ奏を経ずして小獸死し斃れぬ。これに因りて獻る歌は之を停めぬ」となってゐて、單に事件的なものを聞いて作ってみたものか否か、この辺の消息は十分疑へるものである。こゝにも幾何かの文藝的制作は認めねばならぬであらう（註二）。

郎女（旅人妹。靈亀元年穗積皇子歿後藤原麻呂に被愛。後大伴宿奈麻呂妻、養老五六年頃坂上大孃を生む）はかうした制作をもつのであるが尚問題になるのは、巻四に見られる

此者は千歳や往きも過ぎぬると吾や然念ふ見まく慾れかも（巻4　六八六）

の歌の先蹤として、作者不明の、

気の緒に妹をし念へば年月の往くらむ別も念ほえぬかも（巻11　二五三六）

を持つ事である。伝誦といふ事が行はれるのは多かれ少なかれかゝる意味をもってゐるのであらうか、古歌が実際生活の中に融和して、その中の唇に実用されてゐる事が、その歌の長い生命を保たしめる

事になる。そしてこの時代には「風流」といふ事から、かういった古歌の自らの場合の実用が、一つの流行を為してゐたのであるが、この伝誦愛誦、転用の中には、當然その語句内容の変化が考へられて来る。無意識的なものも無論あるが、然し、この場合には無意識的な誤伝適誦ではなくて、その古歌の意を体した改変がそれに加はってゐると見られるのである。そしてこの改作を通して、巻十一の古歌と、坂上郎女との相違が、古歌の時代と郎女の時代との時代の相違（註三）が問題になるのである。二首の比較に於ても前者は後者より主知的に客観性を帯び、感情の時間も長くなってゐる。二者の年代的な推移をこの中に見るとすれば、明らかに敍述的であり散文的に感情は薄れてゐる。

又他の例を並べる事によってより明確さはますであらう。

今は吾は死なむよ吾が背生けりとも吾に縁るべしと云ふと云はなくに（巻4　六八四）

今は吾は死なむよ吾妹逢はずして念ひつつあれば安けくもなし（巻12　二八六九）

うつくしと君が念ふ妹は早も死ねやも生けりとも吾に依るべしと人の云はなくに（巻11　二三五五）

第一首目が郎女の歌で、第二首目の短歌第三首目の旋頭歌は夫々巻十二の作者不明歌、巻十一の人麻呂歌集の歌である。

更に郎女の歌の敍述性を示す他の例としては、前例歌に続くものとして、

青山を横ぎる雲のいちじろく吾と咲まして人に知らゆな（巻4　六八八）

の如きものがある。比喩に於てであるが、その中に含まれた想像のイメージの客観的な事は美しく絵画的にすらならうとしてゐる。尚直接の関係は無いであらうが、先蹤としては日本書紀、巻二十六に斉明天皇の歌と記されたもの、

今城なる小丘が上に雲だにも著くし立てば何か歎かむ（紀一一六）

がある。

もう一つ、か丶る例を擧げて述べると、同じく巻四に見られる、笠女郎の歌がそうである。

念ふにし死するものにあらませば千遍ぞ吾は死にかへらまし（巻4　六〇三）

これは同じく巻十一にある作者不明の歌、

恋するに死するものにあらませば我が身は千遍死反らまし（巻11　二三九〇）

の改作である。前の坂上郎女のものも、これも家持に贈られたものであり、又何れも巻十一十二の「古今相聞往来の歌」からその本歌をとってゐる處は、この二群の短歌間にある緊密な関係があるのであらう。その年代とか、伝誦の地盤とかに於て、かゝる後代の人々に保たれる事は、その共通性をある程度持ってゐなければ不可能な事でもあるだらう。この古歌は、何か小理窟である点、そういった共通性の一つを獲得してゐるのかもしれない。笠郎女の歌は、同じ二十四首中にも、

八百日行く浜の沙も吾が恋にあに益らじか奥つ島守（巻4　五九六）

夕さればもの念ひ益る見し人の言問ふすがた面影にして（巻4　六〇二）

といった如き敍述味の優ったものをもってゐるが、この中にも且つ「八百日行く浜の沙」と比喩してゐるし、又巻八の家持に贈ったとする歌、

水鳥の鴨の羽の色の春山のおぼつかなくも念ほゆるかも（巻8　一四五一）

の如き技巧的表現を有してゐる。これはこの時代の時代性として認識されるものであって、

紀女郎

戯奴反して云ふ、わけがため吾が手もすまに春の野に抜ける茅花ぞ食して肥えませ（巻8　一四六〇）

大伴坂上大娘

玉ならば手にも巻かむをうつせみの世の人なれば手に巻きがたし（巻4　七二九）

といったこの時代の歌人に等しく認められるものである。試みに、前例はすべて、家持に対する贈歌としてみた。

以上こういった例はすべてその時代を負ったものであるが、こうした時代の動きの中に和歌の推移が感じられるのである。時代的作用を主とすれば逆に歌謡への働きかけでかゝる推移を惹起する誘因として考へられるのであるが、何れにしろ前代の歌から漸次客観的に叙事的に、散文的に物語的になってゆく様子が窺ひうるものであらう。

これと同時に、この動きの中に含まれて考へられるものとして和歌中に於ける固有名詞の投入がある。記紀歌謡に於けるかゝる三人称の投入は影媛の歌などに見られ、贈答の歌には前者程不思議ではないが、その第一歩として三人称が考へられたが、万葉集に於ては明らかに作者が自作と判るものにそれがある。影媛のものは万葉集に於てはその伝説歌の如きもので偶々その作者の贈答歌に繰入れられたが、万葉集の固有名詞を有したものは、かゝるものではない。

巻十六由縁歌中、長忌寸意吉麻呂の歌八首の内の一首に、

蓮葉は斯くこそあるもの意吉麻呂が家なるものは芋の葉にあらし（巻16　三八二六）

といふ一首をもつ。これは明瞭に自分で固有名詞を投入してゐるものである。この題は「荷葉を詠める歌」とするものである。そしてこの中には物語的敍述の一つの資格の獲得があるのである。

然し、この場合には八首が「右の一首は伝へ云ふ。或時衆集ひて宴飲す。時に夜漏三更、狐の声聞ゆ。爾乃衆諸興麻呂を誘ひて曰く、此の饌具の雑器、狐の声、河橋等の物に関けて、倶に歌を作れといひき。即ち声に応じてこの歌を作りき」といふ。

さしなべに湯沸かせ子ども櫟津の檜橋より来む狐に浴むさむ（巻16　三八二四）

の歌に始まり、すべてこれと同様に「行縢、蔓菁、食薦、屋梁」「荷葉」「雙六の頭」といったものの詠み込みである。「意吉麻呂」が題として詠み込むべく命じられたものではない迄も、「詠み込む」といった意識があった事は否定できず、この点の曖昧性はあるわけである。然し、又飜って考へてみれば所謂伝説歌といふものを除いて固有名詞の介入する余地は殆ど、かゝる状態のみであるだらう。第三人稱が介入した事自体、経緯は措いても物語歌への一段階ではある。

もう一つ例を擧げると、巻六に見られる、「石上乙麻呂卿の土佐國に配せられし時の歌三首并に短

歌」がそれに該當する。固有名詞をもつのはその中の第一首目であるが、

石上　振の尊は　弱女の　惑に縁りて　馬じ物　縄取り付け　鹿猪じ物　弓矢囲みて　王の　命恐み　天離る　夷辺に退る　古衣　又打の山ゆ　還り来ぬかも（巻6　一〇一九）

といふ長歌である。「石上　振の尊」がしかじかといふ物語歌の匂ひを齎らしてゐるものである（年代は天平十年＝巻六編纂上或いは仝十一年＝続日本紀の事件であり、この近辺）が、然し、この歌が何人の作であるかは不明である。題が「石上乙麻呂、――の歌」とすれば三首反歌すべて彼の作であり、意吉麻呂のそれの如く、自ら自稱を投入してゐる事になるが、「石上乙麻呂の土佐國に配せられし時の、某の歌」とすれば一種の伝説歌的な固有名詞となり、時人の作（作者不明）となる。又内容から、前掲第一首目を第三者が第二首目を続日本紀によって久米連若賣が、或は正妻である婦人が、そして第三首目を乙麻呂が作ったといふ事にもなる。窪田空穂氏は第一首目の内容が乙麻呂に有利である点、懐風藻所載の彼の伝記から判断される彼の才能の点などからこの三首すべてを乙麻呂作とされ、その三首の構成について物語歌への進展を説かれてゐる。現在何れに従ふにしても、この固有名詞導入の物語性は考へられるべきものであらう。たゞこの場合、意吉麻呂といふ場合と違って石上振乃尊といってゐるのは、一七八七の「礒城島の　日本の國の　石上　振の里に」といふその地名によって呼んでゐるので、前者よりはやゝ間接的である。もし、この点からの一般的名稱とすれば、この

事件と関連するのは一首目のや〻異常な内容と、三首目の「土佐道」といふのみであり、二首目は完全にこの場合と切り離しうる。そうすると、今の一〇一九にしても物語性は中央の敍事に頼る事になり、敍事抒情歌といふ素朴な段階のものになる（註四）。

固有名詞の插入といった、かうした推移の中に物語歌は生まれて来るが、更にこの動きに与って力あったものに、前にも少し触れた和歌の代用といふものがあった。これはその表現の手続、態度、又内容ともに既に物語歌に属するものと云はなくてはならない。金村の例の娘子に誂へらえて従駕の人に贈った長歌を引くと、

天皇の　行幸のまにま　物部の　八十伴の雄と　出で去きし　愛し夫は　天翔ぶや　軽の路より　玉だすき　畝火を見つつ　麻裳よし　木道に入り立ち　眞土山　越ゆらむ君は　黄葉の　散り飛ぶ見つつ　親しくも　吾をば念はず　草枕　旅を便宜しと　思ひつ〻　公はあらむと　あそそには　且は知れども　しかすがに　黙然えあらねば　吾が背子が　往きのまにまに　追はむとは　千遍念へど　手弱女の　吾が身にしあれば　道守の　間はむ答を　言ひやらむ　すべを知らにと　立ちて爪づく（巻4　五四三）

かくの如くである。内容として前半の夫の描寫、旅の途次を敍しその中の心理を敍して後半の妻の描寫、待ちがてにする心理とそれに対する衝動の結果を敍して、事件的な筋の流れと、それに織込ま

れた心理に物語的構成を感ずるものである。かういった物語を作るといふ事はとりも直さず文藝的関心と態度を示すもので、形は長歌といふ詩体を以てしてゐても、全く散文文藝の制作に他ならない（註五）。この作者は金村だとすれば例へば「養老七年癸亥夏五月、芳野離宮に幸せる時、笠朝臣金村の作れる歌一首幷短歌」の如くこの時代には既に消えてゐた、実感以外の「神がら」を強調し、神亀二年の仝じ吉野離宮行幸供奉にも「百磯城の大宮人も彼此に繁にしあれば云々」と云った語句、又前掲の長歌に於ても「物部の」「天翔ぶや」「玉だすき」「麻裳よし」「草枕」と枕詞を夥しく、然も敍景部分に於てのみ用ゐ、且つこの発想が例の道行である事など、すべて前代から受けた人麻呂などの形式であって、全く実用の言語的表現感情を忘れたものである。代用といふ事が彼の作品に肯はれる所以であるが、そうであればある程、代作といふ事の持つ文藝性が知られ、そうせしめる時代性が考へられるであらう。こういった雰囲気の中に物語歌の発達が懸ってゐる事も感じられるのである。

　代作といふ事の例は他に家持に見る事が出来る。「家婦、京に在する尊母に贈らむ爲に、誂へらえて作れる歌一首幷に短歌」（四一六九、四一七〇）「京人に贈れる歌二首」（四一九七、四一九八）の長歌一首短歌三首がそれであるが後者の左註には「右は郷に留れる女郎に贈る爲に、家婦に誂へらえて作れるなり女郎は即大伴家持の妹」とあり、何れも妻大嬢に代って作った贈答の歌である。前者は尊母即坂上郎女へ當て、後者は家持の妹（註六）へ當てたもので四一八四の「京師より贈り来れる歌一首、右は四月五日、留女の女郎より送れるなり」に答へるものである。

　前者は

霍公鳥　来鳴く五月に　咲き匂ふ　花橘の　香ぐはしき　親の御言　朝暮に　聞かぬ日まねく
天離る　夷にし居れば　あしひきの　山のたをりに　立つ雲を　外のみ見つつ　歎くそら　安け
なくに　念ふそら　苦しきものを　奈呉の海人の　潜き取るといふ　眞珠の　見が欲し御面　直
向ひ　見る時までは　松柏の　榮えいまさぬ　尊き吾が君（巻19　四一六九）

といふ内容を持ち、物語的展開をもつものではない。後者も、

京師より贈り来れる歌一首

山吹の花とり持ちてつれもなく離れにし妹を偲びつるかも（巻19　四一八四）

京の人に贈れる歌二首

妹に似る草と見しより吾が標めし野辺の山吹誰か手折りし（巻19　四一九七）

つれもなく離れにしものと人はいへど逢はぬ日まねみ念ひぞ吾がする（巻19　四一九八）

といふ凡常な贈答であって、この中に連作的或は唱和的効果があると云ふものではない。後述する如く家持の中に取入れられた散文感覺は或る程度のものをもってゐるのであるが、こゝでは先の金村の長歌の如き物語構想がなく、実用的な面のみが、この代作からは示されてゐるのである（註七）。

金村といった奈良前期の、家持といった奈良中期の作家に於ける代作を見て来たが、か丶る代作といふ事の意識そのものに既に発生期抒情を忘れた推移があり、それが金村の長歌の如く内容的にも物語構想を具備するに及ぶところに、この推移の十全な姿が示されてゐる。一つの、物語歌流動の形態を教へるものである。

以上かうして要素とするもの、誘因とするものなどを述べて来たが、か丶る物語歌の時代的要請とそれに伴ふ意識的制作は大体旅人憶良時代に始まり、虫麻呂の伝説歌を通して彼の中に完成を見、その敍述長歌といふ形で家持の時代にも流れてゐる。虫麻呂は旅人憶良らと同時代人であるが、旅人憶良らがその原初体をもち、それ以上にならぬ事と、虫麻呂が内容的に途上のものを承けてその完成体をもってゐるので、これは次の作家と見られるべく、又、この物語歌の重要な契機であった伝説歌を通しては別に人麻呂からの線を辿る事が出来、同じく同時代人たる赤人などを加へて、時間的には家持の他に福麻呂にも辿る事の出来るものである。こういった物語歌の各様を以下見たいと思ふ。

憶良の長歌は、悉く思想的背景に立ってをり、観念歌としてのその主知客観性を擧げられるべきものであるが、十首の長歌の内、物語的な展開をもつものは「日本挽歌一首」「右、天平元年七月七日の夜、憶良、天河を仰ぎ見て作る」歌、「敬みて熊凝の爲に其の志を述ぶる歌に和ふる六首幷に序」の三つであり、断片的にもってゐるものとしては「世間の住り難きを哀しめる歌一首幷序」「好去好来の歌一首反歌二首」などが見られる。

日本挽歌は一説旅人に代っての作と云はれてゐるものであるが、内容は哀悼を中心として未だ抒情

的である。反歌の一つとして、

妹が見し楝の花は散りぬべし我が泣く涙いまだ干なくに（巻5　七九八）

といった濡れた抒情を見せてもゐる。「しらぬひ」「泣く子なす」といった枕詞や合の手を入れて連ねてゆく点、又全体がすべて「妹」にかゝってゆく敍法など、所謂敍事抒情歌のものと認められるものであらう。

七夕の歌（一五二〇）は古来数知れず詠まれ来った内容であるが、憶良のもそれを出でてゐない。「さ丹塗の　小船もがも　玉纒の　眞かいもがも……」といった敍述にその物語的な構想を発見しようとするのであるが「眞玉手の　玉手さし交へ　あまた宿も　寝てしがも」と連ねて、これは世間住難き歌の「眞玉手の玉手さし交へ　さ寝し夜の　幾許もあらねば」といった敍法と全く同じもので、何ら新鮮な描寫ではない。

熊凝の歌（八八六―八九一）は憶良に於ける物語歌の最も整ったものである。

うち日さす　宮へ上ると　垂乳爲や　母が手離れ　常知らぬ　國の奥處を　百重山　越えて過ぎ行き　何時しかも　京師を見むと　思ひつゝ　語らひをれど　己が身し　いたはしければ　玉桙の　道の隈回に　草手折り　柴取り敷きて　とこじもの　うち臥伏して　思ひつゝ　歎き臥せら

く　國に在らば　父とり見まし　家にあらば　母とり見まし　世間は　斯くのみならし　犬じもの　道に臥してや　命過ぎなむ

反歌（略）

然し、憶良はこれと同質同量にこの前に序文を附し事を敍べてゐる。この点長歌のみに全部をかけた物語歌とは云ひ難く、物語歌系統から見れば、やはりかゝる発生時の様相と見られるべきであらう。全体としては物語歌とは云ひ難いが、断片的に持つものとしては世間住り難き歌（八〇四）は少女時代、老女時代、壮士時代、又若き日の目合、老衰の姿を夫々敍してゐる点は物語的描寫の入ったものである。

貧窮問答歌（八九二、八九三）も「斯くばかり術無き世間の道か」といふ事が中心になってゐて物語歌とは云ひ難いが、静的な描寫はこめられてゐる。

又好去好来の歌（八九四―八九六）も形式的な修飾の多いものであるが全体を辿るとおぼろげな展開をもってもゐる。無論物語歌といへるやうなものではない。

以上憶良にあっては物語的追求があるのではなく、思想的な表現の中に取入れられてゐる形である。敍事抒情歌に対して敍事観念歌といふべき形なのである。

又旅人の作品についていては、旅人には万葉集に収められた長歌といふものは、一応無い。これは諸々問題を提示しよう事実であると思はれるが、この中にあって、物語的効果を狙はうとしてゐるのは憶良と些かも異らないのである。すべて短歌をもって、その連作や、プラス序といった形で爲してゐる。これは憶良が長歌形式をその特色として駆使したのに対し、比較上興味ある問題であらう。たゞ、こゝで問題になるのは、巻五に載せられてゐる、所謂「鎮懐石の歌（八一三、八一四）」である。これは題及左註によって知られる事が、伝へ来った人名を建部牛麻呂とのみで、その作者を明らかにしない。目録には「山上臣憶良、鎮懐石を詠める歌一首幷に短歌」と記されてゐるが、その題の由来は明らかでなく、又「松浦河」の歌が旅人である事が考証された類に、この歌も旅人説が出てゐるものである。もしこれに従ふとすれば旅人唯一の長歌といふ事になる。

この歌は地方伝誦の説話を歌化してゐる事に第一の物語性がある。この伝誦は古事記中巻にも内容を違はず河志比の宮條に記され、日本書紀にも巻九気長足姫尊條の九年秋九月項に、これも同様に記されてゐる。又筑前國風土記に「児饗の石」としてこの石の事が記され、筑紫風土記にも「芋湄野」の石として記されてゐる事が釈日本紀巻十一より知られるのであって、その所伝がほゞ一致してゐる處から広く流布された確かな伝説であった事がわかる。こうした伝誦——殊に天皇の事件に関するものを長歌化する事は天平初年には既に時代を降りすぎた感があり、七世紀世界の復古リリシズムの中にあてゝ見てしっくりするものであるが、又國守或は太宰卿としては當然作歌すべきものかとも思はれる。こういった特殊性のみが生んだか、或は時代を溯らねばならぬものであらう。第二にこの歌の内容そのものの物語性であるが、これはさ程構想のあるものではなくて、いはゞ敍事のみの、石に関する報告のみの形である。結構はあり来たりの「惟神《かんながら》」を軸としてゐる。蓋しはこれより時代をのぼった作で地方に伝誦されてゐたのではないか、そう思はれる程の物語性を具へたものである。

鎮懐石歌はいはゞ一つの伝説を扱ったものであるが、かやうな伝説を扱ふ事の中に物語歌の生まれ来った事は既に述べた。ここに、伝説歌を一括して述べる事にする。伝説歌には先蹤として人麻呂をもつが、この期に大成されたものに他ならないからである。

先づ万葉集に現はれる伝説の種類はほゞ恋愛物語を主としてゐる。これは万葉時代が抒情詩の時代である事を意味するもので、先にのべた鎮懐石の如き神話体系の歌謡化は全然ない。これは人麻呂に於ける「神」の観念が七世紀の古代國家終局のフィナーレであったやうに、万葉の大体の時代はすでに人の世界が始まってゐたのであった。こゝに記紀と万葉との推移が見られるが、こうして万葉に扱はれた伝説は人間性の色濃い、本能を主体とするものに限定されてゐる。従って記紀の含む神話、説話、歴史伝説は説話が主として承けつがれて、歴史伝説はごく一部を占めてゐるものである。これを「万葉集の新研究」(二六四頁)によって図示すると次のやうになる。

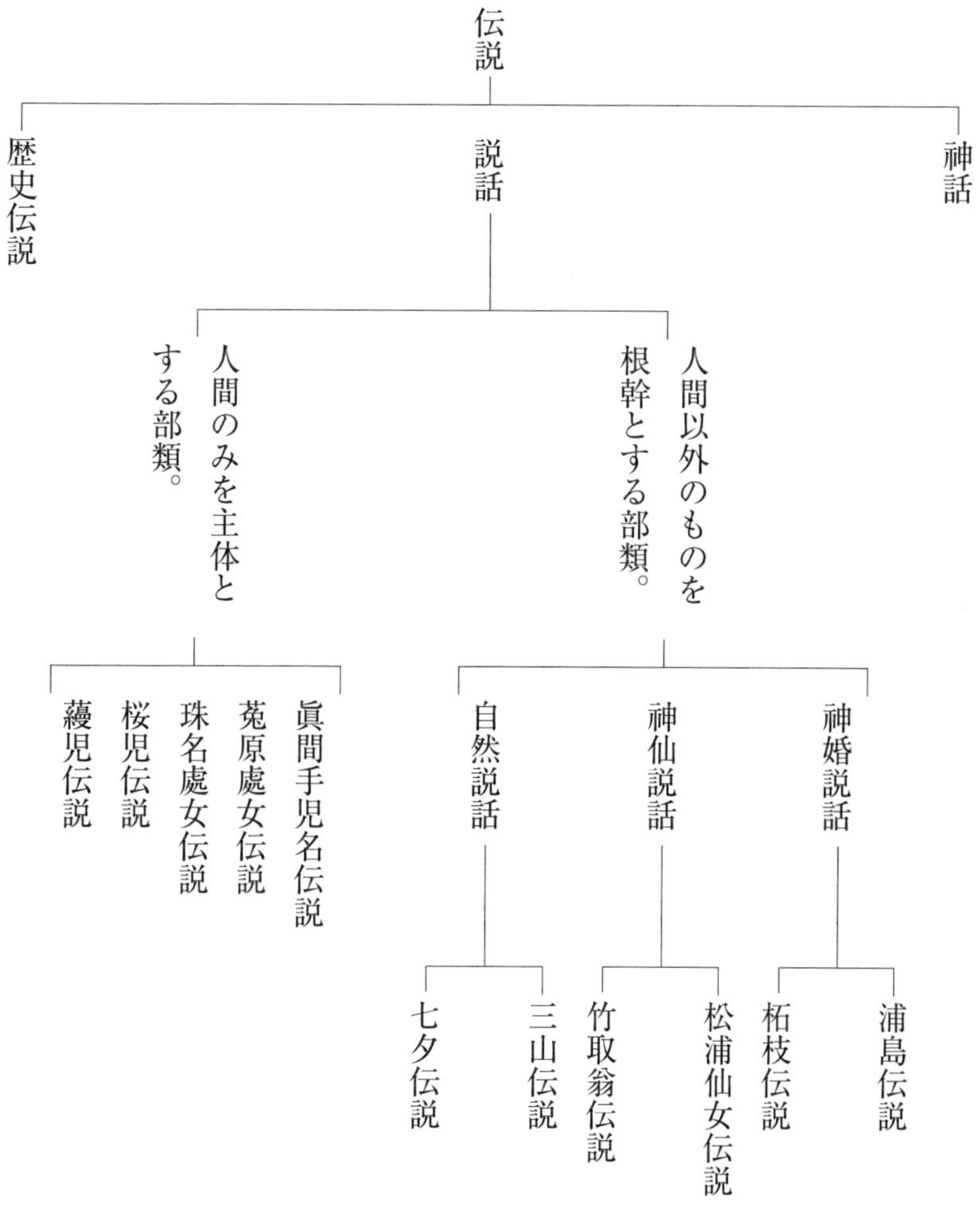
伝説
神話
説話
歴史伝説
人間以外のものを根幹とする部類。
人間のみを主体とする部類。
神婚説話
神仙説話
自然説話
眞間手児名伝説
菟原處女伝説
珠名處女伝説
桜児伝説
蘰児伝説
浦島伝説
柘枝伝説
松浦仙女伝説
竹取翁伝説
三山伝説
七夕伝説

かうして説話のみが取上げられてゐるのであるが、これらは各々巻三、五、九、十六、十八、十九などに含まれるが殊に伝説歌の集成された感があるのが巻九である。伝説歌人である虫麻呂の眞間伝説、菟原伝説、珠名伝説、そして浦島伝説、又福麻呂の菟原伝説が含まれてゐる。又巻十六の所謂由縁歌にこの伝説歌も含まれ、桜児伝説及、題には無名であるが歌意より蘰児伝説と名づけられるものがある。然し、これは短歌によって爲され、先述した如く序で説明されてゐるものである故、こゝでは述べない。

かく、右の前掲すべてが物語歌として記されてゐるのではない。浦島伝説と三處女伝説が物語歌として長歌で語られ、柘枝伝説三山伝説は僅か顔をのぞかせるにすぎぬものであるが、序との結合で語られるのが松浦、竹取、二児伝説である。この内更に松浦は連作短歌で、竹取は長歌で、二児伝説は短歌のみで語られる相異がある。七夕伝説は當時の風俗化してゐたものの一つである故、長歌でも短歌でも数知れず試みられてゐる。従って物語歌の進展に寄与した伝説歌としては浦島伝説歌と三處女伝説とである。

浦島伝説は以上四つの伝説中唯一の神婚であり、この点特色を有するものであるが、一つに虫麻呂の、物語的起伏が綾成す世界への憧憬の所産に他ならない。時間、歴史といふものの忘却がこの物語詩人に限りない夢を与へるのである。虫麻呂は後述するが、記紀祝詞所載の物語から、現実世界の悲しく美しい處女伝説に及んで、更にかゝる既成の素材ではなく自らが物語を作らうとしてゐるので、此のやうな彼の抒情の振幅が、過去の神婚説話に及ばぬ筈はないのである。こゝに浦島説話の生まれた所以がある。従って、神への信仰も敬愛もこの長歌は背景としてはゐないのである。過去の物語として語ってゐるに過ぎない。巻七（一七四〇、一七四一）所収のものである。

三處女伝説の内眞間手児名伝説は赤人によって「勝鹿の眞間娘子の墓を過ぎし時、山部宿禰赤人の作れる歌一首幷に短歌（四三一―四三三）」に、又虫麻呂によって「勝鹿の眞間娘子を詠める歌一首幷に短歌（一八〇七、一八〇八）」に歌はれてゐる。この伝説は地方民謡としても歌はれてゐた事が知られるが巻十四東歌中下總國歌の内の二首がそれである。

葛飾の眞間の手児名をまことかも吾に依すとふ眞間の手児名を（巻14　三三八四）

葛飾の眞間の手児名がありしかば眞間の磯辺に波もとゞろに（巻14　三三八五）

前者は鎌足の安見児の歌と同一の発想であり、かゝる歌のみが——例へもう一首と二首にしても——残ってゐたとは思へないので、数多くの、この事件を構成する短歌があってその一つが残り記されたらうと思はれる。群作による物語的展開を思はせるものであるが、後代の二歌人による詠唱は何れもかゝる短歌と別に夫々の個性的な発想をしてゐる。赤人のそれと虫麻呂のそれとを比較すると赤人のものは漠然とした懐旧の姿を敍してゐるが、虫麻呂のものは「麻衣に青衿著け」から始まり「身をたなしりて」に終る描寫を插入し、事件そのものに遙かに立入ってゐる。反歌に一シーンを拉し来った事も非凡な描寫力である。

又菟原處女伝説は虫麻呂の「菟原處女の墓を見る歌一首并に短歌（一八〇九―一八一一）」家持のこれに追同した「處女墓の歌に追同する一首并に短歌（四二一一、四二一二）」によって歌はれてゐる。虫麻呂のものは同様敍事の中に感動をこめようとしてゐるのであり、家持の「(天平勝宝二年)五月六日興に依りて作る」ものが「春花のにほひさかえて秋の葉のにほひに照れる云々」といった常套的描寫をもつものと対してゐる。前の眞間手児奈は、その様子が虫麻呂の敍述を通して知られ、二男一女の悲劇的物語であった事が教へられる。又福麻呂歌集の「葦屋の處女の墓を過ぐる時作れる歌一首并に短歌（一八〇一―一八〇三）」も家持程概念的でないにしろ、虫麻呂の如き敍述はもってゐない。彼のものは専ら自らの感慨を語るもので、虫麻呂のものと別の敍事性が感じられるものである。

上總の珠名處女伝説は又虫麻呂の「上總の末の珠名娘子を詠める一首并に短歌（一七三八、一七三九）」によって知られるが、物語内容の変化がしつらえらえてゐる。これは菟原處女や桜児蘰児の如き悲恋ではなくて、ボラピィシアスな女性像として描き上げてゐる。そして、この長歌は全く敍事的であり、作者の抒情詠嘆から切離されてゐる。他の伝説歌が尚、自らの追憶を敍し、自らの行爲を対比させてゐるのに対して、これはすべて対象のみを敍してそれのみに詩の立場を求めてゐる。これは後述すべく物語歌完成へ引つがれてゆく伝説歌の最終段階であるが、敍事抒情歌からは遙かな懸隔を感じなければならない。

四つの伝説はかういった物語歌の中に扱はれるのであるがこれを次に縦断して見たいと思ふ。

この物語歌人、赤人、虫麻呂、家持、福麻呂の四人はすべて奈良期へかけて及奈良中期の歌人であるが、屢々触れて来た如き、こゝに到る過程を示す爲に長歌歌人人麻呂を比較する事にしよう。人麻呂は直接説話を題材とはしなかったが、宮廷諸事に関して多く歴史伝説的なものを扱ってゐる。「日並皇子尊の殯宮の時作れる歌（一六七―一六九）」は開闢神話的敍述を行ひ（持統三年四月作）、「高市皇子尊の城上の殯宮の時作れる歌（一九九―二〇二）」には皇子の生前業績を敍して一種の歴史伝説的なものを表現せんとするかである（持統十年七月）。然し、これらはすべて神讃美の中に生まれ、且つ主観的な表現をとって抒情してゐるにすぎない。神を離れて一敍事を行ったもの「讃岐狭岑島に石中の死人を視て作れる歌（二二〇―二二二）」に於ては、やゝ物語的になってゐるのであるが、やはり妻との愛情を詠嘆しつゝ主観の滲透してゐるのである。

これが赤人になるとかなり異って来る。

古に在りけむ人の倭文幡の帯解き交へて廬屋立て妻問しけむ
葛飾の眞間の手児名が
奥津城を
此處とは聞けど眞木の葉や茂りたるらむ松が根や遠く久しき
言のみも名のみも吾は忘らえなくに
（巻3　四三一）

全体は忘らえぬ抒情を敍して来る形をとり、各部は散文的に連続せしめられつゝ、且つ手児奈への修飾や現在の描寫の中に細かな敍述が加へられてゐる。人麻呂のものは長いので煩雑を避けて例証しなかったが、それとこれとは以上の三点の異同を示してゐるのである。印象は赤人的なものを持ちつゝ、これは一つの中間形でもある。

虫麻呂の四つの伝説歌は対象のみを單独に描かうとしたものが珠名娘子の歌と菟原處女の歌である。浦島のものは「――家地見ゆ」と現狀を敍す態をとり、眞間娘子のものは「念ほゆるかも」といふ追憶の形にしてゐる。

又、描寫といふ点からは浦島の歌と菟原處女の歌が詳細を極め、珠名娘子と眞間娘子のものは敍述様式に共通性を見出すものである。前者は事件の筋を追ひ、その中に於ける處女の姿を適確に描き出してゐる。これは虫麻呂が腦裡の確かなイメージの中に住んで、その中に物語を創作していったからに他ならない。かゝる伝説伝誦は一誘ひであったにすぎない彼の創作力を発見するのである。

物語歌は伝説歌を通ってゆく時、純対象の態度と、敍述の手法の中から巣立ってゆくのであるが、かゝる両方を満足せしめてゐる菟原處女の歌を見ると、敍述の順序としてその生ひ立ちを冒述して二壯士の求婚の中に焦点を合せ、その動作を敍すと次に處女の心理を、然も語らせてゐる。その行爲とこれに対する二壯士の態度、そして世人の悲哀に終りを包んでゐる。この会話の插入、

……吾妹子が　母に語らく「倭文手纒　賤しき吾が故　丈夫の　爭ふ見れば　生けりとも　逢ふ

べくあれや　ししくしろ　黄泉に待たむ」と……（巻9　一八〇九）

といふ條は浦島の歌に、ストーリーをより複雑にして挿入されてゐる。

……吾妹子に　告りて語らく「須臾は　家に帰りて　父母に　事をも告らひ　明日の如　吾は来なむ」と　言ひければ　妹がいへらく「常世辺に　また帰り来て　今のごと　逢はむとならば　此篋　開くな努」と……（巻9　一七四〇）

対話が散文文藝に於ける一大要素である事は前々章と前章に述べた。個人の主情表現であった和歌がかういった姿を整へつゝ進んでゆく推移を示すものである。

丁度敍景歌が赤人を頂点としたやうに物語歌は虫麻呂を頂点とする。以降の福麻呂家持に見られる伝説歌はその継承発展ではない。福麻呂のそれはむしろ伝説歌と稱するには適はしくない、敍景歌の如きものである。福麻呂自身の姿を描いて古は悲しいと極り文句を並べるもので伝説内容には何ら触れようとしない。もしこうした態度が拡大されゝば自らを客観視した表現の中に、劇的な導入がなされるものである。又家持のものも「依興」作ったのであるが、家持時代には既にかういった態度がとられつゝあった事が前提になる。長歌内容は感傷歌人家持と、時代的に甚だ敍述味の強い時代の子家持との、相剋の如き姿を見せてゐる。感傷的な感受によるものであって、虫麻呂の如き言葉の駆使による起伏強弱の間に物語を進めるといふのではないが、平敍的に事件を敍べようとしてゐるものではある。他の作品も含めて、平敍性はこの年代の特色であり、こゝにも詩の疲勞と、散文の渇望が秘められてゐると見なければならない。

かく伝説歌は物語歌の成立を決定する狀態の中に生れてゐるが、それは虫麻呂によっては伝説物語歌の頂点を見せようとしている。然し、この伝説歌のみについて、物語歌の完成は韻文の散文化とは一致しない事を一言附け加へねばならない。物語歌は內容的には物語といふ散文文藝性のものを盛りつゝ、形式としては高度の韻文の完成である。物語歌は敢く迄も詩の時代に於ける散文要求の滿足であって、韻散文時代の散文性とは全く異ってゐる。從って、今物語歌が次時代の爲に散文への道を辿るならば、それは崩壞を意味するのである。物語歌の完成は散文物語への道に近づく事ではなくて、物語歌の一端の崩壞から散文物語が生まれて来る。この崩壞の相を示すものの一つが即ち家持の物語歌である。

物語歌の伝説歌を通しての確認から物語歌の完全な到達を最後に見たいと思ふが、それは虫麻呂に於て見られる。一体に虫麻呂の作は落着いた敍述をしつゝ、抒情する風のもので、人麻呂の如く抒情と孤立した敍事を絢爛となすといふのではなくて、融合した敍事抒情歌がその特色である。從って不盡山の歌（三一九、三二〇）などむしろ異色のものであって、筑波山の数種の歌や大伴卿に別れる歌などを本来の敍事抒情歌とするものである。こうした一般的な作風の中から、彼は物語歌を爲さうといふのであるが、既に伝説歌に於ても素朴が何ら創作を助けるものとなってをらず、伝説に対しても

積極的に構想すると述べた如く、自己が物語歌の題材を探し當てゝ、それを作歌してゆくのであった。一例をあげると、

河内の大橋を独り去く娘子を見る歌一首幷に短歌

級照る　片足羽河の　さ丹塗の　大橋の上ゆ　くれなゐの　赤裳裾引き　山藍用て　摺れる衣着て　たゞ独り　い渡らす児は　若草の　夫かあるらむ　橿の実の　独りか寝らむ　問はまくの　慾しき我妹が　家の知らなく（巻9　一七四二）

反歌

大橋の頭に家あらばうらがなしく独ゆく児に宿貸さましを（巻9　一七四三）

といった矚目のうちに作歌してゆく。全くかゝる狀態そのものにある表現慾を見なければならない。この歌の静けさは「難波に経宿りて明る日還来る時の歌（一七五一、一七五二）」に及んでゐるが、然しこの歌は敍景歌——広義の——的であり、物語歌としては「檢稅使大伴卿の筑波山に登れる時の歌一首幷に短歌（一七五三、一七五四）」が第二に擧げられるであらう。

衣手　常陸の國の　二並ぶ　筑波の山を　見まく慾り　君来ませりと　熱けくに　汗かきなげ　木の根取り　嘯きのぼり　岑のうへを　君に見すれば　男の神も　許し給ひ　女の神も　幸ひ給

ひて　時となく　雲居雨零る　筑波嶺を　清に照して　いぶかりし　國のまほらを　委曲に　示し賜へば　歓しみと　紐の緒解きて　家の如　解けてぞ遊ぶ　うち靡く　春見ましゆは　夏草の茂くはあれど　今日の楽しさ（巻9　一七五三）

反歌

今日の日にいかにか及かむ筑波嶺に昔の人の来けむ其の日も（巻9　一七五四）

更に彼の中からは伝説歌中の珠名娘子の歌などが擧げられるであらう。何れもかういった例擧の歌の如く、情景が感動の中心になってゐて、一時一場一人の抒情ではなくなってゐる。

以上、敍事抒情歌を要素として表現が客観的に物語を敍述してゆくやうになる、物語歌の歴史変遷を見た。これは全く天平初の時代的要請によるものであって、伝説歌人虫麻呂の出現をまって完成した。韻文のみの時代の、その範囲内に於ける散文物語的ジャンルの確立であったのである。

●註一

この間の消息を窪田空穂氏は「旅人憶良とも漢文学に長けてをり、それをもってすればこの事はたやすく遂げられるものであるにも拘らず、二人とも等しくこれを心親しく又柔かな口語をもって現はさうとして工夫し、勞苦して、積極的にその試みをしてゐるのである」（『万葉集評釈』第五巻）又「我が民族の感性と情趣とを伝へ得る口語をもってした物を要求してゐるのであるが、仮名文字の無いところから國語の面に於ての要求は遂げられず、自然発生的な和歌入りの説話のあるのを参考とし、これを意識的に利用して文藝的要求を遂げるものとしたのである」(仝) と説かれてゐる。

●註二

この時代に於ける歌の代作といふ事は或る程度公然たるものであったと思はれる。巻四 (五四三、五四五) の「神亀二年甲子冬十月、紀伊國に幸せる時、従駕の人に贈らむ爲　娘子に誂らへられて、笠朝臣金村が作れる歌一首并に短歌」はそれを明示してゐる。かゝる点から見ても「戯れ」の制作といふ事も十分可能な事実である。

●註三

巻十一の「古歌」の時代は嚴密には不明であるが、この巻目錄に見える「古今の相聞往来の歌の類の上」といふ題に関して、窪田空穂氏は「古今といふ語は意味の広い漠然たるものであって、その時代の主流と目される歌の詠風を目標としての稱である。古といふのは大体人麻呂歌集の歌の制作された時代、即ち藤原朝時代で、今といふのは奈良朝初期と見て大差がないであらう。年次とすると三四十年間と思はれる」と述べてをられる。又「古歌集」といふ「古」も、當時の人々の観念として都の遷移をめぐっての稱と見られ、奈良朝に対して、藤原朝、或は、大津宮、浄御原宮時代まであらう事が考へられ、何れにしても郎女時代と、甚だしい時代の距りがあるといふわけではない。

●註四

この三首の作者を「作者別」にて沢潟・森本両氏は三首目を乙麻呂一首目二首目をその妻の作とす

る略解、古義に従ってをられる。

●註五

尤も作者に関しては題に取入れられたものと然らざるものとあり、元暦校本、桂本万葉集は歌の右に註記的に附されてゐるに過ぎないので、笠金村と確信するわけには行かぬ。代作といふ事のみ問題にすべきであらう。

●註六

家持の妹とは不明であるが、新考によると、四一七三、四二一三の題「贈京丹比家」及左註「右一首贈京丹比家」と内容から、家持の妹がこれで丹比家に嫁したものと云はれる。

●註七

家持の「代作」にはこの他に防人に代って作歌したものがある。「防人の悲別の情を陳ぶる歌一首幷に短歌（四四〇八—四四一二）」「追ひて防人の悲別の心を痛みて作れる歌一首幷に短歌」（四三三一—四三三三）「防人の情となりて思を述べて作れる歌一首幷に短歌（四三九八—四四〇〇）」計十三首である。何れも天平勝宝七年二月作。共に悲痛の心情をのべるもので父母を妻を惜別する劇的な描寫に富み、極めて価値高いものであらうが、これは又後述する。

その他憶良には「敬みて熊凝の爲に其の志を述ぶる歌に和ふる六首幷に序」不確定なものとして「筑前國志賀の白水郎の歌十首」がある。明記してゐないがそうではないかと疑はれるものは「日本挽歌一首」である。

第三項　観念歌

抒情詩の流動として本項に取扱ふものは観念歌に関してである。

観念歌とは如何なるものを指すかといふと、感性表現だけではなく、感性への知性の抵抗を伴った、観念思想を包含してゐるもの、かゝる詩を云ふ。これは抒情の本質とする感性から客観性が附加され、知性的表現をするもので、主観の放棄、理論の構成が抒情詩を散文化せしめる傾向をもたらす。即ち散文文藝への、抒情詩の流動である。

上代文藝に於けるかゝる観念歌は佛教思想の中に展開してゆく。感性から主知的表現への移行が、佛教思想或はその他の支那思想の生活への刺戟によって爲されるのである。佛教が推古朝に、そして奈良中葉に、その起伏の頂点を示しつゝ、輸入された事は既に時代概観に述べたが、その思想が高度文化と共に流れて来た事がその最も生活に滲透する所以であった。機織、朝政、農制に支那思想、文化は潮の如く流れ込んで来る。この中に生活の転換があった。又朝廷の整備伸展に佛教思想が用ゐられ、聖徳太子といふ佛教的政局担當者の出現と俟って、この中に國政が整備されていった。かゝるものから生活そのものが佛教化雰囲気の中に入ってゆかうとするのは自然の成り行きである。制度、美術、思想すべてが佛教の中に進められていったのである。

然し、これは七世紀天武朝の復古政治に於て一応従のものとなる。この時期には歴史的過去が尊重され、親愛されて、この中に人麻呂らを中心とする「神」の観念が流行し、史書が顧られたのであった。だがこの過程に過去の文化の累積が瓦解されるといふわけではない。一段上昇した生活水準が保たれてその上の主義として國粋的動きが見られるのである。文藝はすべてに遅れて時代の精神を顕現して来る。万葉集は壬申乱を中にして、この時代には既に第二期に入ってゐるのであるが、一期二期近辺の思想を背景として出発してゐる事が判るのである。

そしてこれが奈良朝に入ると、又佛教文化の時代になる。浄御原朝から藤原朝を経て奈良朝初頭へかけての動きは、天武朝に起る「神」の観念が漸次薄れて、全く「現《うつゝ》」に到る道程である。それが更に「諦め」へと道を辿る事は「神」への失望ばかりではない。流れ込んで来る佛教的諦念があるのである。この時期を表現するのが万葉集第四期の人々である。かうした時間を共にするのである。

この佛教思想が詩の主知性と結合するのは以上の如き佛教的文化に引っぱられてゐたのみでもない。思想と云ひうる程の観念を主張しうる伝統を、人々がもってゐなかった事である。佛教は純白の處女地に導かれて来たのであった。感性は早くも和歌といふ詩形を決定する程のものをもってゐたが、理念の面は殆ど空しいものであった。この空白を第一に埋めるものが佛教であったに他ならない。もし論理的な表現があるとすれば佛教思想に於てのみであった。ゲダンケン=リリックへの移行が佛教思想の中に爲されたのはこの故である。

然し、こゝで再び断らねばならぬ事は、第二期を蔽ふ「神」の観念である。これは前にも述べた如く、第二期に入って現はれる。「大君は神にしませば」といふ表現を通して云ひうるものであるが、これは確かに一つの観念にはなってゐたのであるけれども、人々の生活を支へる程の確かさは伴ってゐなかったやうである。それは宮廷顯官の中に見る事は出来る。供奉の宮廷歌人の中にも残ってゐる。然し、果して時代精神とすべき、大きな生活の動機になってはゐないのである。現身神中心の國家主義観念が、國防の先端に就く防人の勇気を、凛々と鼓舞してゐたであらうか。この時代にはまだ人麻呂の神代的由来を説く長歌を見る如く強いものでもあったが、それ以外、それ以降の時代には一つの通念でしかないのである。これは容易に、他の強固なる観念の進展を許し、それに席を譲るべきものでもある。

主知的詩への移行が佛教観念に結びついてゆく状態はかゝる見地から納得されるのであるが、その様相を、歴史的に辿ってみたいと思ふ。これは前述の結果によって、神といふ伝統観念への介入の過程であるに他ならぬものである。

神観念も一つの観念に違いないが、それは個人性を表現する程強い観念ではなくて、集団的意義に生きてゐるものである。一応それを擧げると、

明日香の　清御原の宮に　天の下　知らしめしし　やすみしし　吾が大王　高照らす　日の皇子
いかさまに　思ほしめせか　神風の　伊勢の國は　奥つ藻も　靡みたる波に　塩気のみ　香れる
國に　味凝　あやにともしき　高照らす　日の皇子（天武天皇崩之後八年九月九日御斎会の夜に　持統天皇、夢のうちに習ひし歌。又、古歌集に出づともいふ）
（巻2　一六二）

神の観念であるには相違ないのだが、これは決して主知的詩性決定の観念的導入ではない。むしろ感情的なものですらあるかもしれぬ。信仰をまだ出でないのである。

これに対して外来観念は第三期に完成するのであるが、これに先立って、第二期に既に見られるものがある。即ち、対象に基点を置いた抒情発想の中に、観念的知性的な感受をのぞかせてゐるものである。

滝の上の三船の山に居る雲の」
常にあらむとわが思はなくに」（巻3　二四二）

弓削皇子が吉野に遊び給へる時の御歌であるが、思念を通した表現が下句に於て表はれてゐる。弓削皇子は天武帝第六皇子（続日本紀）であり、文武三年七月歿してゐる。又額田王に歌を贈ってゐる（一一一）ので、万葉集としては初期の作家であるが、既にかゝる作品を有してゐる事が知られるのである。

そして、この歌は春日王（文武三年六月歿？）の歌と記された條に

王は千歳にまさむ白雲も三船の山に絶ゆる日あらめや（巻3　二四三）

或本歌一首

み吉野の三船の山に立つ雲の常にあらむと我が思はなくに（巻3　二四四）

右の一首は柿本朝臣人麻呂の歌集に出づ

かかる狀態を展開してゐる。春日王の二四三の歌は前記弓削皇子の歌に和へ奉れる歌なのである。こゝに「或本の歌」は恐らく間違ひであらう。春日王の和歌は二四三の歌であるが、「み吉野」―「滝の上」、「居る」―「立つ」は誤伝で同一歌と思はれる。即ちこの歌が弓削皇子とも、春日王とも、人麻呂ともされる程の流通性をもってゐるので、この時代に如何に受け容れられたかを物語るものである。

又、二四三の春日王の歌を注目すれば（この贈答をそのまゝ信じて）單なる敍景の知性的詠嘆であるが、これを軽く慰める和歌が、その觀念として「王は千歳にまさむ」といふ表現をとってゐる点が、この推移を物語るものに他ならないのである。春日王の方は神觀念の中に立場をとって詠ってゐる。弓削皇子の方は佛教觀念の中に立って詠ってゐるのである。そしてこの語調から来る勝負は、明らかに前の歌の方が強い。春日王の歌には信じようとする祈念がこめられてゐるのである。両思想の趨勢が示されてゐるが、こうした感情を駆逐しつゝ生まれて来てゐる主知詩があるのである（註一）。

こうした神觀念と佛教觀念との葛藤は、今は贈答の両者に見られたが、今度はそれが一首中に於て認められるものを擧げねばならない。第三期に入って、笠金村の作品を引きたい。

人と成る　事は難きを　邂逅に　成れる吾が身は　死も生も　君がまにまと　念ひつゝ　ありし間に　うつせみの　世の人なれば　大王の　御命かしこみ　天離る　夷治めにと　朝鳥の　朝立ちしつゝ　群鳥の　群立ち行けば　留り居て　吾は恋ひむな　見ず久ならば

（神亀五年戊辰秋八月の歌一首并短歌。右笠朝臣金村の歌の中に出づ）（巻9　一七八五）

仮に「大王の」以下のみの発想だとしたらまったく他と異らぬのであるが「御命かしこ」む自分の形容として「うつせみの　世の人」なればと云ひ、更に根本として発句「人と成る　事は難きを」以下「吾が身」までの観念は全く外来思想になる観念の表現である。「大王の　御命かしこみ」以下の観念は上半にも混在して、「死も生も　君がまにまと　念ひつゝ」と云った表現を投じてゐる。発想そのものに立入れば「なれば」といった感じ方も明らかに主知性が目立ってゐる。七世紀から受けて来た神観念の伝統と佛教観念の輸入とが彼の中に渦なしてゐるのである。

この彼の悲しい両棲性は他の作品にも少しづつ現はれてゐる。「うつせみ」といふ言葉を彼は忘れる事は出来ない。

うつせみの　世の人なれば　大王の　御命かしこみ……（巻9　一七八七）

前掲の長歌と全く同じであって、人麻呂の「大王の　御命かしこみ」は、金村では「うつせみ」を随伴して来なければならない。そして更に

玉襷　懸けぬ時無く　気の緒に　吾が念ふ君は　うつせみの　命かしこみ……（巻8　一四五三）

となって来る。入唐使に贈る場合である。

然し金村は多くの天皇讃歌も持ってゐる。これは彼の長歌が人麻呂を師表とした爲のものであるが、然し、その模倣が可能である程に、彼の伝統性は棲んでゐるのである。

もう一例を引かう。今度は短歌連作の間に見たいと思ふが、巻三「博通法師紀伊國に往き三穂石屋を見て作れる歌三首」（三〇七—三〇九）に試みると（第一首略）、

常磐なす石屋は今も有りけれど住みける人ぞ常なかりける（巻3　三〇八）

石屋戸に立てる松の樹汝を見れば昔の人を相見るごとし（巻3　三〇九）

この三首の題材とするものは三穂石屋にゐたと云はれてゐる久米若子への回想である。久米若子は他に河辺宮人が美女としてゐて、所謂伝説歌の体をとってゐる点、甚だ伝統的な詩情であるが、この伝説的情緒は第三首目に顕著であるのに対して第二首目は主知的な背景をもった抒情であり、一種の

無常観を齎してゐる。第三首目の松を久米若子に擬へるのは所謂形見の思想であり、伝統的な観念を現はしてゐる。第二首目は石屋と故人との対比に、その無常観を表現してゐて、この点前の弓削皇子の歌と同様である。春日王や金村にあった神の伝統観念対外来観念と対する、弓削皇子、博通法師の、伝統的情緒対外来観念と見る事が出来る。この作者は法師であり、佛教思想の世界に住む人なのであるが、歌はそれをさ程強く表明してゐない。總じて、この時代にも多く存在した僧侶たちに、予定外にか丶る観念歌は期待出来ない。第三期には他に滿誓沙彌の歌はそれをさ程強く表明してゐない。

世間を何に譬へむ朝びらき榜ぎ去し船の跡なきごとし（巻3 三五一）

をもつのみで、通観のものは平凡な歌であるにすぎない。和歌的性格もあって、か丶る観念が文藝的に出現するのは困難でなくは無かったのであらう。

こうした変遷を辿って、佛教思想的にも統一され、観念詩性の確立を見せたのは憶良である。

憶良の作中には長歌は十首中四首迄序の散文を持ってゐる他、序を持った詩が二篇、散文の文章が一篇ある。これを以てしても、詩といふ感性的なものよりも理念的な散文作家であった方が順當であったのかもしれない。これを長歌は乖反する事なく貫いてゐる。彼の未来と反してゐるのは好去好来の歌一首のみであるがこれは大唐大使に上った形式的なものである故、問題にならない。内容とする観念は悉く「世間の道」といふ事であるが、この内容については總ゆる説が触れる處であるので、その煩は避けたいと思ふが、主知的理性獲得を中心に見てゆくと、抒情詩として除外されねばならぬものは日本挽歌、天河を仰ぎ見て作る歌、熊凝の歌、そして前述した好去好来の歌である。子を思ふ歌二首は純粋に抒情詩でもないが、観念歌といふには抒情性が勝ちすぎてゐる。残る反惑情の歌、世間難住歌、貧窮問答歌、老身重病歌は観念を中心に追求したものであり、その呼稱に堪へうるものである。然し比較の問題に入れれば、貧窮問答歌と世間難住歌とは、観念より描寫事象に語らせようとする態度が見られ、憂恥の世間、流転の世間を云はうとする観念がそのまゝ語られてゐない。従って最も観念歌の属性を備へてゐるものは「惑情を反さしむる歌一首幷に序」（八〇〇、八〇一）であらう。この中には濡れた抒情は全くない。「然にはあらじか」が結句なのである。事象を描いてそれに語らせようとする事も全くしない。又、この中に説かれてゐる中心思想は「三綱」「五教」といった儒教的思想であり、佛教思想ではない。これが現実主義的主張となって一種の観念を作ってゐる。

父母を　見れば尊し　妻子見れば　めぐし愛し　世の中は　斯くぞ道理　黐鳥の　拘泥しもよ
行方知らねば　穿沓を　脱き棄る如く　踏み脱きて　行くちふ人は　石木より　成りでし人か
汝が名告らさね　天へ行かば　汝がまにまに　地ならば　大王います　この照らす　日月の下は
天雲の　向伏す極　谷蟇の　さ渡る極　聞し食す　國のまほらぞ　彼に此に　欲しきまにまに
然にはあらじか（巻5　八〇〇）

主知的な感受と、理論的な表現とが、感性のみである純抒情歌を絶縁して此處に、全く客観表現による観念歌を成立せしめるのである。憶良は長屋王の詩莚によってその詩作の契機が与へられたと云はれてゐるが、かゝる漢文学的素質（加之、在唐大宝二年―慶雲元年）とその性情が万葉集中にても孤立して巍然たる観念歌の頂を築いたのであった。この上代思潮に於ては主知的客観性獲得の意味のみ必要であるが、和歌が観念の中に成立する事はその史上珍らしい事である点が注意される。

これから時代を降って第四期に到る道程には、他の形態と同じくその継承発展といふ事は見られない。殊に観念歌の如き範疇に於ては、憶良にてさへ、前記の如きもので大半を思想そのものの依存に委ねてゐて、観念歌の本来とする、例へば透徹した知性の所産である詩の凝視とか再燃とかよりも、遙かに緩いものであるから、以後の歌人にそれを見ないのはむしろ當然であるかもしれない。然し佛教的思潮の進展は日々年々時代を蔽ふばかりである。この中に、かゝる思想を体した歌が無い事はない。然しそれにしても非常に僅かである点、かゝるものを文藝にする事が人心に間接であった事が窺はれるのである。恐らく散文の記録には少なからぬものがあったであらうが。

かゝるものの中から一例を引くと「十年戊寅元興寺の僧の自ら嘆く歌一首」などがそういった佛教思想を背景にして詠んでゐる。

白珠は　人に知らえず　知らずともよし　知らずとも　吾し知れらば　知らずともよし
（巻6　一〇一八）

これは観念の表現には違いないが、そういった観念思想を打出すべき知性の操作を経たものといふわけではない。技巧だけが目立つものであらう。

たゞこういった観念を表白しようとしてゐる事を、観念歌の系列と見るものである。

又第三にこの歌が所謂無常観を表明してゐる点が特色として考へられる。憶良にあるものは「すべなきものか」といふ表現をとっているが、決して無常観ではないので、強い執念が、人生無常の諦めを超えてゐるのである。かの辞世と稱せられる歌から現実主義的な、人生肯定的結論を下す事は凡庸に行はれるが、かの歌は、そんなものではなくて、この間の憶良の心境をよく語ってゐる。人生無常を感ずる事から諦めようとはしないで益々無常な人生への執着をもつが、その執着から、然らば現実肯定には到らず、その不安のまゝに常に詠嘆するのである。辞世の歌もその自らへの不安を表明してゐるに過ぎない。憶良にある佛教思想はかゝるものであったが、奈良全盛期を通して行はれる佛教文化の興隆は、何ら清新の気は注入しない。頽廃に頽廃を重ねてゆくので、この中に生まれ出た無常観が第四期には擡頭してゐるのである。元興寺僧の歌は、かゝるものを背景としてゐる、古くさい表現を使へば、世紀末的な詩情である。

万葉のすべての終着点、家持にこの点を見れば、長歌、「世間の無常を悲しむ歌一首幷に短歌（四一六〇—四一六二）」がある。

天地の　遠き始よ　俗中は　常無きものと　語り継ぎ　なからへ来れ　天の原　ふり放け見れば　照る月も　盈昃しけり　あしひきの　山の木末も　春されば　花咲き匂ひ　秋づけば　露霜負ひて　風まじり　紅葉散りけり　現身も　斯くのみならし　紅の　色もうつろひ　ぬばたまの　黒髪変り　朝の咲　暮変らひ　吹く風の　見えぬが如く　逝く水の　止まらぬ如く　常も無く　移ろふ見れば　行潦　流るる涙　止めかねつも（巻19　四一六〇）

反歌

言問はぬ木すら春咲き秋づけばもみぢ散らくは常を無みこそ　一云常なけむとぞ（巻19　四一六一）

現身の常無き見れば世のなかに情つけずて念ふ日ぞ多き　一云嘆く日ぞ多き（巻19　四一六二）

初句「天地の　遠き始よ云々」といふのは、恐らく古代人の思惟になかった事であるにも拘らず、斯く実感してゐる處に家持の存在点がある。無常感は前提になってゐるのである。

これを第一として更にかゝる無常観をもって、飜って自然に対してゐる。「天の原」以下「紅葉散りけり」まで、かゝる比喩的情景を導入してゐる点、静かな時代的環境を感ずるのである。「いな、と」しないで自然に対した處に、憶良から降った第二の特色がある。これは反歌第一首を含めて考へられるものである。

第三にこうした四囲の、改めての確認の果に湧き上って来る詮なさを、彼は「流るる涙　止めかねつも」と表現してゐる。反歌に「情つけずて念ふ日ぞ多き」と敍べてゐる。小葉に光る落暉のやうな繊細な華麗さを秘めた、嘗ての貴公子家持の——数知れぬ娘子の贈歌を持った——、天平勝宝二年春の姿があるのである。哀愁がじっと溜って、細やかな感傷に及ばうとしてゐる。この無常感である。

かうした、無常観の認識に、万葉末期の佛教思想は辿りついてゐる。そして、それはむしろ、かゝる無常観から観念性を脱ぎ棄てゝ、悲しみのみの表情を捉へた抒情歌にすら推移してゆかうとしてゐるであらう。この時代にはすべてが、かういった路を辿ってゐる。この後に憶良の歌に追和した二首があるが、先に問題にした辞世の歌を捉へて来て「勇士の名を振ふを慕ふ歌」（四一六四、四一六五）を作ってゐるのである。長歌は「後の代の語りつぐべく名を立つべしも」と結び反歌は「丈夫は名をし立つべし後の代に聞き継ぐ人も語り継ぐがね」と述べてゐる。家持個人の精神的無風状態の中に、すべてが空虚な感傷であるにすぎない相を示してゐる。憶良の士も、こゝでは丈夫になってゐる。曲解であるが、少しでもそう解して、現在の平穏に抵抗しようとしてゐる、事ある事を「慕って」ゐる、家持の痛々しい迄の願望がこめられてゐるのである。こうした動きの中に観念が唯一無常と結びついて、こうした感傷の中に承けつがれていったのである。前述の神から現実《うつゝ》へ、そして諦めへといふ過程はこゝに完成するであらう。

観念歌の主知性獲得を抒情流動の一端として見て来たが、伝統的情緒と、神の介在を示しつゝ憶良に完成した観念歌はその後、又別な抒情色の中に沒していったのであった。そして平安へ承けつがれる、かゝる様相を上代観念歌は持ってゐるのである。

●註一

「或本歌一首」を贈答の故をもって、春日王の歌の後に載せた、弓削皇子の歌の一歌であると見る事も可能である。そうすればこの歌は弓削皇子と人麻呂のものとなる。人麻呂歌集のものが全部人麻呂のものでない事は無論である。

第四項　連作表現

抒情詩の流動してゆく一形として、本項に於ては連作表現を見る。これは、前項敍景歌以下観念歌が形態として散文化傾斜を示してゐるのに対して、こういったものも包含しつつ表現の方法として試みられるものである。

連作表現とは記紀時代に見られる唱和詩体と同じ種類の敍事的傾斜の詩であるが、短歌長歌（現象としては旋頭歌片歌佛足石歌などには見られない）を二首以上連ねた形態の中に、純抒情以上の事件的展開が持たれてゐるものの謂である。これには二種類が考へられるが作者自らが意識的に連作によって物語的多角性を持たせようとするのと、何首かの連続した抒情表現が結果的に見る人にとって一つの事件的流れとか心理の綾を感じられるものとである。連作内に於ける推移を辿る時にはこの後者から前者への関係が生じる。二者の関係は歴史的に把へられるものである。

又連作表現の含む種類は、一人の側よりする何首かの連続――所謂連作と、二人の双方よりなされる贈答との二種類である。記紀にみられる唱和詩体はこの後者に属するものであるが、その項に於て述べた宴、嬥歌などの唱和の連続、輪続などは前者に属するものである。連作表現はこの連作と贈答とが混然として存在し進展しつゝ、この間に物語的な導入が爲されるものであると、云へる。

この連作表現は、然らば如何なる歴史をもつものであるかと云ふ点を考察すると、無意識的に並べられてゐた、前述の後者から、意識的な散文性表現として認識され用ゐられる前述の前者の段階までがその歴史である。実際に即して云へば記紀後葉、紀巻二十五、二十六に収められてゐるものから万葉初期へかけて後者の段階を辿り、最初に意識されたのは人麻呂に於てである。これが旅人の第三期に於て確立される。旅人が、この時代転換の中にあって、金村憶良赤人虫麻呂といった代表歌人が何れも雄勁な長歌をもって敍事的文藝表現を遂げていったのに対して、旅人が確実には一首の長歌も有たない事は先項にも述べたが、彼は他の歌人達が成した事を一人この連作の中に遂げようとしたのであった。その後はこれを承けたもののみであって、発展は見られず、第四期に流れてゆく。丁度敍景歌が赤人に、物語歌が虫麻呂に、観念歌が憶良にその頂点を有したと同じく、連作詩に於ては旅人をその頂点とするのである。

然し、この連作が万葉編纂期に一分類名として扱はれてゐる。又連作的な意識の下に巻を編纂してゐるものがある。前者は「問答」を雑歌、相聞、挽歌、譬喩歌に、又正述心緒、寄物陳思、羈旅発思、悲別歌に並べられたものであって、雑、相聞、挽歌といふ万葉の三大分類観念に加へられてゐる点、正述心緒寄物陳思といふ発想分類、羈旅悲別といふ場の分類に並べられてゐる点、その意識を見るのである。こゝに含まれてゐる當代人の問答歌観を重視しなければならない。後者は巻十五に見られるものであるが、この巻次は遣新羅使の歌百四十五首と中臣宅守と狹野茅上娘子との贈答歌六十三首とのみに成立ってゐる。前者は連作と贈答双方を含んでゐるがこの遣新羅使の歌の集成であり、後者は両人贈答の修正編集である点、それらを特別視してゐる編者の意識を見るのである。そうせしめてゐる當代の要求を重視しなければならない。こうした巻十二十三十五の成立年代は何時と明瞭にはしないが、一応通説の如く家持とするならば、第四期末の、連作表現の歴史の終局を窺い得るものとも云へるものである。

連作表現がかうした歴史を辿る必然性は一つにその物語性に懸ってゐるであらう。この点を次に述べるならば、冒述した如く、物語歌などが一首中の敍事にその抒情質の変革を求めていった事に対比して、多数首の敍事に物語的改変を求めてゐるものである。一首が一つの角度を固定してゐる時、複数歌がこれら角度の綜合として併列されて来るのは當然の結果であらう。それが抒情歌の併列の場合であっても多角的な抒情が勢ひ感情を立体的にして来る。又描寫を主とする歌の併列の場合であれば一つの事象に対する多角的な描寫が勢ひ事象を敍述的にして来る。更に贈答の場合には一群と一群の一対、一首と一首の一対が幾対かを連続せしめる。一対中に於ては感情の応酬が二面四面といった偶数面の敍述をもつので二面以上の複数対連続が、立体的に、敍述的に爲されるのである。更にこの一首が、敍景歌とか観念歌とか物語歌とかそれ自体すでに散文性をもつ場合があり、その贈答連作の場合には、表現方法としては全く感情的詠嘆を距った、複雑にして微妙な構成を可能にする。即ち物語を生む以外の何物でもない。歴史的には上代抒情詩時代の完備とその崩壊の中に、その力を与りかゝはらしめ、又強く要求されて来るものなのである。

抒情歌の流動としての連作表現はかゝる様相と歴史をもってゐるが、以下これを詳述したい。第一としてその歴史を、人麻呂、旅人、第四期歌人への流れと分けて考へ、第二としてはその種々相を見たい。これは連作と贈答に分けて夫々短歌、長歌、又その特殊例としての物語長歌を考へよう。そして最後に、上代人の物語性文藝要求と、その返事として連作表現の意識を辿らうと思ふ。依って以って抒情詩流動の一端の傾向としたいと考へるものである。

連作表現の歴史は前述の如く無意識な同時の制作から意識を帯びた、特別な表現形としての制作までである。

万葉集の黎明が承け継いだ此の方面の状態は、この歴史の原始を示すものであり、無意識の、物語表現としての連作には到らないものである。日本書紀巻二十六にその例を見ることが出来る。

今城なる小丘が上に雲だにも著くし立てば何か嘆かむ（紀一一六）
射ゆ鹿を認ぐ川辺の若草の若くありきと我が思はなくに（紀一一七）
飛鳥川水漲ひつゝ行く水の間も無くも思ほゆるかも（紀一一八）

こゝは万葉第一期和歌とほゞ同時のものと思はれるが、この連作が物語的表現の兆を見せて来るやうになるのは第二期に入ってからである。人麻呂は長歌に於ても敍事を導入した最初であったが、第三期に到って憶良虫麻呂らの如き敍事抒情融和の形態をもったのに反して、いはゞ敍事抒情歌とも稱せられるもので、抒情の爲の敍事であった。彼のこの態度は連作に於ても同様である。敍事抒情の連作と云へる。この形で連作表現の最初を人麻呂に求める事が出来る。巻一にそれはある。

阿騎の野に宿る旅人うち靡き寝も宿らめやも古念ふに（巻1　四六）
眞草苅る荒野にはあれど黄葉の過ぎにし君が形見とぞ来し（巻1　四七）
東の野に炎の立つ見えて反りみすれば月西渡きぬ（巻1　四八）
日雙の皇子の命の馬副めて御獵立たしし時は来向ふ（巻1　四九）

「軽皇子安騎野に宿りましし時」の歌であるが、長歌の「短歌」として附されたものである。即ち、長歌と対比された形で行啓を敍してゐる。この長歌と連作四首を比較すると、長歌はかの神観念のもので且つ敍事抒情歌である。純粋に文藝的ではありえぬ「日の皇子」の「古昔念ひて旅宿りせす」狀を敍べたものであり、その讃美に終始するものである。從って実景を語る事は「み雪ふる阿騎の大野に旗薄しのを押し靡べ」といった描寫があるにしても部分的概念的なものであるが、これに対して連作を見ると此方は遙かに対象そのものを語ってゐる。前からの心情を抒べ、「古念ふ」野營の人々を敍して全体の雰囲気を徵し、飜って雄大な自然に対してゐる（最後の一首は長歌的讃歌であるが）。一夜の野の景は遙かに髣髴として浮ぶのである。蓋しは四首連ねて作る事によって長歌と同様な敍事を念じたに違ひないであらう。人麻呂の文藝的意図を感ずる。連作表現の創始とする所以である。

次にこれを承けてその大成に与ったのは旅人である。大伴旅人には疑問とされる「鎮懷石歌」を除いて長歌は公的な吉野の一首しか存在してゐない。そして彼の代表作とする「酒を讃むる歌」「松浦河に遊ぶ序幷歌」領巾麾嶺の歌らは、悉くこの連作表現によるものなのである。彼がこの連作の中に生の表現を、如何に嚴しく期待してゐたかが判るのであるが、こうした旅人の態度が、第三期文藝思潮であった抒情詩の散文的変革の中に、連作をして一つの物語性表現形態とせしめていったのであった。

前掲代表作連作は、然し、夫々に種々相はある。松浦河の歌は蓬客、娘子、後人三者による贈答の形式をとってゐる。と同時に長文の序を附して、その狀態の説明に迄立入ってゐる。序と贈答の形式である。又領巾麾嶺の歌は同じく序を附してゐるが、これは贈答でなく「追和」の形である。然も「後人」「最後人」「最最後人」を當の作者に加へて四人の連作としてゐる。それが時間的でもあり、推移をもった連作でもある。序と時間連作の形式である。最後に酒を讃むる歌は純粋な連作のみである。酒を直接の動機として、思想的な表現を、總ゆる角度から爲さうとしてゐるので、前二者が行爲を伴った対象を敍してゐるのに対して、これは心情を対象として、その心理的敍述を果してゐる。量も十三首といふ多量である。散文との結合はその後だと云ふならば、酒を讃むる歌十三首が人麻呂連作の流れを承けた開展結実の連作表現であらう。

讃酒歌（間隔二首づゝをおいて抄出）

驗なき物を思はずは一坏の濁れる酒を飲むべかるらし（巻3　三三八）

賢しみと物いふよりは酒飲みて酔哭するしまさりたるらし（巻3　三四一）

あな醜賢しらをすと酒飲まぬ人をよく見れば猿にかも似る（巻3　三四四）

世のなかの遊びの道にさぶしくば酔哭するに有りぬべからし（巻3　三四七）

松浦河歌（序を省略、各一首づゝ、抄出）

漁する海人の児等と人はいへど見るに知らえぬ良人の子と（巻5　八五三）

答ふる詩に曰く

玉島のこの川上に家はあれど君を恥しみ顯さずありき（巻5　八五四）

蓬客等更に贈れる歌

松浦河河の瀬光り年魚釣ると立たせる妹が裳の裾ぬれぬ（巻5　八五五）

娘子等更に報ふる歌

若年魚釣る松浦の河の河浪の竝にし思はば我恋ひめやも（巻5　八五八）

後人の追加の詩　帥老

松浦河河の瀬早み紅の裳のすそ濡れて年魚か釣るらむ（巻5　八六一）

領巾麾嶺歌（序を省略、各一首づゝ、抄出）

遠つ人松浦佐用比賣夫恋に領布振りしより負へる山の名（巻5　八七一）

後人の追和

山の名と言ひ継げとかも佐用比賣がこの山の上に領布を振りけむ（巻5　八七二）

最後人の追和

万代に語り継げとしこの嶺に領布振りけらし松浦佐用比賣（巻5　八七三）

最最後人の追和

海原の沖行く船を帰れとか領布振らしけむ松浦佐用比賣（巻5　八七四）

先には三連作の形態のみについて述べたが、この引例によって知られる如く、讃酒歌の他は内容上の問題をもってゐる。即ち、松浦河歌に於ては敍事といふのみでなく、一つの物語を作らうとしてゐるのであり、物語歌の連作における表現である。領巾麾嶺歌は風土記にも記載されてゐる一つの伝説を扱ったものであり、伝説歌の連作に於ける表現である。旅人の連作に於ては連作のみによる心理描寫と、序と結合した形による物語創作とが爲されてゐるのである。殊に讃酒歌のある巻三は奈良遷都を挾んで両方の作家が収められてをり（窪田空穂氏の説によると奈良以前以後夫々二割八割の割合になってゐる）、その短歌潮流を比較しうる巻である。この旅人の連作表現を前期人麻呂のそれを承けた第三期の完成として見る事が可能である。尚、同時代作家として憶良にも「筑前國志賀の白水郎の歌十首（三八六〇―三八六九）」があるが、左註によって彼の作とも思はれるもので、不確実なものである。内容は荒雄に直接縁ある者の立場から詠まれた物語的なものである。

旅人以後の連作表現は前代を発展せしめたものではない。これは最もよく時代相が現はれてゐる故と思はれるが、文藝的良心の表白ではなくなって、風流的なものにも流用されて来た爲であらう。贈る事を通し、答へる事を通し、又贈答を通して連作表現が行はれてゐる。試みに巻四といふ最も適しい條件を持った巻から拾ってみると、大伴宿禰家持娘子に贈れる歌七首（七一四―七七〇）、大伴宿禰家持久邇京より坂上大嬢に贈れる歌五首（七七〇―七七四）、大伴坂上郎女の歌六首（六五六―六六一）大伴坂上郎女の歌七首（六八三―六八九）、中臣女郎、大伴宿禰家持に贈れる歌五首（六七五―六七九）、太宰大監大伴宿禰百代の恋の歌四首（五五九―五六二）、山口女王、大伴宿禰家持に贈れる歌五首（六一三―六一七）等が贈を通して見られる連作であり（この他に一首二首のものは残余の歌すべてを占めてゐる）、湯原王と娘子との贈答四群一首附十二首（六三一―六四二）、笠女郎（贈二十四首）と家持（和二首）との贈答一群二十六首（五八七―六一〇）、家持と大伴坂上大嬢との贈答五群（内二群答欠）二十九首（七二七―七五五）、家持と紀女郎との贈答二群（七七五―七八一）七首、藤原大夫と大伴郎女との贈答一群七首（五二二―五二八）等が贈答を通して見られる連作である。他に二首三首の贈答を見る事は同様に数知れない。即ち、三期から四期へかけてはそれを以て散文性の表現に資さうとしたのではなくなってしまひ、実用的な贈答に用ゐられて来るやうになったので、この点からは一端意識された表現が、又別な無意識に入っていったとも云へる。

然し、前述したやうに、何首かの抒情を並べる以上、何対かの抒情を対立させ連続させる以上、その中には當然敍述性が付隨して来る。作者にあっては意図しないものであっても、自ら流れて来るかゝる現象を、この時代の連作は具備してゐる。この時代の長歌が甚だ散文的に敍事体をとって来てゐる事は既に述べたが、かゝる長歌の散文化と共に連作表現に於ては微細になってゐる心理葛藤の表現に事件的起伏が盛られて、無意識な物語表現になってゐる。連作の身上とする事は羅列による時間の導入なのであって、その心理の推移が結果的に我々の感興に入って来るのである。二三の例をあげてみよう。

大伴坂上郎女の歌六首と記されたものは、駿河麻呂に贈る坂上二嬢の歌を代行したものであらうといはれてゐるが、六首は一時の制作ではない。三つの局面を示してゐるものである。


吾のみぞ君には恋ふる吾が背子が恋ふとふ事は言の慰ぞ（巻4　六五六）

他二首とも別れてゐる夫を恋ひつゝ、その余り不安と不信を表明してゐる懊悩であるが、次に、

あらかじめ人事繁し如是しあらばしゑや吾が背子奥も如何にあらめ（巻4　六五九）

他一首で、他の中傷、風評に対して夫の愛を確認してゐるものである。そして更に、

恋ひ恋ひて相へる時だに愛しき事盡してよ長くと念はば（巻4　六六一）

最後、発想の場も変へて直接の夫との対話になってその瞬間の愛を信じようとしてゐる。三つの局面を示しつゝ流れてゆく時間的心理の起伏を物語るのである。

この六首中先の三首はやゝ独白的な匂いが強い。中二首もある程度それは備へてゐるので自らへの

説得の如き様子があり結局直接贈ったと思はれるのは最後のみであるが、これに対し明らかに贈歌を明記してゐるものを見ると、笠女郎の家持への歌二十四首が擧げられる。次に僅か二首の家持の答歌を添へ贈答の形式にはしてゐるが女郎の一人の心理的推移を感ぜしめる一連である。

この中には先づ心理と共に動作の動きがある。最初の一群を率い廻（多武）の里から、

衣手を打廻の里にある吾を知らにぞ人は待てど来ずける（巻4　五八九）

次の一群を率いてゐる、

うつせみの人目を繁み石走り間近き君に恋ひ度るかも（巻4　五九七）

から

皆人を寝よとの鐘は打ちつれど君をし念へば寝ね勝てぬかも（巻4　六〇七）

と、「間近」かな、「鐘」の聞える奈良へ移って、近づいてゐる。そして最後に、

情ゆも我は念はざりき又更に吾が故郷に還り来むとは（巻4　六〇九）

近くあれば見ねどもあるをいや遠に君が坐さばあり勝つましじ（巻4　六一〇）

といって故郷に還ってゐるのである。そしてこの間にあって動作がきはやかに抒情に及んでゐるのは、

君に恋ひ痛も爲便なみ平山の小松が下に立ち嘆くかも（巻4　五九三）

といった奈良山における家持の宅を望見しつゝある動作である。些細に及べば

吾が念を人に知らせや玉匣開き明けつと夢にし見ゆる（巻4　五九一）

といふ夢見、

吾が屋戸の暮陰草の白露の消ぬがにもとな念ほゆるかも（巻4　五九四）

といふ具体的な比喩がかもす遺心の狀が前記の転住の中に点綴されてゐる。

動作の動きと共に心理の動きも移ってゐる。多武里にあって来る夜さをひた恋ひつゝ待ってゐる

吾が形見見つゝ偲ばせあらたまの年の緒長く吾も思はむ（巻4　五八七）

に始まるそれで、この中には前掲夢見の前後二首の、他人へ露れる事を恐れた歌が含まれてゐる。
奈良京へ移ってからは大部分の歌が爲されるのであるがこの間には前述の如き奈良山の絶唱と再び夢による神秘観の二首、

剣太刀身に取り副ふと夢に見つ何如の怪いぞも君に相はむ爲（巻4　六〇四）

などを含み、且つこの間は二つの色調に区別される。

八百日往く浜の沙も吾が恋に豈益らじか奥つ島守（巻4　五九六）

を最後とするグループとこれに続く、

うつせみの人目を繁み石走り間近き君に恋ひ度るかも（巻4　五九七）

を始まりとするグループがあるが、前者は漠とした恋情であるが後者は激情をもって恋ふてゐる。次にはかゝる歌もあるのである。

恋にもぞ人は死する水無瀬川下ゆ吾が痩す月に日にけに（巻4　五九八）

そして最後に故郷へ還る時には

相念はぬ人を思ふは大寺の餓鬼の後に額づく如し（巻4　六〇八）

といった、全く一転した表現を残してゐる。「捨科白」である。

かくて故郷に還るがその二首は「相別れて後更来り贈れ」るもので、やはり断ち得ぬ恋情を送ってゐるのである。

この推移の中には、或るときは高まり或るときは静もり、そして或るときは妖しく狂ふ女心の旅路が、如実に描かれようとしてゐるのである。恐らくは何人か後人の編纂によるものでもあらうが、一人の嘗ての契夫を恋ふて故郷を出で奈良山の頂に佇み、夜半の鐘を聞きつゝ、遂にとげられずして又空しく還ってゆく、緻密な心理描寫に成立つ一篇のドラマ以外ではないものである。

これは決して旅人の如き意図に出たものではないが、無意識な創作に委ねられてゐる。こゝに、文藝思潮の辿ってゆく経路を、第三期から第四期へと見るのである。この心理的な面は、次代に承けつがれねばならぬものであったらう。

以上が大体連作表現の歴史的な推移であるが、次に連作表現の種類を各種擧げて、その各々に於ける散文性を述べたいと思ふ。

先づ連作表現の最も普通の型である處のものは連続詠誦の短歌の形である。今迄擧げて来た例で云へば旅人の讃酒歌、人麻呂の阿騎野の四首などがこれに該當するが、前の笠女郎の二十四首も贈答の形はとってゐても殆ど一方的詠発でこれもこの部類のものと云へるであらう。その物語性は詳述した通りである。他に例は少くないが、一例をとって、「和銅四年歳次辛亥河辺宮人姫島の松原に嬢子の屍を見て悲歎して作れる歌」を見てみたい。この歌は巻二（二二八、二二九）には二首として載せられているが、又巻三には四首（四三四—四三七）として同様に載せられてゐるものである。然し内容は全く異る。それを左註して巻四の終には「右案ずるに年紀幷に所處及び娘子の屍の作歌人名已に上に見えたり。但歌辞相違し是非別ち難し。因りて以て累ねてこの次に載す」と記してゐる。そして尚巻三の歌の一首が同巻「博通法師紀伊國に往き三穂の石屋を見て作れる歌三首」（三〇七—三〇九）と素材を一にしてゐるといふ、何れも連作であるが、非常に複雑なものなのである。

巻二のものは、

妹が名は千代に流れむ姫島の子松が末に蘿生すまでに（巻2　二二八）

難波方塩干なありそね沈みにし妹が光儀を見まくくるしも（巻2　二二九）

といふもので一通りの抒情を備へたものであり、何ら実感はもってゐない。感じ方も比較的後代のものらしく思はれる。そして、この歌の内容は題と結びつくべき力強い証拠が存在してゐない。

　處が三首の石屋の歌は、

皮すゝき久米の若子がいましける三穂の石屋は見れど飽かぬかも 一云あれにけるかも（巻3　三〇七）

常磐なす石屋は今もありけれど住みける人ぞ常なかりける（巻3　三〇八）

石屋戸に立てる松の樹汝を見れば昔の人を相見る如し（巻3　三〇九）

の如く伝説の人間に対する感慨とその情景を、三者なりに纒めてゐるものであり、この歌は題とも又三首間各々とも切離し得ないものたる連作表現である。

　これに対して巻四の河辺宮人の歌は、

風速の美保の浦廻の白つゝじ見れども不怜なき人念へば（巻3　四三四）

みつみつし久米の若子がい触りけむ磯の草根の干れまく惜しも（巻3　四三五）

人言の繁きこのごろ玉ならば手に巻きもちて恋ひざらましを（巻3　四三六）

妹も吾も清の河の河岸の妹が悔ゆべき心は持たじ（巻3　四三七）

の四首で、全体間の統一は無く、且つ題とは第一首目の内容が一致する以外の関連は感じえないものである。二首目は久米若子に対する親愛の歌で三首目は地方相聞歌風のもの、四首目も又民謡の類のものであらう。従ってこれらは一つづつ解体されねばならない。そして、美保―三穂といふ地名及人名から一、二首は、三穂石屋の伝説歌に入れられるべきものであらう。三、四首は地方民謡として遊離させる。又巻二の二首は姫島の子松が題の姫島の松原と結びつけられたものであって、屍を見て、といふ状態には適はしくない。二首目のものも屍を見てゐる題意と歌意がそぐはない。蓋しは恋情のギャップか何かの悲劇的原因から美しい娘女が投身自殺したといふ伝説の中に生まれた二首であって、別に存在した河辺宮人が美人の屍を見て作歌したといふ流伝と別個に来たものが併せられたのであらう。その美人伝説がたやすく久米若子（美女として）と結びつき巻四の四首が出来る。二首は巻四の三穂の歌と同一のもので、こゝに河辺宮人の題は歌を一首をもとゞめない事になる。反対に三穂の久米若子伝説は五首の歌を得る。これは一時一人の作ではないが多時多者の連作、追和の形をとって来るのである。

こゝに歌を忘却した河辺宮人の事件が強引に六首の歌を得、久米若子の伝説が散佚する程多種な多数の歌を持つといふ事実が考へられねばならない。和銅四年前後の和歌の趨勢がかゝる現象を納得させてくれるであらう。その役目を果してゐるものが即ち連作短歌である。

この他に「筑前國志賀の白水郎の歌十首（三八六〇—三八六九）」（妻子作或云山上憶良作）は海に出でて永遠に待つといふ事が死を知らせる白水郎の悲劇に感動した何びとかの作であって、立派な敍述と感情移入のある連作表現である。家持には「七夕の歌八首（四三〇六—四三一三）」があるが、系統立った敍事性のものとは云ひ難い。

更に、この短歌連續の連作表現の一形として、唱和の如き形を爲してゐるものがある。多人数の一時の歌を並べる事によって一つの感情の塊が、その場の全貌が浮彫されるのである。一例をとれば巻二十に収められた防人の歌などがあげられる。「天平勝宝七歳乙未二月、相替りて筑紫に遣さえし諸國の防人等の歌十首（四三二一—四三三〇）」、二月七日の歌十首（四三三七—四三四六）、二月九日の歌十三首（四三四七—四三五九）、常陸國の歌（二月十四日）十首（四三六三—四三七二）、下野國の（全日）十一首（四三七三—四三八三）、下總國の十一首（四三八四—四三九四）、信濃、上野の七首（四四〇一—四四〇七）、武蔵國の歌、昔年の防人の歌二十首（四四一三—四四三二）及その間に挾まれた兵部少輔家持の歌は、悲しくも美しい生命觀に直面した一大トラジェディの群像であるばかりである。「拙劣き歌」はこれを倍化するもので、もしこれを得てゐたら、その悲哀美は数倍したらうと思はれるものがある。この百十首（内に長歌も混へるが）の連作は時場を同じくする人々の叫びであって、それを連ねる事は、数万倍の散文文藝もなし得ぬものであらう。

又巻五のもつ「梅花歌三十二首幷に序」にもこれは云へる。これには防人に見られたやうな生命觀の彩りも、悲別の動作も伴はぬ、静的な酒宴のものであるが全三十二首を通してその中に動いてゐる個々人の感情の集積と錯雑が一場のシーンを爲してゐる事は云へるであらう。藤原氏の擡頭と、長屋王詩莚の崩壊とから、この太宰府へ流離して来た文化人の数々の事はすでに述べた。それらいはゞ流謫の盛宴は、それを描きうるに十分な物語的要素を備へてゐたのではなかったらうか。

梅の花折り插頭しつゝ諸人の遊ぶを見れば都しぞ思ふ 土師氏御通（巻5　八四三）

といふ歌を始めとして「員外故郷を思へる歌両首」が望郷を語ってゐるのである。

次に同じ連作にても長歌の場合を見ると、例は極めて尠い。短歌は反歌としても又一般の場合の抒情にしても数多く詠まれる可能性があるが、長歌は元来それ一首のみで十分独立しうるもので、それを制作時に連ねて作るといふ事はほゞ考へられない。そういった當然のものであらうが、然し分類的に見てゆく時その存在がありえぬとは云へぬし、ある程度ありうる余地をもってゐると認めなければならない。

この好例としては物語歌項にも引用したが、巻六の乙麻呂の長歌三首（附反歌一首）がある。「石上乙麻呂卿配土左國之時歌三首幷短歌」といふのであるがこの題から作者が疑はれ区々である事も既に述べたが、今この三首をすべて乙麻呂の作と見なして論を進める事にすると（註一）、三首夫々が立場を第三者、妻、自身と異にしてゐる点、又三首夫々が時間を、大和、紀伊、土佐とずらして詠んでゐる点、意図的な連作構成が感じられるのであって、十分物語的である。殊に、

石上　振の尊は　弱女の　惑によりて　馬じ物　縄取付け　肉じ物　弓矢囲みて　王の　命恐み
天離る　夷べに退る　古衣　又打の山ゆ　還り来ぬかも（巻6　一〇一九）

といふ長歌の内容自体が物語的な敍述抒情である点、一層それを効果的にしてゐる。これはむしろ特殊例であらうが、然し第二首目の長歌は巻十九、天平五年入唐使を贈る歌（四二四五）と同一のものであり、當時の流布形と覺しい通常的なものである。

……遣はさる　吾が背の君を　懸けまくの　ゆゆし恐き　住吉の　吾が大御神　船のへに　うしはき座し　船どもに　御立ち座して　さしよらむ　磯の埼々　こぎはてむ　泊々に　荒き風　波にあはせず　平けく　率てかへりませ　もとの國家に（巻19　四二四五）

第三首目は敍事歌にすでになってゐるもので、長歌に於ける連作といふ形態からは最も適しいものであらう。「父君に」からの抒情的発端と「参昇る」からの敍事の後半を併せもってゐるのである。長歌連続の連作は、一首が敍事性をもち、散文的である故、短歌連続の場合より、より敍事的な物語の展開が可能である。短歌の場合には抒情歌である関係から心理描寫の点綴になっていったのと、この点異ってゐる。この例を始めとして、長歌連続も無論時代の要請による所産であるが、この中にはほゞ完全な物語が遂げられようとする可能性が含まれてゐるものである。

短、長歌の連続の次に贈答を見たい。贈答は既に述べた如く一分類名としても認識されてゐたもので、その短歌は巻十二に、長歌は巻十三に収められてゐる。無論分類名を附されずして全巻に散在するものは多数である。

最初に短歌贈答を見ると巻十一、十二の「問答」はすべて二首一対であり、僅かに一対のみ三首である。二首一対のものは單純な相聞をなしてゐるのであって、散文的流動はこの中には無い。

豊國の聞の長浜去き晩らし日の昏れぬれば妹をしぞ念ふ（巻12　三二一九）
豊國の聞の高浜高々に君待つ夜らはさ夜深けにけり（巻12　三二二〇）

最大の量を示す三首のものを引いてみても同様である。

赤駒の足掻速けば雲居にも隠り往かむぞ袖巻け吾妹（巻11　二五一〇）
隱口の豊泊瀬道は常滑の恐き道ぞ恋ふらくはゆめ（巻11　二五一一）
味酒の三輪の山に立つ月の見が欲し君が馬の音ぞ爲る（巻11　二五一二）

最初の一首が男で後の二首が女であらう。然し、同一事に関して異った感受とか、問を承けて次に発展させるとかいった問答の特殊性はまだ見られない。従ってこの内容から「以前の一百四十九首は柿本朝臣人麻呂の歌集に出づ」とて無論彼の作ではない。

この組合せが複雑化して繰返されると、この連作表現の段階に入る。巻四、湯原王と娘子との贈答十二首（六三一—六四二）がその一例である。

この贈答は四対と一首であるが一対と次の一対は連絡しあって、その間に不自然を感ぜずに辿ってゆく事が出来る。無論、各一対内の連続はある。

幾許も思ひけめかも敷妙の枕片去り夢に見え来し（巻4　六三三）

家にして見れど飽かぬを草枕客にも妻とあるが乏しさ（巻4　六三四）

（第一対の答。娘子の二首）

草枕客には嬬は率たれども匣のうちの珠をこそ念へ（巻4　六三五）

余が衣形見に奉る敷妙の枕を離れず巻きてさ寝ませ（巻4　六三六）

（第二対の贈。湯原王の二首）

吾が背子が形見の衣嬬問に余が身は離れじ事問はずとも（巻4　六三七）

（第二対の答。娘子の一首）

又この四対は三対と一対に区分出来る。初三対は続いた一時の贈答であるが第四対はや丶日数が経過したる後のものになってゐる。この事はある時の流れを間にした心理が見られる事を意味する。第四対の贈答は次のやうなものである。

愛しけやし不遠き里を雲居にや恋ひつゝ居らむ月も経なくに（王）（巻4　六四〇）

絶つといはじ侘しみせむと焼太刀のへつかふことは幸くや吾君（娘子）（巻4　六四一）

更にこの贈答に云へる事は、かうした時間的推移の全体像の後に次の「湯原王の歌一首」といふものを記してゐる。

吾妹児に恋ひて乱れり蟠車に懸而縁与余が恋ひそめし（巻4　六四二）

即ち當初からの回顧の一首である。これは明らかに長歌的手法である。四対の贈答十一首が長歌の部分であり、この一首が反歌の役割を与へられてゐるのである。又敍事を行って来て最後に感慨をもらすのにも似てゐる。相當程度の文藝性をこの贈答に見ないわけには行かないのである。

次に長歌贈答にうつる。これは長歌の巻たる巻十三が「問答」の分類を有してゐるので偶々整理されて残されてゐるものである。四対十八首であるが夫々問題をもってゐる。

長歌単位でゆくと三三〇五と三三〇七、三三一〇と三三一二は一対を夫々なしてゐる。然し三三一四には対が無い。そして三三一八は長歌一首内に問答が含まれてゐる故の呼稱である。更に第一対は実は人麻呂歌集の歌を二分したものなのである。

第一対は既に万葉集の編者自身不審の歌として一対の後に一首人麻呂歌集のものを重出したのであるが、これは人麻呂歌集のものが問答を含む長歌なので、誰かによって二分され或本に記されてゐたもので、不自然な反歌が、この爲に附されねばならなかったのである。尚窪田空穂氏はこれが橘や河といった装置を傍らにした謠物ではなかったかと云はれてゐるが、もしそうだとすれば二人の身振りによる掛け合ひの爲に二分される事はたやすく爲されたらうと思はれるのである。

第二対を暫く措いて第三対には対の長歌がない。そして三つの反歌のうち或本の反歌が唯一反歌らしい。三三一五の反歌は全く関連が薄く、又三三一七の反歌は、実は内容的にこの歌の答の対なのである。これは「或本反歌」を正しい反歌に直す事によって、長歌対短歌の贈答とも見られるであらう。この場合は妹と行くといふ事が長歌に現はれぬので後人の誤解による追和とも考へられるのであるが、長歌で触れてゐない丈かもしれぬので、その故をもって否定する事は出来ない。第三対は長歌短歌の問答と見たい。人間像を背景とした素朴な農民文藝と云へようか、立派な物語性をもってゐる。

第四対は一首内に問答をもち、それに到る動作を敍し、いはゞ物語歌である。「吾に告らく」といふのも前項にあげた浦島のそれと同一の散文性のものである。又反歌は前半二首が関係なく、後半二首がそれのみで贈答になってゐる。短歌問答の一つである。從ってこの長歌は差當っての命題ではないのでこれ以上詳述はしない。

扨、こゝで滿足な長歌贈答を爲してゐるのは第二対唯一つであるといふ事になる。

隱口の　泊瀬の國に　さ結婚に　吾が来れば　たな曇り　雪は降り来　さ曇り　雨は降り来　野つ鳥　雉とよみ　庭つ鳥　鶏も鳴く　さ夜は明け　この夜は明けぬ　入りて且眠む　この戸開かせ（巻13　三三一〇）

この長歌は一見して明瞭なやうに、古事記八千矛神の歌、日本書紀安閑天皇の歌と同様で、民謡風な敍事歌である。これに対する答歌は、

隱口の　長谷小國に　よばひせす　吾がすめろぎよ』
奥床に　母は睡たり　外床に　父は寢たり　起き立たば
母知りぬべし　出で行かば　父知りぬべし』
ぬば玉の　夜は明けゆきぬ　幾許も　念ふ如ならぬ　隱妻かも』（巻13　三三一二）

から明らかに謠物の口調になるものである。そして贈答とさ程関係はない。新しい事実として男が天皇になってゐる。

これらの事実を綜合して、記紀時代の多くの歌謠の如く伝誦され謠はれた民謠があって、これに対

して後から答歌が作られたのであらう。作られる有力な契機は「泊瀬の國」と泊瀬朝倉宮御宇天皇との流通であった。万葉集巻首の一首を始めとして、記紀の同天皇條にも、かゝる妻どひの伝説が多く、それが歌謡化されたのである。

長歌贈答は残る一首も本當の意味の問答をなしてはゐないが、可能性として考へられる事は、敍事が多く豊かな表現をもって問答されるだらうといふ事である。然し記紀のそれと同じく、抒情的な、微妙な心理には立入れないものである。この巻十三のものは藤原時代を主として前後の時代に各作家によって作られたものと思はれる歌風である。

最後に万葉編纂に表はれた連作表現の意識を見てみたい。總じて第四期の、次代への流れを形成する一端であるからである。

先づ屢々述べた如く、分類に表はれたものは巻十一、十二、十三に見られる。

巻十一の「問答」九首（二五〇八―二五一六）、仝「問答」二十首（二八〇八―二八二七）

巻十二の「問答歌」二十六首（三一〇一―三一二六）、仝「問答歌」十首（三二一一―三二二〇）

巻十三の「問答」十八首（三三〇五―三三二〇）

がそれである。これが如何なる離別と対してゐるものかも述べたが、これらは比較的古いものを一括したもので、新しいものは例へば巻四などの如く一々の由来を附して収められてゐる。

又、上代人の思惟である挽歌、相聞、雑といふ中の二大感情の一つ恋愛が「相聞」といふ語で呼ばれてゐる事自体、その所以の如何を問はず連作からの呼稱であり、連作の認識が感じられるのである。

第三には巻二十に収められた防人の歌がある。これは偶々家持が兵部少輔であり歌日記的に記された巻の天平勝宝七年二月から三月に見る事が出来るものである。然し家持もその類の作歌を抜き出し、百余首の連続感情を保たうとした事は偶然ではない。詳しくは前述したので概括的にとゞめるが、これも連作表現の一意識である事は確かである。

最後に巻十五の編纂意図が擧げられる。これは「新羅に遣さえし使人等別を悲しみて贈答し、及海路に情を慟み思を陳べ幷所に當りて誦詠へる古の歌」百四十五首と中臣朝臣宅守と狹野茅上娘子との贈答六十三首とから成り立ってゐる。新羅使や二人の贈答を非常に重要視してゐる所以のものである。

新羅行のものは目録によると天平八年六月であり、続日本紀によるとその二月任遣新羅大使、四月拝朝、翌九年正月帰朝、二月奏上、三月拝朝となってゐる。この間に発《ふなだち》から対馬竹敷浦までの航路上の感慨と帰途播磨國家島における五首の抒情が爲されたものであるが、天候の不順と死別と旅路の思ひとが悲別望郷の情となって、一百首を爲してゐる。或は雲を詠み月を仰ぐ感慨であるが、又多数集って作られた歌も多い。これらが時の推移、風土の推移の中に益々募ってゆくので、一篇の紀行文学でもあるかの如き感を呈してゐる。登場人物の数多く種々であるのも変化と巾をこの物語に与へてゐる。こうした一群作をそのまゝ転載するといふ事は、この全篇に編者の感動が無ければならないのであって、巻十五前半へのこの収録は十分な連作表現の意識を窺へるものであらう。

次の宅守と娘子との贈答は宅守四十首、娘子二十三首計六十三首といふ全巻を通して最大の贈答であり、斎宮寮の役人間の奸によって越前安治麻野に流された宅守と京の娘子との贈答である。この点編者に事件的考慮が触手を動かしめた事もあるであらう。続日本紀によって、その罪の重く大赦に漏れた一人であった事も知られる。世上有名な事件であったのかもしれない。

かうした綿々たる恋愛を扱ふ事自体すでに後代的な匂ひをもつのであるが、前の新羅行が紀行文学的であるとすれば、これは日記文学的である。これは無論代作などではなくて、本能的な両方の詠嘆であり、従って連作表現的意識も又持たないものである。実用を離れてゐないが、か丶る態度が一層個人の表白性を獲得し、Ich Roman 的物語性を決定してゐる。その修飾ない心理の描寫は近代心理小説的でもあり、きはめて短時間に幾首かの抒情が行はれる事はプルーストの所謂「心理の全オクターブを鳴らす」事でもある。かうした恋愛小説の意識が、編者の中から窺はれるのである。連作表現の意識としては以上四つの事が云へる。

連作表現が純抒情より歩み出す一環として、散文化の道を辿り、散文性文藝の要請を満そうとした過程を、以上見て来た。

更に、これが平安朝物語へ移ってゆく状態は此處に述べるべきものではないが、坊城俊民氏は勅撰集に於ける問答歌の軽視が、必然的に伊勢物語、大和物語などの生誕を約束したと述べてをられる。その軽視、移行の前夜に、つまり万葉末葉に於ける問答歌の隆盛がその遠因であるわけだが、それは以上述べた如くである。

●註一

乙麻呂の作と見なす事は次の四点による。

1。彼の私詩集として銜悲藻二巻があるといはれ、又懐風藻にその作品四首を見る事が出来る。即ち（銜悲藻は土佐生活中のもの）この流謫が二巻の漢詩集を生んでゐる事から當然物語長歌もなしたらうと想像され、且つ懐風藻などより判断してそれが可能であったと思はれる点。

2。彼の生涯がその才識を裏書する如き華やかさをもってゐると思はれる。左大臣石上麻呂の子で神亀元年従五位下、天平十年従四位下右大弁、天平勝宝二年中納言従三位兼中務卿として歿してゐる。（據続紀）この点。

3。流謫は天平十一年（十年?）三月であったが全十三年九月の大赦に許されて帰京してゐる（據続紀、括弧中據万葉集）。即ち再び文藻の間にたづさはり得たのである、その点。

4。作者を疑ふ場合、奈良中期の作品をその内容から土地の民、その妻、乙麻呂といった風に合理的らしく結論するのは單純すぎようと思はれる。あれ程代作、風流視の行はれた奈良中期であり、もし乙麻呂で無い場合には何びとか一人の人間であらう点。

跋

一、第一章を散文文藝と韻文文藝を繞る文学概論としました。總ゆる論考の場合、詳述の先に概念規定が必要であらうと思ふからです。従って概括的な述べ方をしました。
二、第二章第三章は本論ですので出来る丈引例を豊かにし実証風に述べましたが、煩雑になる事を避けて、かゝる例、資料は註に廻しました。
三、本稿が云ひ及び得なかった事項は、文藝といふ言語表現を扱って、上代人の言語的追求をする事と、万葉集の藝術的完成が文藝貴顯的完成であった事を検討する事とです。
四、本稿がこれ以後の論述として予定する事項は外来文藝の影響としての本事詩の研究、懐風藻の確認による外来文藝性と万葉的国有文藝性との位相究明、そして国語物語としての土佐日記との関係であります。
五、最後に本稿関係の参考文献を列擧いたします。

契沖　「厚顔抄」
内山眞竜　「古事記謠歌註」
荒木田久老　「日本紀歌廼解」
仝　「日本紀類聚解」

橘守部　「稜威言別」

○

久松潜一　「上代民族文学とその学史」（大明堂書店）
仝　「万葉集の新研究」（至文堂）
仝　「短歌概説」（弘文堂）
尾上八郎　「上代文学概説（日本文学聯講）」（中興館）
岡崎義恵　「敍事文藝の潮流」（生活社）
武田祐吉　「上代国文学の研究」（博文館）
仝　「上代日本文学史」（博文館）
折口信夫　「古代研究」三巻（大岡山書店）
倉野憲司　「古代文学研究」（岡村書店）
川崎庸之　「記紀万葉の世界」（御茶の水書房）
植松安　「記紀の歌の新釈」（大同館書店）
窪田空穂　「万葉集評釈」十二巻（東京堂）
津田左右吉　「文学に現はれたる我が国民思想の研究　貴族文学の時代」（岩波書店）
秋山大　「古代発見」（道統社）
岩本堅一　「日本文学の寫実精神」（中央公論社）

和辻哲郎　「日本古代文化」（岩波書店）
土田杏村　「文学の発生」（第一書房）
麻生磯次　「日本文学史」（至文堂）
豊田武　「概説日本歴史」二巻（大阪教育図書）
土屋文明　「万葉集年表」（岩波書店）
桜井芳郎　「日本史参考史料」
沢潟久孝・森本治吉「作者類別年代順万葉集」（新潮社）
飯塚浩二・他「世界の歴史」四巻（毎日新聞社）
柳田国男　「昔話と文学」（創元社）
　仝　「桃太郎の誕生」（角川書店）
五十嵐力　「国歌の胎生及び発達」（改造社）
他・日本文学辞典（新潮社）、大百科事典（平凡社）該当項、雑誌解釈と鑑賞（物語より小説へ特輯）、槻の木、短歌研究、方舟等。

六、尚古事記は沼波瓊音他校訂いてふ本（三教書院）に、日本書紀は黒板勝美校訂本（岩波書店）に、記紀歌謡は武田祐吉校註本（岩波書店）に、風土記は武田祐吉編本（岩波書店）に、万葉集は佐佐木信綱編正訓万葉集（湯川弘文社）に主として據りました。

著者紹介

中西　進（なかにし・すすむ）

一九二九年八月二十一日生

学　歴

一九五三年三月　東京大学文学部国文学科卒業

一九五九年三月　東京大学大学院博士課程単位取得

一九六三年十二月　「万葉集の比較文学的研究」により文学博士（東京大学）

職　歴

一九七〇年四月　成城大学教授

一九八〇年四月　プリンストン大学（アメリカ）客員教授

一九八四年四月　筑波大学教授

一九八七年五月　国際日本文化研究センター教授／研究調整主幹／名誉教授

一九八七年九月　日本学中心（中国）客員教授

一九八九年二月　北京大学日本研究中心（中国）特約研究員

一九九二年四月　総合研究大学院大学教授／評議員／名誉教授

一九九二年四月　トロント大学（カナダ）客員教授

一九九三年九月　カレル大学（チェコ）客員教授

一九九四年三月　高麗大学（大韓民国）客員教授

一九九四年三月　蘇州大学中日文化比較研究所（中国）顧問兼客員研究員

一九九五年四月　帝塚山学院大学教授／国際理解研究所長
一九九五年四月　核融合科学研究所共同研究員
一九九五年十月　天津師範大学（中国）客座教授
一九九七年六月　大阪女子大学学長
二〇〇〇年九月　中国社会科学院比較文学研究中心学術顧問
二〇〇一年六月　帝塚山学院学院長
二〇〇一年七月　奈良県立万葉文化館館長
二〇〇一年八月　サンパウロ大学（ブラジル）客員教授
二〇〇一年十月　帝塚山学院学院長兼理事長
二〇〇四年四月　京都市立芸術大学学長
二〇〇六年九月　復旦大学（中国）顧問教授
二〇〇七年四月　サイバー大学客員教授
二〇〇九年八月　鄭州大学（中国）客員教授
二〇一〇年四月　大阪樟蔭女子大学特任教授
二〇一一年四月　池坊短期大学学長
二〇一六年八月　東日本国際大学客員教授／比較文化研究所所長

学会・社会における活動歴

一九六二年四月　上代文学会常任理事／顧問／理事
一九七二年六月　全国大学国語文学会常任理事／代表理事／会長
一九七七年五月　瑞雲書道会顧問
一九八九年三月　日本ユネスコ国内委員
一九九〇年四月　通産省「日本の心を語る」懇談会委員
一九九〇年六月　日本比較文学会幹事／理事／会長
一九九一年四月　姫路文学館館長
一九九一年四月　日本ペンクラブ理事／副会長

一九九一年九月　第十九期・第二十期・第二十一期国語審議会委員
一九九四年一月　宮中歌会始召人
一九九四年一月　国際交流基金出版・翻訳援助選定委員
一九九五年四月　奈良県万葉ミュージアム構想設備委員会委員長／奈良県万葉文化館館長／名誉館長
一九九六年四月　大阪山片蟠桃賞選考委員／座長
一九九六年十月　東アジア比較文化国際会議会長／創始会長
一九九七年七月　第十七期・第十八期・第十九期日本学術会議会員
一九九八年二月　国立国語研究所評議員
一九九八年四月　国立民族学博物館評議員
一九九九年五月　親鸞賞選考委員

二〇〇〇年四月　奈良女子大学運営諮問会議委員／運営評議会評議員
二〇〇〇年六月　神戸大学文学部外部評価委員
二〇〇〇年十月　日経アジア賞選考委員／文化部門座長
二〇〇一年六月　角川文化振興財団評議員／理事
二〇〇四年四月　京都国立近代美術館評議員
二〇〇四年四月　京都市美術館評議員
二〇〇四年四月　ローム ミュージック ファンデーション評議員
二〇〇四年九月　文部科学省中央教育審議会委員
二〇〇五年六月　公益財団法人京都市景観・まちづくりセンター理事長
二〇〇七年四月　読売あをによし賞選考委員会座長
二〇〇七年四月　京都中央図書館館長
二〇〇八年四月　堺市博物館館長／顧問
二〇〇八年六月　京都右京中央図書館館長

二〇〇八年七月　インド政府ナーランダ大学賢人会議メンバー／理事
二〇〇九年十一月　大阪文化賞選考委員会座長
二〇一一年十二月　富山県高志の国文学館館長
二〇一三年四月　一般社団法人日本学基金理事長
二〇一五年十月　一般社団法人瀬戸内海島めぐり協会代表理事／会長
二〇一八年三月　大伴家持賞・高志の国詩歌賞選考委員

受賞・章歴

一九六三年十一月　東京大学国語国文学会賞
一九六四年一月　読売文学賞（研究・翻訳部門）
一九七〇年五月　日本学士院賞
一九九一年三月　和辻哲郎文化賞
一九九六年七月　APPA（アジア太平洋出版連合）出版賞金賞
一九九八年一月　大佛次郎賞
一九九八年十一月　京都新聞文化賞
二〇〇四年十一月　文化功労者　顕彰
二〇〇五年七月　奈良テレビ放送文化賞
二〇〇五年十一月　瑞宝重光章
二〇〇八年十月　京都市市政功労者特別表彰
二〇一〇年十二月　菊池寛賞
二〇一二年一月　アカデミア賞
二〇一三年十一月　文化勲章
二〇一三年十一月　富山県特別栄誉賞
二〇一五年十月　京都市特別功労賞
二〇一九年十月　京都市名誉市民

単著書

一九九四年十二月
『中西進 日本文化を読む』（全六巻、小沢書店）
一九九五年三月
『中西進 万葉論集』（全八巻、講談社）
二〇〇七年一月
『中西進 著作集』（全三十六巻、四季社）
ほかに二十六タイトルがある

外国語訳著書

一九九五年七月
『水辺的婚恋』（四川人民出版社）
二〇〇一年十二月
『源氏物語与白楽天』（中央編訳出版社）
二〇〇七年十月
『万葉集与中国文化』（中華書局）

二〇十九年八月
"The Japanese Linguistic Landscape" (JPIC)

上代文藝《じょうだいぶんげい》に於《お》ける散文性《さんぶんせい》の研究《けんきゅう》

2019年10月22日　第1刷発行

著　　者　中西《なかにし》 進《すすむ》

発 行 者　千石雅仁
発 行 所　東京書籍株式会社
東京都北区堀船 2-17-1 〒 114-8524
営業 03-5390-7531／編集 03-5390-7455
https://www.tokyo-shoseki.co.jp

印刷・製本　図書印刷株式会社

装　　幀　長谷川 理
D　T　P　越海辰夫
編　　集　植草武士／小野寺美華

ISBN 978-4-487-81309-4 C0095